VIJANDIGE OVERNAME

JOSEPH FINDER

VIJANDIGE OVERNAME

UITGEVERIJ LUITINGH

© 2007 Joseph Finder
Published in agreement with the author, c/o BAROR INTERNATIONAL,
INC., Armonk, New York, U.S.A.
© 2007 Nederlandse vertaling
Uitgeverij Luitingh ~ Sijthoff B.V., Amsterdam
Oorspronkelijke titel: *Power Play*
Vertaling: Hugo Kuipers
Omslagontwerp: Edd, Amsterdam
Omslagfotografie: Andy Whale/Getty Images

ISBN 978 90 245 2221 7
NUR 332

www.boekenwereld.com

Voor mijn redacteur, Keith Kahla
– de beste.

Om met de duisternissen van anderen te kunnen omgaan,
is het vooral zaak je eigen duisternis te kennen.

CARL JUNG

PROLOOG

Als je nooit iemand hebt gedood, kun je je niet goed voorstellen hoe het is. Je wilt dat ook niet weten. Het laat iets hards, iets zwaars in je binnenste achter, iets wat nooit oplost.

De meesten van ons hebben het gewoon niet in zich om een ander van het leven te beroven. Daar ben ik van overtuigd. Ik heb het nu niet over een ijskoude sluipschutter met in zijn ogen een blik van duizend meter, of zo'n psychopaat die uit de oorlog terugkomt en tegen je zegt dat mensen doodmaken net zoiets is als mieren platdrukken. Ik heb het over normale mensen.

Ik weet nog goed dat ik eens las dat in de Tweede Wereldoorlog – de Goede Oorlog, nietwaar? – zo'n vijfentachtig procent van de soldaten nooit op de vijand heeft geschoten. Het waren helden, geen lafaards, en toch konden ze het niet over hun hart verkrijgen om hun wapen op een medemens te richten en de trekker over te halen.

Nu begrijp ik dat.

Maar als je nu eens geen keus hebt?

Ik stond in het bleke maanlicht aan het eind van een splinterige houten steiger, met in mijn rug de woelige oceaan, blauwzwart met grijze schuimvlekken. Aan weerskanten van me lag een met keien bezaaid strand.

En op nog geen drie meter afstand richtte een man een

pistool op me, een matzwarte 9mm SIG-Sauer.

'Goh, jij zit vol verrassingen, hè?' zei hij.

Ik keek hem alleen maar aan.

Hij schudde langzaam zijn hoofd. 'Je kunt niet ontsnappen, weet je.'

Hij had natuurlijk gelijk. Ik kon echt niet ontsnappen. Niet lopend, niet zwemmend. Ik twijfelde er niet aan dat ik maar aanstalten hoefde te maken om te springen of hij zou de trekker overhalen.

Ik haalde lang en langzaam adem. 'Wie zegt dat ik wil ontsnappen?'

Ik rook het zeewier in de zilte lucht, een zweem van rottende vis.

'Doe je handen omhoog, Jake,' zei hij, 'en kom weer binnen. Ik wil je geen kwaad doen. Echt niet.'

Het verbaasde me dat hij mijn naam kende, en ik verbaasde me nog meer over zijn vriendelijke stem, die bijna vertrouwelijk klonk.

Toch keek ik hem alleen maar aan. Ik gaf geen antwoord en kwam niet in beweging.

'Kom, laten we gaan,' zei hij. 'Handen omhoog, Jake, en er gebeurt je niets. Dat beloof ik.' De golven stortten zich met zo veel geweld op de kust dat ik hem bijna niet verstond.

Ik knikte, maar ik wist dat hij loog. Mijn blik dwaalde af naar links, en toen zag ik het in elkaar gezakte lichaam in het zand. Er ging een schok door me heen en mijn borst trok zich samen, maar ik wilde daar niets van laten blijken. Ik wist dat hij die man had vermoord. En als het aan hem lag, ging ik er ook aan.

Maar het lag niet aan hem.

Ik wil dit niet doen, dacht ik. *Dwing me niet dit te doen.*

Hij zag mijn ogen bewegen. Het had geen zin om nog langer te proberen tijd te rekken: hij wist wat ik had gezien. En hij wist dat ik hem niet geloofde.

Dwing me niet je te doden.

'Jake,' zei hij met zijn sussende, redelijke stem. 'Weet je, je hebt eigenlijk geen keus.'

'Nee,' beaamde ik, en ik voelde dat harde ding in het diepst van mijn maag. 'Eigenlijk niet.'

DEEL EEN

1

'We hebben een probleem.'

Ik herkende Zoë's stem, maar ik hield mijn blik op mijn computer gericht. Ik was verdiept in een nieuwsbericht op de website AviationNow.com. Een nieuw vliegtuig van een concurrent was een paar dagen geleden op de Paris Air Show neergestort. Ik was daar niet bij geweest, maar mijn baas wel, net als alle andere topfiguren van onze onderneming, en ik had er dus alles over gehoord. Er waren tenminste geen doden gevallen.

En het was er tenminste niet een van ons.

Ik pakte mijn grote zwarte koffiemok op – DE HAMMOND SKYCRUISER: HET VLIEGTUIG VAN DE TOEKOMST – en nam een slok. De koffie was koud en bitter.

'Hoor je me, Landry? Dit is serieus.'

Ik draaide me langzaam om met mijn stoel. Zoë Robichaux was de secretaresse van mijn baas. Ze had geverfd koperblond haar en een spookachtig witte huid. Ze was midden twintig en woonde in El Segundo, niet zo ver bij mij vandaan, maar ze liep 's avonds de clubs van Los Angeles af. Als de kledingcode bij Hammond het toestond, zou ze elke dag in zwart leer met studs en met zwarte nagellak op kantoor verschijnen, en waarschijnlijk ook met overal piercings. Zelfs in lichaamsdelen waarvan je niet wilde denken dat ze gepiercet waren. Aan de andere kant had ze die misschien al. Ik wilde het niet weten.

'Wil dat zeggen dat je geen broodje voor me hebt gehaald?' zei ik.

'Dat wou ik gaan doen toen Mike belde. Uit Mumbai.'

'Wat doet hij in India? Hij zei tegen mij dat hij vandaag voor een paar uur naar kantoor terugkomt voordat hij naar Canada gaat.'

'Ja, nou, Eurospatiale raakt links en rechts orders kwijt sinds hun vliegtuig is neergestort.'

'Dus Mike voert besprekingen met Air India in plaats van hier terug te komen,' zei ik. 'Aardig van hem om mij dat te vertellen.'

Mike Zorn was lid van de raad van bestuur en als programmamanager verantwoordelijk voor de bouw van ons gloednieuwe *wide-bodied* passagiersstraalvliegtuig, de H-880, die we de SkyCruiser noemden. Vier leden van de raad van bestuur en honderden mensen rapporteerden aan hem – ingenieurs, ontwerpers, spanningsanalisten en mensen van marketing en financiën. Omdat Mike altijd maar bezig was de 880 te verkopen, was hij maar een klein deel van de tijd op kantoor.

En dus had hij een hoofdassistent – mij – aangenomen om ervoor te zorgen dat alles soepel verliep. Iemand die desnoods de zweep kon laten knallen. Zijn manusje-van-alles en universele tolk, want ik heb genoeg technische achtergrond om de ingenieurs in hun eigen gekke taaltje te woord te staan, met de geldmensen over financiën te overleggen, en met de kerels in de fabriek te praten, die niets moeten hebben van kantoorpikken die de hele dag op hun luie reet zitten en niks beters te doen hebben dan steeds weer de tekeningen veranderen.

Zoë keek onbehaaglijk. 'Sorry, ik moest het je van hem vertellen, maar ik ben het zo'n beetje vergeten. Nou ja, hij wil dat je naar de fabriek gaat.'

'Wanneer?'

'Een uur of zo geleden.'

De fabriek was het enorme gebouw waar we een deel van de SkyCruiser bouwden. 'Waarom?' zei ik. 'Wat is er?'

'Ik kon het niet goed volgen, maar het hoofd kwaliteitsbewaking ontdekte dat er iets mis was met de verticale staart – kan dat? En nou heeft hij de hele productielijn stilgezet? Ik bedoel, de knop omgedraaid?'

Ik kreunde. 'Dat moet Marty Kluza zijn. Marty, de eenmansparty.' Iedereen had de pest aan de hoofdinspecteur kwaliteitsbewaking op de fabriek, maar hij werkte al vijftien jaar bij Hammond en hij was hartstikke goed in zijn werk, en als hij niet wilde dat een onderdeel de fabriek verliet, was daar meestal een goede reden voor.

'Ik weet het niet. Hoe dan ook, op het hoofdkantoor springen ze zowat uit hun vel, en Mike wil dat je er iets aan doet. Direct.'

'Shit.'

'Wil je dat broodje nog?' zei Zoë.

2

Ik sprong in mijn Jeep en reed erheen. De fabriek stond maar vijf minuten lopen bij het kantoorgebouw vandaan, maar hij was zo immens groot – bijna een halve kilometer lang – dat je soms wel twintig minuten moest lopen voor je bij de juiste ingang was.

Als ik over de fabrieksvloer liep – ik kwam daar ongeveer eens per veertien dagen – stond ik altijd weer versteld van de enorme afmetingen. Het was een enorme hangar, groot genoeg om er tien voetbalvelden in onder te brengen. Het gewelfde plafond was dertig meter hoog. Er waren kilometers loopbruggen en kraanrails.

Het leek allemaal wel wat op de set van een sciencefictionfilm waarin robots de leiding van de wereld hebben. Er waren meer machines dan mensen. De robotachtige, onbemande AGV-vorkheftruck gleed geluidloos over de vloer, met reusachtige pallets vol apparatuur en onderdelen in zijn kaken. De autoclaaf, in feite een soort snelkookpan, had een doorsnee van tien meter en was dertig meter lang, zo groot als sommige verkeerstunnels. De geautomatiseerde tapemachines waren zo groot als twee mannen, met spinachtige poten als het buitenaardse wezen in *Alien*. Er kwamen meters glanzende zwarte tape uit.

Bezoekers verbaasden zich altijd over de stilte die daar heerste. Omdat we bijna geen metaal meer gebruikten, was al het gekletter en gerinkel uit de fabriek verdwenen. De SkyCruiser bestond namelijk voor tachtig procent uit plastic. Nou ja, niet echt plastic. We gebruikten composieten: lagen koolstofvezeltape die in epoxylijm werden geweekt om vervolgens bij hoge temperatuur en onder hoge druk te worden gebakken. Net als Boeing, Airbus en Eurospatiale gebruikten we zo veel composiet als maar enigszins mogelijk was, want het is veel lichter dan metaal, en hoe lichter een vliegtuig is, des te minder brandstof verbruikt het. Iedereen wil graag op brandstofkosten besparen.

Jammer genoeg is het bouwen van vliegtuigen met dat materiaal een soort zwarte kunst. In feite zijn we aan het experimenteren. We kijken wat werkt en wat niet werkt.

Ik weet dat dit niet erg geruststellend klinkt. Als je toch al niet graag vliegt, is dit waarschijnlijk al meer dan je wilt weten.

Wat we ook met Boeing en Airbus en de anderen gemeen hebben, is dat we onze vliegtuigen niet meer echt zelf bouwen. Het is vooral assembleren: we laten over de hele wereld onderdelen maken en die schroeven en lijmen we dan aan elkaar vast.

Maar hier in de fabriek bouwden we precies één onderdeel van de SkyCruiser zelf, een ongelooflijk belangrijk onderdeel dat het kielvlak wordt genoemd. Je kunt het ook het verticale deel van de staart noemen. Het ding was vijf verdiepingen hoog.

Een van die gevaarten hing aan de rijbrug van een loopkraan, met steigers eromheen. En daaronder vond ik Martin Kluza, die een apparaatje in zijn hand had dat hij langzaam over de zwarte huid van het kielvlak bewoog. Hij keek geërgerd naar me op.

'Wat nou? Krijg ik het jochie? Waar is Mike?'

'De stad uit, dus je krijgt mij. Heb jij even geluk.'

'Geweldig.' Hij mocht me graag het leven zuur maken.

Kluza was zwaargebouwd, een jaar of vijftig, met een roze gezicht en een wit sikje op zijn dubbele kin. Net als ik had hij een veiligheidsbril op, maar in plaats van een gele veiligheidshelm droeg hij een pet van de L.A. Dodgers. Niemand durfde tegen hem te zeggen wat hij moest doen, zelfs de directeur van de fabriek niet.

'Hé, heb je me niet eens verteld dat ik de slimste jongen in het SkyCruiser-programma was?'

'Correctie: met uitzondering van mijzelf,' zei Marty.

'Uiteraard. Hé, ik hoorde dat we een probleem hebben.'

'Ik geloof dat "catastrofe" het juiste woord is. Kijk hier eens.' Hij leidde me naar een computerterminal op een wagentje en typte vlug iets in. Er danste een groene vlek over het scherm, en toen schoot daar een grillige rode lijn doorheen.

'Zie je die rode lijn?' zei hij. 'Dat is de verbindingslijn tussen de huid en de liggers, ja? Ruim een halve centimeter naar binnen.'

'Cool,' zei ik. 'Dit is nog beter dan de Xbox 360. Zo te zien laten ze los, hè?'

'Ze laten niet los,' zei hij. 'Ze kussen elkaar.'

'Kussen elkaar,' zei ik. 'Mooie frase.' Dat verwees naar twee stukken composiet die elkaar kusten als ze tegen elkaar aan lagen, zonder tussenruimte, maar toch niet aan elkaar vastgelijmd zaten. In mijn werk noemen we dat 'intiem contact' maar geen 'vastigheid' hebben. Niet gek, hè, die vergelijking?

'De C-scan pikte geen loslatingen of delaminaties op, maar om de een of andere idiote reden haalde ik er eentje door een trillingstest om de *flutter* en de *flex/rigid*-dynamiek na te gaan, en toen ontdekte ik een discrepantie in de frequentiesignatuur.'

'Als je me met al die technische termen wilt ondersneeuwen, gaat dat niet lukken.'

Hij keek me enkele ogenblikken streng aan en besefte toen dat ik hem met gelijke munt betaalde. 'Gelukkig heb ik dit nieuwe apparaatje – laserstralen voor *shot peening* – en dat heeft de fout gevonden. We moeten ze allemaal afkeuren.'

'Dat kun je niet maken, Marty.'

'Wil je dat die kielvlakken op tienduizend meter uit elkaar vallen met driehonderd mensen aan boord? Nee toch?'

'Zijn ze niet te repareren?'

'Ja, als ik wist waar het defect zat, maar daar kan ik niet achter komen.'

'Misschien zijn ze te hard gebakken? Of niet hard genoeg?'

'Landry.'

'Vervuiling?'

'Landry, je kunt hier van de vloer eten.'

'Weet je nog, die sukkel die in de schone ruimte Loctite-siliconenspray gebruikte en daarmee de productie van een hele dag verpestte?'

'Die kerel werkt hier al twee jaar niet meer, Landry.'

'Misschien had je een slechte partij Hexocyte.' Dat was de kleefband van epoxy die ze gebruikten om de composiethuid vast te maken.

'De leverancier heeft wat dat betreft een perfecte staat van dienst.'

'Nou, misschien is iemand vergeten het papier eraf te halen.'

'Op elk stukje kleefband? Niemand is zó hersendood.

Zelfs hier niet.'

'Wil je deze streepjescode scannen? Ik wil in het voorraadregister kijken.'

Ik gaf hem een label dat ik van een rol Hexocyte-kleefband had gehaald. Hij ging ermee naar een ander apparaat en scande het. Het scherm vulde zich met gegevens en temperaturen.

Ik liep naar het scherm en keek er een tijdje naar.

'Marty,' zei ik. 'Ik ben zo terug. Ik ga even naar het magazijn.'

'Je verspilt je tijd,' zei hij.

Ik vond de magazijnbediende op het laadplatform aan de buitenkant van het gebouw, waar hij een sigaret stond te roken. Het was een jongen van een jaar of twintig met een vlassig blond baardje. Hij droeg een gebreide blauwe muts, al moest het daar meer dan dertig graden zijn. Verder droeg hij een gespiegelde Oakley-zonnebril, een wijde spijkerbroek en een zwart T-shirt met NO FEAR in witte gotische letters.

De jongen zag eruit alsof hij niet kon kiezen of hij een surfer- of een *gangsta*-type wilde zijn. Ik had met hem te doen. In de achttien maanden die ik ooit in een jeugdgevangenis had doorgebracht – het Glenview Residential Center in de staat New York – had ik jongens gekend die veel harder waren dan hij pretendeerde te zijn.

'Ben jij Kevin?' zei ik, nadat ik had gezegd wie ik was.

'Sorry, man, ik wist niet dat je hier niet mocht roken.' Hij gooide zijn sigaret op het asfalt en trapte hem uit.

Mijn mobieltje ging, maar ik nam niet op. 'Dat kan me niet schelen. Je hebt om 13.36 uur voor deze zending Hexocyte getekend.' Ik liet hem een uitdraai van het voorraadregister zien met zijn krabbelige handtekening erop. Hij zette zijn zonnebril af en keek dof en ongeïnteresseerd naar de uitdraai, alsof het Sanskriet was. Het geluid van mijn telefoon hield eindelijk op; hij ging over op de voicemail.

'Ja, nou?'

'Ben je vorige week vrijdagmiddag vroeg weggegaan?'

'De chef zei dat het mocht!' protesteerde hij. 'Ik ging met mijn vrienden naar Topanga. We gingen kamperen...'

'Het heeft het hele weekend geregend.'

'Vrijdag zag het er goed uit, man...'

'Je tekende voor de partij, nam de temperatuur op en schreef hem in, zoals je geacht wordt te doen. Maar je stopte het spul niet in de vriezer, hè?'

Hij keek me enkele ogenblikken aan. Mijn mobieltje liet weer van zich horen.

'Je hebt een rottig weekend uitgekozen om het te verknallen, Kevin. Warmte en vochtigheid zijn dodelijk voor dit materiaal. Het zit niet voor niks in droogijs verpakt, vanaf de Hexocyte-fabriek tot hier aan toe. Daarom doen ze er ook een temperatuursensor bij, dan weet de klant dat het spul koud is bewaard vanaf het moment dat het de fabriek uitgaat. Er is een hele week werk naar de kloten gegaan. Man.' Het mobieltje werd eindelijk weer stil.

Zijn doffe onverschilligheid was op slag verdwenen. 'O, shit.'

'Weet je wat er was gebeurd als Marty Kluza de fout niet had ontdekt? Dan hadden we zes vliegtuigen met een defecte staart gebouwd. En heb je enig idee wat er met een vliegtuig gebeurt als de staart er in de vlucht afvalt?'

'O, shit, man. O, shit.'

'Laat dit nooit meer gebeuren.' Mijn mobieltje ging voor de derde keer.

Hij keek me verward aan. 'Je gaat het niet aan mijn chef vertellen?'

'Nee.'

'Waarom... Waarom niet?'

'Omdat hij je zou ontslaan. Maar ik denk dat je dit je hele leven niet meer vergeet. Heb ik gelijk of niet?'

De tranen sprongen de jongen in de ogen. 'Luister, man...'

Ik draaide me om en nam mijn mobieltje op.

Het was Zoë. 'Waar ben je?'

'In Honolulu. Waar denk je dat ik ben? De fabriek.'

'Hank Bodine wil je spreken.'

'Hank Bodine?'

Bodine, lid van de raad van bestuur van Hammond Aerospace en hoofd van de divisie Commercial Airplanes, was niet zomaar mijn baas. Om precies te zijn was hij de baas van de baas van mijn baas. 'Waarover?'

'Hoe moet ik dat nou weten, Landry? Gloria, zijn secretaresse, belde net. Hij zegt dat hij je meteen wil spreken. Het is belangrijk.'

'Maar... ik heb niet eens een das.'

'Die heb je wel,' zei ze. 'In je onderste la. Bij al die pakjes instanthavermout en noedels.'

'Heb jij in mijn bureau gezeten, Zoë?'

'Landry,' zei ze, 'schiet nou maar op.'

3

Ik had Hank Bodine wel vaker ontmoet, maar ik was nog nooit in zijn kantoor op de bovenste verdieping van de Hammond Tower in het centrum van Los Angeles geweest. Meestal zag ik hem als hij naar El Segundo kwam, de divisie waar ik werkte.

In de ruim twintig minuten dat ik voor Bodines kantoor moest wachten, bladerde ik in oude nummers van *Fortune* en *Aviation Week & Space Technology* en vroeg ik me af waarom hij me wilde spreken. Ik trok steeds aan mijn verkreukelde das en besefte hoe slecht die bij mijn denim overhemd paste. Had ik maar een paar minuten de tijd genomen om mijn jeans uit te doen en een pak aan te trekken. Iedereen op het wereldhoofdkantoor van Hammond liep in een pak.

Eindelijk bracht Bodines secretaresse, Gloria Morales, me naar zijn kantoor, een enorme ruimte van chroom en glas, oogverblindend licht. Die kamer was groter dan mijn hele flat. Ik overdrijf niet. Er was zelfs een open haard, die hij daar tegen enorme kosten had laten aanbrengen, al brandde er op dat moment geen vuur in.

Hij stond niet op om mijn hand te schudden of zo. Hij zat in een leren bureaustoel met hoge rug achter een enorme plaat glas die als zijn bureau fungeerde. Die plaat was helemaal leeg, afgezien van een rij schaalmodellen van alle grote Hammond-vliegtuigen: de wide-bodied 818, de best verkopende 808, de geflopte 828, en natuurlijk mijn vliegtuig, de 880.

Bodine was een jaar of zestig. Hij had zilvergrijs haar, ogen die diep in hun kassen zaten onder dikke zwarte wenkbrauwen, een hoog voorhoofd, een vierkante kin. Als je hem maar even ontmoette, vond je hem gedistingeerd. Maar als je meer dan twee minuten in zijn gezelschap was, besefte je dat er niets gedistingeerds aan die kerel was. Hij was een bullebak, zeiden de meeste mensen, een grote, arrogante kerel met een scherpe tong en met een neiging tot woede-uitbarstingen. Toch had hij ook een groot, bruusk charisma, zoals wel meer van die topmanagers hebben.

Bodine leunde achterover en sloeg zijn armen over elkaar. Ik ging in een van de lage stoelen voor zijn bureau zitten. Ik ben niet klein, ruim een meter tachtig, maar toch keek ik nu naar hem op alsof hij Darth Vader was. Ik had het gevoel dat het opzettelijk zo was geregeld: een van Bodines trucs om zijn bezoekers te intimideren. Omdat de zon fel door de glazen wand achter hem scheen, kon ik zijn gezicht nauwelijks onderscheiden.

'Wat is dat voor vertraging in de fabriek?'

'Niets bijzonders,' zei ik. 'Een hechtprobleem in het kiel- vlak, maar er wordt iets aan gedaan.'

Had hij me daarvoor laten komen? Ik zette me schrap voor een salvo van vragen, maar hij knikte alleen maar. 'Goed. Pak je spullen,' zei hij. 'Je gaat naar Canada.'

'Canada?' vroeg ik.

'De lodge. De bedrijfsjet vertrekt over vijf uur van Van Nuys.'

'Ik begrijp het niet.' De jaarlijkse leiderschapsbijeen- komst, in een visserslodge, een immense blokhut in British Columbia, die bekendstond om zijn luxe, was alleen be- stemd voor de absolute top van Hammond, de ongeveer twaalf leden van het 'leiderschapsteam'. Zeker niet voor ty- pes van mijn kaliber.

'Ja, nou, sorry dat het zo kort dag is, maar het is niet an- ders. Het moet genoeg tijd zijn om een koffer vol te gooien. Neem vooral genoeg outdoorspullen mee. En vertel me niet dat je geen outdoortype bent.'

'Dat gaat wel. Maar waarom ik?'

Zijn ogen boorden zich in me. Toen kwamen de hoeken van zijn brede mond enigszins omhoog. Het kon voor een glimlach doorgaan. 'Klaag je?'

'Ik vraag het.'

'Jezus christus, man, heb je niet van de ramp van Euro- spatiale gehoord?'

De crash op de Paris Air Show, bedoelde hij. 'Wat is daarmee?'

'Midden in een demonstratievlucht moest de piloot een noodlanding maken. Een rolroer scheurde op tienduizend meter hoogte van een vleugel af en smakte tegen de romp.'

'Een landingsklep, om precies te zijn,' zei ik.

Hij keek geërgerd. 'Voor mijn part. Het onderdeel kwam met een klap op de startbaan van Le Bourget neer, op zo'n twee meter afstand van Deepak Gupta, bestuursvoorzitter en president-directeur van Air India. Het werd bijna zijn dood.'

'Oké.' Dat had ik nog niet gehoord.

'Gupta wachtte niet eens tot het toestel was gecrasht,' ging hij verder. 'Hij haalde zijn mobiele telefoon tevoorschijn, belde Mike en zei dat hij op het punt stond zijn order voor vierendertig E-336-vliegtuigen van Eurospatiale in te trekken. Hij zei dat die lui er nog niet aan toe waren. Hij wilde over zaken praten zodra de luchtshow voorbij was.'

'Dat is een order van acht miljard dollar,' zei ik, knikkend. 'Zo ongeveer.'

'Precies. Ik zei tegen Mike dat hij in Mumbai moest blijven tot hij Gupta's handtekening op de LOI heeft.' Een LOI is een *letter of intent*, een intentieverklaring. 'Het kan me niet schelen of hij moet kotsen van al die kerrie.'

'Oké.'

Hij wees met zijn grote, vlezige wijsvinger naar mij. 'Laat me je wat vertellen. Er is daar op Le Bourget niet alleen een van die verrekte E-336's gecrasht, maar ook het hele programma van Eurospatiale. En Air India is nog maar het begin. Dat snapt een imbeciel.'

'Oké, maar de lodge...'

'Cheryl wil daar iemand hebben die met kennis van zaken over de 880 kan praten.'

Cheryl Tobin was onze nieuwe voorzitter van de raad van bestuur, en zijn baas. Ze was de eerste vrouwelijke voorzitter uit de zestigjarige geschiedenis van Hammond Aerospace en trouwens ook onze eerste vrouwelijke topmanager. Ze was vier maanden geleden in haar nieuwe functie benoemd, nadat de legendarische James Rawlings dood neergevallen was op de golfbaan van Pebble Beach. Bodine moest net zo verbaasd zijn geweest als ieder ander toen de raad van commissarissen niet alleen voor een buitenstaander koos – zelfs afkomstig van Boeing, onze grootste concurrent – maar ook nog een vróúw. Au. Want iedereen had gedacht dat Hank Bodine de volgende voorzitter van de raad van bestuur zou worden. Hij zag er al helemaal uit als een bestuursvoorzitter.

'En Fred?'

'Fred mag van zijn artsen nog niet op reis.' Fred Madigan, de hoofdingenieur van de SkyCruiser, had kortgeleden een drievoudige bypass gehad.

'Maar er zijn nog zo veel anderen.' Zeker, over het geheel genomen wist ik waarschijnlijk meer over het vliegtuig dan ieder ander in de onderneming, maar dat maakte geen verschil: ik zat niet in de raad van bestuur. Ik was een ondergeschikte.

Bodine boog zich op zijn stoel naar voren. Zijn ogen brandden laserstralen in de mijne. 'Je hebt gelijk. Maar Cheryl wil jou.' Hij zweeg even en dempte toen zijn stem. 'Enig idee waarom?'

'Ik heb Cheryl Tobin in mijn hele leven nog nooit ontmoet,' zei ik. 'Ze weet niet eens wie ik ben.'

'Nou, om de een of andere reden vraagt ze jou om te gaan.'

'Vraagt ze het of beveelt ze het?'

Ik dacht dat hij zou glimlachen, maar dat deed hij niet. 'Het is niet optioneel,' zei hij.

'Dan voel ik me gevleid door de uitnodiging.' Een lang weekend in een afgelegen visserslodge in British Columbia met de twaalf of dertien kopstukken van Hammond Aerospace? Ik had nog liever een wortelkanaalbehandeling gehad. Met anesthesie als optie.

Zijn telefoon zoemde en hij nam op. 'Ja. Ik kom eraan,' zei hij in het apparaat. Hij stond op. 'Loop met me mee. Ik ben laat voor een bespreking.'

Hij liep met de veerkrachtige tred van een ex-sportman zijn kantoor uit – jaren geleden had hij football gespeeld op Purdue, had ik gehoord – en ik vergrootte mijn pas om hem bij te houden. In het voorbijgaan wuifde hij even naar Gloria.

'Nog één ding,' zei hij. 'Voordat we naar Canada gaan, wil ik dat je uitzoekt waarom dat vliegtuig in Parijs is neergestort. Ik wil dat Mike over alle mogelijke munitie beschikt om Eurospatiale de grond in te boren en een partij SkyCruisers te verkopen.'

De directiegang was stemmig en van dikke vloerbedekking voorzien, met mahoniehout op de wanden en daarop blauwdrukken van oude vliegtuigen in zwarte lijsten.

'Ik zal doen wat ik kan.'

'Dat is niet goed genoeg. Ik wil de feiten hebben voordat we naar Canada gaan.'

Een ander lid van de raad van bestuur dat ik niet kende, kwam voorbij en zei: 'Hoe gaat het, Hank?' Bodine keek hem met een stralende glimlach aan. Bij wijze van groet bracht hij twee vingers naar zijn voorhoofd, maar hij hield geen moment de pas in.

'Ik geloof niet dat ik Eurospatiale kan bellen om het ze te vragen, Hank.'

'Ben jij altijd zo brutaal?'

'Alleen bij mensen op wie ik indruk wil maken.'

Hij lachte één keer, de blaf van een zeehond. 'Jij hebt lef. Daar hou ik wel van.'

'Nee, daar hou je niet van.'

Hij glimlachte en ik zag zijn grote, te witte tanden. 'Nu heb je me te pakken.' Zijn glimlach verdween even snel als hij was verschenen.

We bleven voor de vergaderkamer van de raad van bestuur staan. Ik wierp een blik naar binnen. De kamer had een glazen wand die uitzicht bood op het centrum van Los Angeles. Aan een van de muren hing een gigantisch scherm waarop het logo van Hammond Aerospace werd geprojecteerd, dat eruitzag als een toekomstvisioen uit de jaren zestig.

Tien of twaalf mensen zaten op hoge leren stoelen aan een reusachtige o-vormige vergadertafel van glanzend zwart hout. De enige vrouw onder hen was Cheryl Tobin, een aantrekkelijke blonde vrouw van begin vijftig in een strak lavendelblauw pakje met strakke witte lapellen. Alles aan haar leek strak en beheerst en efficiënt.

Bodine keek op me neer. Hij was minstens tien centimeter langer dan ik en zo'n dertig kilo zwaarder. Hij kneep zijn ogen enigszins samen. 'Ik zal eerlijk tegen je zijn. Jij was niet mijn keus om voor Mike in te vallen.'

Alsof ik zo graag ga, dacht ik. 'Die indruk had ik al.'

'Cheryl gaat je allerlei vragen over de SkyCruiser stellen. Ze is blijkbaar vastbesloten orde op zaken te stellen, en dus zal ze je vragen naar alle mogelijke details: het gewichtsprobleem, de softwarefouten, de kwaliteitstests van de romp, je kent dat wel. En ik wil er zeker van zijn dat je haar de juiste antwoorden geeft.'

Ik knikte. *De juiste antwoorden.* Wat bedoelde hij daar nou weer mee?

'Zeg, ik wil dat je dit weekend geen moeilijkheden veroorzaakt. Begrijpen we elkaar?'

'Natuurlijk.'

'Goed,' zei hij, en hij legde zijn hand op mijn schouder. 'Als je je gedeisd houdt en in je eigen straatje blijft, komt het allemaal wel goed.'

Ik vroeg me af wat hij bedoelde en over wat voor 'moeilijkheden' hij het had.

Aan de andere kant had Hank Bodine daar volgens mij zelf ook geen idee van.

4

Meteen nadat ik Hank Bodines kantoor had verlaten, reed ik de dertig kilometer naar mijn flat in El Segundo om wat kleren op te halen. Ik reis niet veel voor mijn werk – in tegenstelling tot mijn bazen, die voortdurend ergens heen vliegen om met klanten te praten – maar mijn hond Gerty begreep meteen wat die zwarte koffer betekende. Toen ik mijn kleren bij elkaar pakte, stak ze haar kop tussen haar voorpoten en keek ze verslagen en in paniek toe.

Het eerste wat ik deed toen ik een jaar geleden met Ali had gebroken was een hond kopen. Ik zal er wel aan gewend zijn geweest dat er iemand in de buurt was. Ik ging naar het asiel en adopteerde een golden retriever. Zonder goede reden noemde ik haar Gertrude. Kortweg Gerty.

Toen Gerty bij me kwam wonen, was ze vel over been, maar ze was mooi en hechtte zich meteen aan mij. Eerlijk gezegd: als haar nieuwe eigenaar een seriemoordenaar en verkrachter was geweest, zou ze zich ook meteen aan hem hebben gehecht. Ze is een echte golden retriever.

Ze was ook een beetje gek: ze volgde me overal waar ik in de flat was. Op geen enkel moment was ze meer dan een meter bij me vandaan. Ze volgde me naar de badkamer, als ik de deur niet dichtdeed; als ik eruit kwam, stond ze te wachten. Gerty had behoefte aan gezelschap en was extreem aanhankelijk, maar niet meer dan sommige vrouwen met wie ik sinds Alison Hillman was omgegaan.

Soms vroeg ik me af of haar vorige eigenaar haar had weggedaan omdat ze zo aanhankelijk was, of dat ze zo was geworden omdat ze was weggedaan. Wat de reden ook was, haar scheidingsangst was niet meer normaal te noemen. Ze was net een Vietnamveteraan met een posttraumatisch stresssyndroom die een grasmaaier hoort en denkt dat het de laatste helikopter uit Saigon is, opstijgend van het dak van de Amerikaanse ambassade.

'Koest,' zei ik.

Honden worden onderschat als surrogaten voor vriendinnen, denk ik. Gerty klaagde nooit als ik laat van mijn werk kwam; ze was dan zelfs nog blijer me te zien. Ze vond het niet erg om elke dag hetzelfde te eten. Ze wilde nooit met alle geweld naar *Desperate Housewives* kijken als ik sport wilde zien, en ze vroeg me nooit of ik vond dat ze dik was.

Tenminste, dat zei ik steeds weer tegen mezelf sinds ik mijn relatie met Ali had verprutst. Zeker, het is geredeneer om het goed te praten, maar als het nou werkt?

En als het nu voorkwam dat ik steeds terugdacht aan de eerste keer dat ik haar zag?

'Jake Landry?'

Ik draaide me in mijn kamer om en zette bijna letterlijk grote ogen op. Er stond daar een mooie vrouw en ze keek kwaad.

'Ja?'

Heb ik al gezegd dat ze mooi was? Grote groene ogen, kastanjebruin haar. Klein en slank. Heel leuk. Ze had haar armen over elkaar geslagen.

'Ik ben Alison Hillman. Van Personeelszaken.'

'O, ja. Ik dacht dat je wilde dat ik...'

'Ik moest hier toch zijn en ik ben maar even naar je toe gekomen.'

Ik draaide mijn stoel om. Stond op, wilde beleefd zijn.

Een Alison Hillman van Personeelszaken had me een woedend mailtje gestuurd waarin ze schreef dat ze me onmiddellijk op het hoofdkantoor wilde spreken. Ik had niet verwacht dat ze zelf naar me toe zou komen.

Ik had ook niet verwacht dat ze er zo zou uitzien. 'Wilde je me ergens over spreken?'

Ze keek naar me op, haar hoofd een beetje schuin. Het licht viel op haar ogen. Gouden vlekjes in haar irissen. *Zonnebloemen*, dacht ik. *Ze zien eruit als zonnebloemen.*

'Je naam staat op Ken Spivaks ERT-formulier als manager die hem heeft aangenomen.' Geen opmerking maar een beschuldiging.

Ik aarzelde even. 'O, ja, het overplaatsingsformulier.' Ik

deed dat soort papierwerk niet vaak en kende de afkortingen niet zo goed. 'Is er een probleem?'

'Een probléém?' Ze keek ongelovig. 'Ik weet niet wat je van plan bent, maar een Cat C ERT moet niet alleen bij QTTP en LTD maar ook bij Uurloonpersoneel worden ingediend.'

'Spreek je ook Engels?'

Ze keek me enkele seconden aan en schudde haar hoofd. Ik wist het niet zeker, maar misschien probeerde ze een glimlach te onderdrukken, een echte. 'Je hebt die machinebankwerker een overplaatsing gegeven van de fabriek in Palmdale naar de assemblagefabriek in El Segundo. Klopt dat?'

'Ja. Nou?'

'Dat kun je niet maken. Zo werkt het niet.'

Ik probeerde onschuldig te kijken. 'Wat werkt niet zo?'

'Neem je me nou in de maling? Je bent niet bevoegd om zomaar… om zomaar een uurloonmedewerker van de ene naar de andere divisie over te plaatsen. Je mag niet iemand van buiten de kandidatenpool aannemen. Er is een hele benoemingsprocedure conform de cao. Er zijn uitgebreide protocollen waaraan je je moet houden. Dus het spijt me, maar ik moet die overplaatsing terugdraaien. Hij gaat naar Palmdale terug.'

'Kunnen we even eerlijk zijn?'

Ze keek verbaasd. 'Ja?'

'Jij weet net zo goed als ik dat we op het punt staan de divisie Palmdale aan een buy-outfirma te verkopen. Het is alleen nog niet bekendgemaakt. Dat betekent dat die man wordt ontslagen.'

'Samen met alle anderen die op de fabriek in Palmdale werken,' zei ze, haar armen weer over elkaar. 'En de meesten van die werknemers zullen een andere baan vinden.'

'Hij niet. Hij is te oud. Hij is zevenenvijftig, hij is al bijna veertig jaar bij Hammond, en hij is een goed mens en een harde werker.'

Een half glimlachje. 'Even eerlijk zijn? We maken die dingen niet voor niets zo moeilijk. Het gaat erom dat het op de juiste manier gebeurt.'

'Ja, nou, Ken Spivak heeft vijf kinderen, en zijn vrouw is vorig jaar gestorven. Hij is het enige wat ze hebben. En zeg maar Jake.'

Blijkbaar ontweek ze mijn blik. 'Ik… ik stel het op prijs wat je probeert te doen, maar ik heb echt geen keus. Besef je wel wat voor juridische nachtmerrie ons te wachten staat als in Palmdale bekend wordt dat één gelukkige is overgeplaatst en alle anderen worden ontslagen, ook mensen met hogere prestatiebeoordelingen? We krijgen de hele vakbond over ons heen.'

Ik antwoordde rustig: 'Weet je wel wat voor juridische moeilijkheden je krijgt als je zijn overplaatsing ongedaan maakt?'

Ze keek me enkele ogenblikken zwijgend aan. Ze wist dat ik gelijk had.

Ik ging verder: 'Stuur hem niet terug. Doe dat niet.'

'Het gaat erom dat dingen op de juiste manier gebeuren,' herhaalde ze zachtjes. 'Het spijt me.'

'Nee,' zei ik. 'Het gaat erom dat je de juiste beslissing neemt.'

Ze zei niets.

'Heb je al geluncht?' vroeg ik.

Ik wist niet wat ik moest meenemen. 'Outdoorspullen,' had Hank Bodine gezegd, wat dat ook mocht betekenen. Ik pakte twee spijkerbroeken, mijn oude Carhartt-jachtjasje en laarzen. Toen ging ik online en zocht ik de visserslodge op. Ik zag hoe chic het was en deed er een kakibroek en een blazer bij, en voor alle zekerheid ook een paar dure schoenen voor als we gingen dineren. Daarna trok ik vlug een blazer aan en deed ik een das om voor in de bedrijfsjet.

Toen een ander probleem. Wat moest ik met Gerty doen in de vier dagen dat ik weg was? Iemand moest haar eten geven en twee of drie keer per dag uitlaten. Ik belde een van mijn buren in het flatgebouw, een oudere weduwe. Ze had een zwarte labrador en ze was gek op Gerty en had een paar keer op haar gepast. Haar telefoon ging maar over en over. Ik belde een stel vrienden, maar die excuseerden zich allemaal.

Ze kenden Gerty.

Dit kon een groot probleem worden, besefte ik, want ik wilde Gerty echt niet in een kennel onderbrengen, gesteld al dat ik er zo gauw een kon vinden. Ik keek op mijn horloge en zag dat ik nog zo'n twee uur de tijd had voordat ik op vliegveld Van Nuys moest zijn. Net genoeg tijd om naar kantoor te rijden, de nieuwste gegevens van de 880 te downloaden en uit te zoeken wat de oorzaak van die vliegtuigcrash in Parijs was.

Zolang ik Hank Bodine maar gaf wat hij wilde hebben, dacht ik, zou er niets aan de hand zijn.

5

Tijdens de korte rit naar kantoor dacht ik steeds weer aan dat vreemde gesprek met Hank Bodine. Ik zat met dezelfde vraag als hij: waarom had de hoogste baas van de Hammond Aerospace Corporation, die niet eens wist wie ik was, mij op de gastenlijst voor Canada gezet? En waar maakte Bodine zich zo druk om – waarom was hij bang dat ik moeilijkheden zou veroorzaken? Als hij er zeker van wilde zijn dat ik de 'juiste antwoorden' gaf, wat waren dan de verkéérde antwoorden?

Zodra ik op mijn kamer was, ging ik over op multitasking: ik werkte me door mijn e-mail heen en zette tegelijk bestanden op een *flashdrive*. Het grootste deel van mijn stapel e-mails kon ik gerust negeren. Een mailtje van het bureau van de voorzitter van de raad van bestuur ging over het belang van ethiek en een 'verantwoordingscultuur' bij Hammond. Ik bewaarde het om het later te lezen. Waarschijnlijk nooit.

Zoë keek naar me. 'Nou, wat wilde Bodine?'

'Ik dacht dat je alles wist.'

'Soms is het netwerk van roddelende secretaresses nogal traag. Vertel op.'

'Hij zei dat ik naar de lodge ga.'

'Kom nou! Waarvoor, om hun koffers te dragen?'

Ik keek haar even aan en ging toen verder met het kopiëren van bestanden. 'Cheryl Tobin heeft uitdrukkelijk om mij gevraagd,' zei ik met een neutraal gezicht. 'Om in te vallen voor Mike.'

'Ja, hoor. Alsof ze zelfs maar weet wie je bent.'

'Ze kent mijn naam niet,' gaf ik toe. 'Ze wilde iemand die met kennis van zaken over de 880 kan praten.'

'En jij bent de beste die ze konden bedenken?'

Daarom konden Zoë en ik zo goed met elkaar opschieten. Omdat ze niet voor mij maar voor Mike werkte, kon ze min of meer zeggen wat ze wilde zonder bang te zijn ontslagen te worden.

'Heb je geen werk te doen?' zei ik.

'Dus je bent akkoord gegaan.'

Ik keek haar weer even aan. 'Dacht je dat ik een keuze had? Het was geen verzoek. Het was een bevel.'

Ze haalde haar schouders op. 'Alsof dat voor jou ooit verschil heeft gemaakt. "Naar boven trappen, naar beneden likken" – dat is toch jouw motto? Zo veel mogelijk superieuren tegen je in het harnas jagen.'

'Ik heb nog een baan, nietwaar?'

'Ja. Voorlopig wel. Had je niet al op Van Nuys moeten zijn?'

'Het vliegtuig vertrekt over anderhalf uur,' zei ik. 'Ik moet je om een heel grote dienst vragen.'

Ze keek me behoedzaam aan.

'Wil je op mijn hond passen?' vroeg ik.

'Gerty? Geen probleem. Het is net *rent-a-dog*. Ik krijg een paar dagen een hond en dan breng ik hem terug als het niet leuk meer is.'

'Je bent geweldig.' Ik gaf haar de sleutels van mijn flat. 'Laat haar niet tegen je aan rijden,' zei ik.

'Wat?'

'Ze mag graag tegen de benen van mensen aan rijden.'

'Is ze geen teef?'

'Het is een kwestie van dominantie. Laat haar dat niet doen.'

'Niemand domineert mij,' zei ze.

'Op die manier bepalen wolven de hiërarchie in de roedel.'

'Wolven? Hebben we het nog steeds over Gerty de Softe Hond?'

'Honden en wolven behoren genetisch tot dezelfde soort, weet je.'

'Wat weet jij van wolven, Landry?'

Meer dan jij weet. 'Kijk je niet naar *De hondenpsychiater* op de tv?'

'Hoef ik niet naar te kijken. Ik doe mijn eigen veldonderzoek. Alle mannen zijn honden, zelfs degenen die zich als wolf gedragen.'

'Laat maar,' zei ik. 'Nog één dienst?'

Ze keek nu nog argwanender. Ze kon heel goed ijskoud kijken. Dat moest ze hebben geperfectioneerd in die clubs van haar, als ze jongens op een afstand wilde houden.

'Bodine wil weten waarom dat vliegtuig van Eurospatiale is neergestort.'

'De vleugel viel eraf of zoiets.'

'Een klein stukje van de vleugel, Zoë. Het heet de landingsklep. De vraag is: waarom? Het was een gloednieuw vliegtuig.'

'Wil je dat ík dat ga uitzoeken?'

'Stuur mailtjes naar journalisten op de goede luchtvaartwebsites. Vraag ze of ze iets hebben gehoord. Geruchten, wat dan ook, dingen die ze misschien niet hebben gemeld. En probeer wat foto's te pakken te krijgen.'

'Van het vliegtuig?'

'Als het kan. Foto's van de landingsklep zouden nog beter zijn. Die moeten ergens zijn, want er stonden in het publiek een heleboel fotografen die foto's van de demonstratievluchten maakten. Ik wed dat iemand close-ups heeft gemaakt op het moment dat die klep op de grond viel. Daar zou ik graag wat scherpe foto's van willen hebben, als je die ergens kunt vinden.'

'Waarom wil Bodine dat weten?'

'Hij zegt dat hij Mike zo veel mogelijk negatieve informatie over Eurospatiale in handen wil geven.'

'Is het niet genoeg dat die klotekist van ze is neergestort?'

Ik haalde mijn schouders op.

'Wanneer moet je dat hebben? Als je terugkomt uit Canada?'

'Nou, Bodine wil die informatie hebben voordat we daar zijn.'

'Dan heb ik niet veel tijd, Landry. Mike wil dat ik een spreadsheet voor hem maak, en in theorie werk ik voor hem, weet je. Ik kan er over een paar uur aan beginnen.'

'Dat moet lukken, als er internettoegang in de bedrijfsjet is,' zei ik.

'Die is er. En nog wireless ook. Als je het maar doet voordat je bij de lodge bent.'

'Waarom?'

'Die valt buiten alle netwerken. Geen mobiele telefoon,

geen BlackBerry, geen e-mail, niets.'

'Dat meen je niet.'

'Toch wel. Mike zag er altijd tegen op. Je weet hoe verslaafd hij is aan zijn e-mail.'

'Ik dacht dat het heel chic was. Als je jou zo hoort, is het een soort blokhut zonder waterleiding.'

'Het is chic. Maar het is ook heel afgelegen en ze hebben geen vaste telefoon. Dit jaar staat Cheryl niet toe dat iemand internet of de satelliettelefoon van de bedrijfsleider gebruikt. Ze wil dat iedereen offline is.'

'Klinkt geweldig. Maar die kerels worden daar vast helemaal gek van.'

'En je moet echt met ze praten.'

'Niet als ik het kan voorkomen.'

'Jij snapt het niet, hè? Dat is nou juist de bedoeling van die dagen dat ze met zijn allen in de rimboe gaan zitten. Ze bouwen daar teamgeest op, een goed moreel, dat soort dingen. Ze doen ook veel aan buitensporten. Zelfs touwbanen, schijnt het.'

Ik kreunde. 'Geen touwbanen.'

'Nou, misschien een verfijnde variant daarvan. Ik weet het niet. Maar het gaat erom dat barrières worden geslecht en dat mensen die elkaar niet aardig vinden toch vrienden worden.'

Dachten ze dat al die leden van de raad van bestuur vrienden werden als ze met zijn allen gingen kajakken? Al die supercompetitieve type A-persoonlijkheden? Die knepen elkaar nog eerder de strot dicht.

'Toch heb ik het gevoel dat Bodine daardoor niet meer sympathie voor Cheryl Tobin gaat opvatten.'

Zoë keek me lang en onderzoekend aan, en kwam toen dichterbij. 'Hoor eens, Jake. Dit blijft onder ons, oké?'

Ik keek op. 'Oké.'

'Nou, een meisje, Sophie, werkt op Bedrijfsbeveiliging in het hoofdkantoor.'

'Ja?'

'Ik kwam haar gisteravond in de Darkroom aan North Vine tegen, en ze vertelde me dat ze net een groot, supergeheim project voor de juridische afdeling heeft gedaan.'

Ze zweeg even alsof ze niet wist of ze wel verder moest gaan. Ik zei bijna: *Zo supergeheim kan het niet zijn, als jij ervan weet.* In plaats daarvan knikte ik en zei: 'Oké.'

'Ze moest in de e-mailaccounts van mensen inbreken en hun e-mail archiveren en naar een advocatenkantoor in Washington D.C. sturen.'

'Waarvoor?'

'Dat wist ze niet. Ze zeiden alleen tegen haar dat ze het moest doen. Het zat haar helemaal niet lekker. Ze wist dat er iets ernstigs aan de hand moest zijn. Misschien een soort heksenjacht.'

'De e-mail van iedereen?'

Ze schudde haar hoofd. 'Alleen de hoogste managers.' Ze wachtte enkele ogenblikken. 'Inclusief Hank Bodine.'

'O, ja?' Dat wás interessant. 'Denk je dat Cheryl Tobin die opdracht had gegeven?'

'Dat zou me niet verbazen.'

Ik dacht even na. Een van de redenen waarom de commissarissen een buitenstaander tot voorzitter van de raad van bestuur hadden benoemd, had ik gehoord, was de mogelijkheid om schoon schip te maken. Er deden allerlei geruchten de ronde over corruptie, steekpenningen en omkooppotjes, maar eerlijk gezegd staat onze hele bedrijfstak daar min of meer om bekend. 'Geen wonder dat Bodine wilde weten of ik een vriendje van Cheryl Tobin was.'

'Als ik jou was, zou ik voorzichtig zijn,' zei Zoë.

'Voorzichtig? Hoezo, kan ik brandwonden oplopen van die touwen?'

Zoë trok een grimas. Blijkbaar was ze een beetje kwaad omdat ik haar spannende nieuwtje met een stomme grap afdeed. Maar als er problemen waren tussen Hank Bodine en de bestuursvoorzitster, had ik daar niets mee te maken, dacht ik.

'Nee,' zei ze. 'Als je daar vier dagen bij al die topfiguren zit, ben ik bang dat je gaat zeggen hoe je over de dingen denkt en dat je dan je baan verliest. Die kerels laten zich niets door jou zeggen.'

'O nee?'

'Nee. Misschien heb je verstand van honden, Landry, maar je weet helemaal niks van wolven. Het is een kwestie van dominantie.'

6

Toen ik over de 405 naar het vliegveld Van Nuys reed, en ongewoon goed vooruitkwam, dook er uit het niets een politiewagen op: blauwe flikkerlichten, loeiende sirene. Mijn maag trok zich samen. *Verrek, reed ik te hard? Ja, maar dat deed toch iedereen?*

Toen vloog de politiewagen me voorbij. Ze zaten achter een of andere arme stumper aan. Op mijn netvlies bleef een nabeeld achter, en opeens was ik terug in een tijd waaraan ik bijna nooit meer dacht.

De parketwachter bracht me in handboeien de rechtszaal in.

Ik droeg een wit button-downoverhemd, dat te groot was voor mij – zestien jaar oud, slungelig, nog geen brede schouders – en mijn nek jeukte van het etiket. De parketwachter, een logge man met een buikje die me aan een kikker deed denken, bracht me naar de lange houten tafel met de pro-Deoadvocate die me was toegewezen. Hij wachtte tot ik naast haar zat, deed me toen de handboeien af en ging achter me zitten.

De rechtszaal was benauwd en oververwarmd. Het rook er naar schimmel, zweet en reinigingsmiddelen. Ik keek naar de advocate, die van goede wil was maar niet erg helder overkwam. Ze had een wirwar van bruin krulhaar. Ze wierp me een snelle, meelevende blik toe waaruit ik afleidde dat ze niet al te hoopvol gestemd was. Ik zag dat het dossier dat voor haar op de tafel lag niet mijn zaak was: ze was al overgegaan op de volgende zaak.

Mijn hart bonkte. De rechter was een afschrikwekkende zwarte vrouw die een leesbril met schildpadmontuur aan een ketting om haar hals had hangen. Ze fluisterde de griffier iets toe. Ik keek naar de witte blokletters op het plastic naamplaatje met houtnerf dat voor haar stond: DE EDEL-ACHTBARE FLORENCE ALTON-WILLIAMS.

Een van de tl-buizen zoemde en flikkerde. De kolossale radiatoren maakten klopgeluiden. Stemmen galmden uit de gang buiten de rechtszaal.

Ten slotte keek de rechter mij over haar halve brillenglazen aan. Ze schraapte haar keel. 'Meneer Landry,' zei ze, 'er is een oude Cherokee-legende over een jongeman die door zijn agressieve neigingen steeds weer in moeilijkheden komt.' Ze sprak met een strenge altstem. 'Die jongeman gaat naar zijn grootvader toe en zegt: "Soms voel ik zo'n woede dat ik het niet kan helpen – ik kan mezelf niet tegenhouden." En zijn grootvader, die een van de stamoudsten is, en een wijs man, zegt: "Dat begrijp ik. Ik was vroeger ook zo. Weet je, in jou zitten twee wolven. De ene wolf is goed en aardig en vreedzaam, en de andere is slecht en gemeen en woedend. Die slechte wolf vecht altijd tegen de goede wolf." De jongen dacht daar even over na en zei toen: "Maar, grootvader, welke wolf zal winnen?" En de oude man zei: "De wolf die je te eten geeft." '

Ze pakte een geelbruine map op en sloeg hem open.

39

Schraapte haar keel. Een minuut ging voorbij. Ik had een droge mond gekregen en kon bijna niet slikken.

'Meneer Landry, ik bevind u schuldig aan mishandeling, de dood tot gevolg hebbende.' Ze keek me over haar brillenglazen aan. De advocate naast me ademde langzaam in. 'U mag van heel veel geluk spreken dat u niet als volwassene wordt berecht. Ik stuur u naar een beperkt beveiligde residentiële faciliteit – dat is een jeugdgevangenis – voor de duur van achttien maanden. En ik kan alleen maar hopen dat als u uw straf hebt uitgediend u hebt geleerd welke wolf u te eten moet geven.'

De radiatoren klopten en de tl-buis zoemde en ergens op de gang galmde de lach van een vrouw.

7

Hammond Aerospace had vier bedrijfsjets, die allemaal in de eigen hangar van de onderneming op het vliegveld Van Nuys in de San Fernando Valley stonden, zo'n veertig kilometer ten noordwesten van het centrum van Los Angeles. 'Van Noise', zoals de plaatselijke bevolking het vliegveld mopperend noemde, lag verder bij het wereldhoofdkantoor van Hammond vandaan dan het vliegveld LAX, maar omdat Van Nuys geen commerciële vluchten verzorgde, kon je daar vlugger en gemakkelijker aankomen en vertrekken.

Niet dat ik ooit eerder met de bedrijfsjet had gevlogen – als ik voor mijn werk ergens heen moest, ging ik met een gewoon lijntoestel. De bedrijfsvliegtuigen waren alleen voor de elite bestemd.

Ik parkeerde mijn Jeep voor het lage terminalgebouw, pakte mijn koffer van de achterbank en keek om me heen.

De jet stond dichtbij op de startbaan. Dit was het grootste en mooiste vliegtuig van onze bedrijfsvloot, een gloednieuwe Hammond Business Jet met het futuristische Hammond-logo op de staart. Het glinsterde in de zon alsof het net gewassen was. Het was een lust voor het oog.

Niemand had me verteld waar ik heen moest gaan als ik daar aankwam, dus of ik direct naar het vliegtuig moest gaan of niet. Ik wist dat je rechtstreeks naar het vliegtuig toe kon rijden om aan boord te gaan. Maar toen ik door de spiegelglazen ruiten van onze 'executive terminal' keek, zag ik een stel kerels die eruitzagen als topmanagers van Hammond. Ik reed mijn koffer naar het gebouw en ging naar binnen.

De passagierslounge was ontworpen om aan een vliegveld uit de jaren dertig te doen denken, met een vloer van marmeren tegels en brede leren banken. Ik moest denken aan een van die dure luchthaven-'clubs' voor first class passagiers, het soort gelegenheid waar je soms een blik naar binnen kunt werpen als je langs komt sjokken, voordat de deur dichtklapt voor de neus van types als jij. Op dat overvolle vliegveld moet je de hele tijd uitwijken voor snelle elektrische passagierswagentjes die vijandig naar je piepen, en op de lopende band word je opzij geduwd door dikke vrouwen met kaneelbroodjes, maar daarbinnen heerst de gedempte stilte van de Ambassador's Club of de Emperor's Club: rijke, goed geklede passagiers laten hun fluitglazen champagne tegen elkaar tikken en scheppen kaviaar op driehoekige toastjes.

Ik keek om me heen. Er waren daar een stuk of tien mannen. Geen vrouw. Er zaten geen vrouwen in de top van Hammond Aerospace. Behalve natuurlijk de nieuwe baas.

Ze leken ook allemaal op elkaar. In leeftijd varieerden ze van begin veertig tot een jaar of zestig, maar ze zagen er allemaal vitaal en middelbaar uit, viriel en welvarend. Ze hadden ook allemaal het soort arrogantie dat aan gladiatoren deed denken. Het leek wel een bijeenkomst van een sportieve familie.

Bovendien had niemand van hen, behalve ik, een das om. Ze droegen niet eens een blazer. Ze hadden sportkleding of outdoorspullen aan – korte en lange cargobroeken, golfshirts, Patagonia Shell jacks, North Face shirts. Overal zag je merknamen.

Die memo had ik blijkbaar niet ontvangen.

Een paar van hen liepen rond. Ze praatten in zichzelf en hadden Bluetooth-oortjes in die op zilveren snoepjes leken, met flikkerende blauwe lichtjes. Hank Bodine stond bij de ingang. Hij droeg een marineblauw opengewerkt shirt met korte mouwen en praatte met iemand die ik niet kende.

Omdat hij daar de enige was die ik kende, ging ik naar hem toe om hem gedag te zeggen. Ik wilde geen gesprek onderbreken, maar ik wilde ook niet als een etalagepop op mijn plaats blijven staan. Misschien ben ik niet de meest extraverte jongen die je ooit zult tegenkomen, maar een paar sociale vaardigheden heb ik nog wel. Evengoed voelde ik me net de nieuwe jongen op de lagere school: om je heen kijkend in de kantine, je dienblad tegen je aan, op zoek naar een bekend gezicht waar je bij kon gaan zitten. Zo had ik me ook gevoeld toen ik op mijn zestiende in Glenview was aangekomen.

Ik liet mijn koffer bij de deur staan en ging aarzelend naar hem toe. 'Hé, Hank,' zei ik.

Voordat Hank de kans kreeg om antwoord te geven, kwam een lange, pezige man naar hem toe en klopte hem op zijn schouder. Het was Kevin Bross, lid van de raad van bestuur en hoofd Verkoop van de divisie Commerciële Vliegtuigen. Hij had een lang, smal gezicht en een neus die eruitzag alsof hij een paar keer gebroken was. Waarschijnlijk toen hij football speelde: Bross was ook een vroegere footballtopper; hij had voor Michigan State gespeeld.

'Hallo, Hank,' zei Bross tegen Bodine.

Bross had me blijkbaar helemaal niet opgemerkt. 'Heb je

dat onzinmailtje gelezen dat Cheryl vanmorgen heeft rondgestuurd?' zei hij op gedempte toon. Hij droeg een zwart T-shirt van Under Armour. Het zat strak om zijn brede, platte bovenlijf, als het kostuum van een superheld. 'Al dat gelul over "leidende beginselen" en "een cultuur van verantwoording"?' Hij keek Bodine vol ontzetting aan. Ik kon niet geloven dat hij zo openlijk op onze hoogste baas afgaf, en dat nog binnen gehoorsafstand van de anderen ook.

Hank Bodine schudde zijn hoofd en glimlachte ondoorgrondelijk.

Bross ging verder: 'Alsof ze onze welpenleidster is of zoiets.'

Bodine knipoogde alleen maar en zei: 'Vroeger hadden we zeker geen leidende principes. Je kent Jack Landry?'

'Hoe gaat het?' zei Bross zonder belangstelling. Hij wierp me een snelle, plichtmatige blik toe en keek toen Bodine weer aan. 'Waar is Hugo?'

'Die kan hier elk moment zijn,' zei Bodine. 'Hij komt uit Washington.'

'Dus Cheryl heeft hem nog niet ontslagen, hè?'

'Cheryl gaat Hugo niet ontslaan,' zei Bodine kalm. 'Al zal hij, als ze klaar met hem is, wénsen dat hij ontslagen was.'

Ze legden het natuurlijk niet uit, maar ik wist dat ze het over Hugo Lummis hadden, het lid van de raad van bestuur dat de leiding had van de activiteiten van Hammond in Washington. Om het simpel te zeggen: hij was onze hoogste lobbyist. Hugo was een goeie ouwe jongen uit het zuiden, iemand die zich volkomen op zijn gemak voelde in de politieke wandelgangen. Voordat Hammond hem in dienst nam, was hij onderminister van Defensie onder George W. Bush geweest, en daarvoor stafchef van een belangrijke Republikeinse afgevaardigde. Hij was goede maatjes met zo ongeveer iedereen in het Congres die iets voorstelde.

Er gingen in de onderneming geruchten dat hij iets vreemds, misschien zelfs illegaals, had gedaan om Hammond een paar maanden geleden een groot luchtmachtcontract in de wacht te laten slepen. Het waren maar geruchten: geen aanklachten, niets concreets. Nu vroeg ik me af of dat de reden was waarom het meisje van Bedrijfsbeveiliging met wie Zoë had gepraat opdracht had gekregen Bodines e-mails te doorzoeken.

'Ze laat hem gewoon bungelen, hè?' zei Bross.

Bodine boog zich dicht naar Bross toe en sprak met gedempte stem. 'Het schijnt dat ze een van die grote advocatenkantoren in Washington heeft ingehuurd om een intern bedrijfsonderzoek te doen.'

Bross staarde hem aan. 'Dat meen je niet.'

Bodine keek alleen maar terug.

'Je moet dat tegenhouden,' zei Bross.

'Te laat. Het is al aan de gang.'

'Hank, alleen jij kunt die meid overreden. Je kunt haar duidelijk maken dat je niet schijt waar je eet.'

Ik vond het nogal gênant dat ik daar naar hun gesprek stond te luisteren. Aan de andere kant was ik voor die kerels waarschijnlijk niet meer dan een willekeurige werknemer, ergens heel laag op de totempaal. Ik had net zo goed onder de grond kunnen zitten. Sinds Bodine had vastgesteld dat ik niet tot Cheryls factie behoorde, vormde ik geen bedreiging meer. Hij nam niet eens de moeite Kevin Bross te vertellen wie ik was en wat ik daar deed.

'Nou, mijn papa heeft me geleerd nooit op zo'n manier tegen een dame te praten,' zei Bodine. Hij glimlachte en knipoogde opnieuw. 'Trouwens, ik ben iets van plan waar geen overreding bij te pas komt.'

Mijn mobieltje ging. Ik haalde het uit mijn zak en excuseerde me, al merkten de twee mannen nauwelijks dat ik wegging.

'Hé,' zei Zoë. 'Heb je al plezier? Laat me raden. Je bent links en rechts aan het hielenlikken en je bent al het nieuwe wonderkind.'

'Zoiets.' Ik ging het terminalgebouw uit en stond nu in de zon naar het glanzende Hammond-vliegtuig te kijken.

'Praat je met iemand, of sta je daar in je eentje, te trots om met je superieuren aan te pappen?'

'Heb je iets voor me, Zoë?'

'Ik heb net met een journalist van *Aviation Daily* over die vliegtuigcrash gepraat. Hij zei dat er iets met de composieten was. Daardoor was dat hoe-heet-dat-ding-ook-weer afgebroken.'

'De landingsklep. Wat voor composietenprobleem? Een verbinding?' Ik voelde de warme zonneschijn op mijn gezicht.

'Zie ik eruit als een ingenieur? Ik kan niet eens de video programmeren. Hoe dan ook, ik heb aantekeningen gemaakt en die heb ik in een e-mail voor jou gezet. Ik heb er ook wat close-upfoto's van dat stuk van de vleugel bijgedaan.'

'Geweldig, Zoë. Ik download ze als we aan boord zijn. Dank je.'

'*De nada.* O, en Jake?'

'Ja?'

'Die man van *Aviation Daily* heeft me ook verteld dat Singapore Airlines de deal met Eurospatiale net heeft afgezegd. Ze zijn hevig geschrokken van die crash.'

'O, ja?' Dat was een groot contract, bijna net zo groot als dat van Air India. 'Is dat openbare informatie?'

'Nog niet. De journalist had het nieuws zelf nog maar net gekregen, en hij gaat het straks op hun website zetten. Dus niemand weet er nog van. Je ligt zo'n vijftien minuten voor op de rest.'

'Reken maar dat Hank Bodine daarvan knort als een varken in de stront.'

'Hé, Jake, weet je – misschien kun je het hem zelf vertellen. Dan ben je de brenger van goed nieuws.'

'Misschien wel.'

'Je aarzelt. Je wilt niet de indruk wekken dat je hem aan het opvrijen bent. Nou, je kunt misschien maar beter vriendjes worden met al die grote jongens. Vooral omdat je een lang weekend met ze gaat doorbrengen. Waarschijnlijk doen ze ook van die spelletjes waarbij je je moet laten vallen in het vertrouwen dat anderen je opvangen.'

'Dat komt mij dan vast op een hersenschudding te staan.'

'Tot horens.'

'Oké, ik geef het nieuws aan Bodine door. En nogmaals bedankt. Ik sta bij je in het krijt. Eén-nul voor jou.'

'Eén?' zei Zoë. 'Eén in het kwadraat, zou ik zeggen.'

'Dat is nog steeds één, Zoë.'

'Of zoiets.'

Ik verbrak de verbinding en ging weer naar binnen.

8

Een grote, dikke, kale man met flaporen duwde vlak voor me de glazen deuren van de terminal open. Iemand riep naar hem en zijn antwoord, met een bulderende zuidelijke stem, ging over in een grote daverende lach. Hij riep mensen aan alsof het een studentenfeest was. Zijn dubbele kin schudde heen en weer. Hij droeg een zilvergrijs golfshirt dat strak om zijn royale buik spande.

Dat moest de befaamde Hugo Lummis zijn, onze hoofdlobbyist. De man die de pech had dat Cheryl Tobin hem liet bungelen, als je Kevin Bross moest geloven.

Hij ging recht op Bodine en Bross af. Ik bleef een beetje op de achtergrond. Lummis keek op zijn horloge, een kolossaal, extravagant zilveren ding, niet veel kleiner dan een frisbee. Toen keek Bross ook op zijn horloge, een gouden ding dat net zo groot was. Blijkbaar maakten ze zich druk om de tijd, en dat begreep ik niet goed. Wie kon het wat schelen hoe laat we naar Canada gingen?

Toen ik naar Bodines groepje liep, zei Bross, die met zijn claxonstem tot wijd in de omtrek verstaanbaar was: 'IWC Destriero.'

Lummis mompelde iets, en Bross ging verder: 'Ik heb het in december in Zürich gekocht. 's Werelds meest gecompliceerde polshorloge. Zevenhonderdvijftig mechanische onderdelen, zesenzeventig robijnen. Eeuwigdurende kalender met dag, maand, jaar, decennium en eeuw.'

Ze waren dus horloges aan het vergelijken. 'Je bedoelt, voor het geval je vergeet welke eeuw het is?' merkte Lummis op. 'De laatste keer dat ik keek, was het de eenentwintigste, tenzij dat horloge van jou het beter weet.'

'Hij geeft de schijngestalten van de maan exacter weer dan elk ander horloge,' zei Bross. 'De chronograaf is nauwkeurig tot op een fractie van een seconde. De *tourbillon* heeft een echappement van acht slagen per seconde. Luister maar eens – de *minute repeater* slaat elk kwartier.'

'Pardon,' zei ik. Ik probeerde Bodines aandacht te trekken, maar hij zag me niet.

'Ik zou daar gek van worden,' zei Bodine.

Lummis hield zijn eigen horloge omhoog en zei: 'Jules Audemars. Equation of Time skeleton. Grande complication.'

'Hoe kun je op dat ding nou zien hoe laat het is?' vroeg Bodine. 'Ik wil alleen maar weten of we gauw gaan vertrekken.'

'Er vertrekt hier niemand tot Cheryl er is,' zei Lummis. Hij keek op zijn polsfrisbee. 'Cheryl zal wel haar *entrée* moeten maken. Modieus laat. Omdat ze de bestuursvoorzitster is en zo.'

'Nee,' zei Bross, 'vrouwen zijn gewoon altijd te laat. Mijn vrouw ook – het is altijd opschieten en wachten.'

Bodine glimlachte vaag. Hij nam niet aan hun spot deel en reageerde ook niet afkeurend. 'Nou, het vliegtuig stijgt pas op als zij er is,' zei hij.

Hugo Lummis zag mij en zei: 'Alles klaar?'

'Sorry?' zei ik.

'Zijn we klaar om te vertrekken?'

'Ik… ik weet het niet.'

Hij tuurde even naar me en grinnikte. 'Sorry, jongeman, ik dacht dat je een steward was.' De mannen om hem heen lachten ook. 'Dat komt door die das.'

Ik stak mijn hand uit. 'Jake Landry,' zei ik. 'En ik ben ook geen piloot.'

Hij schudde mijn hand zonder zich voor te stellen en keek naar mijn horloge. 'Maar daar heb je toch een heel mooi pilotenhorloge, zie ik. Is dat een IWC, jongeman?'

'Dit?' zei ik. 'Het is een Timex, geloof ik. Nee, een Casio. Vijfentwintig dollar.'

Lummis grinnikte opgewekt en wendde zich weer tot de anderen. 'En ik wilde de jongeman net vragen mijn tas voor me naar het vliegtuig te dragen.' Hij tuurde weer naar me en zei: 'Ben je pas aangenomen?'

'Ik werk voor Mike Zorn.'

'Cheryl wilde een kenner van de 880,' legde Bodine uit.

'Hé, ik heb *aambeien* die ouder zijn dan hij,' zei Lummis tegen de anderen, en quasi streng voegde hij er voor mij aan toe: 'Vergeet niet, jongeman, wat in Rivers Inlet gebeurt, blijft in Rivers Inlet.' Ze lachten allemaal uitbundig, alsof het een grap met een dubbele betekenis was.

'Hank,' zei ik ten slotte tegen Bodine. 'Singapore Airlines is op de markt.'

Het duurde even voor hij besefte dat ik het tegen hem had, maar toen kneep hij zijn oogleden enigszins samen. 'Uitstekend. Uitstékend. Hoe weet je dat?'

'Iemand van *Aviation Daily*.'

Hij knikte en wreef energiek zijn handen over elkaar.

Intussen keken ze allemaal naar mij. Kevin Bross zei: 'Ze hadden achttien 336's besteld bij Eurospatiale. Daar ligt vijf miljard dollar voor het grijpen. Ik moet George bellen.'

'Is die niet in Tokio?' zei Bodine. George Easter was lid van de raad van bestuur, hoofd Verkoop Azië/Pacific.

'Ja,' zei Bross. 'Ze liggen daar zeventien uur op ons voor.' Hij keek op zijn horloge. 'Hoe laat is het eigenlijk?'

Bodine lachte, en ze lachten allemaal mee. 'Halfvier 's middags. Dan is het dus, eens kijken, halfacht 's morgens in Tokio.' Hij keek mij aan en liet zijn horloge zien. 'Een goeie ouderwetse Rolex Submariner,' zei hij met een knipoog. 'Niks bijzonders.'

'Altijd handig als je duizend meter diep gaat duiken.'

Bodine hoorde me blijkbaar niet. Hij zei tegen Bross: 'Zeg tegen George dat hij ook contact met Japan Air en All Nippon moet opnemen, als hij toch bezig is. Dit is onze grote kans. Dat snapt een imbeciel. We geven ze een offerte voordat de anderen in actie komen.'

Bross knikte en haalde toen als een snelle BlackBerry-cowboy een apparaatje uit zijn holster. Nog voor hij zich helemaal had omgedraaid, toetste hij het nummer in.

Ik stond al op het punt Bodine over de vermoedelijke oorzaak van de crash te vertellen, maar besloot eerst Zoë's mailtje te lezen, dan wist ik tenminste waar ik het over had.

'Laten we in actie komen,' mompelde Bodine terwijl Kevin Bross luid genoeg in zijn mobieltje praatte om voor iedereen verstaanbaar te zijn. 'De komende weken zijn er miljarden te verdienen, en zij laat ons spelletjes spelen in het bos.'

'Als je het over de duvel hebt,' zei Lummis, en we draaiden ons allemaal om naar de deur.

Cheryl Tobin kwam de lounge binnen. Ze droeg hetzelfde lavendelblauwe pakje waarin ik haar eerder had gezien en keek de aanwezigen met een gelukzalige glimlach aan.

Ze werd op de voet gevolgd door een andere vrouw. Ik

nam aan dat het haar secretaresse of zoiets was. Een elegante schoonheid met kastanjebruin haar, gekleed in een marineblauw poloshirt en een kakibroek. Ze had een klembord in haar hand en bewoog zich met de gratie van een danseres.

Het duurde even voor ik besefte dat ik haar kende. Ik hield meteen mijn adem in.

Mijn maag keerde zich ondersteboven en binnenstebuiten.

Ali Hillman.

9

Haar appartement in een oud art-decogebouw in Westwood was net als Ali zelf: onverwachte hoeken, scheve lijnen, stijlvol, een beetje mysterieus, exotisch en met glamour.

'Ze zeggen dat dit appartement vroeger van Howard Hughes was,' zei ze toen ze me voor het eerst naar binnen leidde. We hadden nachten in mijn flat doorgebracht, en mijn komst hier voelde aan als een nieuwe fase, alsof ik door een soort test was gekomen.

'Hij gebruikte het als liefdesnestje voor zijn vriendinnen. Dat zegt de huisbaas.'

'Of misschien had hij extra ruimte nodig voor zijn aardewerkverzameling.' Het was op de eerste verdieping, en je hoorde verkeerslawaai van de straat, vrachtwagens die voorbijdenderden, autoclaxons.

'Maar ik moet verhuizen. Te veel herrie. Ik kan 's nachts niet slapen.'

'Trek bij mij in.'

'In El Segundo. Dat is een eind van mijn werk.'

'Ik ben het waard.'

'We zullen zien.'

Ze maakte een eind aan het gesprek door haar mond op de mijne te drukken.

'Mmm,' zei ze na een paar minuten. 'Ja, ik denk dat jij misschien net goed genoeg bent.'

Ze zag me niet. Ze was in gesprek met Cheryl Tobin. Ze liepen samen de lounge in en scheidden daarmee een Rode Zee van mannen van middelbare leeftijd. Het leek wel of er een elektrisch krachtveld om hen heen hing, knetterend en uitstralend tot in de verste hoeken. Of je het nu leuk vond of niet, dit was de baas.

Samen met – wat? – haar assistente? Werkte Ali nu voor de bestuursvoorzitster? Zo ja, sinds wanneer dan?

Ik voelde die elektrische lading ook, maar dan van een andere soort. Het was het voltage dat werd opgewekt doordat er allerlei kleine schakelaartjes in mijn hersenen werden overgehaald, circuits die zich sloten, gedachten die samenvielen. Ik had haar in geen maanden gezien en dacht dat ze nog op Personeelszaken werkte. Eigenlijk had ik haar uit het oog verloren. Een andere man zou haar misschien op het intranet van de onderneming volgen, naar haar informeren, haar googelen. Ze was het soort vrouw dat mannen tot stalken bracht.

Ik wou dat ik kon zeggen dat ik gewoon verder was gegaan met mijn leven, dat ik de koelbloedigheid had om op de volgende vrouw over te gaan zonder achterom te kijken. In werkelijkheid wist ik dat ik er nooit overheen zou komen als ik mezelf toestond te blijven treuren. Dan zou het zelfs een obsessie worden. Daarom had ik me, voor zover ik na de breuk nog aan haar dacht, nooit overgegeven aan de aangename zelfkwelling die het zou zijn om haar vanuit de verte te volgen.

En nu werkte Ali met, of voor, Cheryl – dat kon je aan de

lichaamstaal zien – en ging ze waarschijnlijk mee naar Canada.

Een ogenblik was het of het beeld was stilgezet: ik hoorde of zag niemand om me heen, behalve Ali. Al het gepraat en gelach zakte af tot gekabbel zonder enige betekenis.

Ali.

Ik wist nu wie me op de gastenlijst voor Canada had gezet. Eén raadsel opgelost. Maar het riep meteen een nieuw raadsel op.

Waarom?

Voordat ik naar haar toe kon gaan, was ze weg. Ze zei iets tegen Cheryl en verdween met een mobieltje tegen haar oor in een zijgang.

Geleidelijk keerde ik tot de realiteit van de lounge terug. Ik werd me weer bewust van mijn omgeving en hoorde Bodine tegen Bross mompelen: 'Ze zei: geen medewerkers, geen assistenten, geen secretaresses. En nu komt ze zelf wel met iemand aanzetten.'

Ali was natuurlijk niet Cheryl Tobins secretaresse; zij was manager Personeelszaken. Maar was het mogelijk dat ze een soort assistente van de bestuursvoorzitster was geworden?

Als een volleerd politicus werkte Cheryl de lounge af. Ze liep tussen de mannen door, glimlachte en tikte mensen op de schouder, hartelijk maar niet te intiem.

De meeste mannen reageerden zoals je zou verwachten. Ze glimlachten overdreven hartelijk. Ze veranderden van houding om vanuit hun ooghoeken naar haar te kijken terwijl ze met anderen praatte. Ze probeerden bij haar in het gevlij te komen zonder dat te duidelijk te laten blijken.

Dat gold niet voor alle mannen. Hank Bodines groepje negeerde haar nadrukkelijk. Kevin Bross mompelde iets tegen Bodine, en die knikte, zijn ogen alert maar neutraal. Toen draaide Bross zich om en liep naar Cheryl toe. Niet recht op haar af, maar met omwegen in haar richting. Toen hij dichtbij kwam, zei ze blijkbaar iets – ik kon het niet horen – want hij draaide zich om en keek haar met een stralende glimlach aan.

'Ik vond je e-mail van vanmorgen erg goed,' zei hij, ongetwijfeld luider dan zijn bedoeling was.

Bodine en Lummis keken vanaf de andere kant van de lounge naar de discussie.

Ik zag Cheryls tevreden glimlach. Ze zei weer iets.

'Nee, ik was echt onder de indruk,' zei Bross. 'Mensen moeten aan de cultuur van verantwoording worden herinnerd. Dat geldt voor ons allemaal.'

Cheryl glimlachte en raakte zijn schouder even aan. Bross knikte met een vreemd, gegeneerd glimlachje. Zijn gezicht liep rood aan. Toen draaide hij zich om, keek Bodine aan en knipoogde naar hem.

Ali zag me pas toen we allemaal in het vliegtuig stapten.

Ze stond boven aan de metalen trap die naar de jet leidde, vlak achter Cheryl Tobin, toen ik naar boven ging. Ze draaide zich om, keek omlaag alsof ze misschien iets vergeten was, en keek me even in de ogen.

Abrupt wendde ze zich af.

'Ali?' zei ik.

Maar ze deed alsof ze me niet hoorde en ging de cabine in zonder zich nog eens om te draaien.

10

Toen ik aan boord kwam, was Ali nergens te bekennen. Ik had een gevoel alsof iemand me keihard in mijn middenrif had gestompt. Of ergens een beetje lager.

Ze had me gezien: geen twijfel mogelijk. En of ze me nu zelf op de gastenlijst had gezet of niet, ze moest hebben geweten dat ik daar zou zijn.

Waarom deed ze dan alsof ik lucht voor haar was?

Ik heb altijd gedacht dat met een vrouw samenwonen zoiets was als naar een vreemd land reizen waar niemand Engels spreekt en de opschriften uit vreemde letters bestaan die bijna op Engels lijken, maar niet helemaal. Als je een kop koffie of een maaltijd wilt bestellen of met een bus mee wilt, moet je een paar elementaire frasen van het plaatselijke dialect leren.

In de anderhalf jaar dat Ali en ik met elkaar omgingen had ik geleerd de nuances van haar stem te onderscheiden. Ik leerde de taal redelijk goed. Ik hoefde niet meer steeds in het gidsje te kijken. En ik sprak de Ali-taal nog steeds.

Haar reactie was verbijsterend.

Vermoedelijk behoorde ze nu tot de persoonlijke staf van Cheryl. Ik moest me uit alle macht inhouden om niet naar haar toe te lopen en te vragen wat er aan de hand was.

In plaats daarvan ging ik in de salon van het vliegtuig zitten. Toen ik binnenkwam, waren de meeste plaatsen al bezet, maar ik vond een stoel die in zijn eentje stond, in de buurt van Hank Bodine, die hof hield met Hugo Lummis, Kevin Bross en nog iemand. Ik was dichtbij genoeg om hen te kunnen horen, maar omdat ik mijn belangstelling voor hun vergelijkingen van horloges had verloren, hoe grappig die ook waren, sloot ik me ervoor af.

Trouwens, ik kon mijn hoofd nergens bij houden. Hoe ik mijn best ook deed, ik kon mezelf er niet van weerhouden om aan Ali te denken. En dat kwam niet alleen door haar vreemde gedrag. Het was een schok om haar na al die tijd terug te zien. Ik voelde me een uitgedroogde man die wekenlang door de woestijn heeft gedwaald en net een vingerhoed met water heeft gekregen. Mijn dorst was niet gelest, alleen maar erger geworden.

Ik dacht aan Ali. Ze zou nu wel met de bestuursvoorzitster in de directiesalon zitten, die uit een privékantoor, een slaapkamer, een fitnessruimte, een privékeuken en zelfs een douche bestond. Zelfs wanneer je tot de supergeprivilegeerden behoorde die in bedrijfsjets mochten vliegen, kreeg je te maken met een eerste klas. Dat stond me wel aan. Je klautert en graait je een weg naar de top om daar te ontdekken dat er nog steeds één sport van de ladder boven je is, een vip-echelon waar de lucht heel ijl is en waar je zelfs nog nooit van had gehoord.

Wij anderen zaten ook niet bepaald in het vooronder. De hoofdsalon zag eruit als een Engelse herenclub – niet dat ik ooit in zoiets was geweest. In elk geval was het allemaal heel anders dan in alle vliegtuigen die ik ooit van binnen had gezien. De wanden van de cabine bestonden uit Braziliaans mahoniehout. De vloeren waren bedekt met oosterse kleden die er antiek uitzagen. Grote, zachte, zwarte leren clubfauteuils stonden in 'conversatiegroepjes' om tafels met marmeren bladen heen. Er was een vrijstaande bar van knoesthout.

Twee mooie blondines liepen rond met Pellegrino-flesjes op dienbladen en namen bestellingen voor drankjes op. Ik wilde eigenlijk een borrel, maar per slot van rekening was ik aan het werk en daarom nam ik maar een Pepsi.

Mijn stoel kon draaien en hellen. Overal om me heen was ruimte. Ik zat niet achter een stoel die tegen mijn knieën aan kon komen. Het was heel prettig. Ik zou hieraan gewend kunnen raken.

Zeker, het meubilair was een beetje overdreven – al dat donkere hout en die antieke kleden en het zwarte leer – maar het vliegtuig was zo gek nog niet. De Hammond Business Jet was verreweg het beste privévliegtuig op de markt. Het toestel liet de Gulfstream G450, de Boeing Business Jet en de Airbus Corporate Jetliner ver achter zich. De Hammond was het breedst en had de grootste cabine van alle bedrijfsjets die op de markt waren. Zelfs met deze luxueuze indeling konden er met gemak vijfentwintig mensen in.

Als we bedrijven wilden overhalen vijftig miljoen dollar aan een van onze vliegtuigen te besteden, zeiden we altijd dat zo'n toestel niet alleen een vervoermiddel was. O, nee. Het was een middel om tot hogere productiviteit te komen. Het stelde een topmanager in staat om goed gebruik van zijn reistijd te maken. En een ontspannen, verkwikte topmanager kon veel beter zaken doen dan zijn door het reizen afgematte collega.

Ja, met een beroep op de productiviteit kun je elke schandelijke luxe goedpraten.

Naast de directiesuite van de voorzitter van de raad van bestuur en de hoofdsalon had dit vliegtuig ook een vergaderkamer (met de mogelijkheid van *videoconferencing*), een klein kantoor en drie badkamers met douches. Mensen noemden het soms een 'vliegend penthouse' of een 'vliegend boudoir'. Of het 'kilometers hoge paleis'. Het decor, had ik me eens laten vertellen, was het werk van onze vroegere bestuursvoorzitter, James Rawlings. Het verhaal ging dat hij en zijn vrouw in het vliegtuig van een andere onderneming hadden gevlogen, als gasten van de hoogste baas daarvan, en dat ze toen versteld hadden gestaan van de inrichting van de cabine, want vergeleken daarmee hadden de jets van Hammond er maar armoedig uitgezien. Mevrouw Rawlings had haar man opgejut tot hij uiteindelijk toegaf en goedvond dat ze haar favoriete binnenhuisarchitect in de arm nam om een van de Hammond-jets opnieuw in te richten. Diezelfde ontwerper had ook hun huis en hun jacht ingericht.

Terwijl ik wachtte tot de serveersters, of stewardessen, of hoe je ze ook moest noemen, me kwamen vragen wat ik wilde drinken, haalde ik mijn laptop tevoorschijn en zette hem aan. Ik had werk te doen – ik moest de bestanden downloaden die Zoë me had gestuurd, want dan kon ik proberen

Bodine aan de antwoorden te helpen die hij wilde hebben – maar ik kon me niet concentreren.

Mijn computer vond het wireless internetsignaal en ik logde in om mijn e-mail te lezen. Ik opende Zoë's mailtje en las het twee keer door. Toen opende ik de gezipte bijlage met de foto's van *Aviation Daily*, acht scherpe close-ups van de Eurospatiale-crash, inclusief het onderdeel dat was afgescheurd, de landingsklep. Het waren grote bestanden en het duurde even voor ze waren gedownload.

Intussen hoorde ik Hugo Lummis met zijn bulderende stem en zijn sappige zuidelijke accent tegen de anderen zeggen: 'Bedoel je dat het eerlijk spel is? O nee, menééér. En dus zat ik vorige week in Café Milano te dineren met de minister van Luchtmacht. Hij had het steeds maar over "de Grote Blanke Arabische Stam", en ten slotte vroeg ik hem: "Waar heb je het in godsnaam over?" En hij zei: "O, dat is gewoon onze bijnaam voor Boeing." Nou, hoe denkt Cheryl dat we met dat soort vriendjespolitiek kunnen concurreren als we de raderen niet een beetje smeren?'

Ik keek hem onwillekeurig aan en Kevin Bross zag me kijken. Hij maakte een snel, subtiel handgebaar, en meteen zakte het volume van Lummis' stem.

Na een tijdje drong er sigarenrook tot me door. Ik keek om en zag dat Bodine en Lummis een paar stevige bolknakken hadden opgestoken. Grote witte rooksierten stegen van hun hoofden op. Blijkbaar was dit geen rookvrije vlucht.

Toen een van de beeldschone blonde stewardessen eindelijk naar me toe kwam, bestelde ik een whisky. Het had me een dreun gegeven dat ik Ali zag en ik moest echt iets te drinken hebben. Daarom vroeg ik om een *single* malt whisky, en ze wilde weten welk soort. Blijkbaar kon ik elk merk krijgen dat ik maar wilde. Ik zei Macallan. Ze vroeg me hoe oud. Ik vroeg waaruit ik kon kiezen.'

'Zou de achttien iets voor u zijn?' zei ze.

Ik zei van wel.

Op dat moment deed iemand een aankondiging door de luidsprekers. Hij zei dat we straks zouden opstijgen en vroeg ons de gordels vast te maken. Het was een beleefd, bijna verontschuldigend verzoek, niet het barse bevel dat ze je geven als je in een lijntoestel zit. Niemand beval me alle elektronische apparatuur uit te zetten. Niemand zei iets over bagage die in het vak boven je hoofd moest. Niet dat er zulke vakken waren om onze spullen in te proppen.

De stewardess verontschuldigde zich overdadig voor het feit dat ik op mijn drankje zou moeten wachten tot we waren opgestegen. Ze vroeg me mijn gordel vast te maken en excuseerde zich toen opdat zij hetzelfde kon doen.

Ik voelde dat de motoren tot leven kwamen – twee Rolls-Royce Trent 1000 turbofanmotoren met drie assen – en we kwamen in beweging. Vierendertigduizend kilo stuwkracht tilde ons van de grond, maar ondanks al die kracht hoorde je bijna geen geluid. Het was vooral zo stil omdat de grote fan in de motor veel lucht door de turbine verplaatste, en die fungeerde daardoor als demper. Daar kwam nog bij dat de inlaat van de motorgondel bekleed was met een akoestische cilinder uit één stuk, die veel geluid absorbeerde.

Vliegtuiggek: wie, ik?

Dat toestel haalde Mach 0,89, en zelfs als het op maximale snelheid vloog, was het zo stevig gebouwd dat er nooit iets gierde of ratelde. Het had een actieradius van elfduizend kilometer, voor een deel omdat het zo licht was. Het casco was van een lichtgewicht verbeterde aluminiumlegering, en de motorbeplating en alle stuurvlakken, de richtingroeren en rolroeren en het hoogteroer, waren van geavanceerde composieten.

Ik had als student leren vliegen. Ik had piloot willen worden, maar werd afgekeurd omdat mijn gezichtsvermogen net niet volmaakt was. Maar nu werkte ik tenminste met vliegtuigen, en als ik passagier in een goed gebouwd toestel ben, zit ik altijd te kijken en luisteren en vallen me dingen op die de meeste mensen ontgaan.

Toen we stegen – we zouden op vijftienduizend meter hoogte vliegen, wist ik, ver boven het commerciële luchtvaartverkeer –, boog ik me weer over mijn laptop en bestudeerde ik de foto's. Opeens viel me iets op. Ik maakte de foto zo groot als mijn computerscherm en zoomde in op één klein gedeelte. Een stukje vleugel van het vliegtuig lag op het asfalt. De landingsklep, dat zag ik meteen.

Ik zoomde nog meer in. Ik zag het punt waar het aluminium scharnier was afgescheurd. Het zag er nogal dramatisch uit, en het was ook nogal verrassend.

De vleugels en vleugelkleppen van de Eurospatiale E-336 waren van composieten, net als die van onze eigen SkyCruiser, maar de scharnieren waarmee de kleppen aan de vleugels waren vastgemaakt waren van een hoogwaardig 7075-aluminium.

Op de een of andere manier waren die aluminium scharnieren finaal van de vleugelklep afgescheurd. Ik had geen idee hoe dat was gebeurd. Daarvoor zou ik de foto's wat meer moeten bestuderen. Misschien ook nog wat research doen.

Mijn whisky kwam in een glas van geslepen kristal op een zilveren dienblad, met een schaaltje warme gemengde noten onder een linnen servet. Er lag een kleine envelop naast.

Een rekening? In de privéjet van Hammond hoefde je heus niet cash te betalen. Wat kon het dan zijn?

Het was een envelop van erg dik, duur papier. Op de buitenkant stond niets. Er zat een opgevouwen briefje van bijpassend papier in.

Ik herkende het handschrift meteen. Er stond simpelweg:

Landry,
Alsjeblieft, kom zo gauw als je kunt naar de directiesalon.
<u>Doe het subtiel</u>.
A

Ik sloot mijn laptop en stond meteen op.

11

Het heilige er heiligen – de privésalon van de voorzitter van de raad van bestuur – was nog luxueuzer dan de hoofdsalon.

Als ik net uit een Engelse herenclub was gekomen, was dit de privébibliotheek van die club. De wanden waren hier bekleed met antiek hout, al wist ik dat het fineer moest zijn, want echte lambriseringen zouden te zwaar zijn geweest. De verlichting was indirect, kleine spotjes in het plafond die op de wanden gericht waren, zodat er een bruinig schijnsel in de cabine hing. De antieke tapijten waren nog mooier dan in de hoofdsalon. Er stonden kasten die op familie-erfstukken leken (zij het natuurlijk niet van mijn familie, waar het oudste meubelstuk de tv-stoel van mijn vader was). Aan een van de muren hing een flatscreen-tv die op CNBC was afgestemd. Een stalen keuken met een expressomachine. Een paar gecapitonneerde banken, bekleed met beige brokaat.

In het midden van een van de banken, met haar gezicht naar de deur, zat Ali. Ze las een brochure, maar legde hem weg toen ik binnenkwam en stond meteen op.

'Landry.'

'Daar ben je dan,' zei ik zo nonchalant als ik kon, en ik liep naar haar toe. 'Een privéoproep, hè? En ik dacht al dat je was vergeten wie ik was.'

'Dat vind ik heel erg. Echt waar. Het is alleen belangrijk dat we discreet te werk gaan.' Ze stond op en sloeg haar armen om me heen. Daarvoor moest ze op haar tenen gaan staan. 'Hé, ik heb je gemist.'

Ze sprak met een licht zuidelijk accent, een souvenir van de jaren die ze in Fort Benning, Georgia, en Fort Bragg, North Carolina, had doorgebracht.

'Ik jou ook.' Ik mocht daarstraks dan perplex hebben gestaan, nu begreep ik er helemaal niets meer van. Ze zag er natuurlijk geweldig uit. Mooier dan ooit, en dat schokte me. Ali was tenger en slank – mensen noemden haar 'parmantig' of 'kwiek' of 'pittig', woorden waar ze een hekel aan had, want ze dacht dat het in feite allemaal synoniemen voor 'klein' waren. Toen we bij elkaar waren, had ze haar haar altijd kort gehad. Nu was het lang en golvend, tot over haar schouders. Het zag eruit alsof ze veel geld had uitgegeven om het in een dure kapsalon te laten knippen. Ze had ook iets met haar wenkbrauwen gedaan, zodat ze min of meer gewelfd waren. Verder had ze glossy lipstick met *lipliner*. De vroegere Ali gebruikte niet veel make-up; dat had ze niet nodig. Ze was mooi, maar je zou haar nooit elegant noemen. Ze was net een jongensachtig meisje dat groot geworden was. De nieuwe Ali was rank, elegant, gepolijst.

Ik hield meer van de oude Ali, al zou de nieuwe meer aandacht trekken.

'Je ziet er goed uit,' zei ik.

'Dank je. Leuk jasje heb je aan.'

'Jij hebt het voor me gekocht.'

'Dat weet ik nog.'

'Het is de enige fatsoenlijke blazer die ik heb.'

'Ik zal je niet tegenspreken. Je had kleren van niks.'

'Ik ben niet veranderd.'

'Dat verbaast me niet, Landry. Je hield nooit van verandering.'

'Dat is ook niet veranderd,' zei ik.

'Het is tijd,' zei ik, en ik drukte op de knop van de afstandsbediening.

Zondagavond om negen uur; we misten het nooit. Mijn favoriete televisieprogramma. *De hondenpsychiater*: een Australische hondentherapeut die zich had gespecialiseerd in het helpen van problematische honden, altijd met een goede afloop.

De aflevering van deze week ging over een kwaadaardige mix van *Presa canario, Cane corso* en pitbull, eigendom van een frêle oud dametje. De hond had een sterke territorium- en een nog sterkere beschermingsdrang en stond op de nominatie om te worden afgemaakt, want hij had een buurjongen vreselijk toegetakeld.

De hondenpsychiater noemde Missy – zo heette de hond – een 'hond uit de rode zone' en zei: 'Missy is niet als moordenaar geboren. Monsters worden gemaakt, niet geboren. Haar agressieve gedrag is veroorzaakt door haar eigenaren. Ik twijfel er niet aan dat Missy op jonge leeftijd mishandeld is.'

Ali lag op de bank aan papieren te werken. Geelbruine mappen lagen naast elkaar op de oude hutkoffer die als mijn salontafel fungeerde. 'Ik heb altijd een hond willen hebben,' zei ze, 'maar mijn vader vond het niet goed. Hij had graag dat alles "op orde" was, zoals hij het noemde. Alles schoon en netjes en precies op zijn plaats. Hij zei dat alles onder de hondenharen kwam te zitten, en die kreeg je er nooit meer uit.'

Ze was een legerkind: haar vader was eerst sergeant-instructeur en daarna sergeant-majoor geweest. Mijn vader was marinier geweest, dus we hadden een militaire achtergrond met elkaar gemeen. Ze mocht me graag alles over haar vader vertellen, hoe leuk ze het vond om zijn schoenen en de gesp van zijn riem te poetsen en zijn zakdoeken en uniform te strijken, en noem maar op. Ze was zo trots op hem. En toch stond hij zo ver van haar af. Als je geen legerkind was, zei ze eens tegen me, zul je het nooit goed begrijpen. Ze hield ervan om over haar achtergrond praten, haar kindertijd, haar broers, het ellendige huwelijk van haar ouders. Ik praatte nooit over dat soort dingen.

'Vergeet de poep niet,' zei ik.

'Waarom heb je geen hond, als je zo gek op honden bent?'

'Ik zou het overwegen als hij op zijn beurt mijn poep op-raapte.'

'Serieus.'

'Je bent er zo aan gebonden.'

'Precies. Ze nemen en nemen en nemen, nietwaar?'

Ik haalde mijn schouders op. Ik kon haar droge sarcasme waarderen, maar ging er niet op in. 'Op een dag neem ik er een.'

'Had je als kind een hond?'

Ik schudde mijn hoofd. 'Mijn vader hield er niet van.'

'Waarom niet?'

'Wie weet? Waarschijnlijk omdat honden niet van hem hielden. Het zijn goede mensenkenners.'

'En wat zagen ze in hem?'

'Weet je nog, de vader in *The Brady Bunch*?'

'Vaag. Wat is er met hem?'

'Nou, mijn vader was precies het tegenovergestelde.'

Op de tv zei de hondenpsychiater: 'Missie is een hond met een sterke beschermingsdrang. Als ze denkt dat haar bazin wordt bedreigd, gaat ze in de aanval.' Er volgden angstaanjagende beelden van een schuimbekkende Missy met ontblote tanden.

De hondenpsychiater zei: 'Missy moest alleen leren dat niet iedereen een bedreiging voor haar bazin vormt. Ze moest leren dat ze zich niet zo beschermend moet gedragen. En weet je wat haar geheim was, het echte geheim van haar agressiviteit?' Hij aaide de hond onder haar kin. 'Ze was bang! Daardoor ging ze overcompenseren! Dat maakte haar zo agressief. Ik moest haar dus laten zien dat er geen reden was om zo bang te zijn.'

Beelden van Missy na zes weken van intensieve honden-therapie. Ze lag als een puppy op haar buik en likte de hand van de hondenpsychiater. 'Nu zien we haar in een staat van kalme onderdanigheid,' zei de hondenpsychiater.

'O, moet je toch eens zien,' zei Ali. 'Wat lief.'

'Ja,' zei ik. 'Maar als je die hond verkeerd aankijkt, scheurt ze nog steeds je keel open.'

Ali lachte.

'Laat me je wat vertellen. Niemand verandert ooit echt.'

Ze lachte opnieuw en gaf me een speels klapje in mijn gezicht. 'Landry, ik vind niemand zo grappig als jij.'

Ze dacht dat ik een grapje maakte.

'Wat is er aan de hand?' vroeg ik. 'Je wilt niet dat die kerels te weten komen dat wij iets met elkaar hebben gehad? Is dat het?'

'Ja.'

'Maar wat geeft het?'

'Ga zitten, Landry. We moeten praten.'

'Die woorden hoort een man nooit graag.'

Blijkbaar was ze niet in een luchtige stemming. Ze lachte niet, zoals ze anders zou hebben gedaan.

'Het is belangrijk,' zei ze.

Ik ging naast haar op de bank zitten.

'Hoe lang werk je al voor Cheryl Tobin?' vroeg ik.

'Sinds ongeveer een maand nadat ze hier kwam. Bijna drie maanden dus.'

'Hoe kwam dat? Ik dacht dat je van Personeelszaken was.'

'Alleen noemen we het nu Mensen,' zei ze. 'Cheryl hoorde dat ik een superieur nieuw programma voor informatiesystemen had binnengehaald, een programma om de administratie van salarissen en voorzieningen bij te houden, en ze nodigde me in haar kantoor uit voor een gesprek. We konden gewoon goed met elkaar opschieten. Ze vroeg me rechtstreeks voor haar te komen werken. Als haar assistente, belast met Intern Beheer, Interne Controle, en Ethiek.'

Ik kon me wel voorstellen dat Cheryl Tobin onder de indruk was geweest van Ali. Ze was niet zomaar slim maar bezat de bliksemsnelle slimheid van een Jeopardy-deelnemer. Ze had wat mijn vader 'een snelle mond' noemde, al was het nooit een compliment als hij dat zei. Ze was erg spits; de raderen in haar hoofd draaiden veel sneller dan die van de meesten. Ze schreef dat altijd toe aan het feit dat ze als enig meisje in een gezin met vier broers was opgegroeid; ze had geleerd snel en doeltreffend te praten om te krijgen wat ze wilde. Zelf kan ik beter luisteren dan praten, en ik heb het altijd in haar bewonderd dat ze alles zo bliksemsnel onder woorden kon brengen. Als ik een ander soort man was geweest, hadden we een relatie met verbale schermutselingen kunnen hebben, zoals Spencer Tracy met Katharine Hepburn had.

'Voor zover ik weet, hebben we al een afdeling Intern Beheer.' Ik wist nooit goed wat de afdeling Intern Beheer deed en vergeleek het met een soort Interne Zaken in een politiekorps. Misschien controleerden ze de hele onderneming om na te gaan of iedereen zich aan de procedures hield, of zoiets.

'Ja. En een afdeling Interne Controle. Maar ze wilde dat ik daar rechtstreeks toezicht op hield.'

'Dus ze vertrouwde er niet op dat die afdelingen hun werk goed deden als ze niet onder supervisie stonden.'

'Dat zijn jouw woorden, niet de mijne.'

Ik knikte. Ze rook fantastisch. Ze rook altijd fantastisch. Haar parfum was tenminste niet veranderd – iets van Clinique, herinnerde ik me. Ik ben niet iemand die de namen van parfums onthoudt, maar ik ging korte tijd met een vrouw die precies zo rook als Ali. Daar raakte ik van in de war, en ik vroeg haar hoe het heette. Daarna vroeg ik haar het niet meer te gebruiken. Dat betekende zo ongeveer het einde van die relatie.

'Waar is je baas?' vroeg ik.

Ze wees naar een dubbele, met leer beklede deur op een paar meter afstand. Cheryls privékantoor, nam ik aan. 'Aan het bellen.'

'Kan ze ons horen?'

Ali schudde haar hoofd.

De deur naar de buitengang stond open, en een stewardess keek naar binnen, een beeldschone Aziatische vrouw. 'Kan ik u of uw gast iets brengen, mevrouw Hillman?'

'Landry?' zei Ali.

Ik schudde mijn hoofd.

'We hebben niets nodig, Ming,' zei ze. 'Dank je.' Ming knikte en sloot de deur.

'Vind je het prettig om voor Cheryl te werken?'

'Ja.'

'Zou je het me zeggen als je het niet prettig vond?'

'Landry,' zei ze. Ze hield haar hoofd schuin, een gebaar dat ik maar al te goed kende. Het betekende: *hoe kun je dat zelfs vragen?*

Ali loog nooit tegen me. Volgens mij wist ze niet eens hoe je iets anders dan eerlijk kon zijn. Al liep ze daarmee het risico me te beledigen of te kwetsen. Dat was ook iets wat me zo aan haar beviel. 'Sorry.'

'Als ik het niet prettig vond, zou ik het niet doen,' zei ze. 'Cheryl is een van de indrukwekkendste vrouwen die ik ooit heb ontmoet. Een van de indrukwekkendste ménsen die ik ooit heb ontmoet. Ik vind haar geweldig.'

Ik knikte. Ik ging haar niet vragen of Cheryl echt zo'n kreng was als iedereen zei. Dit was daar niet het moment voor.

'En ja, ik weet wat al die kerels over haar zeggen.' Ze maakte een gebaar in de richting van de hoofdsalon. 'Dacht je dat zíj het niet weet?'

'Ze mopperen alleen maar wat,' zei ik. 'Het zit ze natuurlijk niet lekker dat er voor het eerst een vrouw aan het hoofd staat. Verder zijn ze bang dat ze ook ontslagen worden.'

Ze dempte haar stem en boog zich dichter naar me toe. 'Waarom denk je dat ze die macht heeft?'

'Ze is voorzitter van de raad van bestuur.'

'De commissarissen laten haar niet nog meer leden van de raad van bestuur ontslaan zonder dat ze worden geraadpleegd. En geloof me, al die kerels weten dat.'

'Dat meen je niet.'

'Na haar eerste reorganisatieronde braken er bijna rellen uit op de drieëndertigste verdieping. Hank Bodine maakte een praatje met een van zijn vriendjes in de raad van commissarissen, en de raad kwam in spoedzitting bijeen om Cheryls gezag op het punt van aannemen en ontslag aan banden te leggen. Dat is bijna nooit eerder voorgekomen. En het is schandalig.'

'Als Bodine zo veel vriendjes onder de commissarissen heeft, waarom hebben ze hem dan niet voorzitter gemaakt in plaats van Cheryl?'

Ze haalde haar schouders op. 'Reken maar dat hij zich dat ook afvraagt. Misschien had hij niet genoeg medestanders bij de commissarissen. Misschien vonden ze hem te veel een bullebak, een olifant in de porseleinkast. Of misschien wilden ze dat een nieuwkomer, iemand van buiten, schoon schip ging maken. Maar wat de reden ook was, het was geen unanieme stemming; dat weet ik wel. Verder weten ze allemaal hoe waardevol Bodine voor Hammond is, en ze willen hem niet kwijt. Dat was een reëel risico toen ze hem passeerden. Daarom houdt een stel commissarissen haar nauwlettend in de gaten. Zodra ze in de fout gaat, gooien ze haar eruit. Neem dat maar van mij aan.'

'Hebben die dingen iets te maken met mijn aanwezigheid hier? Waarom ben ik hier?'

'Nou, Mike Zorn zei dat niemand meer over de Sky-Cruiser weet dan jij. Hij noemde je – hoe stelde hij het – een "ruwe diamant".'

Op dat moment voelde ik me eerder een diamant die op het punt stond gekloofd te worden. 'Maar hij heeft mij toch niet als zijn vervanger aanbevolen?'

Ali aarzelde. 'Hij zei dat je misschien een beetje... laag geplaatst was.'

'Hank Bodine dacht dat Cheryl me zelf op de lijst heeft gezet,' zei ik. 'Dat heeft ze toch niet gedaan?'

'Nee, natuurlijk niet,' zei een stem achter ons. De met leer beklede dubbele deur ging open en Cheryl Tobin kwam tevoorschijn. 'Ik had nog nooit van je gehoord. Maar Alison Hillman zegt dat je te vertrouwen bent, en ik hoop dat ze gelijk heeft.'

12

Ze stak haar hand uit. Ik stond op en schudde hem. Haar handdruk was buitengewoon stevig, haar hand ijskoud.

'Cheryl Tobin,' zei ze. Ze glimlachte niet.

'Aangenaam kennis te maken. Jake Landry.'

Ik had haar nooit van dichtbij gezien. Vanuit de verte zag ze er beter uit. Van dichtbij leek ze erg kunstmatig. Haar gezicht was glad en rimpelloos, maar dan wel op een onnatuurlijke manier. Blijkbaar was er veel werk aan verricht, botox of plastische chirurgie. Haar make-up was een beetje te dik, als een masker, en vertoonde barsten bij de ogen. Ze keek me rustig en onderzoekend aan. 'Alison heeft me veel goeds over je verteld.'

'Allemaal leugens,' zei ik.

'O, Alison weet wel beter dan tegen mij te liegen. Ga zitten.'

Ik ging zitten, gehoorzamer dan mijn golden retriever. Ze ging op de bank tegenover ons zitten en zei tegen Ali: 'Dat was Hamilton Wender.'

'En?' zei Ali.

Cheryl keek op. 'We gaan praten.' Toen keek ze mij aan. 'Ik zal meteen ter zake komen. Je zult mijn e-mail wel hebben gelezen.'

'Welke?'

Haar ogen gingen een beetje verder open. Waarschijnlijk wilde ze ook haar wenkbrauwen optrekken, maar haar voorhoofd was verstijfd van de botox. 'Die van vanmorgen.'

'O, die. Over ethiek. Ja, dat klonk goed.'

'Klonk goed,' zei ze me na, haar stem zo ijzig als haar handdruk. Je kon de ijspegels bijna aan haar woorden zien hangen. 'Hmpf.'

'Ik heb altijd gevonden dat Enron de beste ethische code had die ik kende,' zei ik, en ik wou meteen dat ik mijn mond had gehouden.

Ze keek me enkele ogenblikken aan alsof ze mijn ogen wilde uitkrabben. Toen glimlachte ze met haar mond, niet met de rest van haar gezicht. 'Een echte hielenlikker, merk ik.'

'Het werkt niet, hè?'

'Niet precies.'

Ik haalde mijn schouders op. 'Dat is het voordeel als je zo laaggeplaatst bent als ik. Ik behoor niet tot het team. Je weet wat ze zeggen: de spijker die naar boven steekt krijgt de hamer op zijn kop.'

'Aha. Dus je steekt niet naar boven. Op die manier kun je zeggen wat je wilt. Zelfs als je tegenover de voorzitter van de raad van bestuur zit.'

'Zoiets.'

Ze keek Ali aan. 'Je hebt me niet verteld wat een charmeur hij is, Alison.'

Ali rolde met haar ogen en zei waarschuwend tegen mij: 'Landry.'

Cheryl boog zich naar voren en keek me scherp aan. 'Wat ik je nu ga vertellen, Jake, blijft onder ons.'

'Oké.'

'Absoluut niemand mag weten wat ik je nu ga vertellen. Is dat duidelijk?'

Ik knikte.

'Je geeft me je woord.'

'Ja.' Moest ik ook nog een eed op de grondwet afleggen?

'Alison heeft me verzekerd dat je te vertrouwen bent, en ik vertrouw op haar oordeel. Een paar maanden geleden heb ik een advocatenfirma in Washington, Craigie Blythe, een intern onderzoek naar Hammond Aerospace laten instellen.'

Ik knikte opnieuw. Ik had Bodine dat al aan Bross horen vertellen, maar dat hield ik voor me. En ook dat Zoë's vriendin bij Bedrijfsbeveiliging had verteld dat ze de e-mails van een stel kopstukken van de onderneming hadden doorgenomen. Toch dacht ik onwillekeurig: een gloednieuwe bestuursvoorzitter die een onderzoek naar haar eigen onderneming instelt – dat ging wel heel erg ver. Geen wonder dat iedereen de pest aan haar had.

'Weet je nog, de problemen die Boeing een paar jaar geleden met het inkoopbureau van het Pentagon had?'

'Ja.' Dat was een groot schandaal geweest. De financiële topman van Boeing had het hoofd van het inkoopbureau van de luchtmacht een goedbetaalde baan aangeboden als ze een groot contract hun kant op wilde gooien. De vrouw die ze in dienst hadden genomen, of omgekocht, of hoe je het ook wilt noemen – iedereen noemde haar 'de Draakdame' –, ging over miljarden aan defensiecontracten. Zij besloot welke vliegtuigen en helikopters en satellieten en dergelijke de luchtmacht ging kopen. 'Is hij niet achter de tralies gegaan?'

'Dat klopt. En zij ook. En de hoogste baas van Boeing moest aftreden. Het kwam tot een schikking en Boeing moest een enorm bedrag betalen. Verder verloren ze een contract van drieëntwintig miljard dollar en was hun reputatie jarenlang beschadigd. Ik werkte in die tijd bij Boeing en ik weet het nog goed. Reken maar dat ik bij Hammond niet zoiets laat gebeuren – niet zolang ik het voor het zeggen heb.'

Ik keek haar alleen maar aan, wachtte tot ze verderging en vroeg me af waarom ze me dit alles vertelde. Ali keek ook naar haar, maar wachtte blijkbaar op een aanwijzing om zelf iets te zeggen.

'Je zult vast wel het gerucht hebben gehoord dat er hier ook zoiets aan de gang is,' zei ze. 'Dat iémand in het Pentagon, vermoedelijk degene die nu over de inkoop gaat, smeergeld heeft gekregen van iémand bij Hammond.'

'Om dat grote contract voor transportvliegtuigen binnen te halen dat we een paar maanden geleden hebben getekend,' zei ik. 'Ja, dat heb ik gehoord. Ik had het idee dat Boeing veel voordeliger uit was dan wij.'

'Waarom?'

'Die dame van het Pentagon kreeg van Boeing alleen maar een baan van tweehonderdvijftigduizend dollar per jaar, waarvoor ze ook nog zou moeten werken. Maar het schijnt dat Hammond haar opvolger... Nou, ze zeggen dat het een miljoen dollar was.'

'Wie weet,' zei Cheryl zonder glimlach. 'In het begin ging ik ervan uit dat er rancune achter die berichten zat, je weet wel: hoe ter wereld kon Hammond, een speler van het tweede plan, het winnen van Boeing en Lockheed? Maar toen ik hier kwam, wilde ik er absoluut zeker van zijn dat er geen waarheid in die geruchten zat. Alison?'

Ali verschoof op de bank om tegen ons allebei te kunnen spreken. 'De onderzoekers van Craigie Blythe hebben al een paar interessante dingen gevonden,' zei ze.

'Zoals?'

'Het lijkt op een patroon van onoorbare betalingen in binnen- en buitenland.'

'Hebben we het over omkoping?'

'In feite wel.'

'Wie?'

'We hebben nog geen namen. Dat is een van de problemen.'

'Hé, jullie hebben de naam van degene die nu over de inkoop van de luchtmacht gaat. Waarom zetten jullie hem, of haar, niet onder druk?'

Ali schudde haar hoofd. 'Dit is een particulier onderzoek. We kunnen niemand dagvaarden of zo.'

'Waarom geven jullie dan niet gewoon een tip aan de overheid? Dan kan die het overnemen.'

'Néé,' zei Cheryl meteen. 'Geen sprake van. Niet voordat we weten wie van Hammond erbij betrokken was. En niet voordat we over bewijzen beschikken die tot vervolging kunnen leiden.'

'Waarom?'

'Het is riskant,' zei Ali. 'Zodra het nieuws zich bij Hammond verspreidt, gaan mensen documenten vernietigen. Dan verdwijnt er bewijsmateriaal. Worden er sporen uitgewist.'

Cheryl zei: 'En zodra je in een situatie als deze het openbaar ministerie erbij haalt, krijg je een mediacircus. Dat heb ik bij Boeing ook gezien. Het strafrechtelijk onderzoek gaat een eeuwigheid door en wordt voorpaginanieuws, en het brengt de onderneming ongelooflijk veel schade toe. Nee, ik wil eerst helemaal klaar zijn met ons onderzoek. Pas dan dragen we het over aan de overheid: namen, data, documenten, alles.'

'Daarom moet dit alles geheim blijven,' zei Ali.

'Kom nou,' zei ik. 'Jullie bedoelen dat een team van advocaten uit Washington hierheen komt, met mensen praat, documenten doorzoekt en in de hele onderneming rondsnuffelt, en dat niemand daarachter komt? Dat lijkt me stug.'

'Tot nu toe gebeurt alles op afstand,' zei Ali. 'Ze hebben

forensische computeronderzoekers die back-uptapes van e-mails en financiële gegevens doornemen. Grote hoeveelheden gegevens – gigabytes.'

'Onze eigen coördinator,' zei Cheryl, 'is onze juridisch adviseur, Geoff Latimer, en hij heeft opdracht alles geheim te houden. Hij is een van de vier mensen bij Hammond die ervan weten. Nou ja, nu zijn het er vijf, met jou erbij.'

'Wie nog meer?' vroeg ik.

'Naast ons en Latimer alleen Ron Slattery.' Dat was de nieuwe financiële topman; Cheryl had hem bij Boeing weggehaald. Hij werd algemeen beschouwd als haar medestander, het enige lid van de raad van bestuur dat haar trouw was. Je zou ook kunnen zeggen dat hij haar knechtje was. Haar motorkapembleem, noemden sommigen hem. Haar marionet.

'O, er zijn er meer dan vijf die van het onderzoek weten,' zei ik.

Ali knikte. 'Het hoofd van Bedrijfsbeveiliging,' zei ze, 'en degene die hij heeft aangewezen om de e-mail te volgen. En waarschijnlijk ook Latimers secretaresse. Dat zijn er dus acht.'

'Nog meer,' zei ik.

'Wat bedoel je daarmee?' vroeg Cheryl.

'Het is bekend. Ik hoorde Hank Bodine met Kevin Bross praten. Hij vertelde hem over het onderzoek.'

'Wanneer was dat?'

'Vanmorgen.'

Cheryl keek Ali indringend aan. 'Dat verklaart misschien waarom hij plotseling zo omzichtig is in zijn e-mails en telefoongesprekken.'

'Hij', nam ik aan, was Hank Bodine.

Tegen mij zei ze: 'Ben je in Hank Bodines kantoor geweest?'

Ik knikte.

'Interessant. Kom je vaak in zijn kantoor?'

'Het was de eerste keer dat ik daar ooit kwam.'

'Wat was de reden?'

'Ik denk dat hij wilde weten waarom je mij op de lijst voor Canada had gezet. Dat zal de echte reden zijn geweest. Ik vond hem erg argwanend. Hij wilde weten of ik je kende.'

'Wist hij dat jij en Ali elkaar kenden?' vroeg Cheryl.

Hoeveel, vroeg ik me af, wist ze nog meer? Had Ali haar over ons verteld?

Ik schudde mijn hoofd. 'Ik denk van niet. Dan zou hij iets hebben gezegd.'

Gedurende enkele ogenblikken leek het of ze naar de flatscreen-tv keek. Ze trok haar neus op en zei tegen Ali: 'Ruik je sigaren?'

Ali schudde haar hoofd. 'Sigaren? Ik denk van niet.'

'De "echte reden",' herhaalde Cheryl zachtjes. 'Er moet dus ook een zogenaamde reden zijn geweest waarom hij je wilde spreken. Een voorwendsel.'

Ik was onder de indruk: ze was razend slim. 'Hij wilde dat ik ging uitzoeken waarom de E-336 is neergestort.' Omdat ze waarschijnlijk niet wist waar ik het over had, voegde ik eraan toe: 'Op de luchtvaartshow in Parijs is de...'

'Geloof me, daar weet ik alles van,' onderbrak ze me. 'Hij wilde weten waaróm, hè? Dat is ook interessant. Heeft hij je verteld waarom hij dat zo wanhopig graag wilde weten?'

'Nou, ik kreeg niet de indruk dat hij wanhopig was. Hij zei dat hij Mike Zorn munitie wilde geven om Eurospatiale de grond in te boren.'

'Alsof Mike dat nodig heeft,' zei ze, meer tegen Ali dan tegen mij. 'Dat is vreemd, nietwaar?'

'Waarom?'

Cheryl keek eerst Ali en toen mij aan. Blijkbaar voelde ze er niet veel voor om mijn vraag te beantwoorden. 'Weet je wie Clive Rylance is?'

'Natuurlijk.' Clive Rylance was lid van de raad van bestuur. Hij werkte vanuit Londen en ging over de internationale betrekkingen van Hammond. Dat betekende dat hij toezicht hield op onze achttien vestigingen in andere landen.

'Hank Bodine wil een praatje met hem maken in de lodge. Hij wil een paar dingen bespreken die hij niet in een e-mail wilde zetten. Ik kan je niet vertellen hoe we dit weten.' Ik had daar wel een idee van, maar ik zei niets en wachtte tot ze verderging. 'Ik wil dat je gaat uitzoeken waar ze over praten.'

Ik keek haar aan. 'Hoe?'

'Voor luistervink spelen. Je ogen en oren goed de kost geven. Met de rest van de jongens aan de bar hangen. En je mag gerust op me afgeven, als je daardoor gemakkelijker met ze kunt aanpappen.'

Ik glimlachte. Ik wist niet wat ik daarop moest zeggen.

'Je kunt zeker wel goed met Hank opschieten, hè? Je lijkt me een echte mannenman.' Ze zei dat met onverholen afkeer, alsof ik een alcoholist of een ontuchtpleger was.

'Opschieten?' zei ik. 'Hij ziet me nauwelijks staan.'

'Jake kan met iedereen goed opschieten,' zei Ali.

Ik trok mijn wenkbrauwen naar haar op en ik wist dat ze me meteen begreep: *misschien met iedereen, behalve met jou*. Ze deed even of ze me kwaad aankeek.

'Als hij je niet opmerkt, is dat juist wel goed,' zei Cheryl. 'Je vormt geen bedreiging voor hem. Je bent onzichtbaar. Als jij bij hem bent, is hij niet zo voorzichtig als bij een lid van de raad van bestuur.'

'Je vraagt me te spioneren,' zei ik.

Ze haalde haar schouders op. 'Noem het zoals je wilt. We hebben bewijzen nodig. We moeten weten waar we de onderzoekers heen kunnen sturen. Verder wil ik weten of hij Craigie Blythe noemt. Of Hamilton Wender, onze advocaat daar.'

Ik begreep het even niet. Hamilton Wender, Craigie Blythe – wat was de advocatenfirma, en wie was de advocaat? Ten slotte zei ik: 'Is dat alles?'

'Jake,' zei Ali, 'het zou erg goed zijn als je erachter kon komen of Bodine of een van de anderen over de omkoping in het Pentagon praat. Al is het maar op een vage, indirecte manier. Je weet wel, of ze bezorgd klinken, elkaar waarschuwen, over het wissen van e-mails praten, dat soort dingen. Want als we de zaak op bepaalde personen kunnen toespitsen, kunnen de forensische onderzoekers met trefwoorden en string *searches* en zo gaan werken. Applicaties installeren die netwerkverkeer volgen. Misschien kunnen we de zaak dan versnellen.'

'Alles wat op een illegaal aanbod van een baan kan wijzen,' merkte Cheryl op. 'Elke schending van het beleid waardoor we mogelijk in de problemen kunnen komen. Of als er sprake is van "geschenken" die als lokkertje worden gebruikt om contracten binnen te halen. Of van een vennootschap die specifiek voor één transactie is opgericht. Alles wat verkeerd op je overkomt. Wat dan ook.'

Ik dacht aan Lummis' opmerking over het smeren van de raderen en het subtiele gebaar waarmee Bross hem tot zwijgen bracht. Maar in plaats daarvan zei ik: 'Bijvoorbeeld of iemand verkeerde dingen in de groene vuilcontainer doet?'

Ali keek me kwaad aan, maar ik zag ook de vage glimlach die ze probeerde te onderdrukken.

'Ik denk dat we elkaar begrijpen,' zei Cheryl, die rode vlekjes op haar wangen kreeg, als kersensiroop op een ijsje.

Het stond me helemaal niet aan. Wat Cheryl van me vroeg, kwam erop neer dat ik als haar persoonlijke informant moest fungeren: uitzoeken wie er achter haar rug om over haar praatten, wie er niet loyaal waren. Ik vroeg me af of al dat gepraat over dure advocatenkantoren en interne onderzoeken alleen maar een truc was om mij tot haar verklikker te maken. Ik dacht een tijdje na, zei niets.

Cheryl zei tegen Ali: 'Ik ruik toch duidelijk een sigaar.'

'Wil je dat ik ga kijken?' zei Ali.

'O, nee,' zei Cheryl. 'Dat regel ik zelf.'

'Weet je,' zei ik, 'de lucht in de cabine wordt elke twee of drie minuten volledig vervangen.'

Cheryl keek me nietszeggend aan. Blijkbaar was ze niet onder de indruk en dat kon ik haar ook niet kwalijk nemen. Toen zei ik: 'We gaan straks aan teambuilding doen. Moet ik daarvoor al gaan spioneren of pas daarna?'

Nu keek ze me vol woedende minachting aan; tenminste, daar leek het wel op. Zo te zien had ze er spijt van dat ze ooit aan mij was voorgesteld.

'Misschien krijg je niets te horen,' zei Cheryl. 'Aan de andere kant hoor je misschien iets wat ons helpt de zaak op te lossen.'

Ik bleef zwijgen.

'Ik voel een zekere weerzin aan jouw kant,' zei ze.

Ali, merkte ik, wilde me niet aankijken.

'Nou, het zit me niet helemaal lekker,' gaf ik toe.

'Daar heb ik begrip voor. Maar dit zou heel gunstig voor jou kunnen zijn. Een buitenkans, als je begrijpt wat ik bedoel.' Waarschijnlijk zou ze haar wenkbrauwen hebben opgetrokken, als haar voorhoofd nog werkte.

Ik begreep niet goed op wat voor 'buitenkans' ze zinspeelde, maar ik wist wel dat ze me haar eigen vorm van omkoping aanbood. 'Ik weet het niet,' zei ik. 'Ik was eigenlijk niet van plan me in spionage te specialiseren.'

'Bedoel je dat je dit niet voor me wilt doen?'

'Dat heb ik niet gezegd.' Ik stond op. 'Ik zal erover nadenken.'

'Ik wil graag nu een antwoord,' zei Cheryl.

'Ik zal erover nadenken,' herhaalde ik, en ik liep de salon uit.

Ik ging naar mijn plaats terug en keek weer naar de foto's van het vliegtuigongeluk. Bodine en zijn maatjes zaten nog hun sigaren te roken. De cabine stond stijf van de rook. Mijn ogen deden pijn.

Ik dacht ook aan Cheryl Tobin en Ali en aan wat ze me wilden laten doen. Niet dat ik ook maar enige loyaliteit ten opzichte van Bodine of Lummis of die andere kerels voelde, maar ik hield er niet van om als spion gerekruteerd te worden. Blijkbaar was dat de echte reden waarom Cheryl me meenam naar Canada, en dat stond me ook niet aan. Aan de andere kant had ik vertrouwen in Ali's oordeel, zoals Cheryl dat ook had. Als Ali me vroeg iets te doen, moest ze wel denken dat het belangrijk was.

Plotseling kwam iemand met veel vaart de hoofdsalon binnenlopen, als een warmte zoekende raket. Het was Cheryl Tobin en haar hele gezicht stond strak van woede. Ze ging naar Bodine en de anderen toe. Ik zag haar met de twee mannen praten, maar ik kon haar niet verstaan. Ze hield haar hoofd schuin en wat ze ook zei, ze sprak het kalm uit. De woede was plotseling van haar gezicht verdwenen; in plaats daarvan leek ze bijna vriendelijk. Ze glimlachte, raakte Hank Bodines onderarm even aan, draaide zich toen om en liep rustig naar haar eigen salon terug.

Toen zag ik dat Hank Bodine met een brede onverstoorde glimlach op zijn gezicht zijn sigaar in zijn whisky doofde. Ik kon Hugo Lummis' gezicht niet zien, maar ik zag hem zijn sigaar in het bakje met noten uitdrukken.

Ik glimlachte bij mezelf, schudde mijn hoofd en dacht weer aan die hele scène met Cheryl en Ali. Ik was bereid te doen wat ze wilden, maar alleen omdat Ali het had gevraagd. Toch beviel het me niet. Ik kreeg steeds meer het gevoel dat er veel meer aan de hand was dan mij werd verteld. Een halfuur later, toen het vliegtuig landde, keek ik op een andere manier tegen de komende vier dagen aan. Ik had er eerst enigszins tegen opgezien, maar nu had ik het onbehaaglijke gevoel dat er onaangename dingen te gebeuren stonden in die visserslodge.

Natuurlijk had ik er geen idee van.

13

De visserslodge stond op een steile helling en verhief zich boven ons, groot en rustiek en prachtig om te zien. In feite was het een uit zijn krachten gegroeide blokhut, imposant en primitief, waarschijnlijk een eeuw oud. Het deed me denken aan die grote, stevig gebouwde jachthutten die je in Yellowstone of de Adirondacks ziet. De buitenkant bestond uit ruwe houtblokken, waarschijnlijk sparrenhout, en de spleten tussen de blokken waren niet opgevuld met cement maar met touw dat een creosootbehandeling had gekregen. De lodge was twee verdiepingen hoog en had een steil dak met cederhouten shingles, zilverig van zout. Vanaf de voorveranda leidde een plankenpad de helling af naar een verweerde steiger.

De King Chinook Lodge stond bij een afgelegen stuk water, de Shotbolt Bay, in de buurt van Rivers Inlet, in het midden van de kust van British Columbia, vijfhonderd kilometer ten noorden van Vancouver. Je kon er alleen komen met een particuliere boot of helikopter of een gecharterd watervliegtuig.

Toen ze zeiden dat de lodge afgelegen stond, was dat een understatement. Dit was verder van de bewoonde wereld verwijderd dan ik ooit was geweest.

Bij het woord 'afgelegen' moest ik aan het stadje in de staat New York denken waar ik was opgegroeid, tachtig kilometer van Buffalo in de landelijke Erie County. Voor het dichtstbijzijnde winkelcentrum, in West Seneca, moest je veertig kilometer rijden. Het hoogtepunt van het jaar was het Zuivelfestival, serieus. De belangrijkste gebeurtenis uit de geschiedenis van mijn geboortestad voltrok zich in 1934, toen een schoolbus door een goederentrein werd geraakt. Iedereen had het overleefd.

Toch was mijn geboorteplaats een wereldstad in vergelijking met de omgeving waar we nu waren aangekomen.

De Hammond-jet was op de noordwestelijke punt van Vancouver Island geland, op het vliegveld Port Hardy, waar we in twee watervliegtuigjes waren overgestapt. Na een korte vlucht landden we bij een eenvoudige steiger op het water. De zon stond laag aan de hemel, een gigantische okergele bol, en de stralen glinsterden op het water. Het was een spectaculaire omgeving.

We werden opgewacht door een man van ongeveer mijn leeftijd, die zich voorstelde als Ryan. Hij droeg een grijsbruin poloshirt met KING CHINOOK LODGE in gestikte letters op de linkerkant van de borst. Hij begroette ons met een brede glimlach en sprak iedereen behalve mij bij de naam aan: blijkbaar herinnerde hij zich hen van het jaar daarvoor, of misschien had hij zijn kennis opgefrist. Ik verwachtte bijna dat hij ons drankjes met een parapluutje zou aanreiken, alsof het Club Med was.

'Hoe was uw vlucht?' Hij was een magere, slungelige kerel met een dikke bos rossig bruin haar en heldere blauwe ogen.

'Vluchten,' verbeterde Kevin Bross hem bruusk, terwijl hij op de steiger stapte en hem voorbijliep.

Hugo Lummis had hulp nodig om op de steiger te komen. Hij had een Ray-Ban Wayfarers zonnebril opgezet – nog een platte hoed en hij was net een van de Blues Brothers. 'Wil de vis bijten?' vroeg hij aan de man.

'U had niet op een betere tijd kunnen komen,' zei Ryan. 'De chinook is massaal komen opzetten. Ik heb er gisteren eentje van twintig kilo gevangen, vijftig meter bij de lodge vandaan.'

Twee andere mannen in grijsbruine shirts, zo te zien latino's, tilden kisten met bederfelijke waar uit de achterkant van het vliegtuig en haalden koffers en tassen uit het bagageruim.

Lummis zei: 'Vorige zomer heb ik er eentje van meer dan

veertig kilo gevangen met een Berkeley 4.9 testlijn. Dat was volgens mij een record in die lijnklasse.'

'Dat weet ik nog,' zei Ryan knikkend. Iets heel subtiels aan zijn gezicht gaf blijk van scepsis. Misschien was de vis in Lummis' herinnering groter geworden, maar Ryan ging hem niet corrigeren.

'Dit is een van de beste lodges voor sportvissers ter wereld,' zei Lummis tegen mij. 'Wereldklasse.'

Ik knikte.

'Ga je wel eens vissen?'

'Soms,' zei ik.

'Nou, je hoeft hier geen expert te zijn. En je hoeft ook niet veel geduld te hebben. Je laat gewoon de lijn in het water zakken. Maar het binnenhalen is niets voor watjes. "Chinooks" – zo noemen ze de koningszalm – zijn ware monsters. Ze trekken je haak recht, breken je lijn, slepen je boot opzij. Taaie vechters. Heb ik gelijk of niet, Ryan?'

'U hebt gelijk, meneer Lummis,' zei Ryan.

Lummis gaf Ryan een klopje op zijn arm en waggelde de trap naar de lodge op.

'Voor het eerst hier?' vroeg Ryan aan mij.

'Ja. Maar ik heb geen visspullen meegebracht.'

'Geen probleem. Wij leveren alles. En voor degenen die niet vissen, zijn er genoeg andere dingen te doen in de tijd dat ze niet vergaderen of aan het teambuilden zijn. U kunt hier ook wandeltochten maken en kajakken. En als u geen outdoortype bent, zijn er de sauna en de *hot* tub, en morgenavond is er het pokertoernooi. Dus het is niet alleen maar vissen.'

'Ik mag graag vissen,' zei ik. 'Maar ik heb nog nooit op zalm gevist.'

'O, dat is het beste wat er is. Meneer Lummis heeft gelijk. We halen hier kanjers van Chinook-zalmen uit het water. Twintig kilo is het gemiddelde, maar ik heb ze ook van vijfentwintig, dertig, zelfs vijfendertig kilo gezien.'

'Niet van meer dan veertig?'

'Zo groot heb ik ze nooit gezien,' zei Ryan. Hij glimlachte niet, maar zijn heldere ogen twinkelden. 'Niet hier.'

14

Op de brede, diepe veranda stond rustiek meubilair: een lange bank, een schommelstoel die aan kettingen hing, een paar Adirondack-stoelen. Het zag er allemaal uit alsof het met de hand van houtblokken en takken gemaakt was. Een ander personeelslid hield de hordeur voor me open alsof hij een portier van het Ritz-Carlton was, en ik kwam in een enorme, zwak verlichte ruimte.

Ik werd meteen getroffen door de aangename geuren van houtrook en warme appelcider. Zodra mijn ogen aan het zwakke licht gewend waren, besefte ik dat ik nooit eerder zo'n visserslodge had gezien.

Ik ben niet het type dat naar een jacht- of vissershut gaat. Toen mijn vrienden en ik gingen jagen, sliepen we in iemands vervallen schuurtje. Of in een tent. Of in een goedkoop motel. Ik was dus niet bepaald een expert op het gebied van lodges en blokhutten.

Zoiets als dit had ik in elk geval nog nooit gezien. Een visserslodge? Dit was zoiets waar *Architectural Digest* een grote fotoreportage over maakte, met de titel 'Het exclusiefste rustieke toevluchtsoord ter wereld' of zoiets.

Voor zover ik kon zien, was er geen balie waar je je moest inschrijven. Ik stond in een zogeheten 'grote kamer' met wanden van ruw timmerhout. De vloeren bestonden uit bredere cederhouten planken, zachtgetint en versleten. Aan het ene eind zag ik een gigantische, uit drie niveaus bestaande haard van riviersteen, zeven meter breed en tien meter hoog. Daarboven hing een gigantisch gewei met zes punten van een eland. Aan een andere wand hing een kolossaal berenvel, de armen uitgestrekt als Jezus aan het kruis. Ook hier stond meubilair dat van houtblokken en takken gemaakt was, maar de banken en stoelen waren zwaar en gecapitonneerd, en bekleed met kelimstof.

Onze bagage was in het midden van de kamer gezet en werd weggedragen door personeel. Blijkbaar was het niet de bedoeling dat we met onze eigen koffers gingen sjouwen. Wij waren de laatste lading passagiers die arriveerde. Alle anderen hadden blijkbaar al een kamer.

Er kwam een man met een klembord naar me toe. Hij was van middelbare leeftijd, kalend, en had een leesbril aan zijn hals hangen.

Hij gaf me een hand. 'Ik ben Paul Fecher, de bedrijfsleider. U moet meneer Landry zijn.'

'Goed geraden,' zei ik.

'Een kwestie van eliminatie. Ik herken al onze gasten die terugkomen. Deze keer zijn er drie nieuwe mensen, en twee daarvan zijn vrouw. Welkom in de King Chinook Lodge.'

'Mooi gebouw hebt u hier.'

'Blij dat het u bevalt. Als ik iets voor u kan doen, laat u het dan aan mij of een van onze personeelsleden weten. Ik geloof dat u mijn zoon Ryan al hebt ontmoet.'

'Ja.' Die jongen op de steiger.

'Ons motto hier is: het enige wat onze gasten moeten optillen, is een vishengel. Of een glas whisky. Maar die whisky is optioneel.'

'Later misschien,' zei ik.

Hij keek op zijn horloge. Het was een goedkoop plastic kwartshorloge voor duikers. Vroeger had ik nooit op horloges gelet. 'Nou, u hebt een paar uur de tijd voordat iedereen bij elkaar komt voor de cocktailparty en het openingsbanket. Sommigen doen een dutje. Een paar mannen zijn aan het trainen in onze fitnessruimte beneden. We hebben een paar cardiomachines, een paar tredmolens en gewichten. We zijn heel goed voorzien. En als u het rustig aan wilt doen, hebben we een traditionele, met hout gestookte, cederhouten sauna.' Hij wees naar een bar aan het ene eind van de ruimte, waar Lummis met Clive Rylance zat te drinken. 'En natuurlijk is de bar altijd open.'

'Dat zal ik in gedachten houden.'

'Wel, u hebt de Vancouver-kamer met meneer Latimer.'

Geoffrey Latimer, de juridisch adviseur, ging door voor een stijve, rechtlijnige en humorloze man. Hij was ook de man die het interne onderzoek voor Cheryl coördineerde. Een interessante keuze. Vast geen toeval.

'Kamers delen, hè?'

'U bent met zijn twaalven, en er zijn maar zeven gastenkamers. U zult het leuk vinden. Als de zomerkampen uit uw jeugd.' Ik ben nooit naar een zomerkamp geweest.

Ik maakte een snelle rekensom en zei: 'Twaalf mensen en zeven kamers. Wil dat zeggen dat niet iedereen een kamer met een ander deelt?'

'Nou, uw nieuwe voorzitter van de raad van bestuur krijgt natuurlijk haar eigen suite.'

'Natuurlijk.' Dat betekende dat Ali ook een eigen kamer had.

Een kamer delen met een van die kerels. Ook dat nog.

'Lijkt me leuk,' zei ik.

15

Ja, net zomerkamp. Alleen hadden sommige kampeerders een suite met een jacuzzi.

Boven wierp ik een blik in een van de suites. De deur stond open en ik zag dat het een vrij grote kamer was. Ali was daar haar koffer aan het uitpakken. Ze keek op toen ik voorbijkwam en glimlachte naar me.

'Hé,' zei ze. 'Niet gek hier, hè?'

'Het ziet er goed uit. Dus jij hebt je eigen kamer?'

Ze haalde haar schouders op. 'Ja, nou, Cheryl...'

'En ik dacht nog wel dat je een kamer zou delen met Hank Bodine.'

'Ja hoor. Waarom kom je niet even binnen?'

Dat deed ik, en ze deed de deur achter me dicht. Ik voelde die tinteling daar beneden die ik altijd voelde wanneer we met zijn tweeën achter gesloten deuren waren, maar natuurlijk zette ik al die onreine gedachten uit mijn hoofd. Tenminste, zo veel mogelijk.

'Zeg, kun je even gaan zitten?'

Ik haalde mijn schouders op en liet me in een rustieke boomtakkenstoel zakken waarvan de kussens met tapijtstof waren bekleed. Zij ging in precies zo'n stoel naast me zitten.

'Denk je dat het veilig is?' zei ik.

'Veilig?'

'Dat ik hier ben, bedoel ik. De kerels mochten toch niet weten dat wij elkaar kennen?'

'Als je maar voorzichtig bent wanneer je weggaat. Dat ze je niet uit deze kamer zien komen.'

Ik hield wel van dat stiekeme gedoe. Eigenlijk was het sexy. Als er nou ook maar seks aan te pas kwam. 'Ik snap het.' Toen voegde ik er met een stalen gezicht aan toe: 'Ik zou echt niet willen dat iemand dacht dat wij een verhouding hadden.'

Ze keek me met een vaag glimlachje aan. 'Zeg, over dat gesprek met... In het vliegtuig. Je kwam nogal boos over.'

'Een beetje geschokt misschien. Toen ik voor Hammond ging werken, had ik geen carrière als verklikker op het oog.'

'Maar dat verlangt ze helemaal niet van je,' zei Ali, die onbehaaglijk keek. 'Alleen dat je je oren en ogen openhoudt. Dat is alles.'

'Hoe kom ik dan aan het gevoel dat Cheryl nog een ander motief heeft?'

'Wat bedoel je daarmee?'

'Eigenlijk kan ik het haar niet kwalijk nemen. De raad van commissarissen zoekt naar een excuus om haar eruit te gooien, en intussen is Hank Bodine onrust aan het stoken als een afgezette sjah. En nu vermoeden hij en zijn vriendjes dat hun e-mail wordt afgetapt. Is het dan wel handig om een ondergeschikte als je privé-informant te ronselen – je dubbelagent?'

Ik zag de blos op haar porselein-witte huid en wist meteen dat ik een gevoelige snaar had getroffen. Ik was vergeten hoe goed haar emoties te zien waren. Ze kon haar gevoelens absoluut niet verbergen; haar gezicht was de spiegel van haar emoties. Of misschien het scorebord. Ik hoopte voor haar dat ze in haar nieuwe baan niet veel hoefde te onderhandelen, want ze had een pokerface van niks.

Ze schudde haar hoofd. 'Goh, wat onderschat jij die vrouw,' zei ze. 'Geloof me, ze kan alles aan wat die kerels tegen haar ondernemen. Het gaat er nu om dat we bewijzen voor een misdrijf vinden.'

'Gaat het er niet om dat Hank Bodine door de plee gespoeld moet worden?'

'We willen de onderneming voor een gigantische juridische nachtmerrie behoeden, Landry.' Haar stem klonk verongelijkt, bijna broos.

'En als aan het eind Hank Bodine in een oranje overall rondloopt, met handboeien om, dan is het des te beter.'

'Ik zou daar niet rouwig om zijn. En jij ook niet. Geef het maar toe.'

'Eerlijk gezegd kan die kerel me geen moer schelen.'

'Nou, als hij of Hugo Lummis of Upton Barlow of iemand anders in de onderneming een Pentagon-functionaris heeft omgekocht om een contract los te krijgen, ontploft dat in ons gezicht. Zoals Boeing ook is overkomen.'

Ik zweeg even. 'Is dit belangrijk voor jou?'

'Nee, Landry. Doe dit niet voor mij.'

'Doe dit niet voor mij,' zei ze.

Haar stem klonk gesmoord, haar hoofd onder het kussen.

'Je hebt morgenvroeg een belangrijke vergadering, hè?' zei ik. 'Halfacht, nietwaar?'

Ze had gelijk: haar appartement was luidruchtig, en de laatste tijd was het nog erger geworden. De laatste tijd stond er een stel hangjongeren bijna recht onder haar raam. Ze schreeuwden en lachten en daagden elkaar uit, tot diep in de nacht.

Een koele avond: de ramen open. We lagen naakt onder een dekbed van ganzendons. Omdat we net de liefde hadden bedreven, voelde ik me versuft, maar we konden nu geen van beiden in slaap vallen.

'Ik moet echt verhuizen,' zei ze.

'Kom bij mij wonen.'

Ze zei niets.

'Het zijn maar tieners, Ali. Ik ga wel naar beneden en zeg tegen ze dat ze stil moeten zijn. Voor mij, niet voor jou.'

Ze trok het kussen van haar hoofd weg en keek me aan. 'Meen je dat nou? Landry, doe niet zo idioot. Ze vallen je aan.'

'Ik red me wel.'

'Welnee.'

Ik zweeg.

'Het zijn hufters, Landry. Je moet nooit een hufter in je hoofd toelaten.' Ze stond op, liep naar de badkamer, kwam met oordoppen van oranje schuim terug en gaf mij er ook een paar. Het leken net kleine tepels. Ze rolde haar eigen doppen tussen haar vingers tot het dunne cilinders waren en stak ze in haar oren.

In tien minuten sliep ze. Ik niet.

Een bierflesje ging tegen het trottoir aan scherven. Iemand schreeuwde een obsceniteit.

In mij gromde de slechte wolf, die gevoed wilde worden.

Toen ik er zeker van was dat ze in diepe slaap verzonken was, stond ik op. Ik kleedde me aan en ging naar buiten.

In het gele licht van de straatlantaarns stonden de twee BG's – Baby Gangsters, zoals ze werden genoemd. Ze lachten, porden elkaar, namen uitdagende houdingen aan. Kaalgeschoren kop, honkbalpet achterstevoren, afzakkende spijkerbroek. Ik liep naar ze toe. Een van hen lachte en zei iets obsceens; de ander keek me alleen maar aan. Ze zullen zestien, zeventien zijn geweest. Aankomende leden van een straatbende van latino's. Ik had in Glenview geleerd hoe je dat soort jongens moet aanpakken.

Ik zei niets. Ik keek ze alleen maar aan.

Instinctief deinsden ze terug. Ze hadden iets in mijn gezicht gezien.

Met bonkend hart ging ik weer tussen de koele lakens liggen. Het had niet veel gescheeld, dacht ik. Het had te weinig gescheeld. Zolang ik de aandrang voelde om haar te beschermen, wist ik dat de slechte wolf zou winnen.

Ali mompelde in haar slaap en draaide zich om.

'O, kom nou, Ali,' zei ik. 'Je weet dat je me er daarom bij hebt gehaald. Je wist dat ik nooit nee tegen jou kon zeggen. Gezien onze voorgeschiedenis.'

Ze keek me enkele heel lange seconden aan. 'Gezien onze voorgeschiedenis,' zei ze zachtjes. 'Ik nam een groot risico. Je had tegen ons kunnen zeggen dat we naar de pomp konden lopen.' Ze zag dat ik wilde protesteren en ging vlug verder. 'Ik stelde Cheryl voor jou erbij te halen, omdat jij de enige bent die ik vertrouw.'

Ik wist niet wat ik moest zeggen, en dus zei ik niets. Ze sloeg haar ogen neer, streek toen plotseling over mijn broekspijp, langs de buitenkant van mijn dij. 'Je hebt allemaal hondenharen op je broek.'

Er ging een schokje door me heen, al wist ik dat ze er niets mee bedoelde. 'Ik had een borstel moeten kopen,' zei ik.

'Mijn vader zei altijd…'

'Dat weet ik nog. Maar ik vind het niet erg. Net als wanneer je het parfum van een vrouw op je trui ruikt. Het roept mooie herinneringen wakker.'

Ze glimlachte, alsof ze aan iets grappigs dacht. 'Ga je nog met dat blondje met die grote tieten?'

'Welke?'

'Die op een goedkope slet lijkt.'

'Welke?'

'Met wie ik je zag eten bij Sushi Masa.'

'O, die. Nee, dat is uit.' Ik wilde niet laten blijken hoe verrast ik was. Ik wist niet dat ze me had gezien. Beluisterde ik een beetje overgebleven jaloezie in haar stem?

Ze knikte. 'Ik dacht dat je niet van sushi hield.'

'Ik val eigenlijk ook niet op blondjes.'

'Die avond viel je op allebei. Weet je wel hoe vaak ik heb geprobeerd je in dat restaurant te krijgen?'

'Je kunt het als een teken van respect en intimiteit beschouwen dat ik daar niet met jou heen ben geweest. Ik voelde me veilig genoeg bij jou om mijn echte, diepe, innerlijke afkeer van rauwe vis te laten blijken.'

'Dat is aardig,' zei ze twijfelend.

'Nou, heb jij tegenwoordig een relatie?'

'Het was een gekkenhuis op het werk. En jij?'

Ik knikte.

'Maar geen blondje.'

'Nou, eigenlijk is dit ook een blondje.'

'Huh. Hoe heet ze?'

'Gert.'

'Gert?'

'Voluit Gertrude.'

'Klinkt heel sexy. Wat doet ze?'

'Ze mag graag hardlopen. En eten. Ze is gek op eten. Ze houdt daar nooit mee op als ik haar niet op een rantsoen van twee maaltijden per dag zet.'

'Hebben we het over een eetstoornis?'

'Nee, het hoort bij het ras.'

Ze gaf me een speelse stomp, die hard aankwam. Een sterke meid. 'Dus je werkt nog voor Mike Zorn.'

'Natuurlijk.'

'Ja,' zei ze. 'Jij zou geen promotie willen. Want een promotie is verandering, hè?'

'Hij is een sympathieke kerel. Het is een goede baan.'

'Ik wed dat je nog steeds die ouwe Jeep hebt.'

'Hij rijdt nog geweldig.'

'En dat rechtervoorpaneel heb je zeker ook nooit vervangen, hè?'

'Maakt voor het rijden niet uit,' zei ik.

'Maar het lijkt nergens naar.'

'Als je achter het stuur zit, zie je het niet.'

Ze glimlachte. Dat moest ze toegeven. Toen zei ze: 'Je hebt me trouwens niet gefeliciteerd. Met mijn nieuwe baan.'

Ik trok mijn wenkbrauwen op. Dat kan ik. Ik heb geen botox gehad.

'O, ja,' zei ze. 'Ik was de Jake-taal even vergeten. Je hoeft niet te zeggen wat jij weet dat ik weet dat jij weet, hè? Bijvoorbeeld dat je natuurlijk blij voor me bent, waarom zou je dat nog hardop uitspreken? Waarom zou je woorden verspillen?'

'Het nut van praten wordt overschat,' zei ik. 'Natuurlijk ben ik blij voor je.'

We zwegen enkele ogenblikken. 'Wordt dit... eh, wordt dit gecompliceerd voor ons?'

'Gecompliceerd? Je bedoelt, jij en ik?'

Ik knikte.

'Omdat we vroeger met elkaar naar bed gingen?'

'Ja. Want dat deden we toch?'

'Ik geloof niet dat het gecompliceerd wordt. Jij wel?'

Ik schudde mijn hoofd. Natuurlijk wel. Hoe zou het anders kunnen? 'Helemaal niet,' zei ik. 'Nou, kennen we elkaar?'

'Huh?'

'Als we elkaar de komende paar dagen tegenkomen. Moeten we dan doen alsof we elkaar nooit eerder hebben ontmoet?'

Ze liet peinzend haar hoofd zakken. 'Misschien hebben we elkaar wel eens gezien. Maar we weten elkaars naam niet. We zijn nooit aan elkaar voorgesteld.'

'Begrepen.'

We zaten enkele ogenblikken in stilte. Ik wilde niet weggaan. Ik vond het prettig om bij haar te zijn. Om naar haar te kijken. Om haar bij me te hebben. Haar geur in te ademen. Toen stond ze op. 'Ik moet weer aan het werk. Ik moet Cheryls opmerkingen met haar doornemen. Nou, wees voorzichtig als je hier weggaat, oké?'

Ik knikte, stond op en liep naar de deur. Ik deed hem langzaam open, een kiertje maar. Ik keek de gang op en zag niemand. Toen glipte ik de kamer uit… en zag twee mannen op een paar meter afstand aan het begin van de overloop staan fluisteren. Aan de andere kant van de deur, zodat ik hen niet had kunnen zien.

Ik herkende hen allebei, al had ik hen nooit ontmoet. Een van hen was de controller van de onderneming, John Danziger. Hij was lang en slank en een jaar of veertig. Hij had brede schouders, dunner wordend blond haar en grijsblauwe ogen. Al met al leek hij net zo'n typische geslaagde Amerikaan uit een catalogus van Abercrombie & Fitch. De ander was de *treasurer*, Alan Grogan, ongeveer even oud en lang, maar tengerder. Hij had dicht, golvend donkerbruin haar met vleugjes grijs, lichtbruine ogen, een brede mond, een scherpe kin en een opvallende arendsneus.

Zodra Danziger me zag, hield hij op met fluisteren. Grogan draaide zich om, wierp me een scherpe blik toe, en de twee mannen gingen abrupt en zonder nog een woord te zeggen uit elkaar. Ze liepen elk een andere kant op.

Heel vreemd.

16

De deur van de Vancouver-kamer stond open. De wanden en het plafond waren van ongeverfde, ruwe grenenhouten planken. De vloerplanken waren ook van grenenhout, maar dan breed en glad. Al het meubilair – de twee grote bedden, de ladekast, het bureau – was rustiek en blijkbaar met de hand gemaakt. Grote donzen dekbedden. Een raam met uitzicht op de oceaan.

Geoffrey Latimer was er al. Hij was aan het uitpakken en keek op toen ik binnenkwam. Hij leek een jaar of vijftig en hij had warme, oprechte bruine ogen, de vertrouwende ogen van een kind. Grijzend lichtbruin haar, perfect door de Brylcreem en netjes gekamd met een scheiding opzij. Zijn gezicht was rood en ruw, alsof hij psoriasis of zoiets had. 'Ik geloof dat we elkaar nooit hebben ontmoet,' zei hij. 'Geoff Latimer.'

Hij gaf me een stevige, droge hand. Zijn nagels zagen er afgekloven uit. Een piekeraar.

Latimer was slank en droeg een katoenen broek en een marineblauw-met-grijs gestreept golfshirt. Zijn kleren zagen eruit alsof ze van de herenafdeling van Sears kwamen.

Hij verspreidde een zweem van Old Spice, en dat riep on-aangename herinneringen aan mijn vader bij me op.

'Jake Landry. Ik val in voor Mike Zorn.'

Hij knikte. 'Een hele opgave.'

'Ik doe mijn best.'

'Als je je maar niet door die idioten de grond in laat pra-ten.'

'Hoezo?'

'Het is net een stel corpsballen van middelbare leeftijd.'

Ik keek hem nietszeggend aan.

'Lummis en Bross en die andere kerels. Het zijn bullebak-ken, meer niet. Je moet het allemaal met een korreltje zout nemen.'

Het verbaasde me dat het hem zelfs was opgevallen. 'Het is geen probleem,' zei ik.

Hij boog zich weer over zijn koffer. Zo systematisch als een chirurg bracht hij zijn onberispelijk opgevouwen kleren uit een gehavende oude koffer naar laden van de kast over. Zelfs zijn T-shirts en boxershorts waren tot vierkantjes op-gevouwen.

'Je krijgt met datzelfde hanige gedoe te maken als we die stomme teambuildingoefeningen gaan doen,' zei hij. 'Die kerels zijn altijd met elkaar aan het wedijveren. Wie het hoogst kan klimmen of het hardst kan trekken, dat soort dingen. Ze willen niet dat je ze in verlegenheid brengt.'

'In verlegenheid brengt? Hoe?'

'Door ze te overtreffen. Door hoger te klimmen of harder te trekken. Je kunt nooit winnen. Maar jij kunt er blijkbaar wel tegen.'

Ik glimlachte. Latimer was intelligenter en scherpzinniger dan ik had verwacht. Ik wist dat hij het interne bedrijfson-derzoek coördineerde, maar ik wist niet of hij wist dat ze mij erover hadden verteld. Of dat ze me hadden gevraagd te helpen. Daarom liet ik niet blijken dat ik ervan wist. Ik kon beter wachten tot hij er zelf over begon.

Ik maakte de rits van mijn koffer open en pakte mijn spullen ook uit. Mijn kleren lagen door elkaar heen. Ik had ze in vijf minuten in de koffer gegooid. Een tijdlang waren we in stilte bezig met uitpakken. Ik zag dat hij een handvol injectiespuiten, een oranje plastic setje en een paar buisjes met het een of ander uit de koffer haalde en dat alles bij elkaar in een la legde. Ik zei niets. Ofwel hij was heroïneverslaafde, ofwel hij was diabeticus. Dat laatste leek me een beetje waarschijnlijker.

Hij keek me aan. 'Is dat alles wat je hebt meegebracht?'

Ik knikte.

'Je houdt niet van veel bagage, hè?' zei Latimer.

'Wat?' zei Ali. 'Ik hou niet van veel bagage.'

Ze was een plunjezak aan het leeghalen. Niet haar gebruikelijke weekendtas – schone kleren, een tandenborstel, dat mysterieuze arsenaal van cosmetica – maar dingen die op een langer verblijf wezen.

'Je hebt meer bij je dan anders,' zei ik nonchalant.

Ze bleef met een zijden slipje in haar rechterhand staan. 'Hé, Landry, als ik het mis heb, moet je het zeggen, maar ben jij niet degene die steeds tegen me zegt dat ik gewoon bij je moet intrekken?'

'Oké.' Dat zei ik met meer overtuiging. Ik keek haar met een bemoedigende, zij het geforceerde, glimlach aan.

'Alleen de noodzakelijke dingen,' zei ze, en ze legde de slipjes in een lege la van mijn kast, waarna ze een keer op het stapeltje klopte. 'Dan hoef ik niet de hele tijd als een zigeuner met mijn spullen rond te sjouwen.'

'Geweldig.'

Ze stond nu met haar rug naar me toe, maar ze hoorde het in mijn stem. 'Je wilt me hier niet hebben, Landry. Zeg het nou maar.'

'O, kom nou,' zei ik.

Later, in bed, haar benen verstrengeld om de mijne:

'Waarom praat je nooit over je kinderjaren?'

'Er valt niets over te zeggen,' zei ik.

'Landry.'

'Het interesseert niemand.'

'Het interesseert míj.'

'Mij niet.'

Ze maakte een zacht *hmpf*-geluid. 'Jij verbergt iets, hè?'

Een schokje in mijn maag, of misschien een steek. Ik draaide me een beetje te vlug om. Zag de speelse glans in haar ogen. 'Ik was kroongetuige en heb een nieuwe identiteit gekregen.'

'Een maffiaverklikker.' Ze knikte begrijpend.

'Drugskartel,' zei ik.

Ze streek met haar vingers over mijn neus, mijn lippen, een rechte lijn naar mijn kin. 'De plastisch chirurg heeft goed werk geleverd.'

'Hij had ervoor doorgeleerd.'

'Misschien is het nog waar ook wat je zegt. Weet ik veel.' Haar ogen vertelden me dat ze geen grapjes meer maakte. 'Je praat zo weinig over jezelf. Ik heb het gevoel dat ik niet meer van je weet dan wat er aan de oppervlakte gebeurt.'

'Misschien is er ook niet meer.' Ik voelde me niet op mijn gemak. 'Is het niet bijna tijd voor mijn hondenprogramma?'

'Dat is op zondagavond, Landry.'

Ik knipte met mijn vingers. 'Verrek.'

'Weet je waaraan je me doet denken? Weet je nog die keer dat we naar Norman Lang Motors gingen om je jeep te kopen, en dat we toen die kolossale zwarte suv zagen met die donker getinte ramen? Helemaal zwart?'

'De pooierbak. Ja, dat was een Denali. Wat is daarmee? Bedoel je dat ik een pooier ben? Of een gangster?'

'Als je zo'n auto in het verkeer ziet, kijk je ernaar om te zien wie erin zit, maar dat kun je niet zien. En dus kijk je langer dan je anders zou doen. Weet jij veel, misschien kijkt hij wel naar je terug. Maar je weet niet wie erin zit. Zo ben jij ook.'

'Ali, ik denk dat je te veel naar *Pimp my Ride* hebt gekeken,' zei ik met nauwelijks bedwongen ergernis. 'Ik zou zeggen dat ik meer op dat bord lijk dat ze op de voorruit van de jeep hadden. Weet je nog wat daarop stond?'

Ze schudde haar hoofd.

'Er stond: *Is Zoals Hij Lijkt*. Oké? Dat ben ik. Wat je ziet, is wat je krijgt. Ga niet op zoek naar verborgen geheimen. Die zijn er niet.'

'Ik denk dat er veel meer in jou zit dan je mij wilt laten zien.'

'Sorry,' zei ik. 'Diep in mijn hart ben ik oppervlakkig.' Ik zette de tv aan. 'Is het geen maandag?'

'Ben je getrouwd, Jake?' vroeg Latimer.

'Nee.'

'Plannen in die richting?'

'Geen gevaar dat het binnenkort gebeurt.'

'Ik hoop dat je het niet erg vindt dat ik het zeg, maar je zou het moeten doen. Als je succes wilt hebben in het bedrijfsleven, heb je een stabiel gezinsleven nodig. Dat heb ik altijd al gevonden. Vrouw en kinderen zijn een anker. Een gezin is een veilige plaats. Een toevluchtsoord als je op je werk onder druk staat.'

'Ik grijp gewoon naar de fles,' zei ik.

Hij keek me even scherp aan.

'Grapje,' zei ik. 'Heb je kinderen?'

Hij knikte en glimlachte. 'Een dochter. Twaalf.'

'Mooie leeftijd,' zei ik, alleen omdat het van je verwacht wordt dat je zoiets zegt.

Hij glimlachte nu zuur. 'Eigenlijk is het een vreselijke leeftijd. In een maand tijd veranderde ik van een man die niets verkeerds kan doen in een man die niets goeds kan doen. Een sukkel. Niet cool.'

'Ik kan niet wachten tot ik zelf kinderen heb,' zei ik met een uitgestreken gezicht.

We trokken onze kleren voor het diner aan. Latimer had witte boxershorts met groene kerstbomen en rode zuurstokken erop. 'Een kerstcadeau van mijn dochter,' zei hij schaapachtig. Hij was mager, met een platte, bleke, haarloze buik en spillebenen. Zijn huid was melkwit, alsof hij nooit in de zon was geweest.

Hij trok een wit button-downoverhemd en een grijze broek aan en deed een zwarte riem met een glanzende zilveren gesp om. Toen hij zich had aangekleed, haalde hij een BlackBerry uit zijn diplomatenkoffertje. Even later zei hij: 'O, ja. Dat vergeet ik steeds. Je hebt hier geen signaal. Ik ben eraan verslaafd. Je weet hoe ze die dingen noemen, hè? Crackberry's.'

Ik had dat grapje nog maar zo'n honderdduizend keer gehoord. 'Dat is een goeie,' zei ik, en ik glimlachte.

'Ik weet niet of je ook zo van gadgets houdt als ik, maar dit is mijn nieuwste speelgoedje,' zei hij trots, en hij haalde een iPod tevoorschijn. 'Ooit zo'n dingetje gezien?'

Niet zo'n oude. 'Ja.'

'Ik heb hem van mijn dochter gekregen. Ik heb zelfs geleerd muziek te downloaden. Hou je van musicalnummers?'

Ik haalde mijn schouders op. 'Ja.' Ik heb de pest aan musicals.

'Je mag hem altijd lenen. Ik heb *Music Man* en *Carousel* en *Guys and Dolls* en *Kismet*. En *Finian's Rainbow* – heb je ooit *Finian's Rainbow* gezien?'

'Ik geloof van niet, nee.'

'De beste musical aller tijden. Nog beter dan *Man of La Mancha*. Thuis zijn we gek op musicals. Nou, tegenwoordig vooral mijn vrouw en ik. Carolyn luistert alleen naar bands met obscene namen als The Strokes. Zo heten ze, geloof ik.'

'Misschien ga ik er eens naar luisteren.'

'Weet je, ik heb altijd gedacht dat het bedrijfsleven te vergelijken is met een musical. Iets wat op de planken wordt gezet. Een uitvoering.'

'Zo heb ik het nooit gezien.'

'Het draait voor een groot deel om perceptie. Het is belangrijker hoe we de dingen zien dan wat er echt gebeurt. Hank, Hugo, Kevin en al die andere kerels kijken naar jou en denken dat je een jochie bent, dat je te jong bent om iets te weten. Terwijl je in werkelijkheid best net zo intelligent of gekwalificeerd kunt zijn als zij.'

'Ja, misschien. Wat gebeurt er vanavond?'

'Het openingsbanket. Cheryl houdt een voordracht. De begeleider geeft een overzicht van de teambuildingoefeningen die we morgen gaan doen. Morgenavond houd ik een voordracht. Er wordt hier veel gepraat.'

'Waar gaat jouw voordracht over?'

'Ethiek en zakendoen.'

'In het algemeen of bij Hammond?'

Hij kneep zijn lippen op elkaar, maakte de rits van zijn koffer dicht en zette hem netjes achter in de kleerkast. 'Bij Hammond. We hebben in deze onderneming de cultuur dat we tot elke prijs moeten winnen. De ethiek is in de versukkeling geraakt. Dat is een soort kater van Jim Rawlings' keiharde stijl. Cheryl doet wat ze kan om grote schoonmaak te houden, maar...' Hij schudde zijn hoofd, maakte zijn zin niet af.

Latimer was echt een typetje: de kleren, het haar, de bagage, alles conservatief en volgens het boekje. Typisch iemand die van regels hield. Ik denk dat elk bedrijf zulke mensen nodig heeft.

Toch verbaasde het me een beetje hem kritiek te horen uitoefenen op onze vroegere hoogste baas. Per slot van rekening had Rawlings hem zelf tot juridisch adviseur benoemd. Ik had gehoord dat ze een nauwe band met elkaar hadden.

'Wat doet ze om grote schoonmaak te houden?' vroeg ik.

Hij aarzelde, zij het niet lang. 'Ze maakt duidelijk dat ze geen malversaties tolereert.'

'Over wat voor "malversaties" heb je het?'

'Van alles,' zei hij, niet erg behulpzaam.

Ik drong niet aan. 'Denk je dat Rawlings dat soort dingen aanmoedigde?'

'Ja. Of hij keek de andere kant op. We hadden altijd een bepaald gevoel, je weet wel: er is Boeing en er is Lockheed, en dan zijn wij er. Het roofdier en de prooi. Wij waren het kleintje. We moesten alles op alles zetten om het hoofd boven water te houden. Al moesten we vals spelen.'

Hij zweeg. Blijkbaar staarde hij naar de oceaan.

'De grote jongens spelen soms ook vals,' zei ik.

'Lockheed is al een hele tijd geleden tot inkeer gekomen,' zei Latimer. 'Ik ken die kerels. Boeing... Nou, wie weet? Maar zelfs als Boeing vals speelt, wil dat nog niet zeggen dat wij het ook mogen doen. Daar maakt Cheryl zich erg druk om. Ze wil dat ik aan kooien ga rammelen.'

'Dat zal je hier niet erg populair maken.'

Hij zuchtte. 'Daar is het een beetje laat voor. Waarschijnlijk bederf ik morgenavond de eetlust van sommige mensen. Niemand wil een doemscenario horen. Maar op de een of andere manier moet je ervoor zorgen dat ze naar je luisteren. Zoals ik altijd zeg: varkens worden geslacht.'

Hij werd weer stil. Toen zei hij: 'Moet je kijken.' Hij wenkte me naar het raam.

Ik liep door de kamer naar het raam. Links stond de zon laag aan de horizon, een dikke oranje bol. De oceaan glinsterde. Eerst wist ik niet waarop hij mijn aandacht wilde vestigen – misschien de zonsondergang? Dat leek me nogal sentimenteel voor zo'n man. Toen zag ik een donkere figuur in de hemel bewegen. Een gigantische Amerikaanse zeearend liet zich langzaam naar het water zakken. Zijn spanwijdte moest wel twee meter zijn.

'Goh,' zei ik.

'Kijk.'

Met een plotselinge, snelle beweging dook de arend om-laag en greep iets in zijn krachtige klauwen omhoog: een glinsterende zilverige vis. *Roofdier en prooi*, zei ik bijna hardop, maar dat sprak zo vanzelf dat ik dom zou overkomen als ik het zei.

Enkele ogenblikken keken we met stille bewondering toe. 'Goh,' zei ik ten slotte. 'Over symboliek gesproken.'

Latimer keek me verbaasd aan. 'Wat bedoel je?'

Misschien was hij toch niet zo scherpzinnig. 'Aan de andere kant is het maar een vis,' zei ik.

17

Geoff Latimer zei dat hij naar beneden ging en nodigde me uit met hem mee te gaan, maar ik zei vaag dat ik nog een paar dingen te doen had. Toen hij de kamer uit was, haalde ik mijn laptop tevoorschijn om nog eens naar de foto's van de crash te kijken die ik in het vliegtuig had gedownload.

In theorie deed ik dat omdat Hank Bodine het me had gevraagd, maar inmiddels was ik zelf ook nieuwsgierig geworden. Een gloednieuw vliegtuig stort neer, en ook nog op een luchtvaartshow: je vraagt je onwillekeurig af waarom.

En dan was er nog Cheryls opmerking, die ongeveer overeenkwam met wat Zoë had gezegd: wat maakte het eigenlijk uit wat de oorzaak van de crash was? Om meer van onze eigen vliegtuigen te verkopen hoefden we niet te weten waarom dat vliegtuig van Eurospatiale was neergestort. Dat snapt een imbeciel, zoals Bodine zou zeggen. Elke luchtvaartmaatschappij ter wereld die de E-336 had besteld, moest wel geschrokken zijn van die crash.

Waarom wilde Hank Bodine het dan wél weten? Als ik terugdacht aan de uitdrukking op Cheryls gezicht, en de manier waarop ze Ali had aangekeken, kreeg ik het gevoel dat er meer aan de hand was.

En natuurlijk wilde ik absoluut achterhalen waarom dat vliegtuig was neergestort. Al was het alleen maar omdat ik wilde weten wat er werkelijk aan de hand was.

En het was vreemd: volgens een van de berichten die Zoë me had gestuurd, had de E-336 voor de luchtshow in Parijs al zo'n twintig testvluchten gemaakt. Je kunt het vergelijken met een nieuwe auto. Als je een nieuwe auto afgeleverd krijgt, staan er altijd al een paar kilometer op de teller, van de testrit in de fabriek tot de inspectie door de dealer. Twintig testvluchten – dat was niets. Dat vliegtuig was fonkelnieuw geweest.

Er moest dus iets mis zijn met het vliegtuig, en ik wist dat het Eurospatiale-consortium dat nooit ofte nimmer zou toegeven. Ze zouden de schuld geven aan het weer, of aan de piloot, of aan slecht karma, of wat ze maar konden verzinnen.

Toen ik die foto's bestudeerde, kon ik alleen maar zien dat de scharnieren uit de composiethuid van de klep waren gescheurd. Maar waarom? De scharnieren zaten in een uitsparing van de klep en waren met een krachtige epoxylijm vastgemaakt. Het was beslist niet de bedoeling dat ze afscheurden. Ja, misschien na twintig jaar. Niet na twintig korte vluchten tussen Parijs en Londen.

Een paar minuten staarde ik naar de beschadigde klep, en toen jeukte er iets in mijn achterhoofd. Ik zag een patroon. Een mogelijke verklaring.

Ik zoomde zo ver in als mogelijk was zonder dat de foto in pixels uiteenviel. Ja. Bij die resolutie kon ik heel duidelijk de barsten zien op de punten waar de spanning zich had geconcentreerd. En de veelzeggende zwelling in de composiethuid. 'Bezemen', noemden ze dat. Het gebeurde wanneer er op de een of andere manier vocht in de grafietepoxy kwam, want dat had de vervelende gewoonte om water te absorberen – het zoog het op als een spons. En dat kon om allerlei redenen gebeuren, die geen van alle goed waren.

Bijvoorbeeld door een ontwerpfout in het vliegtuig zelf. Zoals hier het geval was – daar was ik van overtuigd.

Ik wist nu waarom het vliegtuig was neergestort, en ik was er ook zeker van dat Hank Bodine die verklaring nooit zou willen horen. Hij zou er zelfs spijt van hebben dat hij mij had gevraagd het uit te zoeken.

Tenzij…

Tenzij hij de oorzaak al wist en wilde dat ik het zelf ontdekte. Maar dat was te complex, te ingewikkeld, en ik kon er geen enkele logica in zien. Ik vroeg me af of Cheryl meer over de crash wist dan ze liet blijken. Was het mogelijk, vroeg ik me af, dat ze al wist wat ik zojuist had ontdekt?

Moedeloos besefte ik dat ik weliswaar heel graag buiten de machtsstrijd tussen Cheryl Tobin en Hank Bodine wilde blijven maar daar al middenin zat.

Ik ging naar beneden om Bodine op te zoeken en hem te vertellen wat ik te weten was gekomen.

18

Toen ik de trap afkwam, hoorde ik harde stemmen en rauw gelach van de kant van de bar komen. Hugo Lummis had een glas met iets bruins en was blijkbaar al flink aangeschoten. Hij praatte met iemand die ik herkende als Upton Barlow, het hoofd van de defensiedivisie van Hammond. Barlow was lang en had afhangende schouders. Hij zag eruit als een sporter. Bij zijn mond zaten diepe groeven, en ook in zijn voorhoofd tekenden zich evenwijdige lijnen af. Hij had grijs haar met inhammen, zwarte oogjes als rozijnen en samengeperste lippen.

Blijkbaar waren ze gruwelijke reiservaringen aan het uitwisselen. Ze hadden allebei meer dan een miljoen kilometer gevlogen en zo te horen moesten ze niet veel van Europeanen hebben.

'Ooit op die lullige plastic wc-brillen gelet?' zei Lummis. 'Zelfs in de goede hotels. En die gekke manier van doorspoelen, met metalen platen op de muur en zo?'

'Nee, de douches zijn het ergst,' vond Barlow. 'Die zijn ontworpen voor dwergen.'

Ik keek in de enorme ruimte om me heen en zag Geoff Latimer in zijn eentje in een grote gecapitonneerde stoel zitten. Hij las de *Wall Street Journal*. Maar Hank Bodine zag ik niet, en Clive Rylance ook niet.

'En je kan lang zoeken naar een ijsmachine in je hotel,' zei Lummis. 'Vraag om coke en je krijgt het zo lauw als een emmer spuug. Er is zeker een EU-richtlijn tegen ijs.'

'Je kunt niet eens in je hotelkamer naar het nieuws kijken,' zei Barlow. 'Je zet CNN aan en het is allemaal ánders. Je krijgt bijvoorbeeld een reportage van drie kwartier over Nairobi of Somalië of weet ik veel.'

Ik had het gevoel dat de Europeanen ook niet veel van hen moesten hebben.

'Waarom kom je niet bij ons zitten, kerel?' zei Lummis tegen me.

Ik aarzelde even. Aan de bar hangen met die twee oude sokken was wel zo ongeveer het laatste waar ik zin in had. Als Hank Bodine met Clive Rylance ging praten, zou ik waarschijnlijk moeten proberen ze af te luisteren. Als ze niet hier beneden waren, kon ik misschien Ali vinden en doen alsof ik me aan haar voorstelde, want dan kon ik weer even bij haar zijn.

Toen zei ik tegen mezelf dat als ik Ali echt wilde helpen bewijzen te vinden voor omkoping van Pentagon-functionarissen, die twee kerels aan de bar precies de mannen waren die ik moest hebben. Als er echt smeergeld aan iemand in het Pentagon was betaald, zou het vreemd zijn als die twee er níét van wisten. Ze waren allebei dag en nacht bezig vliegtuigen aan het Pentagon te verkopen en waren tot alles bereid om contracten los te krijgen. Als er een complot was, zouden zij twee van de hoofdrolspelers moeten zijn.

Upton Barlow zag me aarzelen en zei: 'Ach, hij wil natuurlijk niet bij ons ouwe lullen zitten.'

'Goed, heel graag,' zei ik. Ik liep langs de bar, ging op de kruk naast Upton Barlow zitten en stelde me voor.

'Ik heb wel eens e-mails van je gekregen,' zei Barlow terwijl hij mijn hand schudde. 'Je bent Mike Zorns assistent, hè?'

'Dat klopt.' Het verbaasde me dat hij wist wie ik was.

'Maar Mike komt niet, hè?'

Ik wilde antwoord geven, maar Barlow draaide zich om en begroette iemand anders die net de trap af was gekomen. Het was Clive Rylance, een donkerharige man, knap om te zien en met een intense blik. Hij zag eruit alsof hij uit een blok graniet was gehouwen, met een langwerpig gezicht en een vierkante kaak. Hij had de baardstoppels van iemand die zich twee keer per dag moest scheren. Ze hadden hem in de James Bond films moeten zetten in plaats van de kerel die ze nu hebben.

'Hé, als dat Clive Rylance niet is, de man zonder grenzen,' zei Barlow.

Rylance legde zijn ene hand op Hugo's schouder en reikte met de andere achter Hugo langs om Barlows hand te schudden. Het leek wel of ze elkaars hand wilden fijnknijpen. 'Heren,' zei hij.

'Spreek namens jezelf,' zei Lummis. 'Je kent iedereen, hè? Ik weet niet of je... Ach, wat is je naam ook weer?'

'Jake Landry,' zei ik, en ik gaf Rylance een hand.

'Clive,' zei Rylance. 'Ben je een nieuw lid van de raad van bestuur?'

'Ik val alleen maar in voor Mike Zorn,' zei ik.

'Goed,' zei hij. Hij keek de anderen aan en lachte. 'Oei. Ik voelde me net even heel erg oud.'

'Ben je net uit Parijs gekomen?' vroeg Barlow.

'Gisteren,' zei Rylance. 'Ik heb gisteravond in New York gedineerd.'

'O, ja? Waar heb je gegeten?' vroeg Lummis. Ik had de indruk dat Hugo Lummis veel buiten de deur at, met die dikke buik van hem.

'Bij Per Se.'

'Kon je daar een tafel krijgen?' zei Barlow.

Rylance haalde zijn schouders op. 'Kom nou, man.'

'Ja, wat zeg ik? Als iemand een reservering los kan peuteren, ben jij het,' zei Barlow. 'Heb je die risotto met truffels uit de Provence genomen?'

'De Kobe-biefstuk met het merg,' zei Rylance. 'Fantastisch.'

'Ik weet niet waarom iedereen het minder goed vindt dan French Laundry,' zei Hugo Lummis. 'Ik vind het zelfs beter. Maar nu houden we Jake buiten het gesprek, nietwaar?'

'Helemaal niet,' zei ik. 'Ik heb nooit van French Laundry gehoord, maar ik sla het bij voorbaat hoger aan dan Roscoe's Kip- en Wafelparadijs.'

'Kip en wafels?' zei Rylance vol walging.

Lummis draaide zijn kruk rond om me aan te kijken en zei: 'Hé, ik ben daar gék op.'

'Geef het maar toe,' zei ik. 'Als je moest kiezen tussen een microscopisch stukje vlees in die Laundry-tent en Herb's special bij Roscoe's, zou je niet aarzelen, hè?'

'Dan koos ik voor Roscoe's,' beaamde Lummis. 'Iemand ooit hun gesuikerde yams gehad?'

Maar Rylance was niet geïnteresseerd. 'Heeft iemand Hank gezien?' vroeg hij.

'Het laatste wat ik van hem zag, was dat hij op zoek was naar Cheryl,' zei Barlow. 'Hij wilde haar spreken.'

'Haar inpalmen, zul je bedoelen,' zei Lummis. 'Nou, Jake, ben je er klaar voor je te laten inspireren en motiveren door onze onverschrokken leider?' Hij liet zijn handen door de lucht waaieren als een dominee die zijn kudde opzweept. 'Het symbool van onze onderneming is de leeuw,' zei hij met een falsetstem, geen slechte imitatie van Cheryl Tobin. 'En ik ben hier om die leeuw te laten brüllen.'

Ik lachte beleefd, en Rylance en Barlow bulderden het uit. Toen boog Barlow zich naar de jongens toe en mompelde vanuit zijn mondhoek: 'Het is hier tegenwoordig verdomme een regelrechte gynocratie.'

De barkeeper nam mijn bestelling op – weer een Macallan single malt, alleen vroeg hij me niet hoe oud – en Rylance trok een kruk bij aan Lummis' andere kant. Toen kwam Kevin Bross voorbij. Hij droeg zwarte trainingsshorts en een zwart mouwloos shirt dat zijn gespierde lichaam fysiek tot zijn recht liet komen. Hij was drijfnat van het zweet. De horlogeband van zijn hartslagmonitor piepte snel. Bross had brede schouders en een smalle taille en zag eruit alsof hij veel meer uren in de sportschool had doorgebracht dan op kantoor. Toen hij achter me langs liep, kwam hij met zijn natte arm tegen mijn enige goede overhemd. Mijn schouder was meteen vochtig.

'Lekker getraind?' zei Clive Rylance tegen hem. 'Hé, heeft iemand een tijdbom op je vastgebonden of zoiets?'

'Huh?' zei Bross.

'Het klinkt alsof je op ontploffen staat.'

'O, dat,' zei Bross, en hij greep onder zijn shirt en trok aan een borstriempje. Het kwam los met klittenbandgescheur. 'Hartslagmonitor. En jij, grote jongen? Doen Britten niet aan training?'

Rylance hief zijn glas met whisky. 'Alleen mijn linkerhand,' zei hij.

'Je rechterhand heeft zeker geen training nodig, hè?' zei Bross.

Ze lachten allebei.

'Gaan we dit jaar weer naar Zermatt, Kevin?' zei Barlow. 'Ik wil je nog wel eens over de kop zien gaan bij het slalommen. Dat was een goeie.'

'Hou je kop, Upton,' zei Bross joviaal, 'anders vertel ik ze wat er in de Blauherd-lift met jou is gebeurd.'

Barlow hief zijn glas en lachte. 'Touché. Nou, is de sauna dit jaar gemengd?'

'Kleding optioneel, hoop ik,' zei Rylance, en iedereen lachte.

Op dat moment zag ik Hank Bodine, of om precies te zijn, ik hóórde hem. Hij stond in een van de nissen aan de andere kant van de ruimte. Hij had zijn handen op zijn heupen en praatte met iemand.

Nee, hij schreeuwde tegen iemand.

Zodra ik besefte dat degene die hij de wind van voren gaf Ali was, sprong ik van mijn kruk en liep ik zonder erbij na te denken naar hen toe.

19

Ali zat in een stoel terwijl Bodine recht tegenover haar stond en haar blijkbaar wilde intimideren. Ze droeg nu een witte rok en een perzikkleurige zijden blouse, net laag genoeg uitgesneden om de curve van haar borsten te accentueren. Ze zag er adembenemend uit.

Ze zag er ook nogal kwaad uit.

Ik hoorde Bodine zeggen: 'Wil je dat ik dit met Cheryl opneem?' Hij moest blijkbaar veel woede inhouden en stond op het punt zich te laten gaan.

'Natuurlijk kan ik je niet tegenhouden als je met Cheryl wilt praten,' zei ze. 'Je kunt doen wat je wilt. Maar niet voor het begin van de bijeenkomst. Sorry. Ze heeft het druk.'

Ik bleef er een eind vandaan staan, want ik wilde niet storen. Ali had ook een nieuw laagje lipstick en lipliner aangebracht. Ze droeg gouden armbanden en een halssnoer van kleine gouden pareltjes, met daartussen grote traanvormige druppels glanzende groene turkoois. Met bijpassende oorhangers van turkoois en goud.

'Dit is helemaal niet de Chinook-agenda waarmee ik akkoord ben gegaan,' zei Bodine.

'De agenda is veranderd,' zei Ali. 'Jij bent niet de voorzitter van de raad van bestuur. Jij gaat niet over de agenda.'

'Nou, liefje, ik heb nooit iets gehoord over iemand die hier een toespraak gaat houden over "Hammond en de corruptiecultuur".'

Ali haalde haar schouders op. 'Sorry... Hank.' Ik kon merken dat ze erover dacht dat 'liefje' met iets venijnigs te pareren maar daarvan afzag. 'Dat is er op het laatste moment aan toegevoegd.'

'Je voegt op het laatste moment geen dingen toe zonder ze eerst aan mij voor te leggen. Zo hebben we het altijd gedaan.'

'Blijkbaar is er iets veranderd, Hank.' Ali sloeg haar benen over elkaar. Ik meende een zweem van een glimlach over haar gezicht te zien glijden, alsof ze het leuk vond om hem op zijn nummer te zetten.

Bodine schommelde op zijn hakken. Hij haalde zijn handen uit zijn zij en sloeg zijn armen over elkaar. 'Als ik het mis heb, moet je het zeggen, jongedame, maar is dit niet jouw eerste jaar hier? Dus volgens mij weet jij helemaal niet hoe we het hier doen.'

'Ik weet wat Cheryl me heeft gevraagd...'

'Laat me je wat vertellen,' zei Bodine. 'Je begaat een grote fout. Ik zal je een dienst bewijzen en doen alsof dit niet gebeurd is. Want ik sta niet toe dat mijn team door ongefundeerde beschuldigingen en geruchten over "corruptie" in deze onderneming wordt gedemoraliseerd. En als de commissarissen er lucht van krijgen dat die verrekte baas van jou met modder gooit en met beschuldigingen komt die nergens op slaan, gaan er koppen rollen. En dan bedoel ik niet alleen de jouwe. Hoor je dat?'

Ali keek hem lang en ijzig aan. 'Ik hoor je dreigementen luid en duidelijk, Hank. Maar de agenda blijft zoals hij is.'

'Nu ben ik het zát,' zei Bodine. Hij schreeuwde nu bijna. 'In welke kamer is ze?'

'Cheryl werkt aan haar voordracht,' zei Ali. 'Ze wil echt niet gestoord worden.'

Ik kon niet langer op een afstand blijven en toezien hoe Bodine zo onbeschoft tegen haar praatte. Hij maakte me goed kwaad. Ik liep naar hem toe en tikte op zijn schouder. 'Wat zei je vader nou altijd over omgangsvormen als je met een dame praat?' zei ik luchtig.

Bodine keek me giftig aan. Ik zei: 'Ik heb de informatie waar je om vroeg. Over de E-336.'

'Jij,' zei hij, en hij prikte met zijn wijsvinger in mijn borst. Hij bulderde het nu uit, en zijn wangen liepen rood aan. 'Pas jij maar op.' Toen liep hij met grote passen weg.

Zodra hij weg was, boog ik me naar voren en stak ik Ali mijn hand toe. 'Ik ben Jake Landry,' zei ik.

20

'Ik geloof niet dat hij een zwak voor je heeft,' zei ik.

'Waarom deed je dat?' Ik merkte dat ze eigenlijk wel blij was, maar dat niet wilde laten blijken.

'Omdat ik een hekel aan bullebakken heb.'

'Ik had je hulp niet nodig, weet je.'

'Wie zegt dat ik wilde helpen?'

'Je bemoeide je ermee. Dat had je niet moeten doen.'

'Het stond me niet aan dat hij op die manier tegen je praatte.'

'Dank je, maar ik kan Hank Bodine wel aan. Ik heb geen beschermer nodig.'

'Dat is duidelijk.'

'Wat bedoel je daar nou weer mee?'

'Dat noemen ze een compliment. Je pakte hem fantastisch aan. Veel beter dan ik had kunnen doen.'

Ze leek tijdelijk verzoend. 'Trouwens, het was de bedoeling dat hij je aardig ging vinden. Niet dat je hem ging stangen.'

'Ik geloof niet dat hij mensen aardig vindt. Bovendien is het veel leuker om hem te stangen.'

'Hij kan je laten ontslaan.'

'Jouw baas kan zo'n besluit ongedaan maken.'

'Niet als ze zelf wordt ontslagen.'

Daar zat wat in. 'Ik kan altijd naar mijn geboortestreek teruggaan en weer bij het kabelbedrijf gaan werken. Of op de buizenfabriek.'

'Die fabriek zal wel al zijn opgeheven. Net als zo ongeveer alle bedrijven daar.'

'Dat is waar.'

Ze keek op haar horloge. 'Ik denk dat Cheryl me nodig heeft. De receptie gaat straks beginnen.' Ze stond op. 'Leuk om kennis met je te maken, Jake. Het was echt geweldig.'

Het was echt geweldig, stond er in het briefje. *Het spijt me.*

Een van haar kaartjes – ALISON HILLMAN met gegraveerde letters op dik roomwit papier – lag op de wastafel in de badkamer. Ze wist dat ik het zou zien als ik opstond.

Het was nog maar een paar dagen nadat ze die grote

plunjezak naar mijn flat had meegebracht. Haar tanden-borstel was weg, net als haar zijden slipjes en haar extra stel werkkleding.

Toen ik haar later die ochtend eindelijk op haar mobieltje bereikte, klonk ze gejaagd. Ze zei dat ze niet kon praten: ze verwachtte elk moment iemand. Ze zei dat ze niet kwaad of zoiets was, maar dat ze dit gewoon het beste vond. We wilden verschillende dingen; dat was alles.

Toen hoorde ik haar tegen iemand in de kamer praten, een andere Ali-stem: warm en verwelkomend. Ik hoorde haar brede stralende glimlach. Toen ze weer door de telefoon tegen me sprak, was ze een en al zakelijkheid.

Die avond belde ik haar opnieuw.

'Ik weet het niet, Landry,' zei ze. 'Soms denk ik dat er iets bevroren is in jou. Ik weet het niet. Maar nu begrijp ik dat van dat bordje met IS ZOALS HIJ LIJKT.'

Ik stuurde haar een paar lange, hartgrondige e-mails – ik kon me gemakkelijker uiten via de onpersoonlijke machinerie van het toetsenbord en de computermonitor. Haar antwoorden waren beleefd maar kort.

Ik nam aan dat ze iets in me had gezien wat haar niet lekker zat. In de loop van de jaren, sinds de nachtmerrie van mijn tienerjaren, had ik een hoge privacyschutting om mijn binnenste heen gebouwd. Ik had daarvoor het beste hout gebruikt en ervoor gezorgd dat de planken goed op elkaar aansloten, zodat niemand door de kieren kon kijken.

Maar misschien kon zij dat wel. Of misschien hield ze gewoon niet van mijn timmerwerk.

Toen ik een maand of zo daarna met een stel vrienden in een Ierse bar in de binnenstad van Los Angeles zat – op het raam stond met pseudo-Gaelic letters: 'Met een glas in je sas' –, zag ik Ali in haar eentje aan een tafeltje achterin zitten. Ze was gekleed in het zwart en had een groot glas met donkere vloeistof voor zich staan: Guinness stout. Ik ging in de andere stoel zitten.

'Hé,' zei ik.

'Hé.' Een ondertoon van melancholie? Misschien verbeeldde ik me dingen.

Toen zag ik het tweede glas, en het flesje Rolling Rock. 'O, sorry – er zit hier iemand.'

'Hij is naar het toilet.' Ze glimlachte. 'Hij vind die muurschildering mooi.'

Op de herentoiletten was een legendarische muurschildering van een rondborstige naakte blondine die lachend naar het urinoir wijst. 'Voor het geval hij niet weet waarop hij moet mikken, hè?' zei ik. De oude grap. 'Hoe lang ga je met hem om?'

Ze haalde haar schouders op. 'Eigenlijk nog niet. Dit is pas ons tweede afspraakje.'

'Huh.' Een lange, pijnlijke stilte. 'De band is vanavond niet erg goed, hè?'

'Vrij slecht,' beaamde ze.

Weer een korte stilte. Ik pakte het Rolling Rock flesje van haar metgezel op en draaide het rond. 'Hé,' zei ik.

'Wat?'

'Hier staat: Latrobe Brewing Co., St. Louis, Missouri.'

'Nou?'

'Vroeger stond er: Latrobe Brewing Co., Latrobe, Pennsylvania. Maar tegenwoordig wordt het door Budweiser gemaakt. In Newark.'

'Dat is geniepig.'

'Valt wel mee. Hé, als je echt geïnteresseerd bent: het staat allemaal op het etiket. Het staat gedrukt. Alles wat je ooit zou willen weten.'

'Alleen staat er St. Louis, niet Newark,' zei ze met een mysterieuze glinstering in haar ogen.

De band zette een post-punkversie in van 'On the Street Where You Live'. Of misschien was het 'Bleeding Me' van Metallica. Dat was bij die jongens moeilijk te horen.

'Maar wie kan het wat schelen waar het vandaan komt?'

zei ik. 'Als je het bier lekker vindt, is dat toch genoeg?'

Ali keek me vreemd aan en hield haar hoofd een beetje schuin. 'Je hebt het over bier, ja?'

Ik glimlachte en wilde net iets terugzeggen, maar op dat moment kwam er een lange, goed uitziende, zwartharige man naar de tafel.

Hij schraapte zijn keel. 'Sorry, deze plaats is bezet,' zei hij.

21

De cocktailreceptie voor het diner werd in een kleinere kamer naast de grote ruimte gehouden. Aan het lage plafond hing een groot spandoek met WELKOM HAMMOND AEROSPACE.

Ze serveerden mixdrankjes en *mojito*'s en fluitglazen champagne, en naarmate de kerels meer onder invloed raakten, werden de stemmen luider en werd het gelach uitbundiger. De enige uitzondering scheen Hank Bodine te zijn, die met een kwaad gezicht tegen Hugo Lummis zat te praten. Ali was naar Cheryls suite gegaan om het schema van die avond door te spreken. Ik stond daar met een mojito in mijn hand om me heen te kijken toen er iemand bij me kwam staan. Een van de kerels die ik boven op de gang had zien fluisteren – die ik had betrápt op fluisteren, dacht ik.

'Jij bent Jake Landry, hè?'

Het was de blonde, en dat betekende dat hij John Danziger was, de controller van de onderneming. Die andere was Grogan geweest.

'En jij bent John Danziger,' zei ik. We gaven elkaar een hand en ik draaide het standaardriedeltje af dat ik voor

Mike Zorn inviel. Maar Danziger kwam niet met een van de gebruikelijke reacties, bijvoorbeeld dat het grote schoenen waren waar ik in stond, of zoiets. In plaats daarvan zei hij: 'Het spijt me dat ik boven onbeleefd tegen je was.'

'Onbeleefd?'

'Dat was jij toch, boven op de gang? Toen Grogan en ik stonden te praten?' Hij had een aangename, soepele baritonstem, als een nieuwslezer op de radio.

'O, was jij dat? Het leek me een intens gesprek.' Dat betekende dat hij me uit Ali's kamer had zien komen. Dat wil zeggen, als hij wist dat het Ali's kamer was.

'Gewoon over het werk,' zei hij. 'Maar het lag nogal gevoelig, en daarom reageerde Alan zo overdreven.'

'Geen probleem.' Maar het was niet Alan Grogan geweest die me op de gang zag en plotseling hun gesprek afkapte. Dat was Danziger geweest. Ik begreep niet waarom hij zo'n toestand maakte van zoiets onbeduidends. Misschien was hij bang dat ik iets van hun gesprek had gehoord. Wat het ook was, hij en Grogan waren waarschijnlijk te veel in beslag genomen door wat ze bespraken om op te merken waar ik vandaan was gekomen. 'Mag ik je iets vragen?'

Danziger keek me behoedzaam aan. 'Ja.'

'Wat doet de controller van de onderneming eigenlijk?'

Hij keek naar weerskanten en kwam toen dichterbij. 'Eigenlijk weet niemand dat,' zei hij samenzweerderig.

'Weet jij het?'

Hij schudde zijn hoofd. 'Niemand zeggen.'

'Serieus,' zei ik. 'Ik heb geen idee wat een controller doet. Behalve... dingen controleren.'

'Ik wou dat ik het je kon vertellen.'

'Je bedoelt dat je me zou moeten doden als je het me had verteld?'

'Als ik het je vertelde, zouden we allebei in slaap vallen,' zei Danziger. 'Het is te saai.'

Iemand tikte Danziger op zijn schouder. Het was Ronald Slattery, de financieel directeur, een kleine, gedrongen man, kaal en met flaporen. Slattery droeg een bril met dik zwart montuur, een blauwe blazer en een wit overhemd. Dit was de eerste keer dat ik Slattery in iets anders dan een grijs pak zag. Hij was zo'n man van wie je je kon voorstellen dat hij in een grijs pak naar bed ging. Danziger excuseerde zich en de twee mannen draaiden zich om en begonnen een gesprek.

'Hé, daar, slapie.' Geoff Latimer pakte mijn elleboog vast. 'Amuseer je je?'

'Jazeker,' zei ik.

Hij aarzelde even, keek alsof hij niet goed wist wat hij moest zeggen. Toen zei hij: 'Iedereen kent alle anderen al. In zekere zin is het een nogal gesloten kring. Zal ik je aan enkele mensen voorstellen?'

Ik wilde net 'Nee, dank je' tegen hem zeggen, toen het getinkel te horen was van bestek tegen glas. Het werd stil in de kamer. Cheryl Tobin stond met een brede glimlach onder het spandoek. Ze droeg een marineblauw jasje, een lange, ivoorwitte zijden rok en grote oorhangers met edelstenen. Ali stond dicht achter haar in een map te kijken.

'Dames en heren,' zei Cheryl. 'Of misschien moet ik alleen maar "heren" zeggen.' Beleefd gelach.

Clive Rylance zei hardop: 'Dat sluit de meesten van ons uit,' en er werd hard gelachen. Kevin Bross, die naast Rylance stond, boog zich naar hem toe en zei iets lichtelijk obsceens tegen hem over Ali. Ik wilde die kerel tegen de ruwhouten wand slaan en hem op een gewei spietsen, maar in plaats daarvan liet ik de kriebelende woede opkomen en weer afzakken. Bodine, Lummis en Barlow stonden bij elkaar. Bodine fluisterde iets tegen Lummis, die met een knikje antwoordde.

'Nou, jullie kennen me inmiddels wel,' zei Cheryl soepel. 'Ik verwacht altijd het beste. Ik wil graag iedereen verwelkomen bij een Hammond-traditie waaraan ik tot mijn trots mag deelnemen. De jaarlijkse retraite van de raad van bestuur in de prachtige King Chinook Lodge. Het is geweldig om uit de smog van Los Angeles te zijn, nietwaar?'

Ze glimlachte, wachtte tot er werd gelachen. Toen dat niet gebeurde, ging ze verder: 'Nou, ik kan niet wachten. Vanaf het moment dat ik bij Hammond Aerospace kwam, hoorde ik verhalen over deze beroemde jaarlijkse retraite.' Ze zweeg even. 'Sommige daarvan kan ik niet herhalen.'

Hier en daar werd zacht gegrinnikt.

'Wat zeggen jullie ook weer: "Wat in King Chinook gebeurt, blijft in King Chinook"? Nou, ik zal nu te weten komen wat dát betekent, hè?'

'Je weet het al,' zei iemand.

'Het is niet te laat om te ontsnappen,' zei iemand anders.

'Niet te laat om te ontsnappen, hm?' herhaalde ze. Haar glimlach was iel geworden. 'Gemakkelijker gezegd dan gedaan. Het is een heel eind zwemmen naar het dichtstbijzijnde vliegveld.'

Ze deed alsof ze van de testosteronrijke uitbundigheid genoot, maar tegelijk voelde je het staal. Alsof ze bereid was sportief mee te doen maar ook zeker niet over een bepaalde streep zou gaan. Er waren grenzen aan wat die vrouw tolereerde. Ze zag er ook uit alsof ze hier zo gauw mogelijk weg wilde. Terug naar het hoofdkantoor, terug naar haar grote kamer om daar achter haar grote bureau te zitten, belangrijke bezoekers te ontvangen en de hoogste baas te zijn, in plaats van een van de twee meisjes op een corpsballenfeest.

'En geloof me, ik heb erover gedacht,' zei ze. 'Vooral toen ik hoorde wat voor oefeningen Bo ons laat doen.'

Ze keek door de kamer naar een reus van een man met een glimmend kaal hoofd en een grote zwarte snor. Dat moest Bo Lampack zijn, de coördinator van de teambuildingoefeningen. Hij stond in de hoek, zijn armen over zijn grote brede borst gevouwen. Zijn schouders waren zo groot als hammen. Hij leek op een kruising van G. Gordon Liddy en Mr. Clean, maar dan zonder de gouden oorring.

Lampack grijnsde ons veelzeggend toe. 'We hebben nooit iemand verloren.' Hij zweeg even dramatisch, en zei toen: 'Tot nu toe.'

De kerels barstten weer in lachen uit, met gejoel erdoorheen.

'En Gandle dan?' schreeuwde Kevin Bross.

Nog meer gelach. Larry Gandle was de vroegere financieel directeur, die Cheryl door Ron Slattery had vervangen. Hij had een vorstelijke gouden handdruk gekregen en was in Florida gaan wonen.

Cheryl hield haar handen omhoog om iedereen tot stilte te brengen. 'Nou, we krijgen onder het diner meer van Bo te horen. En morgen zullen jullie zien dat wij vrouwen niet voor mannen onderdoen – niet alleen op kantoor maar ook op de touwen.' Ze keek in het rond en stak toen haar wijsvinger op. 'Ik ben niet alleen de eerste buitenstaander die de leiding van Hammond Aerospace kreeg, maar ook de eerste vrouw. En ik weet dat sommigen van jullie het daar een beetje moeilijk mee hebben. Daar heb ik begrip voor. Verandering is altijd moeilijk. Maar dat is een van de…. uitdagingen… waaraan we in dit weekend kunnen werken.'

Het was stil in de kamer geworden, al was het hier en daar nog onrustig. Bodine en Barlow stonden met identieke houdingen naar haar te kijken, hun linkerelleboog steunend op hun rechterarm, die ze voor hun buik hadden. In hun linkerhand koesterden ze een glas bourbon, als baby's die een flesje melk omklemd hielden.

'Zo niet,' zei ze, 'dan hoop ik dat jullie allemaal goed kunnen zwemmen.' Ze keek weer even in het rond. Niemand lachte. En dus ging ze verder: 'Ze zeggen dat een generaal zonder leger niets is. Ik heb de inzet van jullie allemaal nodig – niet voor mezelf, maar voor deze geweldige onderneming. Laat me jullie eraan herinneren dat het symbool van de Hammond Aerospace Corporation de leeuw is. En met jullie hulp zullen we die leeuw samen laten brullen.'

Lummis stootte Upton Barlow zo hard met zijn elleboog aan dat Barlow zijn glas bourbon liet vallen. Het sloeg tegen de harde plankenvloer en sprong in honderd scherven uiteen.

Toen we een paar minuten later allemaal de grote kamer in liepen voor het diner, legde Hank Bodine zijn hand op mijn schouder. Upton Barlow liep naast hem. 'Dus je hebt informatie voor me,' zei Bodine. Hij was wat afgekoeld, al sprak hij kortaf.

'Ik ben er vrij zeker van dat ik weet waarom de E-336 is neergestort,' zei ik.

'Nou, laat maar eens horen.' Zijn hand ging van mijn schouder af.

Barlows rozijnenoogjes keken me nieuwsgierig aan.

'Misschien kunnen we later onder vier ogen praten,' zei ik.

'Onzin. We hebben geen geheimen. Voor de dag ermee.' Tegen Barlow zei Bodine: 'Jake hier zegt dat hij weet waarom dat vliegtuig van Eurospatiale op Le Bourget is neergestort.' Zijn stem klonk een beetje zelfvoldaan, uitdagend, alsof hij me niet geloofde, of me wilde tarten of zoiets.

Ik zweeg even. Cheryl en ik kwamen achter Bodine vandaan. 'Zullen we dat later doen?' zei ik.

'Zullen we het nu doen?' zei Cheryl. 'Ik wil er graag alles over horen.' Ze stak haar hand uit. 'Ik geloof niet dat we elkaar al hebben ontmoet. Ik ben Cheryl Tobin. Wil je tijdens het diner naast me zitten?'

Bodine keek me met pure walging aan.

22

In een erker van de grote kamer, met uitzicht op de oceaan, was een lange tafel neergezet. Het was avond geworden, en de ruiten leken glanzend lavaglas en weerspiegelden het oranjebruine schijnsel van de kamer. Je kon de oceaan niet zien, maar je hoorde de golven van River Inlet tegen de kust kabbelen.

Cheryl Tobin zat aan het hoofd van de tafel. Ik zat links van haar. Aan mijn andere kant zat Upton Barlow, en naast hem Hugo Lummis, wiens buik zo dik was dat hij zijn stoel een heel eind bij de tafel vandaan moest schuiven om er ruimte voor te maken.

Lummis vertelde Barlow een lange anekdote. Intussen praatte Cheryl met haar financieel directeur, Ron Slattery. Zijn kale hoofd glom: merkwaardig kwetsbaar, een baby-hoofd. Hij zei: 'Ik vond je speech absoluut geweldig.'

De tafel was gedekt met gesteven wit linnen, duur porselein met gouden randen en glanzend zilveren bestek. Er stond een armada van wijn- en waterglazen van geslepen glas. Naast elke couvert lag een smal gedrukt menu, zes gangen. Op elk bord lag een wit linnen servet dat tot een waaier was uitgevouwen, vergezeld van een kaartje met onze namen in kalligrafische letters.

Er was niets spontaans aan Cheryls beslissing om haar naast me te laten zitten. Als ze wilde dat ik voor haar ging spioneren, begreep ik daar echt niets van.

Ik smeerde een warm, knapperig broodje waarin olijven waren gebakken, en verslond het.

Hank Bodine zat dicht bij mijn eind van de tafel, maar in niemandsland, als je belang hechtte aan de plaatsen waar mensen werden neergezet. Ali zat aan de andere kant, tussen Kevin Bross en Clive Rylance. De twee alfamannetjes probeerden haar blijkbaar van weerskanten te versieren. Ze glimlachte beleefd. Ik keek haar even aan en zag in haar ogen een heleboel tegelijk: geamuseerdheid, verlegenheid, misschien zelfs een heimelijk genoegen.

Twee Mexicaanse obers schepten kreeftensoep in ieders kom. Een andere ober schonk een Franse witte wijn in. Ik nam een slokje. Hij smaakte prima. Niet dat ik enig idee had.

Barlow nam een slokje, bromde voldaan en perste zijn vochtige rode lippen op elkaar. Hij zei vanuit zijn mondhoek: 'Ik heb mijn leesbril niet op – is dit een Meursault of een Sancerre?'

Ik haalde mijn schouders op. 'Witte wijn, geloof ik.'

'Jij bent zeker meer een type voor literflessen met een schroefdop.'

'Ik? Helemaal niet. Ik hou meer van die wijn die in literpakken zit.' Ik kon hem maar beter vertellen wat hij wilde horen.

Hij lachte beleefd en wendde zich af.

Ron Slattery was nog bezig met zijn vleierij. 'Nou, de hele divisie is doodsbang voor je, en dat is een goede zaak.' Zijn mond was een dunne streep, nauwelijks lippen. Het smalle randje haar rond zijn glimmende schedel was kortgeknipt. Zijn grote zwarte brilmontuur zou bij iemand als Zoë funky of ironisch hebben geleken, maar hij leek er alleen maar een nerd door.

'Niet te bang, hoop ik,' zei Cheryl. 'Te veel angst is contraproductief.'

'Vergeet niet: een jet vliegt alleen als de brandstof onder druk staat en een hoge temperatuur heeft,' antwoordde hij.

'Ja, maar zonder koelsysteem raken onderdelen defect, nietwaar?'

'Daar zit wat in.' Hij grinnikte.

Toen keek ze mij aan en verhief haar stem. 'Over defecten gesproken: waarom is het neergestort?'

Hoe had ze het eerder gezegd? *Geloof me, daar weet ik alles van.* Ze wist wat de oorzaak was geweest; dat moest wel. Maar ze wilde dat ik het zei waar iedereen bij was.

'Een landingsklep is op kruissnelheid van de vleugel af gescheurd en tegen de romp gekomen.'

'Wil je dat uitleggen?' Ze hoefde echt niet zo hard te praten. Haar ogen glinsterden.

'Een projectiel van honderdveertig kilo dat met een snelheid van vijfhonderd kilometer per uur door de lucht vliegt, kan grote schade aanrichten.'

'Uiteraard.' Geërgerd. 'Maar waarom is het afgescheurd?'

'Angsthaasklinknagels.'

'Angsthaasklinknagels,' herhaalde ze. 'Ik kan je niet volgen.' Om ons heen luisterden mensen mee.

Misschien wist ze niet zo veel van de crash als ze had beweerd. Maar hoe het ook zij, ze wilde dat ik het uitlegde, en dat was lastig: hoewel ze bij Boeing aan het hoofd van de divisie Commerciële Vliegtuigen had gestaan, wist ik niet hoeveel ze precies van vliegtuigbouw wist. Veel managers vertrouwen wat dat betreft op experts. Ik wilde dat ze me kon volgen, maar ik wilde ook niet neerbuigend overkomen.

'Nou, het nieuwe vliegtuig van Eurospatiale is grotendeels van plastic, nietwaar?'

Ze keek me aan. 'Als je een polymeer dat met koolstofvezel is versterkt "plastic" wilt noemen in plaats van composiet.'

Die is raak, dacht ik. Dus ze wist er wel iets van. 'De meeste kerels in de top vertrouwen dat spul niet.'

'De "kerels in de top" van Hammond?'

'Overal.'

Ze wist wat ik bedoelde, daar was ik vrij zeker van – de top van alle vliegtuigfabrieken bestond uit oudere mannen, en voor hen was een vliegtuig van metaal, niet van composiet.

'Nou?'

'Nou, alle kleppen op de vleugels zijn ook van composiet,'

zei ik. 'Maar de scharnieren zijn van aluminium. Aan de vleugelkant zijn ze met klinknagels aan de aluminium ribben bevestigd, maar op de kleppen zitten ze in een uitsparing.'

'De scharnieren zijn erop gelijmd?'

'Nee, ze zijn samen uitgehard. In feite zijn ze samen gelijmd en gebakken. Je zou het misschien een metalen sandwich van composietbrood kunnen noemen. En blijkbaar vertrouwden de ontwerpers van Eurospatiale niet helemaal op de aanhechting en zetten ze ook klinknagels op de scharnieren, dwars door de composiethuid heen.'

'De "angsthaasklinknagels",' herhaalde ze onnodig hard, vond ik. 'Waarom heten ze zo?'

Ik keek op en zag dat steeds meer mensen aan de tafel naar ons keken. Ik deed mijn best om niet te glimlachen. 'Omdat je het alleen doet als je een angsthaas bent, bang dat de hechting niet standhoudt. Zoals wanneer je een riem én bretels draagt.'

'Maar waarom zijn die klinknagels een probleem?'

'Als je klinknagels in composieten drijft, maak je heel kleine barstjes. Daardoor loop je het risico dat er vocht binnenkomt. En dat is in Parijs blijkbaar gebeurd.'

Barlow liet een van de obers bij zich komen en zei dat hij de rode wijn wilde proberen.

'Hoe kun je er zo zeker van zijn dat de E-336 daardoor is neergestort?' zei ze.

'De foto's. Er zijn barsten te zien op de punten waar de druk zich heeft geconcentreerd. Je kunt ook het bezemen zien, de…'

'Waar de composieten water hebben geabsorbeerd,' zei ze ongeduldig. 'Maar het vliegtuig was fonkelnieuw.'

'Het zal zo'n twintig testvluchten hebben gemaakt. Dan vloog het vanuit het warme, regenachtige Londen naar twaalfduizend meter hoogte, waar het meer dan twintig graden onder nul is. Daardoor verspreidt de schade zich snel. De verbindingen werden verzwakt. Toen scheurde de klep van zijn scharnier los en sloeg tegen de romp.'

'Dat weet je zeker.'

'Ik heb de foto's gezien. Het kan niets anders zijn geweest.' Ali keek me met een geamuseerde glinstering in haar ogen aan. Kevin Bross legde zijn hand over de hare en maakte een opmerking, en ze schoof haar hand er discreet onder vandaan.

De jongste van de twee Mexicaanse obers schonk rode wijn in Barlows glas. Die wijn was dieprood, bijna bloedrood, en zelfs op die afstand drong de geur van een paardenstal tot me door. Dat zou wel betekenen dat het goeie was, dacht ik.

Toen schoot de hand van de ober uit. De hals van de fles sloeg tegen het glas en gooide het om. Wijn spatte op het tafellaken en Barlows gesteven witte overhemd.

'Hé, wat krijgen we nou?' riep Barlow.

'Ik spijt,' zei de ober. Hij pakte Barlows servet en bette diens overhemd af. 'Ik veel spijt.'

'Jezus nog aan toe, stomme klojo!'

De ober bleef over zijn overhemd vegen.

'Wil je opsodemieteren?' snauwde Barlow tegen de jongen. 'Blijf met je poten van mijn buik af.'

De ober keek alsof hij op de vlucht wilde slaan. 'Upton,' zei ik. 'Hij kon er niets aan doen. Ik denk dat ik er met mijn elleboog tegenaan kwam.'

De ober keek me vlug aan; hij verstond me niet. Hij kan nog geen twintig zijn geweest, met een olijfbruine huid en kortgeknipt zwart haar.

De bedrijfsleider kwam met een stapeltje servetten uit de keuken. 'Dit spijt ons zo,' zei hij. Hij gaf Barlow een paar servetten en legde de rest netjes over de vlekken in het tafellaken. 'Pablo,' zei hij. 'Haal een handdoek voor meneer Barlow, en die spuitfles met water.'

'Ik heb geen handdoek nodig,' zei Barlow. 'Ik heb een nieuw overhemd nodig.'

'Natuurlijk, meneer,' zei de bedrijfsleider.

Toen Pablo de ober wegging, zei ik tegen de bedrijfslei-der: 'Het was niet Pablo's schuld. Ik kwam met mijn elle-boog tegen zijn glas.'

'Ik begrijp het,' zei de bedrijfsleider, en hij bleef over de vlekken vegen.

Cheryl keek aandachtig toe. Even later zei ze: 'Nou, Hammond zou tenminste nooit zoiets stoms doen als angst-haasklinknagels gebruiken.'

Ik keek haar even aan en zag Hank en Bodine scherp en dreigend kijken. 'Nou, eigenlijk hebben we dat wel ge-daan,' zei ik.

'We... Wát hebben we gedaan?'

'Angsthaasklinknagels op alle vleugelkleppen zetten. En ook op andere plaatsen.'

'Wacht even,' zei ze. Ze ging aandachtig naar voren zit-ten. Als dit acteren was, was ze Meryl Streep. 'Bedoel je dat ons SkyCruiser-team niet wíst dat dit een groot probleem kan veroorzaken?'

De angstige ober kwam met een stapel strak opgevouwen witte handdoeken terug en gaf ze aan Barlow. 'Ik zei dat ik die verrekte handdoeken niet wíl,' zei hij.

'Neem me niet kwalijk,' zei ik tegen Cheryl. Toen tikte ik tegen de arm van de ober. '*Mira, este tipo es un idiota,*' zei ik zachtjes. '*Es solo un pendejo engreído. No voy a dejar que te meta en problemas.*' (Die kerel is een idioot, zei ik te-gen hem. Een pompeuze klootzak. Ik zal ervoor zorgen dat je niet in de problemen komt.)

Hij had een open gezicht en glimlachte schaapachtig.

Hij keek me verrast aan. Misschien zelfs opgelucht.

'*Gracias, señor. Muchas gracias.*'

'*No te preocupes.*'

'Je spreekt het vloeiend,' zei Cheryl.

'Het is maar schoolspaans,' zei ik. Ik vertelde er maar niet bij dat mijn 'leraren' een paar *cholos* waren geweest, of op zijn minst latinogangsters in opleiding, in een jeugdgevangenis.

'Maar je hebt het idioom goed te pakken,' zei ze. 'Ik heb een paar jaar voor Boeing in Latijns-Amerika gezeten.' Ze dempte haar stem. 'Dat was aardig, wat je daarnet deed.'

Ik haalde mijn schouders op. 'Altijd al de pest gehad aan bullebakken,' zei ik zachtjes.

Ze verhief haar stem weer. 'Je bedoelt toch niet serieus dat wij dezelfde domme fout hebben gemaakt?'

'Het is niet een kwestie van domheid, maar van beoordeling,' zei ik. 'Weet je nog, de x-33 shuttle die Lockheed voor de NASA bouwde?'

Ze schudde haar hoofd.

'Ze maakten de tanks voor vloeibare brandstof van composiet in plaats van aluminium. Om op gewicht te besparen. En toen ze tests deden, scheurden de brandstoftanks bij de naden. Een catastrofe die niet geheim te houden was. Onze mensen hoorden ervan en zeiden, man, doe er wat klinknagels bij voor het geval de lijm het begeeft, zoals bij Lockheed is gebeurd.'

'"Onze mensen." Wie bedoel je? Wiens... "beoordeling" was het? Een spanningsanalist op laag niveau?'

'Die beslissing is vast wel op een hoger niveau genomen.'

'Hoe hoog? Was het Mike Zorn?'

'Nee,' zei ik vlug.

'Je zult toch wel weten wie heeft besloten de... angsthaasklinknagels aan te brengen?'

'Ik kan het me echt niet herinneren.'

'Maar de naam van de ingenieur die ervoor getekend heeft, is toch terug te vinden?' zei ze. 'Ik durf te wedden dat je de spreadsheet op je computer hebt. Met het CAD-nummer en het personeelsnummer van de spanningsanalist die voor die klinknagels heeft getekend.' Ze glimlachte vaag. 'Heb ik gelijk of niet?'

Man. Ze wist veel meer dan ze liet blijken. Degene die

voor alle vleugelontwerpen had getekend, was een spanningsanalist die al meer dan vijftien jaar voor Hammond werkte, een erg slimme ingenieur die Joe Hartlaub heette. Ik weet nog hoe lang en fervent hij ertegen had gepleit om klinknagels door die composiethuid te drijven. Ik herinnerde me de e-mails tussen hem en Mike Zorn. Zorn koos partij voor Joe – en toen bemoeide Bodine zich ermee en kwamen de klinknagels er toch.

Bodine, die tientallen jaren metalen vliegtuigen had gebouwd, vond composieten 'voodoo'. En hij had het gezag om beslissingen van Zorn en de spanningsanalist te herroepen. Bodine was de baas. Hij won altijd.

'Een van onze spanningsanalisten zal vast wel voor de ontwerpen hebben getekend, maar het kan niet zijn beslissing zijn geweest,' zei ik. 'De beslissing moet op een hoger niveau zijn genomen.'

'Door wie?'

'Ik weet het niet.'

'Vast wel.'

'Ik wil er niet over speculeren,' zei ik.

'Bedoel je dat je het wel weet maar het mij niet wilt vertellen?'

'Nee. Ik bedoel dat ik het niet zeker weet.'

'Het zal wel een metaalman van de oude school zijn geweest, zoals jij het stelt. Nietwaar? Iemand uit de top?'

Ik haalde mijn schouders weer op.

'Want na wat er in Parijs is gebeurd, is duidelijk dat de vleugels helemaal opnieuw ontworpen en herbouwd moeten worden. Een nieuw ontwerp, geïntegreerde tests met schaalmodellen, nieuwe fabricage, nog weer tests. Dit vertraagt de lancering van de SkyCruiser met zes maanden, misschien wel een jaar.'

'Dat zou een ramp zijn. Zo'n vertraging zou ons op een verlies van miljarden dollars komen te staan.'

'En als we vliegtuigen verkopen waarvan we weten dat ze

defecten vertonen, plegen we een misdrijf. Dus we hebben geen keus, hè? Daarom wil ik weten wie die idiote beslissing heeft genomen die ons zo veel geld heeft gekost.'

Mijn theorie was juist. Ze wilde de crash van Eurospatiale gebruiken om Hank Bodines positie te ondermijnen en zich van hem te ontdoen. En ik was daar zojuist middenin terechtgekomen.

Ik knikte alleen maar.

'Nou, ik ben van plan uit te zoeken wie het was,' zei ze. 'En als ik het weet, snijd ik hem weg als een kankergezwel.'

23

De obers haalden de soepkommen en de dienborden met gouden rand weg. Er verscheen een bataljon nieuw tafelzilver. De vleesmessen hadden een gekromd zwart heft en een scherp lemmet van koolstofstaal.

Toen kwam het eten. En nog meer. En nog meer.

Rauwe oesters met een scherpe *ponzu*-saus. Kleine gesmoorde wilde patrijsjes met jeneverbessen op een bedje van kool en kleine blokjes ganzenlever. Gesauteerde *rapini* en met zwarte walnoten gevulde Seckle-peer en coulis van *cipollini*. Crêpes van boekweit en saffraan met een ragout van kreeft en cantharellen. Lendenstuk van hertenvlees, gevuld met kwee. Enzovoort, enzovoort.

Natuurlijk wist ik van de helft van de dingen niet wat het waren, en dus bestudeerde ik het menu als een verdwaalde toerist een stadsplattegrond. Ik zat al vol voordat de hoofdgang kwam, en ik wist niet eens wat de hoofdgang wás.

Aan het eind van de tafel stond Bo Lampack op, de man die eruitzag als Mr. Clean. Hij schraapte zijn keel. Aan het geroezemoes kwam pas een eind toen hij minstens vijftien seconden lang tegen zijn waterglas had getikt.

'Ik weet het niet, zou er hier vanavond genoeg te eten zijn?' baste hij. 'Anders gaan we later nog even een QuarterPounder halen bij McDonald's, hè?'

Er werd uitbundig gelachen.

'O, ja, dat is waar ook. Er is tot honderd kilometer in de omtrek geen restaurant te vinden. Dus ik zou zeggen, eet maar lekker door, mensen. Hé, ik ben Bo Lampack van Corporate Teambuilders. Jullie teambuildingbegeleider. De meesten van jullie weten dat nog wel, want ik heb al eerder met jullie avonturiers gewerkt.' Hij zweeg even. 'Aan de andere kant doodt alcohol hersencellen.'

Opnieuw grote hilariteit.

Hij keek streng de tafel rond. 'En na het banket op de laatste avond...' Hij zweeg weer even, wachtte tot het lachen over zijn hoogtepunt heen was. '... zal het me verbazen als jullie nog hersencellen over hebben.'

Als een professionele surfer gleed hij over de golven van het lachen heen. 'We hebben dit jaar een paar dames meegenomen, hè? Twee beeldschone dames. Denken jullie dames dat jullie al die stoere kerels kunnen bijhouden?'

Ik wierp een blik op Cheryl. Een raadselachtig glimlachje zat verstijfd op haar gezicht, als bij een etalagepop. Ali glimlachte bedeesd en knikte.

'Of misschien,' ging Bo verder, 'is de echte vraag: kunnen jullie stoere kerels de dames bijhouden? Als jullie soms denken dat jullie oude rotten zijn en een voorsprong op de dames hebben: sorry, zo werkt het niet. Want ik mag graag wat nieuws doen om jullie te verrassen. We gaan dit jaar dus een paar nieuwe dingen doen. We gaan vissen, alleen anders dan jullie gewend zijn. En kajakken. Een mooie nieuwe gps-speurtocht. Zelfs extreem boom klimmen – en neem maar van mij aan dat het heel anders is dan toen jullie nog kinderen waren.'

Kevin Bross grinnikte.

'Nietwaar, Kev? Jij hebt vast wel aan boomklimmen gedaan, hè? Met touwbeveiliging, met een tuig om en met musketons en zo?'

'Diploma gehaald in Atlanta,' zei Bross.

'Waarom verbaast dat me niet?' zei Lampack. 'En jij, Upton? Het is fantastisch, hè?'

Upton Barlow schudde zijn hoofd. 'Ik heb het nog niet geprobeerd, maar ik heb er zin in,' zei hij. Blijkbaar zat het hem niet lekker dat Bross een sport kende die hij niet kende. 'Doen we dit jaar weer het vuurlopen?'

'Eh, met vuurlopen zijn we gestopt,' zei Lampack. 'Verzekeringsproblemen.'

Er werd nerveus gelachen.

'Een paar maanden geleden heeft een kerel van Honeywell ernstige verwondingen opgelopen.'

'Dat was zeker geen positieve denker,' zei Bross. 'Het is allemaal een kwestie van mentale concentratie, weet je.'

'Zeg dat maar tegen die kerel van Honeywell met derdegraads brandwonden op zijn voetzolen,' zei Lampack. 'Hij had een huidtransplantatie nodig. Weet je, het is niet allemaal een spelletje, kinderen. Nou, het programma van dit jaar heet Power Play, maar het is anders dan alle spelletjes die jullie ooit eerder hebben gespeeld. Zoals gewoonlijk moeten jullie er allemaal voor tekenen dat jullie ons niet aansprakelijk stellen. Er zijn gevaren aan verbonden. We willen niet dat iemand op de touwbaan van het strakke koord valt en zijn hoofd beschadigt, zodat een van jullie nieuwe vliegtuigen vertraging oploopt.'

Lampack had iets vreemds, iets vijandigs, merkte ik. Alsof hij eigenlijk een grote hekel had aan de managers met wie hij werkte en er een sadistisch behagen in schiep hen te pesten.

'Ik zal niet tegen jullie liegen,' zei hij. 'Er komen angstaanjagende momenten. Maar op zulke momenten ontdekken jullie wie jullie werkelijk zijn. Als je tien meter boven de grond hangt, kom je erachter wat je echt in je hebt, hè? Jullie leren om te gaan met jullie angsten. Want het gaat hier om persoonlijke groei en zelfkennis. Het gaat om het elimineren van remmingen. De kantoormuren slopen en teamgeest opbouwen.'

Hij reikte omlaag om een grote rol touw op te pakken. Hij trok er een eind van los: wit touw van een centimeter dik, met blauwe draad erdoorheen. 'Weten jullie wat dit is? Dit is niet zomaar een veiligheidslijn. Dit is vertróúwen.' Hij knikte ernstig en keek de tafel rond. 'Als je tien meter boven de grond over een kabel loopt en iemand houdt je touw vast, dan moet je erop vertrouwen dat hij – of zij – je niet laat vallen, hè?'

Hij legde de rol neer. 'Jullie komen voor mentale en fysieke uitdagingen te staan. En op een gegeven moment zullen jullie allemaal fálen – onze training is erop ontworpen dat jullie falen. Niet ons touw, natuurlijk. Hopelijk niet.' Hij grinnikte. 'We hebben een paar van de zwaarste beproevingen die jullie ooit zullen doorstaan.' Hij zweeg even. 'Misschien afgezien van de PowerPoint-presentaties van Hank Bodine, hè?'

Bodine zette een glimlach aan en uit. Niemand lachte.

'Het is de bedoeling dat jullie geen rust meer hebben en iets léren.'

Plotseling was er buiten een explosie te horen: de harde knal van een geweerschot.

Dat was vreemd. Er werd hier niet gejaagd. Iedereen keek om.

Lampack keek naar links en rechts en haalde zijn schouders op. 'Er zat zeker weer een grizzlybeer in iemands vuilnis.'

'O, ja?' vroeg Ali.

'Dat gebeurt zo vaak. In die bossen krioelt het van de grizzly's en zwarte beren. Je mag eigenlijk niet op ze schieten, maar sommige mensen doen dat toch. Als je 's morgens vroeg opstaat, zie je misschien zelfs een beer die zich bij de waterkant staat te wassen. Als je ze met rust laat, laten ze jou ook met rust.' Hij knikte verstandig. 'Aan het eind van elke dag evalueren we de vorderingen van jullie team met het teamprestatiemodel van Drexler-Sibbet...'

Weer een harde knal, en toen klapte er een deur dicht, zo te horen de voordeur van de lodge.

Een grote man in jachtkleding, camouflageshirt, bijbehorende broek en dik groen vest, liep de kamer in. Hij was meer dan een meter tachtig lang, breed en zwaargebouwd: een reus. Ik schatte hem op een jaar of veertig, een man met een krachtig postuur, al was het niet alleen spierweefsel maar ook vet. Hij had kort ravenzwart haar dat geverfd leek, donkere wenkbrauwen, een keurig bijgehouden zwart sikje. *Mefistofeles*, dacht ik. Er was iets satanisch aan zijn zwarte sikje en zijn vooruitstekende voorhoofd.

Hij bleef midden in de kamer staan, keek met zijn donkere kraalogen om zich heen en liep toen naar de eettafel toe.

'Man o man,' zei hij. 'Wat hebben we hier?' Zijn tanden waren bruin van de nicotine.

Lampack sloeg zijn armen over elkaar. 'Privéfeest, vriend. Sorry.'

'Feest?' zei de jager. 'Godskelere, het lijkt helemaal geen feest. Nodigen jullie me niet uit?'

Hij sprak met het accent uit het diepe zuiden van de Verenigde Staten en klonk als een echte *hillbilly*. Toch had hij ook iets kouds in zijn ogen.

Hij liep een paar stappen naar het buffet, waarop enkele opdienschalen waren gezet. Zijn bruine glimlach werd breder en zijn gretige zwarte ogen bleven maar staren. 'Jezus, moet je toch eens zien.'

'Het spijt me, maar u moet weggaan,' zei Lampack. 'Gaat u nu maar rustig weg.'

'Rustig, Bo,' waarschuwde Bross zachtjes. 'Die kerel zal wel dronken zijn.'

De jager liep met gespreide armen naar de tafel toe, vol ontzag voor alles wat daar opgediend was. 'Moet je toch eens kijken. Christus op krukken, moet je al dat éten zien.'

Hij duwde Ron Slattery opzij en pakte met zijn vuile handen een patrijs van zijn bord. Slattery's bril vloog een eind weg. Toen propte de indringer de patrijs in zijn geheel naar binnen en kauwde met open mond. 'Verrek, dat beest smaakt bést,' zei hij, zijn woorden gesmoord door het voedsel. 'En er zit ook geen hagel in. Proef ik een zweem van knoflook?'

Hij pakte Danzigers wijnglas en dronk het leeg alsof het limonade was. Zijn adamsappel ging daarbij op en neer. 'Mmm-*mmm*! Dat gaat er wel in.'

Hank Bodine zei: 'Oké, jongen. Waarom ga je niet gewoon naar je jachtgezelschap terug? Dit is een privé-*lodge*.'

Bo Lampack sloeg zijn armen over elkaar. 'Als je honger hebt, kun je vast wel wat eten uit de keuken krijgen.'

De reus boog zich over de tafel en stak zijn hand uit naar Cheryls bord. Hij begroef zijn vuile dikke vingers in de berg aardappelgratin met *porcini*.

'O, god,' zei Cheryl vol walging, en ze deed haar ogen dicht.

'Aardappelpuree, hè?' Hij schepte met zijn vingers een klodder op en keek er argwanend naar.

'Wat doen al die zwarte stipjes daar? Volgens mij is die puree bedorven, mensen. Niet eten.' Intussen stopte hij de klodder in zijn mond. 'Maar het smaakt niet slecht. Héérlijk.'

'Waar blijft de bedrijfsleider?' vroeg Cheryl.

Aan het andere eind van de tafel zei Clive Rylance: 'Oké, jongen, doe ons een lol en ga weg. Dit is een privédiner en je bent in de minderheid.'

Ik kreunde inwendig. *In de minderheid*. Niet de juiste term onder deze omstandigheden. De jager keek Clive ijzig aan. Toen grijnsde hij.

'Jij bent een Brit, hè? Een Engelsman?' Hij boog zich tussen mij en Upton Barlow naar voren, duwde ons opzij. Hij rook naar pruimtabak en ranzig zweet. Nadat hij een crêpe van Barlows bord had gepakt, zei hij: 'Hebben jullie ook pannenkoekjes als toetje? Ik ben gek op pannenkoekjes als toetje.' Hij nam een hap en spuwde het meteen op het tafellaken. 'Bah! Jezus, wat dat ook is, stroop is het niet.'

Barlow liep rood aan. Hij perste van ergernis zijn lippen op elkaar.

'Gaat iemand nog de bedrijfsleider halen?' schreeuwde Cheryl. 'Allemachtig, blijven jullie mannen hier gewoon zítten?'

'Hebben jullie het gezellig? Zijn jullie iets aan het vieren? Hier midden in de rimboe?'

Er klapte weer een deur. Het klonk alsof het ergens aan de achterkant van de lodge was.

Een tweede man kwam uit een zijgang de grote kamer binnen. Hij was zo'n tien jaar jonger en ook groot en zwaargebouwd. Ook hij droeg camouflagekleren, alleen waren de mouwen van zijn overhemd slordig afgescheurd, zodat je zijn met tatoeages bedekte biceps kon zien, die dik als hammen waren. Zijn naar verhouding te kleine hoofd was aan de zijkanten kaalgeschoren, met alleen een blonde pluk op de kruin. Hij had een groot, nietszeggend gezicht en een borstelig blond snorretje.

'Wayne,' riep de eerste jager, 'je gelooft nooit wat we hier hebben gevonden.'

De tweede jager glimlachte, zijn tanden klein en spits. Hij keek de tafel langs.

'Kom eens hier, Wayne. Neem eens wat van dat gevogelte. Maar laat die pannenkoekjes liggen. Die zijn vies.'

'Bo,' zei Cheryl, 'wil je onmiddellijk Paul Fecher halen? We hebben hier de cast van *Deliverance*, en de man is nergens te bekennen.'

Blijkbaar begreep ze niet wat het betekende dat de bedrijfsleider er nog niet was. Toen de ober wijn op Barlow had gemorst, was hij er in een oogwenk bij geweest. Hij moest dit tumult hebben gehoord. Het feit dat hij er niet was, betekende dat er iets heel erg mis was.

'We hoeven geen herten te schieten,' zei de jager met het sikje. 'Ik hou toch al niet van wild.'

Bo, blij dat hij weg kon, rende naar de keuken.

'Hé!' schreeuwde de man met het sikje hem na.

Met een schouderophalen keek hij zijn kameraad aan. 'Wacht maar tot hij Verne tegenkomt.'

De blonde man grinnikte.

Bodine stond langzaam op. 'Nu is het genoeg,' zei hij.

'Niet doen, Hank,' fluisterde ik. Er was iets mis met die kerel.

De reus met het sikje keek naar Bodine op en zei: 'Ga zitten.'

Bodine gehoorzaamde niet. Hij liep langzaam en hoofdschuddend langs de tafel: de grote man die de leiding had.

'Terug naar je plaats, baas.'

Toen Bodine langs mij liep, greep ik zijn knie vast. 'Hank,' fluisterde ik. 'Kijk uit met die kerel.'

Bodine sloeg mijn hand weg en liep door: een man met een missie.

Lummis fluisterde tegen Barlow: 'Zeker een stelletje jagers dat verdwaald is in het bos.'

'We zijn hier in een wildreservaat,' antwoordde Barlow even zachtjes. 'Een groot berenreservaat. Jagen is in strijd met de wet.'

'Ik geloof niet dat die kerels zich druk maken om de wet,' zei ik.

24

Bodine stond een meter of twee bij de zwartharige man vandaan, zijn voeten wijd uit elkaar, zijn handen in zijn zij. Blijkbaar wilde hij hem intimideren.

'Oké, jongen, het is uit met de pret,' zei Bodine. 'Ga weg.'

De man met het sikje keek van het eten op en snauwde met zijn mond vol: 'Ga zitten.'

'Als jij en je vriend hier niet binnen een minuut weg zijn, bellen we de politie.' Bodine keek naar de rest van ons. Hij speelde voor het publiek. Hij was het gewend om gehoorzaamd te worden, en er was inderdaad iets aan zijn sonore stem waardoor de meeste mensen deden wat hij wilde.

Maar de zwartharige jager fronste alleen maar zijn dikke wenkbrauwen en keek Bodine met een satanisch grijnslachje aan. 'De po-li-tie,' zei hij, en hij grinnikte. 'Dat is een goeie.' Toen keek hij zijn kameraad aan, met aardappelpuree aan weerskanten van zijn mond. 'Hoor je dat, Wayne? Hij gaat de po-li-tie bellen.'

De tweede indringer sprak nu voor het eerst. 'Ik dacht het niet,' zei hij met een vreemde hoge stem. Zijn blik ging vlug heen en weer. Zijn armen bungelden langs zijn zijde, te kort voor zijn omvangrijke bovenlijf.

We waren allemaal stil geworden en keken met angstige fascinatie toe, alsof we naar een horrorfilm keken. 'Hank, kom op,' zei ik.

Zonder mij zelfs aan te kijken stak hij zijn rechterarm uit en bewoog hij zijn wijsvinger in mijn richting heen en weer: *bemoei je er niet mee, hier heb je niks mee te maken.*

Uit de keuken kwam een kreet. De stem van een man.

Ik zag aan de gezichten dat iedereen het nu begreep.

Bodine ging niet meer dan een paar centimeter verder bij de man met het sikje vandaan. Hij deed wat hij al honderden keren moest hebben gedaan: in de persoonlijke ruimte van een tegenstander binnendringen, hem met zijn lengte, zijn stentorstem en zijn gezaghebbende persoonlijkheid intimideren. Dat werkte altijd, maar op dit moment werkte het blijkbaar helemaal niet.

'Laat me je wat vertellen, vriend,' zei Bodine. 'Je maakt een grote fout. Nu zal ik je een dienst bewijzen en doen alsof dit niet gebeurd is. Ik geef je de kans om weg te gaan, en die kans kun je maar beter aangrijpen. Dat snapt een imbeciel.'

Plotseling haalde de man iets van glanzend metaal uit zijn vest: een roestvrijstalen revolver. Aan de tafel waren kreten van paniek te horen.

Hij pakte het wapen bij de loop vast en sloeg met de kolf tegen de zijkant van Bodines gezicht. Er kraakte iets.

Bodine slaakte een vreselijke kreet van pijn en zakte op zijn knieën.

Het bloed gutste uit zijn neus. Die was blijkbaar gebroken. Zijn ene hand vloog naar zijn gezicht; zijn andere hand ging de lucht in om volgende klappen af te weren.

De reactie aan de tafel was snel en paniekerig. Sommigen wilden Bodine te hulp komen, maar durfden het niet. Anderen schreeuwden.

Cheryl riep nog steeds om de bedrijfsleider.

Als hij had kunnen komen, had hij dat wel gedaan.

'Allemachtig, laat iemand iets dóén!' riep Lummis uit.

Ik zat koortsachtig na te denken. De tweede jager, die met het blonde gemillimeterde haar, had zich niet bewogen. Hij praatte in een walkietalkie.

De man met het sikje mompelde: 'Heb niet het lef mij een imbeciel te noemen.' Hij hield het wapen hoog in de lucht. Ik zag dat het een revolver voor jagers was, een .44 Magnum Ruger Super Blackhawk. Een grijze kolf met een houtnerfpatroon en een loop van bijna twintig centimeter. Een groot, zwaar ding. Ik had er nooit een gebruikt; ik hield er niet van om met revolvers op jacht te gaan.

Toen sloeg hij ermee tegen de andere kant van Bodines gezicht. Het bloed spoot de lucht in.

Bodine gaf weer een schreeuw: een vreemde, afschuwelijke uiting van kwetsbaarheid.

Hij zwaaide met beide handen, een vergeefse poging om zijn bebloede gezicht af te schermen. Met een schorre stem riep hij: 'Alsjeblieft. Alsjeblíéft. Niet doen.' Het bloed gulpte uit zijn neus, sijpelde uit zijn ogen, stroomde over zijn wangen, bespatte zijn overhemd.

Ik wilde iets doen, maar wat? Die kerel met een vleesmes te lijf gaan? Twee gewapende mannen: het zou zelfmoord zijn. Ik kon niet geloven dat dit gebeurde. Het was allemaal zo plotseling, zo irreëel, dat ik net als alle anderen volkomen verstijfd op mijn stoel zat.

'Buck!'

Een kreet vanaf de voordeur. De zwartharige man bleef staan, de revolver nog in zijn hand, en keek op. Er kwam nu een derde man binnen, net als de twee anderen gekleed in camouflagebroek en vest. Hij was lang en slank, met scherpe trekken en een markante kin. Hij was een jaar of veertig en had slordig donkerblond haar dat bijna tot zijn schouders kwam.

'Zo is het genoeg, Buck,' zei de nieuwe man. Hij had een diepe, nasale stem, zo scherp als fijn schuurpapier, en hij sprak kalm en geduldig. 'Geen onnodig geweld. Daar hebben we het over gehad.'

De man met het sikje – Buck? – liet Bodine los, en die zakte naar voren, bloed spuwend, huilend met hortende uithalen.

Toen trok de langharige man een wapen uit een versleten leren riemholster. Een matzwart pistool: Glock 9mm, wist ik meteen. Hij zwaaide er weer mee naar ons allemaal, één lange zwaaibeweging, van het ene naar het andere eind van de tafel en terug.

'Oké, jongens en meisje,' zei hij. 'Ik wil dat jullie allemaal aan die kant van de tafel gaan staan, met jullie gezicht naar mij toe. Handen op de tafel, zodat ik ze kan zien.'

'O, jezus nog aan toe,' zei Hugo Lummis met bevende stem.

Cheryl zei gebiedend, of misschien wel dapper: 'Wat wil je?'

'Vooruit, kinderen. Het kan moeilijk en het kan gemakkelijk, dat ligt aan jullie. Jullie kunnen kiezen.'

25

'Doen we het moeilijk of gemakkelijk? Je kunt kiezen.'

De schaduw van mijn vader viel over de keukenvloer. Hij doemde op in de deuropening, enorm groot in de ogen van een kind van tien: rood gezicht, dikke buik onder een wit mouwloos T-shirt, blikje Genesee-bier in zijn hand. 'Genny' noemde hij het altijd, alsof het zijn maîtresse was.

Ma stond bij het aanrecht. Ze droeg haar schort van de Food Fair en hakte uien voor chili con carne. Zijn lievelingseten. De stukjes ui vormden een hoopje op de snijplank. Haar hand beefde. De tranen die over haar wangen liepen, kwamen van de uien, zou ze hebben gezegd.

Ik wist niet wat ik daarop moest zeggen. Keek alleen maar naar hem op met alle moed die ik kon verzamelen. Mama's kleine beschermer.

'Sla haar nooit meer,' zei ik.

Ze had tegen me gezegd dat ze in de douche was uitgegleden. De keer daarvoor was ze in de Food Fair supermarkt, waar ze als caissière werkte, op een natte vloer onderuitgegaan. Het ene zwakke excuus na het andere, en ik had er genoeg van.

'Zei ze dat tegen je?'

Het bloed bulderde zo hard in mijn oren dat ik hem nauwelijks kon verstaan. Mijn hart bonkte. Ik slikte. Ik moest mijn ogen afwenden en keek nu naar het deurkozijn met zijn afbladderende grijswitte verf. Het deed me denken aan de berk in de achtertuin.

'Ik zei tegen hem dat het een ongelukje was.' Mama's stem achter me, hoog en gespannen en trillend, een angstig klein meisje. 'Hou je hierbuiten, Jakey.'

Ik bleef naar het berkenschorskozijn kijken. 'Ik weet dat je haar slaat. Doe dat nooit meer.'

Een plotselinge beweging, en ik viel als een kegel op de vloer.

'Als je nog één keer zo tegen me praat, ga je naar een tuchtschool.'

De tranen liepen nu uit mijn ogen en dat kwam niet door de uien. Wat was een tuchtschool nou weer?'

'Nou, zeg dat je spijt hebt.'

'Nooit. Ik heb geen spijt.'

'Gaan we dit op de moeilijke manier doen?'

Ik wist waartoe hij in staat was.

Door ogen die wazig waren van de tranen keek ik naar het plafond. De barsten daarin deden me denken aan de kapotte betonnen patio achter het huis.

'Het spijt me,' zei ik ten slotte.

Een paar minuten later lag papa in zijn sjofele oude luie stoel voor de tv. 'Jakey,' zei hij bijna vriendelijk. 'Wil je nog een Genny voor me halen?'

Langzaam gingen we allemaal aan één kant van de tafel staan. Behalve Bross en Rylance, zag ik. Die schuifelden weg, alsof ze er plotseling vandoor wilden gaan.

'Waar is Lampack?' zei Slattery.

'Schiet op, kinderen,' zei de langharige man. Hij richtte de Glock op Bross en Rylance. 'Jullie kunnen nergens heen, *compadres*,' zei hij tegen hen. 'We hebben iemand bij alle uitgangen. Ga daar bij jullie vrienden staan.'

Bross en Rylance keken elkaar aan en hielden toen op met schuifelen, alsof ze dat stilzwijgend overeenkwamen. Ik keek waar Ali was en zag haar aan het eind van de tafel. Zo te zien was ze net zo bang als alle anderen.

Was het bluf van die kerel dat hij iemand bij alle uitgangen had staan? Met hoevelen waren ze?

En wat waren ze van plan?

De man haalde een walkietalkie uit zijn vest en drukte op de zendknop. 'Verne, heb je het personeel onder controle?'

'Jazeker,' zei een stem terug.

'Er zijn hier een paar kerels die een goed heenkomen willen zoeken. Als jij en Travis ze zien, schieten jullie ze meteen overhoop, begrepen?'

'Begrepen.'

Hij schoof de walkietalkie weer in zijn vest en richtte het pistool toen met twee handen op Kevin Bross. 'Wie van jullie wil als eerste sterven?'

'Niet schieten!' riep Hugo Lummis, en iemand anders zei: 'Kom nou!'

'Doe niet zo idioot!' riep Cheryl naar de twee mannen. 'Doe wat hij zegt.'

'Voor mij maakt het niet veel uit,' zei de langharige man. 'Jullie kunnen me gehoorzamen, of jullie kunnen sterven. In beide gevallen krijg ik wat ik wil. Je hebt altijd een keuze.' Hij bewoog zijn pistool een paar centimeter, zodat het nu op Rylance gericht was. 'Iene miene mutte.'

'Goed,' zei Bross. Hij stak zijn handen omhoog en hij en Rylance liepen naar de tafel.

'Wat wil je van ons?' vroeg Cheryl.

Hij gaf geen antwoord. Hij bewoog zijn pistool heen en weer, richtte het op de een na de ander van ons, als een metronoom. Met een zangerige stem zei hij: 'Iet – wiet – waait – is – eer – lijk – wég.'

Zijn pistool was recht op mij gericht.

'Jij wint.'

Ik slikte.

Keek in de loop van de Glock.

'Het is je geluksdag, jongen,' zei hij.

Ik reageerde vreemd: als een kind wilde ik mijn ogen dichtdoen om het weg te laten gaan. In plaats daarvan dwong ik me om op kleine dingen aan het pistool te letten, bijvoorbeeld de manier waarop de loop uit de slede naar voren stak. Of de ongewone sleutelgatvormige opening die in de bovenkant was aangebracht.

'Hé,' zei ik zo nonchalant mogelijk. 'Nooit zo eentje van dichtbij gezien.'

'Het heet een pistool, mijn vriend,' zei hij. Zijn ogen waren vloeibaar tin, maar met een glinstering, alsof hij geamuseerd was. 'Een semiautomatisch pistool. En als ik dit dingetje hier overhaal, dat een trekker wordt genoemd...'

'Nee, ik bedoel dat ik nog nooit een Glock 18c heb gezien,' zei ik. 'Je ziet ze niet vaak, die dingen. Je kunt er automatisch vuur mee geven, hè?'

Maak jezelf menselijk, dan word je in zijn ogen iemand als hijzelf.

Hij glimlachte langzaam. Het was een goed uitziende man, afgezien van die ogen, die koud en grijs waren en niet meededen als zijn mond glimlachte. 'Zo te horen weet je iets van wapens.' Hij hield zijn pistool op het midden van mijn voorhoofd gericht.

'Natuurlijk kun je niet lang automatisch vuur geven. Zeventien patronen zijn zo op,' zei ik, en ik had meteen spijt van die woorden.

'Nou, zullen we dat eens nagaan?' zei hij met een stem die je in elke andere context vriendelijk zou noemen.

Iedereen zweeg en keek verstijfd van angst toe. De lucht was uit de kamer verdwenen.

'Kan ik kiezen?' vroeg ik.

26

Hij keek me enkele seconden aan.

Toen grijnsde hij en liet het pistool zakken. Ik ademde langzaam uit.

'Goed, jongens en meisjes, we doen het volgende. Ik wil dat jullie allemaal jullie zakken leegmaken. Leg alles voor je op de tafel. Portefeuilles, geldclips, sieraden. Horloges ook. Begrepen? Vooruit.'

Dus het was een overval. Niets meer dan dat, goddank.

'Buck, assistentie hier,' zei hij.

'Begrepen, Russell,' zei de man met het sikje, en hij haalde zijn .44 tevoorschijn. Ik merkte dat hij dat hillbilly-accent niet meer had. Dat was kunstmatig geweest.

'Als deze mensen hier klaar zijn met het legen van hun zakken, wil ik dat jij en Wayne ze fouilleren.'

'Begrepen.'

Buck liep om de tafel heen en zag ons allemaal onze portefeuilles en geldclips op de tafel leggen. Ali en Cheryl maakten hun halssnoeren en armbanden los en deden hun oorhangers af. De mannen haalden hun horloges van hun pols.

Hugo Lummis, naast me, maakte zijn horloge los en liet het in zijn achterzak glijden. Ik vroeg me af of iemand anders het had gezien. Ik dacht van niet.

Ik fluisterde tegen hem: 'Pas op. Ze gaan ons fouilleren.' Maar hij deed alsof hij het niet hoorde.

Russell stak zijn pistool in de holster en liep nonchalant door de kamer. Hij pakte dingen op, bekeek ze min of meer onverschillig en legde ze weer neer. Hij liep met de soepele bewegingen van iemand die veel lichamelijke activiteit gewend was. Een ex-soldaat, dacht ik, maar dan van een elite-eenheid – de SEAL's van de marine misschien, of de Special Forces. Er zaten kraaienpootjes bij zijn ogen en hij had diepe lijnen in zijn gelooide huid. Blijkbaar was hij veel in de zon geweest. Maar niet op het strand, vermoedde ik.

Hij bleef bij een lange tafel staan waarop een van de personeelsleden van het hotel een stapel blauwe losbladige Hammond-mappen had gelegd, een voor ieder van ons. Hij pakte er een op en bladerde er een tijdje in.

Zijn twee mannen werden ook afgeleid. Buck liep om de tafel heen en had zijn rug naar me toe, en Wayne was Geoff Latimer aan het fouilleren. Daarom keek op dat moment niemand naar ons. Ik bewoog mijn hand langzaam over het tafelkleed, pakte het heft van een vleesmes vast en schoof het mes over de tafel naar me toe.

Toen liet ik het naar mijn zij zakken en hield het tegen mijn dij.

Ik had het gladde zwarte heft in mijn hand en streek met mijn duim over de rand van het mes. Het zou net zo gemakkelijk door menselijke huid snijden als door een lendenstuk van hertenvlees. Tegen een vuurwapen zou het niet veel uitrichten, maar het was het enige wapen dat ik te pakken kon krijgen.

Russell scheurde een vel papier uit de map, vouwde het netjes op en stopte het in een zak van zijn vest.

Hank Bodine probeerde overeind te krabbelen. Zijn gezicht zat onder het bloed; hij was lelijk verwond.

'Blijf jij maar liggen,' zei Russell tegen hem. 'Het zal wel even duren voor je weer kunt dansen.' Hij pakte een handvol linnen servetten van de tafel en liet ze voor Bodine vallen. Ze dwarrelden als vogelvleugels naar de vloer. Bodine keek er met een doffe blik naar en tuurde toen door zijn bebloede ogen naar Russell. Blijkbaar begreep hij het niet.

'Jij hebt ook een keuze,' zei Russell. 'Je kunt proberen een eind aan het bloeden te maken of je kunt doodbloeden. Mij maakt het niet uit.'

Nu begreep Bodine het. Hij pakte een servet, hield het tegen zijn neus en kreunde.

Ik bewoog mijn linkerknie en tilde mijn been achter me op. Met heel langzame bewegingen schoof ik het mes zorgvuldig in de wreef van mijn schoen.

Barlow keek me aan. Ik keek nors terug en liet mijn voet naar de vloer zakken.

De lichten flikkerden even.

'Wat is dat nou?' zei Russell.

Niemand gaf antwoord. Had een van zijn jongens per ongeluk een centrale schakelaar geraakt?

'Het zijn de generatoren,' mompelde Kevin Bross.

'Wat zei je?' Russell ging naar Bross toe.

'De elektriciteit in dit huis komt van generatoren,' zei Bross. 'Waarschijnlijk laat een daarvan het afweten. Of misschien is het systeem van de ene op de andere generator overgeschakeld.'

Russell keek Bross even aan. 'Zo te horen weet je waar je het over hebt.' Toen keek hij Upton Barlow aan. 'Mooie portefeuille heb je.'

Barlow keek alleen maar terug. Zijn gezicht stond fel, maar zijn ogen dansten van angst.

'Als iemand je een compliment maakt, zeg je "dank je",' zei Russell. 'Waar zijn je manieren?'

'Dank je,' zei Barlow.

'Geen dank.' Russell pakte de portefeuille op en sloeg hem open. 'Waar is hij van gemaakt? Alligator? Krokodil?'

Barlow gaf geen antwoord.

'Ik denk dat het krokodillenleer is.' Russell keek aandachtig naar de portefeuille. 'Hermes,' zei hij.

'Her-*mès*,' verbeterde Barlow hem.

Russell knikte. 'Dank je. Hé, kijk eens.' Hij haalde er een zwarte creditcard uit. 'Bucky, heb je er ooit zo eentje gezien? Een zwárte American Express kaart? Dit is volgens mij de eerste die ik zie. Ik heb ervan gehoord, maar ik geloof niet dat ik er ooit eentje van dichtbij heb gezien.'

Buck kwam naar hem toe en keek er aandachtig naar.

'Die kan niet echt zijn,' zei hij. 'Ze maken ze niet in het zwart.' Hij had zijn accent laten vallen en sprak met de doffe klinkers van iemand uit het middenwesten.

'Ze bestaan,' zei Russell. 'Een vriend van me had het erover. Het is nog een stapje hoger dan platina. Het schijnt dat je er alles mee kunt kopen. Alles. Jachten, straaljagers, noem maar op. Maar jij komt er niet voor in aanmerking, zei die vriend tegen me. Je krijgt er alleen een als je belangrijk genoeg bent. Als je een hoge piet bent. Jij bent een hoge piet, eh...' Hij tuurde op het kaartje. 'Upton? Is dat je voornaam, Upton?'

Barlow keek hem alleen maar aan.

Plotseling had Russell zijn pistool in zijn hand en richtte hij het op Barlows hart.

'Nee!' riep Barlow. 'Jezus! Ja, já, dat is mijn voornaam.'

'Dank je,' zei Russell. 'Upton Barlow. Hammond Aerospace Corporation. Werk je voor Hammond Aerospace, Upton?'

'Ja,' zei Barlow.

'Hartelijk dank.' Russell stak het pistool weer in de holster. 'Ik heb van Hammond Aerospace gehoord,' zei Russell. 'Jullie maken vliegtuigen, hè?'

Barlow knikte.

'Waarschijnlijk heb ik wel eens in een toestel van jullie gevlogen,' zei Russell. 'Jullie maken toch ook militaire transportvliegtuigen?'

Niemand zei iets.

'Daar heb ik vast wel eens in gezeten. Maar ik heb nooit een crash gehad, dus jullie doen jullie werk blijkbaar goed. Goed werk, Upton.'

Hij grinnikte diep en hees en liep toen door naar Kevin Bross. Hij boog zich naar hem toe en pakte Bross' horloge op. 'Godallemachtig, moet je dit ding eens zien, Buck,' zei hij. 'Ooit zo'n horloge gezien?'

'Ding van niks,' zei Buck.

Bross knarsetandde, ademde langzaam in en uit, probeerde zich te beheersen.

'Nou, ik vind het wel mooi,' zei Russell.

'Het is een replica,' zei Bross.

'Ik zou erin zijn getrapt,' zei Russell, en hij liet het horloge in een zak van zijn vest glijden. 'Vriendelijk bedankt, meneer.' Hij pakte Bross' portefeuille op. Dit is geen... *Hermès*,' zei hij met de juiste uitspraak. Hij schudde hem leeg, liet de creditcards op het tafellaken vallen en pakte er een op. 'Hij krijgt maar een platina,' zei hij. 'Kevin Bross,' las hij. 'Hammond Aerospace Corporation. Jullie werken allemaal voor de Hammond Aerospace Corporation. Klopt dat?'

Stilte.

'Jullie zijn hier zeker voor een of andere bijeenkomst. Ja?'

Niemand zei iets.

'Ik heb in die mappen daar gekeken,' ging hij verder. 'Er stond iets over de "raad van bestuur" van de Hammond Aerospace Corporation. Dat zijn jullie toch, jongens – neem me niet kwalijk, dames en heren – dat zijn jullie toch?'

Stilte.

'Jullie hoeven niet zo bescheiden te zijn, kinderen,' zei hij. 'Bucky, ik denk dat we de jackpot hebben gewonnen.'

De lichten flikkerden weer.

DEEL TWEE

27

De anderen beseften niet in wat voor moeilijkheden we verkeerden.

Ze zullen wel, net als ik in het begin, hebben gedacht dat het gewoon pech was: een luidruchtig stel jagers, verdwaald, hongerig en diefachtig, was op een luxueus buitenhuis vol rijke zakenlieden gestuit, ver van de bewoonde wereld, zonder politie om hen tegen te houden.

Maar ik was er zeker van dat het iets veel ernstigers was. In dat stadium kon ik natuurlijk alleen maar op vage vermoedens en mijn instinct afgaan.

Aan de andere kant had mijn instinct me nog nooit bedrogen.

Russell, de leider van de jagers, beval Wayne, de man met het gemillimeterde haar, naar boven te gaan en alle kamers te doorzoeken. 'Ik heb het gevoel dat we laptops en hoe-heten-die-dingen, BlackBerrys, en alle andere goeie dingetjes boven zullen vinden,' zei hij. 'Kijk maar wat je kunt vinden. Alles wat er interessant uitziet.'

'Ja,' zei Wayne. Hij kloste over de vloer en stampte de trap op.

'Bucky, wil jij ervoor zorgen dat geen van onze managers hier iets in hun zakken is... "vergeten"? Nou, ik las iets over een openingstoespraak door de voorzitter van de raad van bestuur. Dat is de hoogste baas, nietwaar? Wie van jullie is de baas?'

Hij keek de tafel rond. Niemand zei iets. Buck begon aan het andere eind van de tafel. Hij fouilleerde Geoff Latimer.

'Kom op, het moet een van jullie zijn.'

Stilte.

Toen gaf Cheryl antwoord. 'Ik.'

'Ben jíj de voorzitter van de raad van bestuur?' Hij keek sceptisch en ging een paar stappen in haar richting.

Cheryl slikte. 'Dat klopt.'

Buck fouilleerde nu Upton Barlow.

'Een meid als jij? Ben jij de baas?'

'Een meid als ik,' zei ze. Haar mond vormde een rechte streep. 'Raar maar waar.' Haar stem trilde een heel klein beetje.

'Een vrouwelijke voorzitter van de raad van bestuur, hè?'

'Dat gebeurt,' zei ze. Haar stem klonk weer wat kalmer. 'Lang niet vaak genoeg, maar het gebeurt. Wat kan ik voor je doen, Russell?'

'Dus al deze kerels werken voor jou? Ze krijgen hun bevelen van een vrouw?'

Haar neusgaten gingen wijd open. 'Ik heb de leiding,' zei ze. 'Dat is niet helemaal hetzelfde als mensen bevelen geven.'

Russell grijnsde. 'Dat is een waar woord, Cheryl. Een heel waar woord. Ik heb dezelfde filosofie. Nou, Cheryl, misschien kun je me vertellen wat jullie met zijn allen in deze godvergeten visserslodge ver van de bewoonde wereld doen.'

'We zijn in retraite.'

'Retraite,' zei hij langzaam. 'Wat is dat? Een soort bijeenkomst? Een gelegenheid om buiten kantoor met elkaar te praten?'

'Zo is het. Mag ik nu iets zeggen?'

'Ja, Cheryl, dat mag je.'

'Alsjeblieft, neem wat jullie willen hebben en ga dan weg. Niemand van ons wil moeilijkheden. Oké?'

'Dat is erg aardig en royaal van je, Cheryl,' zei Russell. 'Ik denk dat we dat ook maar gaan doen. Mag ik jóú nu iets vragen?'

Ze knikte. Haar boezem ging op en neer: ze haalde diep adem.

'Krijgt een vrouwelijke voorzitter van de raad van bestuur hetzelfde salaris als een man?' vroeg hij.

Ze glimlachte stijfjes. 'Natuurlijk.'

'O. En ik dacht ergens gelezen te hebben dat vrouwelijke bestuursvoorzitters maar achtenzestig procent krijgen van wat een mannelijke bestuursvoorzitter krijgt. Nou, zo leer je er steeds iets bij.'

Cheryl keek even perplex. 'Ze betalen me vrij goed. Maar inderdaad, niet zo veel als sommige andere bestuursvoorzitters.'

'Evengoed is het geen kattenpis. Bucky, wat verdien jij als lasser?'

Buck keek op. 'In een goed jaar misschien achtendertigduizend.'

'Verdien jij meer dan dat, Cheryl?'

Ze ademde langzaam uit. 'Als je wilt dat ik me verontschuldig voor de onrechtvaardigheden in het kapitalistische stelsel, dan...'

'Nee, Cheryl, dat hoeft niet. Ik weet hoe de wereld in elkaar zit. Ik heb geen probleem met het kapitalistische stelsel. Ik zeg alleen dat je misschien wat meer zou kunnen uitdelen.' Hij stond nu recht tegenover haar, met alleen de tafel tussen hen in.

'De bijdrage van onze onderneming aan goede doelen was vorig jaar in totaal...'

'Dat is heel mooi, Cheryl, maar je weet volgens mij wel dat ik iets anders bedoel.'

Ze keek geërgerd. 'Ik heb niet veel geld bij me, en je neemt mijn sieraden al.'

'O, ik wed dat je nog veel meer hebt.'

'Nee, tenzij je me onder schot naar een geldautomaat wilt brengen om me mijn bankrekening te laten leeghalen. Maar je zult hier lang naar een geldautomaat moeten zoeken.'

Russell schudde langzaam zijn hoofd. 'Cheryl, Cheryl, Cheryl. Je denkt zeker dat je met een boerenkinkel te doen hebt, hè? Een stomkop uit de rimboe. Nou, begrijp me niet verkeerd. Je staat aan het hoofd van een heel grote onderneming. Daar gaat veel geld in om.'

Ze perste haar lippen op elkaar. 'Nou, de laatste tijd doen we het eigenlijk helemaal niet zo goed. Dat is een van de redenen voor deze bijeenkomst.'

'O, ja? In die map staat dat jullie inkomsten tien miljard dollar per jaar bedragen en dat de marktkapitalisatie van het bedrijf meer dan twintig miljard is. Zitten die cijfers ernaast?' Hij wees met zijn duim naar de lange tafel met losbladige mappen.

Ze keek verbaasd en zweeg enkele ogenblikken. 'Dat is niet míjn geld, Russell. De activa van de onderneming zijn niet mijn persoonlijke spaarpot.'

'Bedoel je dat je niet de hand kunt leggen op iets van dat geld? Ik wed dat je alleen maar een telefoontje hoeft te plegen om iets van die… activa… mijn kant op te sturen. Heb ik gelijk of niet?'

'Nee. Er zijn allerlei procedures en controlemechanismen.'

'Maar ik durf te wedden dat jij de macht hebt om het met één telefoontje te doen. Jij bent de hoogste baas. Nietwaar?'

'Zo werkt het niet in het bedrijfsleven. Sorry. Soms wou ik dat ik zo veel macht had, maar die heb ik niet.'

Hij trok zijn pistool uit de holster en trok de slede terug. Het ding maakte een *snik-snik*-geluid. Hij bracht het wapen met één hand omhoog, boog zich over de tafel en richtte het op haar linkeroog. Zijn wijsvinger zat losjes om de trekker.

Ze knipperde vlug met haar ogen, die zich ook met tranen vulden. 'Ik spreek de waarheid.'

'Dan heb ik dus niets aan jou,' zei hij zachtjes.

'Niet doen!' schreeuwde Ali. 'Alsjeblieft, doe haar niets. Alsjeblieft!'

De tranen liepen over Cheryls wangen. Ze bleef hem aan-kijken.

'Wacht.' Een mannenstem. We draaiden ons allemaal om. Upton Barlow.

'We kunnen iets regelen,' zei hij.

Russell liet het pistool zakken, en Cheryl slaakte een die-pe zucht. Hij keek Barlow belangstellend aan. 'Mijn vriend Upton, met een goede smaak wat portefeuilles betreft.'

'Laten we praten,' zei Barlow.

'Ik luister.'

'Wij zijn allebei redelijke mensen, jij en ik. We kunnen tot een akkoord komen.'

'Denk je dat?'

'Ik weet het,' zei Barlow. 'We kunnen vast wel iets beden-ken waarmee je tevreden bent.'

'Een win-winsituatie,' zei Russell.

'Precies.' Barlow glimlachte.

'Dus jij bent de man die ik moet hebben.'

'Luister,' zei Barlow. 'Ik heb net een compensatiecontract met Zuid-Korea over een jachtvliegtuig gesloten. Een co-productie. Iedereen zei dat het niet kon.'

Ik wist welk compensatiecontract dat was. In feite had hij geregeld dat Hammond voor miljarden dollars aan vlieg-tuigelektronica en eigen software aan Seoul overdroeg om hen onze straaljager voor ons te laten bouwen. Dat bete-kende dat we de Koreanen alles gaven wat ze nodig hadden om over een paar jaar hun eigen jachtvliegtuig te bouwen. Het was een monumentaal slechte transactie.

'Weet je zeker dat jij het voor elkaar kunt krijgen?' zei Russell. 'Je baas zegt dat zij het niet kan, maar jíj kunt het wel?'

'Er is altijd een manier.'

'Dat hoor ik graag, Upton.'

'En in ruil daarvoor zijn jij en je vrienden bereid weg te gaan. Is dat redelijk?'

'Met jou kan ik praten.'

'Laten we dan tot de details overgaan,' zei Barlow. 'Ik ben bereid je vijftigduizend dollar aan te bieden.'

Russell liet dat lage hese grinniklachje weer horen. 'O, Upton,' zei hij teleurgesteld. 'En ik dacht nog wel dat jij de man was die ik moest hebben. De man die dingen kan laten gebeuren. Maar we spreken niet eens dezelfde taal.'

Barlow knikte. 'Heb je een bedrag in gedachten? Misschien kunnen we dat als uitgangspunt nemen.'

'Denk je dat je ons aan een miljoen kunt helpen, Upton?'

Barlow keek de tafel rond. 'Nou, dat weet ik niet. Dat is een heel groot bedrag.'

'Kijk, dan is nou jammer.' Russell liep langs de tafel, zijn hoofd gebogen alsof hij diep nadacht. Toen hij bij het eind was aangekomen, liep hij achter me langs en bleef toen staan. 'Als ik nu eens een van je vrienden doodschiet? Bijvoorbeeld deze man hier? Denk je dat we dan een "ja" krijgen, Upton?'

Ik voelde mijn nekhaartjes prikken, maar toen besefte ik dat hij het pistool tegen Hugo Lummis' achterhoofd had gedrukt. Lummis haalde nu hard adem door zijn mond. Hij klonk alsof hij op het punt stond een hartaanval te krijgen.

'Doe dat pistool weg,' zei Cheryl. 'Ben jij niet degene die het over "onnodig geweld" had?'

Russell negeerde haar en ging verder: 'Denk je dat je een miljoen dollar kunt opduikelen, Upton, als je daarmee het leven van deze dikzak kunt redden?'

Er braken druppels zweet uit op Lummis' voorhoofd en op zijn dikke ronde wangen. Ze liepen omlaag over zijn hals en maakten de boord van zijn overhemd donker.

'Ja,' schreeuwde Barlow. 'Allemachtig, já! Ja, als het moet, kan dat worden geregeld.'

Maar van mijn andere kant kwam Ron Slattery's stem. 'Nee, het kan niet. Jij hebt geen tekenbevoegdheid voor zo veel geld, Upton.'

'Tekenbevoegdheid?' zei Russell, die de loop van de Glock tegen Lummis' hoofd gedrukt hield. 'Hé, dat is interessant. Wat wil dat zeggen? Wie heeft tekenbevoegdheid?'

Slattery zweeg. Hij had er spijt van dat hij iets had gezegd; dat was duidelijk aan hem te zien.

'Jezus nog aan toe, Ron,' zei Barlow, 'die kerel gaat Hugo doodschieten! Wil je dat op je geweten hebben?'

'Je hebt hem gehoord, Ron,' zei Russell. 'Wil je dat op je geweten hebben?'

'Geef hem dat verrekte geld,' smeekte Lummis. 'We hebben een losgeldverzekering. In dit soort situaties zijn we gedekt. Allemachtig!'

'Goed,' zei Barlow. 'Ja, dat kunnen we wel regelen. We krijgen het op de een of andere manier wel voor elkaar. Alleen… alsjeblieft, doe dat pistool nou omlaag, dan blijven we praten.'

'Nu komt er schot in de zaak,' zei Russell. Hij verhief nooit zijn stem, viel me op. Hij maakte een volkomen zelfverzekerde, onverstoorbare indruk.

Hij liet het pistool zakken. Liep naar Upton Barlow en ging achter hem staan. 'Dit wordt een productief gesprek. Want als je me aan een miljoen dollar kunt helpen, met een concern als dat van jullie, kun je nog wel wat meer.'

Na enkele seconden zei Barlow: 'Wat had je in gedachten?'

'Upton!' zei Cheryl waarschuwend.

'Ik denk aan een mooi rond getal.'

'Laat maar eens horen.'

'Ik denk aan hónderd miljoen dollar, Upton. Jullie zijn hier met zijn twaalven. Dat is dus…' Hij zweeg een seconde of twee. 'Dat is acht miljoen driehonderdduizend dollar en nog wat per persoon. Oké? Laten we het eens worden.'

Ali keek me aan, en ik wist dat zij hetzelfde dacht als ik: deze nachtmerrie was nog maar net begonnen.

28

De verbijsterde stilte werd door Ron Slattery verbroken.

'Maar dat is... dat is onmogelijk! De maximale dekking van onze losgeldverzekering is maar vijfentwintig miljoen.'

'Kom nou, Ronny,' zei Russell. 'Ben jij niet de financieel directeur? De man van de cijfertjes? Lees de kleine lettertjes er maar op na, man. Het moet vijfentwintig miljoen per clausule zijn. Vijfentwintig miljoen voor losgeld, vijfentwintig miljoen voor ongelukken en verliezen, vijfentwintig miljoen voor kosten van crisismanagement, en nog eens vijfentwintig miljoen voor medische onkosten en psychiatrische zorg. Dat is met gemak honderd miljoen. Klopt mijn rekensom?'

'Dit is belachelijk,' zei Cheryl. 'Als je denkt dat onze verzekeringsmaatschappij een cheque van honderd miljoen dollar voor je gaat uitschrijven, leef je met je hoofd in de wolken.'

Russell schudde langzaam met zijn hoofd. 'O, nee, zo werkt het niet, Cheryl. De verzekeringsmaatschappijen betalen nooit. Ze staan er altijd op dat júllie betalen, en dan betalen ze jullie terug. Om juridische redenen.'

'Nou, wij beschikken niet over zo veel geld,' zei ze. 'Daar beschikt niemand over.'

Russell kwam naast haar staan, zijn hoofd gebogen. 'Cheryl,' zei hij zachtjes. 'Hammond Aerospace heeft een financiële reserve van bijna vier miljard dollar. Dat heb ik net in je map daar gelezen.'

'Maar die fondsen liggen vast. Daar kunnen we niet bij...'

'Weet je wat daar stond, Cheryl? Er stond "contanten en verkoopbare beleggingen". Ik ben geen financieel specialist, Cheryl, maar wil dat niet zeggen dat het liquide middelen zijn?'

'Luister,' zei Ron Slattery. Hij draaide zich om en keek Russell aan. 'Zelfs als we op de een of andere manier bij zo veel geld konden komen, hoe wou je het dan in handen krijgen? In baar geld, ongemerkte biljetten, zoiets?' Hij trok een spottend gezicht. 'Ik weet niet eens waar de dichtstbijzijnde bank is.'

'Draai je om, Ron,' zei Russell.

Slattery draaide zich vlug weer om.

'Weet je, Ron, jij praat uit de hoogte tegen me, en daar hou ik niet van. Natuurlijk heb ik het niet over stapels bankbiljetten. Ik heb het over een paar toetsaanslagen op de computer. Klik klik klik. Elektronische overboekingen. Duurt maar een paar seconden. Ik weet wel het een en ander.'

'Niet zo veel als je schijnt te denken,' zei Slattery.

Russell keek hem met een sluw glimlachje aan.

'We hebben allerlei controlesystemen,' zei Slattery. 'Veiligheidscodes en pincodes en terugbelregelingen. Daar kun je je geen voorstelling van maken.'

'Weet je, ik hóéf me daar ook geen voorstelling van te maken, Ron. Ik heb jou hier en jij kunt het me allemaal uitleggen.'

'En naar welke rekening zouden die honderd miljoen dollar dan moeten gaan? Je privérekening? Of je spaarrekening? Heb je enig idee hoe snel je de FBI dan achter je aan hebt?'

'Het schijnt dat de overheid niet veel vat heeft op buitenlandse banken, Ron. Je weet wel, in een land met een bankgeheim.'

Slattery zweeg enkele ogenblikken. 'Je hebt een rekening in het buitenland,' zei hij. Een constatering, geen vraag.

'Alles kan geregeld worden,' zei Russell. 'Als je de juiste mensen kent.'

'Alsjeblieft.' Slattery glimlachte. 'Het openen van een rekening in het buitenland is een gecompliceerde juridische procedure die dagen, zo niet weken in beslag kan nemen. En je kunt het echt niet hiervandaan doen.'

'Ron, heb je ooit gehoord van iets wat internet heet?'

Slattery's glimlach verflauwde.

'Tegenwoordig heb je alleen maar een laptop nodig, Ronny. Er zijn websites waar ze je kant-en-klare lege vennootschappen verkopen, gevestigd op de Seychellen of Mauritius, dat soort plaatsen. Een paar honderd dollar. Als je wat extra's betaalt, kan het allemaal in één dag voor elkaar komen.' Hij schudde zijn hoofd. 'Ga je me vertellen dat ik meer over die dingen weet dan een professionele geldman als jij?'

'Nou, hoe het ook zij,' zei Slattery, 'het is allemaal theoretisch. Wij hebben niet het gezag om zo veel geld over te maken.'

'O nee?' Russell haalde een opgevouwen stuk papier uit een zak van zijn vest en hield het omhoog. 'Hier staat dat jullie de raad van bestuur van Hammond Aerospace zijn, de voorzitster daarvan, de financiële topman, de treasurer, de controller, bla bla bla. De hele top van de onderneming. Jullie zijn hier allemaal. Wou je zeggen dat jullie kerels – en meid, neem me niet kwalijk – niet het "gezag" hebben geld van de onderneming over te maken? Dat geloof ik niet.'

Slattery schudde zijn hoofd. Zijn kale schedel liep rood aan.

'Russell.' Dat was Upton Barlow.

Russell draaide zich om. 'Ja, Upton?'

'Het komt erop neer dat je om losgeld vraagt, nietwaar?'

'Losgeld? Ik weet niet hoe ik het zou noemen, Upton. Ik wil alleen maar zaken doen. Laten we het een transactie noemen.'

'Nou, laten we het losgeld noemen,' zei Barlow, 'en je hoeft alleen maar naar ons hoofdkantoor in Los Angeles te bellen en eisen te stellen. We hebben een losgeldverzekering. Er zal voor de onderneming niets anders opzitten dan je het geld te betalen, en dan kun je hier weggaan. Zo simpel ligt het. Iedereen wint. Behalve Lloyds in Londen, de verzekeringsmaatschappij.'

Ali en ik wisselden weer een blik. Blijkbaar vond ze het net zo vreemd als ik dat een van onze eigen mensen voorstelde dat Russell losgeld zou vragen. Maar ja, zoals ik heel goed wist, kon angst vreemde dingen met mensen doen.

'Nou, Upton, ik stel je suggestie op prijs,' zei Russell peinzend, alsof hij een medemanager was die samen met hen aan de details van een ingewikkelde marketingstrategie werkte. 'Maar een kidnapping om losgeld lijkt me iets voor amateurs. Of *bandito*'s in Mexico of Colombia. Zoiets lukt misschien in een land waar je de politie aan de kant hebt staan omdat je een deel van de poet afschuift. Maar hier werkt dat niet.'

'Er is wel een verschil: wíj willen met je samenwerken,' zei Barlow.

Wat een idioot, dacht ik.

Ali rolde met haar ogen.

'Sorry, Upton, maar dat spel speel ik niet,' zei hij. 'Ik ben echt niet van plan om deze mooie oude visserslodge te veranderen in een – wat was het? – Waco of Ruby Ridge. Ik wil echt niet dat mijn maten en ik hier in de val zitten, omsingeld door SWAT-teams die door megafoons naar ons schreeuwen en ons als oefendoelen voor hun scherpschutters gebruiken, terwijl al die tijd de helikopters om ons heen roffelen. O nee. Vergeet het maar. Dat is voor idioten, Upton, en ik ben geen idioot.'

Barlow leek even uit het veld geslagen te zijn.

'Al die dramatische dingen zijn nergens voor nodig,' ging Russell verder. 'Niet als we hier alle mensen bij elkaar hebben die onze transactie kunnen regelen.'

'Ik heb je al gezegd dat we dat niet kunnen!' zei Cheryl.

'Luister eens, Cheryl, ik praat niet met jou. Jij en Ronald

zijn hier blijkbaar de neezeggers.' Hij verhief zijn stem en sprak tegen ons allemaal tegelijk. 'Oké, kinderen, we doen het als volgt. Ik ga een oude vriend van me bellen, iemand die weet hoe dit soort dingen werken. Upton, als jij nu eens met de rest van de raad van bestuur om de tafel gaat zitten? Een kleine... retraite, nietwaar? Dan kunnen jullie uitzoeken hoe jullie me aan dat geld gaan helpen. Hé, Buck, denk je dat jullie je agenda een paar dagen kunnen vrijmaken?'

'Tjee, ik weet het niet, ik ben nogal drukbezet,' zei Buck. Hij sprak weer met zijn *redneck*-accent. Dat moet een of andere grap zijn geweest onder die jagers, of wat ze ook waren. 'Ik ben nog niet klaar met het ontwormen van de varkens.'

'Wil je iets gedaan hebben, vraag het dan aan een drukbezette man,' zei Russell. 'Zeg, als jij en Wayne nu eens in jullie Filofax kijken of jullie wat tijd voor me kunnen vrijmaken?'

Buck grinnikte. 'Zodra ik klaar ben met de haché van dat wild dat we hebben aangereden, baas.'

'Als je klaar bent met fouilleren, wil ik dat je bij iedereen de polsen samenbindt. Aan hun voorkant, dan kunnen ze naar de plee, als ze moeten.' Hij haalde zijn walkietalkie tevoorschijn en drukte op de zendknop. 'Verne, willen jij en Travis het personeel binnenbrengen?'

'Begrepen,' zei een stem.

'Jullie hoeven niet iedereen vast te binden,' zei Cheryl. 'Waar zouden we heen kunnen gaan?'

'Nou, Cheryl,' zei Russell, 'je klinkt heel redelijk, zoals ik van de baas van een grote onderneming zou verwachten. Maar weet je, jullie zitten hier misschien nog een tijdje, en ik neem niet graag risico's.' Hij had de vriendelijke, zelfverzekerde stem van een piloot die bekendmaakt dat we net in een beetje 'zwaar weer' zijn beland en dat we ons daar geen zorgen over moeten maken. 'Oké, jongens en meisjes, mijn vrienden hier zullen goed voor jullie zorgen. Als ik terug ben, hoop en verwacht ik dat we allemaal klaar zijn om van start te gaan.' Hij glimlachte en knikte. 'Het wordt een wortel- en stokbenadering, of hoe je het ook wilt noemen. Als jullie meewerken, doen we zaken en dan gaan mijn maten en ik weer weg.'

'Wat is de stok?' vroeg Slattery.

'Jij,' zei Russell. 'We beginnen met jou. Bedankt voor het aanbod.' Hij praatte nu tegen ons allemaal, nonchalant, zijn ogen half dicht. 'Als jullie me last bezorgen, maak ik mijn vriendje Ronald dood. Noem het maar een sanctie op wanprestatie – noemen jullie het niet zo? Daarom hoop ik dat jullie nu echt creatief gaan denken.'

Terwijl Slattery verbleekte, stopte Russell zijn walkietalkie weg en keek toen enkele ogenblikken de immense kamer rond. 'Ik wil dat iedereen op de vloer gaat zitten, zodat we ze kunnen zien,' beval hij zijn mannen.

'Waar wil je dat we ze mee vastbinden?' vroeg Buck.

'Jezus.' Russell schudde zijn hoofd. 'Ze zouden morgen iets doen wat "touwbaan" heet, wat dat ook mag zijn. Het is maar een vaag vermoeden, maar ik denk dat daar touw bij te pas komt. Bucky, wat denk jij?'

Buck keek Russell geërgerd aan.

'Kijk eens aan,' zei Russell, en hij wees naar de grote rol klimtouw die Bo Lampack onder het diner omhoog had gehouden. 'En luister, Buck. Let vooral op die jonge kerel.' Hij wees met zijn duim in mijn richting. 'Ik heb geen goed gevoel bij hem.'

29

'Pas op voor die jongen, Glover,' zei de bewaarder glimlachend.

Mijn eerste dag in de jeugdgevangenis Glenview. Mijn adres in de komende achttien maanden.

'Ja, ik zie wat je bedoelt,' zei de tweede bewaarder. 'Waarschuw Estevez maar. Die doet het vast in zijn broek.'

Hun lach galmde door de betonnen gang. De eerste zei iets met gedempte stem tegen de tweede, iets wat ik niet kon verstaan. Hij gaf hem een klembord met formulieren. De inschrijfformulieren waarvan ik alle bladzijden had moeten ondertekenen.

Ik keek verbaasd om me heen. Maar ook waakzaam: alles hier leek vreemd en toch vertrouwd. De muren waren institutioneel groen, om misselijk van te worden. De oeroude linoleumtegels op de vloer, zwarte en witte vierkanten, zaten onder de krassen maar waren toch zo goed gepoetst dat ze glansden.

Die vloer zal wel door de jongens geboend worden, dacht ik. *De andere gevangenen.*

Overal hing de scherpe, ijle dennengeur van een desinfecterend middel. Die geur zou daarna altijd een lawine van slechte herinneringen bij me oproepen.

De eerste bewaarder – ik had zijn naam niet gehoord – had me uit het administratiegebouw gehaald, een prachtig landhuis uit de achttiende eeuw. Met zijn glooiende, perfect bijgehouden terrein van tachtig hectare leek het complex net een campus van een dure universiteit in New England, tenminste, zoals ik me zo'n universiteit voorstelde.

Afgezien dan van het discrete bordje op het gazon: GLENVIEW RESIDENTIAL CENTER. En de draadgazen omheining met rollen prikkeldraad langs de bovenrand. En de wachttorens.

Ze hadden mijn vingerafdrukken genomen, en ik had al mijn kleren moeten uittrekken en een uur op een bank moeten zitten. Er waren foto's gemaakt. Ze hadden mijn lange haar gemillimeterd. Ik had een stel gevangeniskleren gekregen: kakibroek met plastic band, rood T-shirt, donkerblauwe sportschoenen. Op alles was mijn naam al afgedrukt: ze hadden me verwacht.

Glover, de hoofdbewaarder van eenheid D, was een zwaargebouwde blonde man van een jaar of veertig, zo bleek als een albino, met witte wimpers. En ik was ervan overtuigd dat ik whisky in zijn adem had geroken.

Hij zei alleen 'zware jongen' en bracht me naar het dagverblijf, waar de andere jongens waren.

Ze staarden naar me toen ik binnenkwam. Ze waren van mijn leeftijd, maar niet van mijn postuur. De meesten waren groter en zagen er harder uit: jongens die uit de achterbuurten van New York hierheen waren gestuurd, kleine gangsters met bendetatoeages.

Ik wendde me doodsbang van hen af.

Dat was mijn eerste fout, zoals ik algauw ontdekte. Als in een jeugdgevangenis iemand je aanstaart, en je kijkt niet terug, dan gaan ze ervan uit dat je zwak bent, angstig, een gemakkelijk mikpunt.

Glover bracht me naar mijn kamer. Op de gang botste een jongen die twee keer zo groot was als ik 'per ongeluk' tegen me op.

'Hé,' zei ik, en ik duwde hem van me weg.

De jongen pompte zijn vuist in mijn gezicht. Ik proefde bloed, viel achterover en dreunde met mijn hoofd op de vloer. De jongen schopte me in mijn maag.

Glover stond erbij te kijken. Er kwamen andere jongens op af. Ze lachten opgewonden en juichten als toeschouwers bij een bokswedstrijd.

De jongen schopte tegen mijn hoofd. Ik probeerde mijn gezicht met mijn armen af te schermen. Ik keek wanhopig

naar Glover, verwachtte dat hij een eind aan de mishandeling zou maken. Hij grijnsde alleen maar, zijn armen over
elkaar op zijn dikke buik.

Ik probeerde overeind te komen om terug te vechten,
maar de grote jongen bleef schoppen en stompen tot ik amper nog iets kon zien: het bloed liep in mijn ogen.

'Oké, Estevez,' zei Glover ten slotte. 'Nu is het wel genoeg.'

De andere jongens klaagden, maar liepen weg. Glover
keek naar me terwijl ik overeind krabbelde. 'Dat is Estevez,' legde hij zakelijk uit. De muren golfden om me heen.
'Hij is de kapitein van eenheid D.'

Hij bracht me door de gang naar mijn kamer. 'Welkom,'
zei hij.

Toen hij wegging, viel de stalen deur galmend achter hem
dicht.

30

De bedrijfsleider, Paul, en zijn zoon Ryan waren de eersten
die de grote kamer binnenkwamen. Ze hadden allebei een
grimmig gezicht. Pauls gezicht was gekneusd en hij liep
mank. De leesbril om zijn hals was verbogen, de glazen waren kapot. Blijkbaar had hij verzet geboden. Hij had zijn
lodge willen beschermen. Achter hem aan kwam de rest van
het hotelpersoneel: de obers die ons diner hadden opgediend, een dikke man met een snor en een bril die ik als de
klusjesman herkende, de twee Bulgaarse meisjes die het
schoonmaakwerk deden, enkele anderen van wie ik aan-
nam dat ze in de keuken werkten. Toen kwam Bo Lampack. Hij had een lange rode striem over zijn voorhoofd en
rechterwang.

Al die mensen werden gevolgd door twee mannen met pistolen. Een van hen was een jongere versie van Russell, alleen niet zo groot en met de bouw van een gewichtheffer. *Bajesspieren*, dacht ik. In plaats van Russells lange haar had hij een kaalgeschoren hoofd. Het zou wel zijn broer zijn. Hij was midden twintig en had intense groenige ogen. Zijn gezicht was zacht, bijna vrouwelijk, maar daar stond een norse, dreigende uitdrukking tegenover. De randen van wat blijkbaar een enorme tatoeage was, kropen onder de boord van zijn shirt vandaan en gingen een paar centimeter over zijn hals omhoog.

De ander, een jaar of vijftien ouder, was broodmager en zag er sjofel uit, met melkboerenhondenhaar dat alle kanten op stak. Kriskras over zijn pokdalige gezicht liepen littekens, vooral onder zijn linkeroog, dat van glas was. Onder zijn goede rechteroog waren drie tranen getatoeëerd. Dat was een gevangeniscode, wist ik. Het betekende dat hij drie medegedetineerden had gedood toen hij vastzat. Zijn glazen oog vertelde me dat hij ook een paar gevechten had verloren.

Hugo Lummis zag de twee angstaanjagende kerels. Hij haalde langzaam het horloge uit zijn zak en legde het op de tafel.

Russell stelde de twee mannen op de hoogte. De jongere man noemde hij Travis; de oudere bajesklant was Verne. Toen ging hij met een compacte satelliettelefoon aan een zwart nylon koord naar buiten.

Verne, de eenogige man, werkte samen met de jagers van wie ik nu wist dat ze Wayne en Buck heetten. Ze sneden einden touw, fouilleerden mensen en bonden ze vast, en brachten hen naar de muur aan weerskanten van de immense natuurstenen haard.

'Handpalmen tegen elkaar alsof je aan het bidden bent,' zei Verne tegen Cheryl. Hij sloeg een stuk touw van twee meter een aantal keren om haar polsen.

Ze kromp ineen. 'Dat is veel te strak.'

Maar Verne liep door. Hij bewoog zich met snelle, rukkerige bewegingen en knipperde veel met zijn oog. Blijkbaar was hij aan de speed of zoiets.

Al voordat Verne bij mij was aangekomen, kon ik hem ruiken. Hij verspreidde een akelige stank van alcohol, sigaretten en slechte hygiëne. Ik keek hem neutraal aan, niet vriendelijk en niet uitdagend.

Hij keek met een krokodillengrijns terug. Zijn tanden waren grijzig bruin, met zwarte vlekjes. Een speedmond, besefte ik. De man was verslaafd aan methamfetamine. 'Ik fouilleer liever dat stuk aan het eind,' zei hij terwijl hij mij fouilleerde. Blijkbaar was hij geen professional, maar hij wist wat hij deed.

Ik zei niets.

'Bewaar het beste voor het laatst,' zei hij tegen Buck, en ze loerden beiden naar Ali.

Het vleesmes dat ik in mijn schoen had verborgen was oncomfortabel, zelfs een beetje pijnlijk. Ik vroeg me af of er een bult in het schoenleer te zien was, maar ik durfde niet naar beneden te kijken, want dan zou ik misschien zijn aandacht erop vestigen.

Aan de ene kant was ik blij dat ik het mes niet in mijn zak had laten zitten, waar Verne het meteen zou hebben gevonden. Aan de andere kant zou ik nu willen dat het ergens anders was, waar ik er gemakkelijker bij kon. Toen Vernes handen zich over mijn borst en rug bewogen, hield ik mijn adem in om niet te kokhalzen van de stank. Ik keek naar de eettafel. Het dichtstbijzijnde vleesmes lag voor Cheryl, niet veel meer dan een meter bij me vandaan, maar als ik het probeerde te pakken, zou Buck, die met zijn revolver in de aanslag achter me stond, me doodschieten. Hij zou niet aarzelen.

En zelfs als ik het mes te pakken kon krijgen en tegen hem kon gebruiken, was het nog maar een mes tegen een revolver.

Verne betastte al mijn zakken en was er blijkbaar van

overtuigd dat ze leeg waren. Er zat niets anders voor me op dan me mijn polsen aan elkaar vast te laten binden.

Nu bewogen zijn handen zich langs mijn broekspijpen omlaag, tot aan mijn voeten.

Ik hield mijn adem in.

Om het heft van het mes te ontdekken hoefde hij alleen maar zijn vingers in de bovenkant van mijn schoenen te steken.

En als Russells dreiging serieus was, zou Buck dan meteen schieten. Ik had geen zin om erachter te komen of Russell het echt had gemeend.

Hoe had ik zo stom kunnen zijn?

Als mijn handen aan elkaar vastgebonden waren, had ik niets meer aan het mes. Dan was het nutteloos geworden en had ik mijn leven voor niets op het spel gezet.

Verne greep mijn enkels vast. Ik keek omlaag. Hij had vuile nagels.

Ik trok mijn spieren samen. Er liepen een paar zweetdruppels over mijn nek en mijn rug, onder mijn overhemd.

'Zie je die man daar?' zei ik.

'Huh?' Hij keek naar me op. 'Probeer niks.'

'Die man met dat zilvergrijze haar en dat bloed op zijn gezicht. Hij moet verzorgd worden.'

Hij sneed een lang eind touw in kleinere stukken. Daarvoor gebruikte hij een militair mes dat er serieus uitzag. 'Zie ik eruit als een dokter?'

'Het zou niet goed voor jullie zijn als hij doodging. Dan is het ook doodslag, naast al het andere.'

Hij haalde zijn schouders op.

'Ik kan eerste hulp verlenen,' zei ik. 'Laat me naar hem kijken voordat je me vastbindt.'

'Nee.'

'Je vriend Buck heeft een wapen op me gericht. Ik heb geen wapen en ik ben niet achterlijk.'

'Laat hem maar,' zei Buck. 'Ik hou hem in de gaten.'

'Dank je,' zei ik.

Bodine zat met zijn benen over elkaar. Zijn gezicht was gehavend en gezwollen. Hij keek me tegelijk vernederd en woedend aan, als een geslagen hond. Ik ging naast hem op de vloer zitten. 'Hoe voel je je?' vroeg ik.

Hij keek me niet aan. 'Dat wil je niet weten.'

'Mag ik even kijken?'

'Een paar tanden kwijt,' zei hij, en hij drukte met zijn tong tegen zijn onderlip. Voorzichtig betastte ik zijn gezicht, onder zijn ogen. Hij huiverde. 'Jezus, Landry, kijk uit.'

'Misschien heb je een jukbeen gebroken,' zei ik. 'Misschien is het een fractuur.'

'O, ja? Wat moet ik daar nu aan doen?' zei hij bitter.

'Neem wat Tylenol. Of wat we aan pijnstillers hebben.'

'Dat mag heus niet van die klootzakken,' zei hij zachtjes.

'We kunnen het proberen. Denk je dat je neus is gebroken?'

'Zo voelt hij aan.'

'Als we papieren zakdoekjes of wc-papier kunnen krijgen, kun je daar wat van in je neus stoppen. Dan houdt het bloeden op.'

Hij zei niets.

'Heb je hoofdpijn?'

'Verschrikkelijk.'

'En je ogen?'

'Wat is daarmee?'

'Zie je dubbel?'

'Hoe weet jij dat?'

'Dat betekent dat hij daar misschien een bot heeft gebroken. Ik weet niet meer hoe het heet, het bot om je oog heen. De oogkas. Hoe dan ook, over een dag of zo kun je weer normaal zien. Je komt er wel bovenop, maar je hebt medische verzorging nodig.'

Bodine keek me fel aan. 'O, ja? Wanneer?'

'Zodra het kan. Zodra dit voorbij is.'

'Wanneer is dat?'

Hij verwachtte geen antwoord, maar het verbaasde me dat hij dat had gezegd. Daaruit bleek hoe diep hij was gevallen, hoe gedemoraliseerd hij was. Hank Bodine had altijd de leiding.

Buck riep naar me: 'De tijd is om. Dit is geen theekransje.'

Ik zei zachtjes tegen Bodine: 'Het hangt er misschien vanaf hoe we het spelen.'

Bodine knikte één keer.

Ik zei: 'Je hebt allemaal bloed en zo op je broek. Misschien willen ze een andere broek uit je kamer halen. Dat is het minste wat ze kunnen doen.'

Bodine had in zijn broek gepist toen hij werd aangevallen. Ik zag de grote natte plek en rook de urine. Ik voelde plaatsvervangende schaamte en wilde niet dat hij wist dat ik het wist.

Hij keek naar me toen ik opstond.

'Hé,' zei hij even later.

'Ja?'

'Bedankt.'

31

Overal hing de lucht van sigarettenrook. Verne was aan het andere eind van de kamer aan het kettingroken. Hij fouilleerde Ali en nam daar de tijd voor. Ik had het gevoel dat hij misschien een beetje te veel aandacht besteedde aan delen van haar lichaam waar ze waarschijnlijk geen wapen verborg. Omdat ze met haar rug naar me toe stond, kon ik haar gezicht niet zien, maar ik stelde me een grimmige vastbeslotenheid in haar ogen voor.

Het midden van de kamer was een chaos van meubelen: tafels op hun kant, stoelen omgekeerd op banken. Russells mannen hadden het meubilair van de muur aan weerskanten van de grote stenen haard weggehaald om ruimte te maken voor de gijzelaars.

We zaten in twee groepen op de plankenvloer aan weerskanten van de haard. Aan de andere kant – het had net zo goed kilometers bij ons vandaan kunnen zijn – zaten de manager, de overige personeelsleden van de lodge, en Danziger en Grogan. Alle lampen waren aan en de hele kamer werd beheerst door een hard, kunstmatig licht.

Verne had het touw een beetje te strak om mijn polsen gewonden, voordat hij de einden vakkundig met een paar overhandse knopen aan elkaar had gebonden. 'Zo,' had hij gezegd. 'Probeer dat maar eens los te krijgen. Hoe harder je eraan trekt, des te strakker wordt het. Als je niet uitkijkt, krijg je gangreen.'

Geoffrey Latimer, naast me, bewoog zijn handen om er minder last van te hebben. 'Ik vraag me af of ik mijn vrouw en dochter ooit terugzie,' zei hij zachtjes. Hij was asgrauw. Al het bloed was uit zijn gezicht weggetrokken en hij kwam adem tekort.

Cheryl zei: 'Dat rottouw zit te strak. Mijn handen zijn al verdoofd.' Ze zag er moe uit, plotseling tien jaar ouder. Er zat een vlek, zo te zien een vuile handafdruk, op haar lange plooirok, alsof een van Russells mannen haar had betast. Zonder haar grote oorhangers en halssnoer zag ze er kwetsbaar en machteloos uit.

'Ik wou dat ik je kon helpen,' zei Slattery, 'maar mijn handen zijn gebonden.'

Misschien was dat zijn poging tot zwarte humor, maar niemand lachte erom.

Ik zei: 'Wil je dat ik een van hen hierheen roep om je opnieuw te laten vastbinden?'

Cheryl schudde haar hoofd. 'Hoe minder we met ze te

maken hebben, hoe beter het is. Ik wen er wel aan. Hopelijk duurt dit niet te lang.' Ze zweeg even, keek me aan en vroeg zachtjes: 'Hoe gaat het met Hank?'

Bodine lag op de harde vloer te slapen. Zijn dichte ogen waren gekneusd en bebloed en zijn gezicht was een lappendeken van rood en wit: Travis, van wie ik steeds meer de indruk kreeg dat hij Russells jongere broer was, had de moeite genomen een paar van de ernstigste wonden dicht te plakken met stroken wit kleefband en allerlei pleisters die hij in een EHBO-kistje had gevonden.

Ik geloofde niet dat het haar echt iets kon schelen, maar ik zei: 'Hij kan een hersenschudding hebben. Een gebroken neus. Misschien ook een gebroken jukbeen.'

'Allemachtig.'

Ik rook haar parfum, sterk en onaangenaam bloemig, als bloemen in de aula van een uitvaartbedrijf.

'Het had veel erger kunnen zijn.'

'We moeten dit bekendmaken,' zei ze. 'Op de een of andere manier moeten we de buitenwereld vertellen wat er aan de hand is. Dat is de enige manier.'

Ik geloofde niet dat de overvallers ons konden horen. Russell was ergens buiten en zijn broer Travis liep, zijn pistool op zijn zij, een eind bij ons vandaan door de kamer te patrouilleren. De lomperik met het gemillimeterde blonde haar was boven naar buit aan het zoeken. De twee anderen, Buck, de enigszins sinistere man met het sikje, en Verne, exgedetineerde en speedfreak, bevonden zich aan de andere kant van de kamer.

'Hoe?' zei Kevin Bross. 'Heb je een satelliettelefoon waarover je ons niet hebt verteld?'

Cheryl keek hem fel aan. 'Nee, ik heb geen satelliettelefoon. Maar de bedrijfsleider heeft er wel een. Die heeft hij achter slot en grendel in zijn kantoor. Dat weet ik, want ik heb hem gebruikt.' Ze keek naar de stenen zijkant van de haard. 'Misschien kan een van ons daarheen sluipen.'

Bross snoof.

Upton Barlow trok zijn schouders recht. 'Dat is interessant,' zei hij met dik opgelegd sarcasme. Hij had een van zijn schoenen met de andere uitgetrokken. Ik kon de geurvreter in de schoen zien liggen. 'En ik maar denken dat we allemaal "offline" zouden zijn, zoals jij het stelde.'

'Een van ons moet bereikbaar zijn, Upton,' zei Cheryl ijzig. 'Per slot van rekening ben ik de voorzitter van de raad van bestuur.'

'Hmpf,' zei Barlow. Eén kleine lettergreep kon zo veel tot uiting brengen: spot, scepsis, neerbuigendheid.

Cheryl draaide zich langzaam naar hem om. 'Ik zou maar niet zo hoog van de toren blazen, Upton,' zei ze. 'Was jij het niet die Russell een aanbod deed, die hem dat hele idee van losgeld aanpraatte? Briljant.'

'Dat idee zat al in zijn hoofd,' zei Bross. 'Hij en zijn schurken braken hier in om ons te beroven.'

'Neem me mijn stuntelige poging om je leven te redden maar niet kwalijk,' zei Barlow, zijn siroopzachte bariton druipend van minachting. 'Of ben je misschien vergeten dat hij op dat moment een pistool tegen je hoofd gedrukt hield? Ik had hem de trekker moeten laten overhalen.'

'Cheryl,' zei Lummis. 'Hij stond echt op het punt jou en mij te vermoorden.'

'En was jíj het niet die hem over onze losgeldverzekering vertelde?' Cheryl keek nu Lummis aan. 'In strijd met onze strikte geheimhoudingsovereenkomst met de verzekeringsmaatschappij? Besef je wel dat die polis niets meer waard is als je iemand buiten de raad van bestuur over het bestaan ervan vertelt?'

Lummis' dikke, roze wangen waren glad van het zweet. 'Grote goden, dit mag je toch wel een extreme situatie noemen.'

Het feit dat we een losgeldverzekering hadden was voor mij ook nieuw, maar ik begreep niet waarom het zo belangrijk was dat die polis geheim werd gehouden. Wat maakt het uit? Zou die wetenschap potentiële kidnappers aanmoedigen een hoger losgeld te vragen? Hammond Aerospace was toch al een miljardenconcern dat over enorme bedragen beschikte; wie kon het wat schelen of een verzekeringsmaatschappij ons de schade vergoedde?

'Hé, mensen, laten we allemaal gewoon tot tien tellen,' zei Bo Lampack. De rode striem op zijn gezicht was al bijna verdwenen. 'Ik weet dat we gespannen zijn, maar we moeten als team samenwerken. Vergeet niet: als we allemaal samen roeien, komen we er sneller.'

'O jezus,' zei Kevin Bross. 'Waar hebben ze die oen vandaan?'

Lampack keek gekwetst. 'Vijandigheid is niet productief.'

'Hoe dan ook,' zei Cheryl, 'zou ik als bestuursvoorzitter ernstig tekortschieten als ik toestond dat we op die afpersing ingaan. Ik heb de plicht de onderneming te beschermen.'

Lampack, door iedereen genegeerd, keek nu alleen met doffe verslagenheid toe.

'Je hebt de plicht om ons léven te beschermen,' zei Barlow. 'Het leven van de mensen die de leiding hebben van deze onderneming.'

'We zouden niet in deze positie verkeren als jij niet tekort was geschoten,' zei Bross tegen Cheryl.

'Wat bedoel je daar nou weer mee?' snauwde Cheryl.

'Je weet precies wat ik bedoel,' zei Bross.

Ik zag Ron Slattery een snelle, steelse blik op Bross werpen. Geërgerd misschien, of waarschuwend, dat was moeilijk na te gaan. Ik vroeg me af wat die blik betekende.

Toen zei Slattery op redelijke toon: 'Cheryl, we hebben in het vorige kwartaal veel meer verloren aan die telecomsatelliet die we voor Maleisië bouwen, nietwaar? Als we een post van honderd miljoen dollar moeten opvoeren voor afpersing, of losgeld of hoe we het ook noemen…'

'Geld dat vast wel door de verzekering wordt vergoed,' merkte Lummis op.

Cheryl schudde haar hoofd. 'Zo werkt het niet, Ron. Dat zou jij toch moeten weten. Als in Latijns-Amerika de *secuestradores* een Amerikaanse manager kidnappen, krijgen ze nooit meer dan dertig procent van het losgeld dat ze in het begin eisen. Dat verwachten ze ook. Als je ze meer betaalt, denken ze dat ze niet genoeg hebben gevraagd.'

'Nou, Danziger regelt alle bijzondere verzekeringen voor me,' zei Slattery. 'Ik heb me daar niet zo in verdiept.'

'Die kerel eist op dit moment honderd miljoen dollar,' zei ze. 'Maar zodra we akkoord gaan, zodra we bereid zijn honderd miljoen over te maken, denkt hij: hé, waarom zou ik nu stoppen? Als honderd miljoen zo gemakkelijk was, waarom vraag ik dan niet een miljárd? Waarom niet vier miljard? Waarom niet elke dollar die Hammond in reserve heeft? En wat doen we dán?'

Ik knikte; ze had gelijk.

'Dat weten we niet, Cheryl,' zei Slattery. Zijn brillenglazen waren vlekkerig; het montuur zat een beetje scheef. 'Het is niet zeker dat hij zijn eisen opschroeft. Ik denk dat er niets anders voor ons op zit dan hem die honderd miljoen te geven en hem op zijn woord te geloven.'

Ze schudde haar hoofd. 'Nee, Ron, het spijt me, maar iemand van ons moet nee zeggen, en dat moet ik zijn. We moeten ons hard opstellen. Weigeren op zijn eisen in te gaan.'

Heel even tekende zich paniek af op Slattery's gezicht, maar toen was daar niets meer van te zien. Hij zei niets. Je kon zien dat zijn loyaliteit om de voorrang streed met zijn overlevingsinstinct. Russell had gezegd dat Slattery de eerste zou zijn die gedood werd als we niet meewerkten. Aan de andere kant was hij Cheryls beschermeling, de enige hier die zijn baan rechtstreeks aan haar te danken had. Haar enige bondgenoot in de raad van bestuur. Misschien met uitzondering van Geoff Latimer, maar Latimer leek me iemand die zo voorzichtig was om geen partij te kiezen.

'Door haar komen we allemaal om het leven,' zei Bross hoofdschuddend.

'Wat moet het voor jou gemakkelijk zijn om bevelen te geven,' zei Upton Barlow. 'Per slot van rekening ben jij niet degene die hij het eerst doodschiet als we niet meewerken.' Hij keek van Cheryl naar Slattery. Hij had Slattery's paniek aangevoeld, zoals een hond angst ruikt. Hij had daglicht zien schitteren tussen Cheryl en haar duvelstoejager, en hij was vastbesloten de opening breder te maken.

'O, kom nou,' zei Cheryl. 'Die idioten gaan heus niet iemand vermoorden. Ze willen ons doodsbang maken, en ik zie dat ze daar bij jullie mannen veel succes mee hebben. Maar Russell voert zijn dreigementen niet uit.'

'O nee?' zei Bross. 'En waarom ben je daar zo zeker van?'

'De menselijke natuur,' antwoordde ze bruusk. 'Ik kan gezichten lezen. Het mogen dan schurken zijn, het zijn geen moordenaars.'

'O, jezus christus,' snauwde Bross. 'Het is een stelletje schietgrage bandieten met pistolen. Dit is jouw wereld niet, Cheryl.'

Ik was het met Bross eens, maar dat zou ik niet zeggen. Ik mocht de vrouw niet erg graag, maar ik ging me niet aansluiten bij de andere piranha's, die om haar heen cirkelden omdat ze haar bloed in het water roken.

'Het zijn jagers die verdwaald zijn,' zei Cheryl. 'Ze zijn moe en ze hebben honger en plotseling zien ze deze lodge en komen ze op het idee van een overval. Ze willen kijken of ze het kunnen klaarspelen. Als wij hier niet waren geweest, hadden ze een benzinestation overvallen. Die mannen gaan heus niet zoiets stoms doen als een van ons doden.'

'Ze lijken me anders serieus genoeg,' zei Lummis.

'Er loopt een duidelijke streep tussen het intimideren van

een stel ongewapende managers en koelbloedige moord,' zei ze. 'En ze gaan niet over die streep heen. Het zijn jagers, geen huurmoordenaars.'

Ik kon me niet meer inhouden. 'Ik geloof niet dat het jagers zijn,' zei ik zachtjes.

'Waarom vragen we niet aan je financieel directeur wat hij ervan vindt?' zei Barlow met een kwaadaardig glimlachje. 'Heb jij zoveel vertrouwen in Cheryls mensenkennis dat je je leven erop inzet, Ron? Jij krijgt als eerste een kogel door je hersenen.'

Slattery keek Barlow weer met die paniekerige blik aan, maar hij gaf geen antwoord.

Bo Lampack probeerde weer ieders aandacht te trekken, en dus onderbraken we ons gesprek en keken naar hem.

'Mag ik iets zeggen?' zei Lampack. Het werd stil en hij ging verder. 'Laten we het onder ogen zien: een pistool is een fallussymbool. Zulke mannen die met pistolen lopen te zwaaien, zwaaien in feite met hun pik. Op die manier compenseren ze hun tekortkomingen. Als je ze rechtstreeks uitdaagt, ontman je ze, en dat kan tot een vijandige en defensieve reactie leiden...'

'Wil iemand even aan Russell vragen die kerel overhoop te schieten?' zei Bross.

Lampack keek of hij ergens steun vond, maar toen niemand hem bijviel, leunde hij moedeloos achterover.

'Het zijn geen jagers,' probeerde ik opnieuw, nu een beetje luider.

Eindelijk keek Cheryl me aan. 'Waarom ben je daar zo zeker van, Jake?'

'Ten eerste hebben ze geen jachtuitrusting.'

'En dat weet jij?'

'Ja, want ik jaag. Ik schiet.'

'Je schiet?' zei Bross. 'Paintball of zo?'

'Wil je naar me luisteren of niet?'

'Nou, niet echt.'

'Laat die jongen praten,' zei Barlow met een vermoeide stem. 'Ik moet naar de plee voordat mijn blaas uit elkaar springt.'

'Te beginnen met hun outfit,' zei ik. 'De camouflagekleren.'

'Veel jagers dragen camouflage,' merkte Lummis op.

Ik knikte. 'Maar deze mannen dragen niet het soort camouflagekleren dat je in een jachtwinkel koopt. Het is oude legerkleding.' Het patroon bestond uit de zeskleurige chocoladevlokken van vroeger, de camouflage die het leger ongeveer ten tijde van de eerste Golfoorlog had afgedankt. 'Ze hebben ook echte militaire tactische vesten, met clips en magazijnzakken. Dat zijn absoluut geen gewone jachtvesten.' Jachtvesten waren gewoonlijk van glad acryl, dan bleef je er niet mee achter struiken of zoiets haken.

'Nou, misschien hebben ze hun outfit ergens in een legerdumpwinkel gekocht,' zei Cheryl.

'Dat is mogelijk,' zei ik. 'Zeker. Maar ze hebben bananenclips op hun vesten. Ik heb nog nooit gehoord van een jager die met bananenclips rondliep. En dat wapen waar Russell mee zwaaide, was een Glock 18c.'

'Ja,' zei Bross sarcastisch. 'We waren allemaal onder de indruk van je kennis van vuurwapens.'

'Prima,' zei ik. 'Dat was mijn enige reden: indruk maken op jou, Kevin. Aan de andere kant wilde ik misschien ook nagaan hoeveel hij ervan wist. Misschien zelfs hoe hij eraan gekomen was.' Tegen de anderen zei ik: 'De Glock 18 mag namelijk alleen aan militairen en politiemensen worden verkocht.'

'Wat... wat bedoel je? Dat het soldaten zijn?' zei Slattery. 'Ex-soldaten?'

'Heb je in het leger gezeten?' vroeg Barlow.

'Een jaar bij de reserves van de Nationale Garde. Maar mijn vader was marinier,' zei ik.

'Misschien zijn ze bij zo'n burgermilitie,' zei Slattery. 'Je weet wel, die gekken die zich tegen de overheid verschansen in staten als Michigan en Kentucky.'

'Jezus, wat moet ik pissen,' zei Barlow.

'Een paar van hen zien er ook naar uit dat ze in de gevangenis hebben gezeten,' zei ik.

'Ik vraag me af of ze voor iets op de vlucht zijn,' zei Geoff Latimer. 'Of ze bijvoorbeeld een bankoverval hebben gepleegd en de politie achter zich aan hebben. Weet je nog, die oude Humphrey Bogart film *The Desperate Hours*? Ontsnapte gedetineerden zoeken een schuilplaats, en ze dringen ergens een huis binnen en gijzelen het gezin...'

'Wat maakt het uit wie het zijn?' zei Cheryl. 'Hun dreigementen zijn niet serieus.'

'Je hebt voor een deel gelijk,' zei ik. Ze keek me behoedzaam aan. 'Het maakt niet echt verschil wie ze zijn of waar ze vandaan komen. Maar hun wapens vertellen me twee dingen. Ten eerste weet Russell wat hij doet. Hij is geen amateur.'

'Nog meer speculaties,' zei Cheryl.

'En wat is het tweede ding?' vroeg Slattery.

'Dat het niet toevallig is dat die kerels hier zijn,' zei ik.

32

Lang geleden had ik geleerd dat je aan zo ongeveer alles kunt wennen.

Er was geen privacy in Glenview, zelfs niet 's nachts in je eigen kamer: er zat een bewakingscamera bij het plafond, met een rood oogje dat in het donker knipperde. De toilethokjes hadden geen deur. Maar je wende eraan.

Je leerde je eigen privacy te creëren, je emoties achter een masker van stoïcisme te verbergen. Emotie tonen was zwakheid tonen, en zwakheid kon je duur komen te staan.

Als het moet, wen je aan zo ongeveer alles. Het voedsel was oneetbaar – imitatieroerei als rubber, kunstmatig knal-geel, soms met een grove menselijke haar erdoorheen; onge-zouten gekookte aardappelen met hier en daar vuile schil-len; plakken muf wit brood; ranzige worst, glad en groen getint – totdat de honger te erg werd.

Als je 's nachts moest pissen, moest je hard op je deur bonken tot er een bewaarder kwam. Soms kwam hij, soms niet. Je leerde in een handdoek in de hoek van de kamer te pissen.

Je leerde te vechten als je werd uitgedaagd. Dat gebeurde keer op keer, tot je je plaats in de hiërarchie had ingenomen en de andere jongens leerden je met rust te laten.

Maar je leerde ook de natuurlijke rangorde te respecte-ren.

Op een dag botste Estevez 'per ongeluk' in de kantine te-gen me op. Ik negeerde hem, liep gewoon door. Een fout: Estevez vatte dat op als een teken van angst. Maar ik had honger en je kreeg maar twintig minuten voor het middag-eten, inclusief de tijd dat je in de rij stond en met je dienblad naar een tafel liep.

Hij botste opnieuw tegen me op. Mijn dienblad van oran-je plastic viel uit mijn handen. Jus, kraakbeen en erwten vlogen in het rond.

Deze keer wachtte ik niet. Ik haalde uit en sloeg hem zo hard op zijn mond dat hij letterlijk een paar centimeter van de vloer los kwam. Mijn vuist pulseerde van pijn: er was een tand tussen twee knokkels gekomen.

Estevez viel tegen een van de roestvrijstalen tafels, tanden spuwend. Ik zag mijn kans, ging achter hem aan, en toen had ik opeens een felle pijn in de onderkant van mijn rug.

Iemand had me van achteren geraakt. Ik zakte met inge-houden adem op mijn knieën.

Glover zwaaide met zijn wapenstok. 'Ga naar het dagverblijf terug en wacht op me,' zei hij.

Ik zat op de bank in het verlaten dagverblijf te wachten.

Toen Glover tien minuten later binnenkwam, liep hij langzaam naar me toe, alsof hij me iets ging toevertrouwen. In plaats daarvan greep hij mijn hoofd vast, gaf een harde klap met de rug van zijn hand tegen de ene zijkant van mijn gezicht, en toen tegen de andere. Het was bijna ritmisch: één, twee.

'Hé!' riep ik uit.

'Wat zeg je daarvan?'

Hij ging ermee door, de ene kant en dan de andere kant. Eén, twee. 'Wat zeg je daarvan? Hoe voelt dat?'

'Ik was niet begonnen,' kreunde ik.

'Ik wil je horen schreeuwen, schoft,' zei hij.

Zijn vuist dreunde tegen de ene kant van mijn gezicht, en toen tegen de andere kant. Eén, twee. Het bloed sijpelde in mijn ogen, uit mijn neus.

'Schreeuwen, schoft,' zei hij.

Maar dat vertikte ik.

Eén, twee. Eén, twee.

Ik wist wat hij wilde, nog meer dan dat ik zou schreeuwen. Hij wilde dat ik hem terugsloeg. Dat zou me op drie maanden eenzame opsluiting komen te staan. Maar ik weigerde hem die voldoening te geven.

'Ik hou pas op als je gaat schreeuwen, schoft.'

Ik deed het niet.

33

'Wat bedoel je?' vroeg Slattery. 'Denk je dat ze dit hebben...'

Maar toen zwegen we, want Verne kwam met Ali naar ons toe. Hij hield een revolver op haar gericht, een kleine roestvrijstalen Smith & Wesson met een loop van maar vijf centimeter. Ze ging zitten. Ze keek kwaad en terughoudend.

'Dat vond ik lekker,' zei Verne met een overdreven geile blik. 'Laten we het nog eens doen, maar dan zonder kleren, hè?'

Ali keek hem ijzig aan en mompelde: 'Ik val niet op wapens met korte loop.'

Hij hoorde het en bulderde het uit. 'Hé, die meid heeft een brutale mond. We zullen later zien wat je met die mond kunt doen.'

'Ja,' antwoordde Ali. 'Ik heb ook scherpe tanden.'

Hij bulderde opnieuw van het lachen.

'Hé, Verne,' zei ik.

Hij draaide zich om en keek me fel aan.

'Als je ook maar een haar op haar hoofd krenkt, steek ik je goeie oog uit.'

'Waarmee?' Hij grijnsde. 'Je kunt niet eens pissen als ik zeg dat het niet mag.'

'Hé,' riep Barlow. 'Over pissen gesproken. Ik moet nodig. Dringend.'

'Nou en?'

'Wat moet ik nou doen?'

'Voor mijn part zeik je in je broek,' zei Verne lachend.

'Ik meen het,' zei Barlow.

'Ik ook,' zei Verne.

Barlow drukte zijn tanden op elkaar. 'Dit is marteling. Ik red het niet.'

Ik keek Ali vragend aan. *Ben je ongedeerd?*

Ze glimlachte vaag en raadselachtig. Misschien bedankte ze me, misschien las ze me de les. Blijkbaar was ze meer kwaad dan bang, en dat verbaasde me niet. Zo was Ali: ze was een vechter die zich niet gauw liet intimideren. Misschien kwam dat doordat ze een legerkind was geweest. Cheryl had dat vast ook meteen in haar gezien. Die twee vrouwen hadden die eigenschap met elkaar gemeen.

'Neem me niet kwalijk,' riep Latimer. Hij zag er beroerd uit. 'Ik heb mijn... insuline nodig.'

'Je wat?' zei Verne.

'Het ligt in mijn kamer. In mijn ladekast. Met injectie-spuiten en een bloedtestsetje en wat buisjes insuline. Alsjeblieft. Laat me het gaan halen.'

'Jij brengt hier geen stel naalden binnen. Sorry, man. Je moet je maar zien te redden.'

'Maar als ik... Alsjeblieft, als ik mijn insuline niet krijg, kan ik in een coma raken. Of erger.'

'Jammer als we een gijzelaar verliezen,' zei Verne, en hij liep weg.

'Kan ik dan tenminste iets te drinken krijgen? Ik ben uit-gedroogd.'

Verne was al buiten gehoorsafstand.

'Ik wist niet dat je diabetes had, Geoff,' zei Cheryl. 'Hoe ernstig is het?'

'Moeilijk te zeggen. Ik bedoel, het is ernstig, maar ik heb nog geen symptomen. Ik heb alleen grote dorst.'

'Had je al een injectie moeten hebben?'

Hij knikte. 'Ik geef mezelf altijd een injectie voor ik naar bed ga.'

'Meende je het toen je zei dat je in een coma kunt raken?'

'Na verloop van tijd kan dat gebeuren. Al denk ik dat ik het nog wel een paar uur red. Als ik veel water drink.'

'Die verrekte kerels,' zei Cheryl. Ze draaide zich om en riep: 'Laat iemand metéén een glas water voor deze man halen! En zijn insuline!' Haar stem galmde door de grote kamer.

Hank Bodine bewoog. Zijn ogen gingen knipperend open. Hij keek verdoofd om zich heen, kreunde en deed zijn ogen weer dicht.

Travis kwam met zijn pistool in de aanslag naar ons toe. 'Wat is het probleem?' zei hij kwaad.

'Haal wat water voor deze man,' zei ze. 'Hij heeft diabetes, en hij heeft meteen water nodig. Hij heeft ook zijn insuline-injectie nodig.'

'En ik moet naar de wc,' voegde Barlow eraan toe.

Travis keek eerst haar aan, en toen Latimer, en zei niets.

'En wil je een kussen voor meneer Bodine halen?' zei ze. Ze wees naar de verplaatste meubelen die door elkaar stonden. 'Op zijn minst een bankkussen.'

'Daar moet Russell over beslissen,' zei Travis. 'Ik zal eens kijken.' Met een onbehaaglijk gezicht draaide hij zich om. Hij liep door de kamer naar het eetgedeelte en praatte daar met Wayne, de man met het gemillimeterde haar.

'Dank je,' zei Latimer. 'Al halen ze mijn insuline niet voor me, water helpt ook.'

'Wil je alsjeblieft niet over water praten?' zei Barlow.

'Ik heb nog steeds niet gehoord waarom Landry denkt dat ze dit alles gepland hebben,' zei Slattery.

'Wat dondert het wat hij denkt?' zei Bross. 'Hij zou hier niet eens moeten zijn.'

'Laten we naar hem luisteren,' zei Cheryl.

'Ze hebben het verkeerde merk jachtvest aan,' ging Bross verder. 'Dat is zeker een grote modefout in jouw wereld, hè?'

Ik liet me niet door hem op stang jagen. 'Toen ze hier binnenkwamen, wisten ze precies waar ze heen moesten gaan en wat ze moesten doen. Ze stommelden niet zomaar wat rond. Deze kerels weten te veel. Zodra ze hier waren, wisten ze waar alles was: de keuken, de voordeur, de bovenverdieping. Ze wisten waar de buitendeuren waren. Alsof ze van tevoren op verkenning waren geweest. Het voelt allemaal te veel aan alsof het gepland is. Het is te goed gecoördineerd.'

'Ja,' zei Bross met dik opgelegde ironie. 'Het was allemaal gepland. Denk nou eens na. Ze eisten geen honderd miljoen dollar toen ze hier kwamen binnenstormen. Dat deden ze pas nádat Russell ontdekte wie we zijn. In het begin wilden ze alleen onze portefeuilles, god nog aan toe.'

'En onze horloges,' zei ik. 'Vergeet de horloges niet, Kevin. Zelfs de "replica's".'

Bross keek kwaad.

'Ik denk dat ze het op een willekeurige, ongeplande inbraak wilden laten líjken,' zei ik. 'Dat is op zichzelf al interessant.'

'Waarom?' vroeg Cheryl.

'Dat weet ik niet,' gaf ik toe. 'Maar ik kom er nog wel achter.'

'Misschien heeft Jake gelijk,' zei Ali. 'Ga maar na wie hier komen: vooral rijke mensen en managers. Wie anders kan het zich veroorloven? Al die rijke mensen die hier in totale afzondering zitten. Gemakkelijke doelwitten. Als je een crimineel bent en je wilt snel geld verdienen, is dit je kans.'

'Russell weet te veel van Hammond,' zei ik. 'Al die informatie over onze financiële reserves… Dat heeft hij vast niet vanavond ontdekt door even naar een balans te kijken. Hij wist dat van tevoren.'

'Het is allemaal in openbare bronnen te lezen,' zei Barlow.

'Ja, maar dat betekent dat hij research naar Hammond heeft gedaan voordat hij hierheen ging, nietwaar?'

Enkele ogenblikken zwegen ze allemaal.

Toen zei Slattery: 'Maar hoe wist hij van tevoren dat wíj hier zouden zijn?'

'Jullie komen hier altijd om deze tijd van het jaar,' zei ik. 'Het is geen geheim.'

'Dan moeten ze een informant hebben gehad,' zei Latimer. 'Misschien iemand van het personeel hier.'

'Of ze zijn hier al eerder geweest,' zei ik.

'Neem me niet kwalijk,' zei Bross, 'maar ik snap niet waarom iemand zelfs maar naar je luistert. Heeft iemand jou om je mening gevraagd? Jij bent geen lid van de raad van bestuur, of was je dat vergeten? Je bent alleen maar een invaller.'

Verbazingwekkend: we werden gegijzeld door gewapende mannen, en het enige wat Kevin Bross deed was op zijn strepen staan. Nu Hank Bodine op zijn minst tijdelijk buiten gevecht was gesteld, zag hij zichzelf waarschijnlijk als het heersende alfamannetje. En ik vormde een bedreiging.

'Ik heb nieuws voor je, Kevin,' zei ik. 'Er is geen raad van bestuur meer. Niet meer. Niet nu. Jouw leven is niet belangrijker dan het mijne of dat van iemand anders. En jouw mening ook niet. We zijn nu alleen nog maar gijzelaars.'

Ik hoorde een kreungeluid en een bekende dreunende stem. 'Goed gezegd, Landry,' zei Hank Bodine. 'Waar blijft dat kussen nou?'

34

Bodines zilvergrijze haar zat in de war; de plukken stonden alle kanten op. Zijn ogen waren bijna helemaal in de opgezwollen massa van zijn wangen verdwenen. Witte stroken kleefband liepen kriskras over zijn gezicht.

'Hé, Hank,' zei Bross. 'Hoe gaat het?'

'Wat denk je?' Bodine probeerde te gaan zitten. 'Verrek, hebben ze mij ook vastgebonden? Wat denken ze dat ik ga doen?'

Alleen al het feit dat Bodine weer bij bewustzijn was, had de posities binnen de groep veranderd, zoals een magneet ijzervijlsel naar zich toe trekt. Het was te zien dat Cheryl zich daaraan ergerde. Ze moest de leiding nemen. 'Het gaat er niet om wie ze zijn of hoe ze hier zijn gekomen,' zei ze. 'Het gaat erom hoe we dit tot een oplossing brengen. Dat is op dit moment het enige wat telt.'

'Vertel me eens,' zei Lummis. 'Zijn we daar zelfs toe in staat – geld overmaken van hieruit – als we dat wilden?'

Enkele seconden antwoordde niemand, en toen zei Ali: 'Hij weet vast wel van de internetverbinding in het kantoor van de bedrijfsleider.'

'Dat bedoel ik niet. Is het van hieruit te doen? Kunnen we echt honderd miljoen dollar van het bedrijf naar een rekening in het buitenland overmaken, met alleen de laptop van een hotelmanager?'

Nog meer stilte. Cheryl keek Slattery aan: blijkbaar wist zij het antwoord ook niet. Ik nam aan dat Slattery, Danziger en Grogan de enigen waren die echt wisten hoe het systeem in elkaar zat – maar Danziger en Grogan zaten aan de andere kant van de haard, buiten bereik.

'Ik kon vanuit een Starbucks met een laptop geld van een van onze rekeningen overmaken,' zei Slattery vermoeid. Hij zette zijn bril af en streek over zijn voorhoofd. Toen deed hij zijn ogen dicht en duwde er met duim en wijsvinger tegen, alsof hij hoofdpijn wilde wegmasseren.

'Dat meen je niet,' zei Lummis.

'Jammer genoeg meen ik dat wel,' zei Slattery.

'Wacht eens even,' zei Kevin Bross. 'Bedoel je dat elke gek alleen maar een pistool tegen je hoofd hoeft te drukken om al het geld van de onderneming in handen te krijgen? Hebben we geen veiligheidsprocedures? Dat kan ik niet geloven.'

Iets aan Bross' stem – hij klonk ongelovig, maar op een overdreven manier – maakte me achterdochtig. En dan was er die geërgerde blik waarmee Slattery hem nu aankeek.

Bross, besefte ik, wist het antwoord al. Hij wierp een snelle blik op Bodine; blijkbaar waren zijn woorden vooral voor hem bedoeld. Bodine had zijn ogen open, maar de leden zakten neer.

'Het is wel wat ingewikkelder,' zei Slattery.

'Ja of nee?' wilde Bross weten. 'Hebben we ja of nee tenminste een soort veiligheidsprocedures?'

'Ron,' zei Cheryl. 'Je hoeft daar niet op in te gaan. Het doet niet ter zake.'

'Nou, ik wil het horen,' zei Bross. 'Het doet heel erg ter zake.'

'Laat maar, Ron,' zei Cheryl.

'Weet je,' zei Slattery, 'de computers van de bank weten niet of ze met een computer in het Hammond-hoofdkantoor in Los Angeles of met een laptop in een Starbucks of een oude Macintosh in een visserslodge in Canada in contact staan.'

'Hoe is dat mogelijk?' zei Bross.

'Nou... Telkens wanneer je van buiten het hoofdkantoor op ons systeem inlogt, creëer je een virtuele tunnel naar wat het VPN wordt genoemd – het *virtual private network* van Hammond. De bankcomputers zien alleen een IP-adres van Hammond. Een poort naar buiten. Wat de bank betreft, kan de boodschap ook uit mijn kantoor op de drieëndertigste verdieping aan Wilshire Boulevard komen.'

'Kunnen we verdergaan?' zei Cheryl. 'Dit is irrelevant.'

'Zelfs wanneer we het over honderd miljoen dollar hebben?' zei Barlow.

'Het maakt niet uit hoeveel,' zei Slattery. 'Het is alleen een beetje ingewikkelder.'

'Ron,' zei Cheryl. 'Zo is het genoeg.'

Maar Slattery ging door. 'Als het om grote, vertrouwelijke transacties gaat, moet de bank opdracht krijgen van twee geautoriseerde gebruikers. En dan is er ook nog de *dual-factor*-authenticering.'

'Wat is dat?' vroeg Barlow.

'Laat nou maar,' zei Cheryl. 'We gaan geen geld overmaken.'

'Ik krijg de indruk,' zei Hank Bodine plotseling, 'dat je hem tot zwijgen wilt brengen. Ik wil dit horen.'

Cheryl schudde alleen maar woedend haar hoofd. Blijkbaar wilde ze niet dat Slattery het vertelde.

'Je voert zoals gewoonlijk een gebruikersnaam en een wachtwoord in,' zei Slattery, 'maar je moet ook een veilige *identifier* gebruiken. Die genereert elke zestig seconden een willekeurig, eenmalig wachtwoord, een getal van zes cijfers. Je haalt het getal uit de identifier en voert het op de website in.'

'Dus als we niet een van die dingetjes bij ons hebben, kunnen we het geld niet overboeken,' zei Barlow. 'Zo simpel ligt het. Jij hebt er vast niet eentje bij je, hè?'

'Hij zit aan mijn sleutelring in mijn kamer,' zei Slattery. 'Maar Russell zal hem nu wel hebben.'

'Die kerels weten niet wat het is,' zei Barlow.

Slattery haalde zijn schouders op. 'Als ze weten wat ze doen, weten ze dat wel. Het logo van de bank staat erop.'

'Heeft iemand anders ook zo'n identifier bij zich?' vroeg Barlow. 'Ik niet.'

'Alleen degenen met tekenbevoegdheid.'

'Tekenbevoegdheid,' herhaalde Barlow.

'De bevoegdheid om een overboeking te doen van meer dan vijftig miljoen dollar, geloof ik. Geautoriseerde gebruikers.'

Cheryl draaide zich langzaam om naar Ron Slattery. 'Ik geloof niet dat ik zo'n identifier heb,' zei ze.

'Nee, want jij hoeft je handen niet vuil te maken aan al dat financiële... loodgieterswerk. Dat wordt overgelaten aan kerels als ik. Wij moeten onze mouwen opstropen en het operationele werk doen.'

'Wie?'

Hij aarzelde. 'Je weet wel, de managers die rechtstreeks bij de financiën betrokken zijn.'

'"Geautoriseerde gebruikers", zoals jij het noemt.'

'In feite wel, ja. Hoge functionarissen die tekenbevoegdheid op dat niveau hebben.' Slattery klonk nu een beetje ontwijkend.

Maar Cheryl liet zich niet afschepen. 'Zoals? Wie hebben tekenbevoegdheid op dat niveau? Afgezien van mij, bedoel ik.'

Slattery schudde heel even zijn hoofd, alsof hij haar in stilte een teken gaf om geen vragen meer te stellen.

'Wat wil je me vertellen?' zei ze.

'Ik bedoel... Nou, eigenlijk heb jij die bevoegdheid niet.'

'Wat?' zei Cheryl.

'Je hebt geen tekenbevoegdheid,' zei Slattery. 'Niet op dat niveau. In elk geval niet voor een eenmalige geldtransactie van die grootte.'

Cheryl liep meteen rood aan. Ze perste haar lippen op elkaar. 'O. Wie dan wel?'

'Ik natuurlijk,' zei Slattery. 'En de treasurer. De juridisch adviseur, en de controller. Latimer, Grogan en Danziger.'

'En Hank, neem ik aan.'

Hij knikte.

'Verder nog iemand?'

'Nee.'

'O,' zei Cheryl.

'Hoorde ik daarnet wat ik dacht dat ik hoorde?' zei Bross met grote ogen. 'Jij kunt ons niet eens tegenhouden als we het geld willen overmaken, hè? Want je hebt geen bevoegdheid voor zulke transacties.'

Cheryl keek hem enkele ogenblikken met wijd open neusgaten aan. 'Misschien niet. Maar ik ben de bestuursvoorzitter van deze onderneming, Bross. Als je je nog eens aan insubordinatie te buiten gaat, mag je je spullen uit je kantoor halen.'

'Als we dit overleven,' zei Barlow.

'We geven geen honderd miljoen dollar aan die misdadigers,' zei Cheryl. 'Zo simpel ligt het. Of ik nu de formele bevoegdheid heb om voor zo'n transactie te tekenen of niet, het blijft een feit dat ik het niet toesta.'

'Cheryl, alsjeblieft,' zei Slattery. 'We weten allemaal wat hij doet als we weigeren. Alsjeblieft.'

'Als we eenmaal aan die afpersing toegeven, is het einde zoek,' zei ze. 'Het is niet anders.'

'Weet je,' zei Barlow, 'ik geloof niet dat je ons kunt tegenhouden. Heb ik gelijk of niet, Ron?'

Slattery keek gespannen van Cheryl naar Barlow en weer terug.

Cheryl keek naar het touw om haar polsen. 'Ron,' zei ze op waarschuwende toon, zonder op te kijken.

'Cheryl,' zei Slattery. 'Ik…' Toen keek hij in Barlows harde rozijnenogen. 'Ja,' zei hij. 'Daar komt het wel op neer.'

Cheryl keek nog steeds naar het touw en zei zacht: 'Ik verwacht meer van jou, Ron. Ik reken op je volledige ondersteuning.'

Slattery keek haar aan, maar ze keek niet op. 'Het… het spijt me, Cheryl. Vergeef het me. Maar dit is… Dit is nu juist het enige waarover we het oneens zijn. We kunnen echt niets anders doen dan de man het geld geven dat hij wil hebben. Maar…'

'Zo is het genoeg, Ron,' onderbrak Cheryl hem. Je kon bijna de ijspegeltjes aan haar woorden zien hangen. 'Het is duidelijk wat je bedoelt.'

Ik zag de tranen in Ali's ogen en voelde dat de slechte wolf in mij zich roerde.

35

'Je moet het zeggen als ik het mis heb, Cheryl,' zei Kevin Bross, 'maar ben jij niet de réden waarom we geen keus hebben?'

Cheryl wierp Bross een snelle, venijnige blik toe en wendde toen haar ogen af. 'Ik denk dat we klaar zijn met deze discussie,' zei ze.

'We zijn nog maar net begonnen,' zei Bross. 'Vertel het ze, Ron. Vertel ze over de veiligheidsmaatregelen waarop jij hebt aangedrongen. En die door Cheryl zijn afgewezen.'

Slattery's bleke gezicht kreeg meteen een kleur, maar hij zei niets.

'Kom nou,' zei Cheryl.

'Ron?' drong Bross aan.

Slattery knipperde snel met zijn ogen, maar bleef zwijgen.

'Vooruit, Slattery,' zei Hank Bodine. 'Voor de dag ermee.'

Slattery keek eerst Bodine en toen Cheryl aan en zei: 'Nou... Ik heb mijn team een plan laten maken voor een veel strengere beveiliging op de website van de onderneming. Ik dacht daarbij aan hackers uit landen als Litouwen en de Oekraïne die misschien in ons systeem konden inbreken en allerlei schade konden aanrichten. Of de code konden stelen om ons daarmee te chanteren. Zulke dingen overkomen Amerikaanse ondernemingen tegenwoordig heel vaak.'

'Gaan we dit nu allemaal nog eens herkauwen?' zei Cheryl. 'Dit is niet de tijd en de plaats...'

'De perfecte tijd en plaats, zou ik zeggen,' onderbrak Bodine haar.

'Ik wilde dat we een toegangsplatform installeerden dat uit veel lagen bestond,' zei Slattery. 'We zouden de hele toegangsinfrastructuur veranderen, zodat we de meeste functies konden afsluiten voor iemand die van buiten toegang tot het Hammond-systeem kreeg. Vooral treasuryfuncties.'

'Kan het ook in gewoon Engels?' zei Bodine. 'We kunnen je niet volgen.'

'Zoals ik toen al tegen jullie zei,' zei Cheryl, 'hebben we managers op de hele wereld die voortdurend toegang tot ons hele systeem moeten hebben.'

'Ze zouden nog steeds toegang hebben, Cheryl. Ik wilde de mogelijkheid creëren om de financiële portalen voor externe toegang te blokkeren. Alle treasury-informatie, alle code. Geen verplaatsing van geld buiten ons eigen terrein.'

'Dit is verleden tijd, ' zei Cheryl. 'We hebben je voorstel besproken, en uiteindelijk vond ik het te ingewikkeld en te log om het in te voeren. En ook te duur.'

'Dus je hebt Rons plan afgewezen om geld te besparen,' zei Bross. 'En moet je eens zien hoeveel geld we nu door jou gaan verliezen.'

Cheryl keek Bross giftig aan. 'Niet door mij,' zei ze. 'Ik wil nog eens duidelijk zeggen dat ik er absoluut tegen ben om toe te geven aan die chantage.'

'Als jij er niet was,' zei Bross,'zouden we niet eens in de positie verkeren om aan chantage toe te geven. Dan zou deze hele nachtmerrie niet gebeurd zijn.'

Cheryl sloeg haar ogen neer en schudde haar hoofd. Ze zag eruit alsof ze alles op alles moest zetten om zich te beheersen en niet fel tegen hem uit te vallen.

'Weten de commissarissen hiervan?' vroeg Barlow.

Slattery zweeg.

'Ze zullen het weten,' zei Bross. 'Ze zullen horen dat jouw mismanagement de onderneming niet alleen honderd miljoen dollar heeft gekost maar ook het leven van alle topmanagers in gevaar heeft gebracht. Ik zou dat een flagrante verzaking van je plicht willen noemen. Hank?'

'Zodra dit voorbij is,' zei Bodine, 'krijgen ze er alles over te horen. En dan is het niet Kevin Bross die zijn spullen uit zijn kantoor moet halen. Dat snapt een imbeciel.'

36

'Hank,' zei ik, 'als we nou eens ophouden met kantoorpolitiek en ons concentreren op pogingen om hier levend uit te komen?'

Cheryl bewoog een nagel heen en weer in de spleet tussen twee vloerplanken. Ali probeerde een glimlach te verbergen. Een paar anderen wierpen snelle blikken op mij – bewonderende blikken, dacht ik: niemand had ooit van mij verwacht dat ik Hank Bodine tot de orde zou roepen.

Ik wist niet hoe hij zou reageren, en op dat moment kon het me ook niet veel schelen. Maar na enkele ogenblikken zei hij: 'Er zit niks anders voor ons op dan dat verrekte losgeld te betalen.'

'Daar ben ik nog niet zo zeker van,' zei ik. 'Cheryl heeft gelijk; als we te gemakkelijk aan Russells eisen toegeven, weerhoudt niets hem ervan om de prijs op te drijven. Als ik in zijn positie verkeerde, zou ik dat ook doen.'

Ze keek behoedzaam naar me op. Haar lange koraalroze nagel had een minuscuul beetje stof en zand losgemaakt.

Natuurlijk vertelde ik er niet bij dat het me geen bal kon schelen hoeveel losgeld Hammond Aerospace betaalde.

'Toch kunnen we niet zomaar nee zeggen. Want wie die kerels ook zijn, je loopt niet met zulke wapens rond als je niet bereid bent ze te gebruiken.'

Cheryl trok vragend haar wenkbrauwen op. 'Wat stel je voor?'

Ik keek Slattery aan. 'Wat is het rekeningnummer?'

'Welk rekeningnummer?' zei Slattery.

'Als je toegang wilt hebben tot onze bankrekeningen, moet je de rekeningnummers weten, nietwaar? Op zijn minst één ervan. Heb jij ze allemaal uit je hoofd geleerd?'

Slattery keek me aan alsof ik gek geworden was. 'Natuurlijk niet. Ik heb een lijst in mijn kantoor...' Zijn stem stierf weg. Het begon hem te dagen. 'Maar niet hier. Ja.' Hij knikte.

'Kijk aan. Je moet naar kantoor bellen om die nummers te krijgen. Nietwaar?'

'Uitstekend,' zei Cheryl.

'Denk je dat hij me laat bellen?' vroeg Slattery.

'Hij moet wel, als hij zijn geld wil hebben.'

'Wat hebben we daaraan?' zei Bross. 'Dat levert ons hooguit vijf minuten op. Daar hebben we niets aan.'

'Dan krijgt hij een van zijn assistenten of zijn secretaresse aan de telefoon, Kevin. En dan kan Ron misschien duidelijk maken dat er hier iets aan de hand is.'

'O, ja,' zei Bross. 'Ja hoor. Russell staat erbij als Ron zijn secretaresse om onze bankrekeningnummers vraagt, en dan zegt Ron: "O, ja, iemand drukt een pistool tegen mijn hoofd, dus je moet de politie bellen."'

'Er is zoiets als een noodcode,' zei ik tegen Bross. Ik sprak op kalme, redelijke toon, maar ook neerbuigend, alsof ik iets uitlegde aan een kind dat traag van begrip was. 'Een noodsignaal. Een frase die Russell volkomen normaal in de oren klinkt maar waaruit de aangesprokene kan afleiden dat er iets mis is. Een soort stil alarm.'

'Heb jij een beter idee, Bross?' zei Bodine.

'Ja,' zei Bross. 'Hou het simpel. Het zijn boerenkinkels met pistolen. We hoeven alleen maar tegen hem te zeggen dat we geen geld uit het Hammond-hoofdkantoor kunnen krijgen. Zoals het zou moeten zijn. Zoals het had kúnnen zijn.'

'Nee,' zei ik. 'Het zou niet goed zijn om op die manier te bluffen. Als hij zijn huiswerk heeft gedaan, weet hij dat het niet waar is.'

'De meesten van óns wisten niet of het kon of niet,' zei Barlow. 'Waarom zou hij het beter weten?'

'Als hij nu eens een bron binnen de onderneming heeft?' zei ik. 'Het zou niet goed zijn als hij ons op een leugen betrapte. Zo is het toch, Ron?'

Slattery zei niets. Hij hoefde niets te zeggen.

'Laten we niet met vallen en opstaan uitzoeken wat hij weet en wat hij niet weet,' zei ik.

'Dan moeten we gewoon betalen,' zei Bross.

'En waarom denk je dat die kerels ons gewoon laten gaan als we het losgeld hebben betaald?' zei ik rustig.

Bross wilde iets antwoorden, maar zweeg.

'Ze dragen geen maskers of kappen,' zei ik. 'Weet ik veel, misschien gebruiken ze zelfs hun echte namen. Ze vinden het niet erg dat wij ze kunnen identificeren. Waarom zou dat zo zijn?'

'O jezus.' Barlow besefte het.

'Er is maar één reden mogelijk,' zei ik. 'Ze zijn niet van plan getuigen achter te laten.'

Cheryls nagel kwam tot stilstand. Lummis ademde hoorbaar en bevend uit.

'Ik heb geen noodcode met mijn kantoor afgesproken,' zei Slattery.

'Zeg dan iets onverwachts,' zei ik. 'Iets wat er helemaal naast zit. Iets waardoor iemand die jou goed genoeg kent weet dat je in moeilijkheden verkeert.'

'Maar hoe zit het dan met Grogan en Danziger?' Slattery keek mij aan. 'Misschien heeft een van die twee onze rekeningnummers uit zijn hoofd geleerd. Misschien willen ze behulpzaam zijn en geven ze die informatie aan Russell. Dan hoeft er niet te worden gebeld.'

Ik knikte. 'We moeten tot ze doordringen. We moeten ervoor zorgen dat ze het plan kennen.'

Grogan en Danziger zaten aan de andere kant van de rivierstenen haard, vijf tot tien meter bij ons vandaan. Die haard stak zo'n twee meter naar voren. Ze waren zo ver weg dat we hen niet eens konden zien.

We konden alleen tegen hen spreken als we opstonden en om de haard heen naar de andere kant liepen. Maar zodra een van onze kidnappers dat zag…

'Dit is idioot,' zei Bross. 'Al dat gelul over een "noodcode". Het werkt nooit.'

'Als jij een ander idee hebt,' zei Slattery, 'willen we dat graag horen.'

Maar op dat moment klapte de voordeur dicht en kwam Russell binnen.

37

Een paar maanden nadat ik in Glenview was aangekomen, kregen we een nieuwe jongen in eenheid D. Het was een magere kleine jongen die Raymond Farrentino heette, en hij zat voor handel in drugs. Hij was vijftien maar leek twaalf, en hij had nog niet eens de baard in de keel gehad. Hij leek net een meisje: lange wimpers, een delicate neus. Hij stotterde. Zijn lach klonk als die van een specht uit een tekenfilm.

Iemand gaf hem de bijnaam Pee Wee.

Ik werd zijn beschermer, alleen omdat hij niemand anders had en ik medelijden met hem had. Hij was een gemakkelijke prooi. Hij kon niet vechten. Misschien speelde ook mee dat ik wist wat voor gevoel dat was.

Maar Pee Wee bewees me veel wederdiensten. Hij was intelligent en slim, en hij had algauw door hoe het systeem werkte. Hij ontdekte hoe je de elektronische deursloten van de cellen open kon krijgen, zodat we er 's nachts uit konden. Hij bestudeerde de werkschema's van de bewaarders en wist wanneer de gangen van eenheid D onbewaakt waren, als ze bijvoorbeeld naar buiten gingen om een sigaret te roken. Hij bedacht een methode om drugs naar binnen te krijgen: hij haalde een van de jongens over om zijn broer te vragen drugs in tennisballen te verstoppen en die over de omheining in het bosje bij de timmerwerkplaats te gooien, waar ze gemakkelijk op te rapen waren. Als je smokkelwaar wilde ontvangen of verbergen, zoals sigaretten of drank, moest je Pee Wee om raad vragen.

Hij deed er een paar maanden over, maar hij vond zijn plaats in de hiërarchie. Hij genoot respect vanwege zijn expertise. Van tijd tot tijd glimlachte hij nu. Een enkele keer lachte hij zelfs.

Maar op een dag gedroeg hij zich vreemd. Hij werd stil en teruggetrokken. Ik begreep het niet. Ik zag dat hij lange, diepe sneden in zijn gezicht had. Hij wilde niet vertellen hoe hij daaraan kwam. Na een tijdje liepen de littekens kriskras over zijn gezicht.

Ten slotte eiste ik dat hij me vertelde wie hem dat aandeed. Ik zei dat ik zou afrekenen met degene die het deed.

Hij liet me zijn met bloed bevlekte onderbroek zien en vertelde me dat Glover, de hoofdbewaarder van eenheid D, 's nachts naar zijn kamer kwam. Glover zette de bewakingscamera dan uit en deed dingen met hem waarover hij niet kon praten.

Hij zei dat hij er serieus over dacht zelfmoord te plegen, en hij wist ook hoe hij dat moest doen. Hij liet me de losse springveer zien die hij uit zijn matras had gehaald en scherp had gemaakt op de betonvloer van zijn kamer. Hij gaf toe dat hij zichzelf in zijn gezicht sneed.

Hij wilde er niet meer mooi uitzien.

38

'Wie heeft er hier gerookt?' zei Russell.

Hij snoof de lucht op en keek in de richting van de eettafel. 'Verne, was jij dat?'

'Wat is daarmee?' zei Verne.

'Ik wil geen tweedehands rook inademen. Ga de volgende keer met je sigaret naar buiten.'

'Sorry, Russell. Is het goed als ik nu even buiten ga roken?'

Ik had het gevoel dat hij meer ging doen dan een sigaret roken.

'Doe het vlug,' zei Russell. Hij klapte in zijn handen. 'Oké, laten we tot zaken komen. Waar is mijn vriendje Ronald?'

Hij liep door de kamer naar onze kant van de haard. 'Hoe gaat het daar, kleine man?'

Slattery knikte nors. 'Goed.'

Upton Barlow zei: 'Ik moet naar de wc.'

Russell negeerde hem. 'Heb je een gezin, Ronald?'

Slattery aarzelde.

'Drie dochters, nietwaar?'

Slattery keek plotseling op. 'Wat...?'

'Gescheiden, hè?'

'We... leven apart. Hoe weet...?'

'Ga je vreemd, Ronald? Is dat het?'

'We leven apart, zei ik. We zijn niet gescheiden.'

'Ga je vreemd?'

'Ik hoef hier geen antwoord op te geven.'

Russell klopte op zijn holster. 'Nee, dat is zo,' zei hij. 'Je hebt altijd een keuze.'

'Néé,' zei Slattery. 'Ik... ik geef antwoord. Ik ging pas met anderen om toen ons huwelijk al min of meer...'

'Ronald,' onderbrak hij hem hoofdschuddend, en hij maakte een tsk-tsk-geluid. 'Als iemand zich niet aan zijn huwelijksbelofte kan houden, waarom zou iemand anders hem dan vertrouwen? Hou je van je dochters, Ronald?'

'Meer dan van alles op de wereld,' zei Slattery. Zijn stem beefde en de tranen liepen uit zijn ogen.

'Hoe oud zijn ze, je dochters?'

'Zestien, veertien en twaalf.'

'O, dat is leuk. Wat lief. Maar meisjes zijn op die leeftijd soms moeilijk, nietwaar?'

'Alsjeblieft,' zei Slattery. 'Alsjeblieft, doe dit niet.'

'Heb ik gelijk of niet?'

'Ik hou met heel mijn hart van ze. Russell, alsjeblíéft.'

'Daar twijfel ik niet aan. Maar ze wonen niet meer bij je, hè? Je zult het wel te druk hebben voor een huis vol tiener-meisjes.'

'Nee, dat is niet de reden. Mijn vrouw en ik vonden alle-bei dat de meisjes bij hun moeder moesten wonen.'

'Want dan heeft papa de vrijheid meiden te neuken in zijn vrijgezellenflat, hè?'

'Dat is het helemaal niet...'

'Ik durf te wedden dat hun vader toch een belangrijke fi-guur in hun leven is.'

'Heel belangrijk,' kon Slattery met enige moeite uitbren-gen.

'Het zal voor die meisjes niet meevallen om geen vader in huis te hebben. Vooral in zo'n belangrijke fase van hun le-ven.'

'In godsnaam,' onderbrak Barlow hem, 'mag ik nu naar de plee?'

'Ze zijn ieder weekend bij me,' zei Slattery, 'en alle...'

'Meer zit er niet in, Ron? Weekends? Maar ja, het is beter dan niets, hè? Liever een weekendpapa dan helemaal geen papa.'

'Alsjeblieft,' zei Slattery. 'Wat wil je?'

'Ik reken op jou, Ronald. Ik reken erop dat je alles soepel laat verlopen.'

Slattery knikte koortsachtig.

'Ik moet píssen, verdomme!' schreeuwde Barlow abrupt. 'Ik sta op spríngen. Moet ik het hier op de vloer doen?'

'Upton, alsjeblieft. Ik praat met Ronald.'

'Dit is wreed en onmenselijk,' zei Barlow.

Russell glimlachte. 'Nee, Upton,' zei hij geduldig. 'Als je wilt zien wat wreed en onmenselijk is, wil ik je best het verschil demonstreren.' Hij bracht zijn arm omhoog en knipte met zijn vingers. 'Buck, ga even met die arme meneer Barlow naar de wc.'

Buck kwam op zijn gemak aangeslenterd.

'Gaat het een beetje, Hank?'

Bodine keek hem aan en gaf geen antwoord.

Russell grijnsde. 'Upton, volgens mij heb je een vergrote prostaatklier. Mannen van jouw leeftijd moeten zaagpalm-extract nemen. En ook pompoenzaden. Je krijgt maar één lichaam. Je moet er echt goed voor zorgen.'

'In jezusnaam,' zei Barlow.

Buck pakte Barlow ruw bij de arm.

Cheryl zei: 'Ik zou ook graag naar het toilet willen. En anderen vast ook wel.'

'Dank je voor het voorstel, Cheryl,' zei Russell. 'Als iemand anders gebruik wil maken van de sanitaire voorzieningen, zal mijn team jullie graag assisteren. Een voor een. Nou, Ronald, zijn we er al achter hoe we die transactie gaan regelen? Is alles duidelijk?'

Slattery slikte diep en knikte.

'Hé,' zei Bross, 'laat me je iets vertellen wat de anderen niet durven te zeggen. We hebben gewoon niet de mogelijkheid om van hieruit een bankoverboeking te regelen.'

'Nee?' zei Russell.

Bross schudde zijn hoofd. 'Nee. Opdrachten voor overboekingen moeten uit computers in het Hammond-hoofdkantoor komen.'

Russell keek hem even nieuwsgierig aan, zijn hoofd schuin. 'Vertel me nog eens hoe je heet.'

'Kevin Bross.'

'Bross,' herhaalde Russell. 'Bross met ballen, hè? Nou, Ballenbross, misschien kun je me dat nog wat beter uitleggen.' Hij sprak op die quasionschuldige manier die ik inmiddels herkende. Ik wachtte op de angel in de staart. 'Je mag grote woorden gebruiken.'

'Nou, elke computer heeft een IP-adres, zoals ze dat noemen,' zei Bross. 'En de computers van de bank willen niet met een andere computer praten, tenzij die het juiste IP-adres heeft.'

'O, ja?' zei Russell. 'Goh, dat is slecht nieuws.'

Bross knikte. 'Ik vind het jammer dat ik je dit moet vertellen, maar zo zit het nu eenmaal in elkaar. Geloof me, als we het konden doen, zouden we het doen. Dus als we een andere regeling kunnen treffen…'

'Dit is interessant,' zei Russell. Hij greep in zijn zak, en we verstijfden allemaal.

Hij haalde een grijs plastic voorwerp van een centimeter of zes tevoorschijn en hield het omhoog. Aan het ronde eind zat het knalgroene logo van onze bank; aan het smalle eind zat een digitaal lcd-schermpje.

'Want toen ik jullie bank belde over het opzetten van een zakelijke rekening, zeiden ze dat ik vanaf elke plaats ter wereld een overboeking kon regelen. Geen probleem. Alle zakelijke klanten konden dat, zeiden ze. Ik doe er maar een gooi naar, Ballenbross, maar ik denk dat dit hier een RSA SecurID identifier is.'

Bross likte over zijn lippen. 'Ja, maar Hammond Aerospace heeft een heel systeem van veiligheidsprotocollen, Russell…'

'Ik dacht dat je daarnet zei dat de computers van de bank een ongeautoriseerd IP-adres niet herkennen, Bross,' zei Russell zachtjes. 'We hadden het toch niet over jullie interne veiligheidsprocedures?'

Bross haperde een paar seconden. 'Ik doe mijn best om je

alles te vertellen wat ik weet…'

'Weet je wat, Bross? Ik ben teleurgesteld in jou. Maar ja, ik had kunnen weten dat je me zou proberen te belazeren. Hoofd Verkoop: je denkt natuurlijk dat je iets goed kunt verkopen. Daarom gaan we het nu anders doen. Ik ga een praatje maken met ieder van jullie afzonderlijk. Een op een. Ieder van jullie gaat me onder vier ogen alles vertellen wat jullie weten over het overboeken van geld vanuit Hammond. Op die manier merk ik het als iemand me wil belazeren. Ik merk het als jullie elkaar tegenspreken. Als iemand tegen me liegt, gaan we over tot onmiddellijke afvloeiing. Een beetje *downsizing*, zouden jullie misschien zeggen. O, ja, en nog één ding. Zojuist is de prijs omhooggegaan. Om jullie een lesje te leren. Het is nu vijfhonderd miljoen. Een half miljard.'

Ik keek Ali aan, maar plotseling ging het licht uit en zaten we in diepe duisternis.

39

Een bundel zonlicht viel precies door het midden van het kantoor van de medisch adjunct-directeur van het Glenview Residential Center, dokter Jerome Marcus. Stofdeeltjes hingen in de lucht. De kamer was verrassend klein, niet veel groter dan een bezemkast, met overal stapels papier. Het leek wel of je aan dokter Marcus' gezicht kon zien dat hij er heimelijk de pest in had om als belangrijk man in zo'n klein kantoortje te zitten. De hoeken van zijn kleine eikenhouten bureau – een kinderbureau, vond ik – waren versplinterd.

'Dit is heel ongewoon,' zei hij. Hij had een zachtmoedige

stem en keek me vriendelijk aan. 'Het is niet de gebruikelijke klachtenprocedure.'

Ik knikte, slikte en vertelde hem over Pee Wee Farrentino.

Dokter Marcus was een forse man met ronde schouders. Hij had een groot, naar voren stekend voorhoofd, grijs haar met een keurige scheiding, en een bril met nauwelijks een montuur, zodat de glazen soms zelfs helemaal leken te verdwijnen.

Hij luisterde met steeds meer ontzetting, zijn vingers als een bruggetje gevouwen. Hij stelde me veel vragen, maakte aantekeningen voor een rapport. Hij zei dat het een schande was, dat zulk gedrag nooit getolereerd mocht worden.

Terwijl hij sprak, keek ik naar de boeken op de plank achter hem. Titels als *Encyclopedie van criminologie en afwijkend gedrag* en *Encyclopedie van misdaad en gerechtigheid* en *Medisch handboek*. Ik zag ook dunne blauwe losbladige mappen met op de ruggen vergeelde etiketten die waren opgekruld.

De slechte wolf spoorde me aan om Glover te grazen te nemen, het leven uit hem te wurgen. De goede wolf zei steeds weer tegen me dat als ik dat deed ik voor maanden achtereen in de isoleer terechtkwam. Of erger: al kon ik me niet voorstellen wat erger zou zijn.

'Het is moedig van je dat je dit doet,' zei hij. Hij bedankte me voor mijn komst. Hij had een barstje in zijn onderlip, zag ik.

Laat op die avond ging de deur van mijn kamer open en kwamen Glover en twee andere bewaarders met wapenstokken binnen.

'Ik weet wat je met Pee Wee doet,' zei ik.

'Laat geen sporen achter,' zei Glover tegen de anderen.

40

'Waar is de bedrijfsleider?' riep Russell.

'Hier.' Een stem aan de andere kant van de haard.

De heldere nachthemel was gevuld met sterren, en er stond een volle maan. De kamer baadde in een vaal grijsblauw licht. Mijn ogen wenden er snel aan. Russell ging naar de andere kant van de haard.

'Wat is er met jullie elektriciteit aan de hand?'

'Ik... ik weet het niet,' zei de bedrijfsleider. 'Het moet de generator zijn.'

'Nou, wie weet het wel? Wie repareert er hier dingen?'

'Peter Daut,' zei de bedrijfsleider. 'Dat is mijn klusjesman.'

'Oké, Peter Daut,' zei Russell. 'Waar zit je?'

'Hier.' Een gesmoorde stem.

'Wat is het probleem?'

Nog meer gedempte stemmen. De klusjesman praatte met de bedrijfsleider, maar ik kon niet horen wat ze zeiden. Toen hoorde ik de bedrijfsleider zeggen: 'Ja, Peter, alsjeblieft.'

'Je kunt maar beter meewerken, Peter,' zei Russell. 'Als we geen stroom hebben, werkt de satelliettelefoon niet, en dat betekent dat ik niet krijg wat ik wil. Dat zou betekenen dat ik de gijzelaars een voor een elimineer tot het probleem verholpen is.'

'De generator heeft het begeven.'

Peter de klusjesman, nam ik aan.

'Water in het brandstoffilter. Dat gebeurt vaak. De dieselmotor neemt daar altijd water op en omdat ik de tanks niet kan laten leeglopen, vervang ik de filters steeds. Ik wilde dat vannacht doen, want ik moet de generatormotoren uitzetten terwijl ik...'

'Waar is de afstandsbediening voor het opstarten?' zei

Russell. 'Ik weet dat er hier binnen zo'n ding is.'

'Dat werkt niet,' antwoordde de klusjesman. 'Het brandstoffilter moet worden vervangen, uit de schuur.'

'Wayne?' zei Russell.

Van de andere kant van de kamer kwam Waynes hoge stem. 'Yo, Russell.'

'Wil je even met meneer hier naar buiten gaan? Dan kan hij de generator repareren.'

Terwijl Wayne kwam aangeslenterd, ging Russell naar onze groep terug. 'Ronald, jij bent de eerste met wie ik praat. Wil je even meekomen?'

Slattery kwam moeizaam overeind. Met vastgebonden handen valt dat niet mee. 'Vind je het erg als ik eerst naar het toilet ga?' vroeg hij.

'Als Upton terug is. Een voor een. Oké, Travis, Ronald en ik gaan een praatje maken in die achterveranda daar.' Hij wees in de richting van de eettafel. 'Hou een oogje op onze gasten.'

In het zwakke licht kon ik Travis langs de rand van de kamer zien lopen, met een compact roestvrijstalen pistool aan zijn zijde. Hij had zijn camouflageshirt met lange mouwen uitgetrokken en droeg alleen nog een mouwloos wit shirt. Zijn armen zaten zo vol met tatoeages, vlekkerig en groenig, dat het eerst leek of hij nog camouflagekleding droeg. Op de bovenkant van zijn arm, bij zijn elleboog, zat een tatoeage van een spinnenweb: ook een souvenir uit de gevangenis.

'Goed werk, Kevin,' fluisterde Ali tegen Bross. 'Dat was geweldige bluf. Geniaal.'

'Ik heb niet gezien dat er iemand werd vermoord. Jij wel?' zei Bross. 'Hij heeft zijn pistool niet getrokken. Ik heb het geprobeerd, en het lukte niet. Nou en? Ik ben er nog.'

'Jij snapt het niet, hè? Door jou is niet alleen het losgeld veel hoger geworden, maar kunnen we het verder ook wel schudden. Hij gaat iedereen afzonderlijk ondervragen, en we hebben geen kans gehad om met Danziger en Grogan te praten.'

'Ga je gang,' zei hij. 'Waarom loop je niet gewoon naar ze toe om het ze te vertellen?'

'Dat zou je wel willen, hè?' zei Ali. 'Dat ik werd neergeschoten? En wat was je grote strategie? Dat gelul waar je bij Russell mee kwam aanzetten en dat hij meteen doorhad? Heb je dan helemaal niet naar Jake geluisterd? We hadden afgesproken tegen hem te zeggen dat we de rekeningnummers niet hadden.'

'Hé, ik heb niets afgesproken,' zei Bross. 'En we weten allemaal waarom je die sukkel verdedigt.'

'Omdat duidelijk is dat hij weet wat hij doet. En jij weet dat niet.'

'Het enige wat duidelijk is, is dat jullie twee vroeger met elkaar sliepen.'

Ali zweeg enkele seconden. Ik hoefde haar gezicht niet te zien om te weten dat het rood aanliep – van verlegenheid of van woede of van beide.

'Ik geloof niet dat jij al te hoog van de toren moet blazen als het om kantoorromances gaat, Kevin,' zei ze venijnig. 'Of moeten we vragen...'

'Ali,' zei ik.

'Landry?'

'Je moet nooit een hufter in je hoofd toelaten. Die kerel is het niet waard. We moeten nu naar Grogan en Danziger. Voordat Russell met ze praat.'

Bross maakte een *pffft*-geluid. 'Wie gaat dat doen? Jíj?' zei hij.

Ik gaf geen antwoord.

41

Ik keek naar Travis, probeerde zijn ritme aan te voelen. Zo langzamerhand kreeg ik het idee dat hij niet alleen in de gevangenis had gezeten. Aan zijn manier van lopen meende ik te kunnen zien dat hij ook militair was geweest, misschien bij de landmacht of de Nationale Garde. Hij liep met een typisch militaire cadans. Hij was gedrild door een sergeant en had urenlange nachtelijke patrouilles gelopen.

Verder vatte hij zijn taak serieus op. De andere gijzelnemers zouden waarschijnlijk in een stoel zijn gaan zitten om naar ons te kijken. Maar misschien was het wel gunstig wat hij deed. Nu liep hij minstens zestig seconden achtereen met zijn rug naar me toe. Omdat het hier zo donker was, kon Travis ons amper zien: dat was ook een groot geluk. Aan de andere kant zou hij elke plotselinge beweging ongetwijfeld horen en aanvoelen.

Voorlopig was hij de enige bewaker in de kamer. Wayne was buiten met de klusjesman en zou waarschijnlijk nog wel een tijdje wegblijven, totdat we weer stroom hadden. Verne was naar buiten gegaan om een sigaret te roken – en een joint of een snuif te nemen – en zou over een minuut of twee pas terug zijn, misschien pas over vijf minuten, als ik geluk had en hij de tijd nam. Buck kon elk moment met Upton Barlow uit de wc terugkomen. Dat hing ervan af hoe lang een man van middelbare leeftijd met prostaatproblemen erover deed om zijn blaas te legen. Ik had geen idee hoe lang Russell met Slattery zou praten. Tien minuten? Een halfuur?

Dus als ik naar Grogan en Danziger ging, moest ik dat meteen doen.

Het was gek, maar ik stond er nauwelijks bij stil dat ik iets ging doen wat verschrikkelijk riskant was. Ik deed het gewoon.

Misschien kwam het door de blik in Ali's ogen op het moment dat ze me in beweging zag komen, een blik die ik nooit eerder bij haar had gezien: deels angst, deels bewondering.

Of misschien deed ik het omdat ik wist dat niemand anders het zou doen. En als ik niet tegen die twee mannen zei dat ze de rekeningnummers van Hammond moesten vergeten, zou mijn hele plan mislukken.

Niet dat het anders wel veel kans van slagen had. Er konden te veel dingen misgaan. Russell – te sluw, te argwanend – zou misschien niet in de truc van het telefoontje trappen. Misschien zou hij zijn pistool tegen iemands hoofd zetten om de informatie uit hem los te krijgen: het geld van je onderneming of je leven. Ik wist wel wat ik zou kiezen.

Misschien liet hij de overboeking niet door Slattery doen, vooral wanneer hij wist dat er vijf managers met die bevoegdheid waren: Grogan, Danziger, Bodine, Slattery en Latimer. Degene die hij uitkoos, kon het gemakkelijk verknoeien, bijvoorbeeld doordat hij geen noodcode kon bedenken of doordat Russell merkte wat hij deed. Of degene die hij aan de lijn kreeg, begreep het niet.

En als Russell de rekeningnummers al kende?

Nu ik erover nadacht, leek de kans dat het plan zou slagen me verdraaid klein.

En dus zette ik nu mijn leven op het spel voor iets wat waarschijnlijk toch zou mislukken – voor een plan dat, hoe langer ik erover nadacht, uit elkaar zou vallen als nat wc-papier.

Maar als ik niets deed, zouden sommigen van ons, en misschien wij allemaal, om het leven komen. Daar was ik zeker van.

Russell had het mis: je hebt niet altijd een keuze.

Hoewel de twee mannen nog geen tien meter bij me vandaan waren, aan de andere kant van de enorme haard, zou het net zo goed een kilometer kunnen zijn.

Ik wachtte tot Travis zijn ronde had gelopen, als een militair rechtsomkeert had gemaakt en langs ons was gekomen. Toen probeerde ik op te staan.

Als je handen aan elkaar gebonden zijn, met de palmen naar binnen, valt dat niet mee. Ik moest mijn knieën opzij zwaaien en mijn bovenlijf helemaal naar voren buigen. Mijn handen uitstrekken alsof ik een oosterse groet bracht. Vervolgens drukte ik de rug van een van mijn handen tegen de vloer en duwde mezelf omhoog.

Het kostte bijna vijf seconden. Dat was veel te lang.

Toen ik stond, was Travis al bijna bij het eind van de kamer. Ik zou nooit om de haard heen kunnen rennen voordat hij zich omdraaide.

Wat nu? vroeg ik me af. *Weer gaan zitten en wachten tot Travis opnieuw voorbij is gekomen?*

Toen klapte er een hordeur dicht. Niet de voordeur: Verne, terug van zijn rookpauze.

42

Ik had geen keuze meer. Ik moest in actie komen.

Ik nam grote stappen, zo snel als ik kon maar tegelijk ook lichtvoetig. Het waren maar een paar seconden, maar het leek een eeuwigheid.

Al die tijd was mijn blik op Travis gericht.

Hij kwam aan het eind van zijn ronde en draaide zich om op het moment dat ik naast Ryan, de zoon van de manager op de vloer ging zitten. Ryan – en iedereen om hem heen – keek stomverbaasd. Ik schudde vlug mijn hoofd om duidelijk te maken dat ze stil moesten zijn.

Travis keek in onze richting maar bleef in hetzelfde ritme

lopen. Hij had het niet gemerkt.

Verne kwam uit de achtergang naar binnen. Hij liep snel, snuivend en opgefokt, zwaaiend met zijn armen en onder het neuriën van een deuntje. Toen hij buiten gehoorsafstand was, zei Ryan Fecher: 'Wat...'

Ik legde mijn vinger op mijn lippen en schoof over de vloer.

Alan Grogan en John Danziger zaten naast elkaar.

'Ben jij helemaal gek geworden?' zei Danziger. Ik zag de grote kale plek onder zijn dunne blonde haar. Zijn lichtblauwe alligatorshirt zag eruit alsof het gestreken was. Hij was een van die kakkers die altijd perfect passende kleren droegen. Ze bezaten een natuurlijke, aristocratische ongedwongenheid en maakten niet meer bewegingen dan nodig was.

'Ja,' zei ik. 'Dat moet wel.'

Ik legde het vlug uit. Toen ik dat deed, keken hij en Grogan elkaar steeds aan – eerst ongelovig, toen sceptisch, toen bang.

'Ik heb de rekeningnummers ook niet bij me,' zei Danziger. 'Waarom zou ik?'

'Ik wel,' zei Grogan. 'In mijn hoofd.'

'Natuurlijk,' zei Danziger met gespeelde walging. Hij keek me aan en zei met onmiskenbare trots: 'Grogan heeft een gouden medaille behaald op de wiskundeolympiade van de Verenigde Staten. Al zal hij dat nooit toegeven.'

Grogan keek Danziger kwaad aan. 'Dank je.' Het maanlicht viel op het netwerk van dunne lijntjes bij zijn bruine ogen.

'Hé,' zei Danziger, 'als dat het enige geheimpje van jou is dat uitkomt, mag je blij zijn.'

'Heel grappig,' zei Grogan. Hij klonk gepikeerd.

'Russell weet niet dat je die nummers in je hoofd hebt zitten,' zei ik. 'Dus jullie zeggen geen woord. Is dat duidelijk?'

Beide mannen knikten.

'Als iemand tegen hem zegt dat het anders is,' zei Danziger, 'zitten we diep in de stront. Hij heeft al duidelijk gemaakt dat hij geen leugens tolereert. En wat de gevolgen zijn als iemand toch liegt.'

'Ja,' zei ik. 'Maar als we het allemaal eens zijn, is het de waarheid. Ja?'

Grogan en Danziger keken allesbehalve overtuigd.

'Mensen doen vreemde dingen als er een pistool tegen hun hoofd wordt gezet,' zei Grogan. 'We weten niet wat de anderen doen als Russell ze bedreigt.'

'Dat risico moeten we nemen,' zei ik.

We zaten een halve minuut in stilte. Travis kwam voorbij. Toen fluisterde Danziger: 'Zeg, er is misschien nog iets anders.'

'Ik keek hem aan.

'Toen je het over een noodcode had, moest ik aan iets denken. Een tijdje geleden heb ik iets geregeld met de bank, maar we zijn nooit in de gelegenheid geweest het te gebruiken. De situatie deed zich nooit voor. Het is een soort stil alarm, een elektronische noodcode.'

'Elektronisch? Hoe werkt dat?'

'Het is een authentiseringscode. Als je voor en na de pincode een negen invoert, gaat er een stil alarm af. Op de bank weten ze dan dat de transactie frauduleus is en waarschijnlijk onder dwang plaatsvindt.'

'Wat gebeurt er dan?'

'Nou, eerst blokkeren ze de rekening. Daarna komt er een hele noodprocedure in gang. Er wordt naar een heleboel mensen gebeld. Mijn kantoor, het kantoor van de bestuursvoorzitter, de directeur Bedrijfsbeveiliging. Al die mensen krijgen te horen dat er iets mis is: waarschijnlijk dwingt iemand een Hammond-functionaris om iets met de bankrekeningen te doen.'

'Maar weten ze dan ook wáár het gebeurt?'

'Ja. Onze eigen mensen van Bedrijfsbeveiliging kunnen het IP-adres vinden vanwaar we hebben ingelogd, dus de plaats waar de noodcode vandaan kwam. Dan weten ze precies waar we zijn.'

Ik knikte. 'Dus Bedrijfsbeveiliging of iemand anders kan de Canadese autoriteiten waarschuwen. Ja. Maar zou Russell weten dat we het alarm hebben laten afgaan?'

'Nee. Hij zal een valse positieve reactie zien. Hij zal denken dat de transactie geslaagd is.'

'Hij weet het zodra hij naar het saldo van zijn rekening kijkt.'

'Zeker. Daar is niets aan te doen.'

'Dus als hij ziet dat de overboeking niet heeft plaatsgevonden,' zei ik, 'zeggen we gewoon tegen hem dat het geld onderweg ergens onderschept moet zijn. Misschien op een hoger niveau van de bank. Of door bankautoriteiten van de Amerikaanse overheid. Een of andere smoes, en hij kan dan niet nagaan of het waar is. En inmiddels is bekend dat wij in moeilijkheden verkeren.'

'Precies.'

'Het zou kunnen werken,' zei ik.

'Misschien wel.'

'Op dit moment,' zei ik, 'hebben we niets anders.'

43

De zoon van de bedrijfsleider, Ryan Fecher, maakte een *psst*-geluid en schoof naar me toe.

'Ik ken een paar van die kerels,' zei hij zo zacht dat ik hem nauwelijks kon verstaan.

'Waarvan?'

'Van hier.'

'Wanneer? Welke?'

'Vorige week, geloof ik. We hadden geen bedrijfsgroepen, alleen afzonderlijke gezelschappen. Die Russell? De leider? En die kerel die steeds mensen naar binnen en naar buiten brengt?'

'Travis.'

'Ik denk dat het broers zijn,' zei hij.

'Ik denk dat je gelijk hebt. Wat deden ze hier?'

'Ze bleven onder elkaar, gingen niet met anderen om. Wilden niet de normale dingen doen, zoals vissen. Meestal bleven ze hier rondhangen. Ze maakten veel foto's.'

'Waarvan?'

'De binnen- en buitenkant van de lodge, het terrein, de steiger, dat soort dingen. Ze zeiden dat ze zich voor architectuur interesseerden en van deze lodge gehoord hadden. Ze wilden weten hoeveel personeelsleden we hadden en waar ze woonden. Of we internet hadden, en of het draadloos was, en of er ook internettoegang in alle kamers was. Of we telefoonverbinding met een vaste lijn of via de satelliet hadden, en of gasten gebruik mochten maken van de satelliettelefoon. Hoe we bevoorraad werden met voedsel en zo, en hoe vaak we die bevoorrading en onze post kregen. En ze wilden een rondleiding door de lodge.'

'Binnen en buiten?'

'Alles. Zelfs de kelder, maar ik had het druk – we hadden vorige week personeel te kort – en zei tegen hen dat ze zelf mochten rondkijken.'

'Vond je ze niet verdacht?'

'Nou, de architectuur is ook wel bijzonder. Dit is een van de oudste lodges in Canada. En ze zeiden dat ze erover dachten hun eigen visserslodge in Wyoming te openen. Eigenlijk was dat nogal vreemd, want ze waren helemaal niet geïnteresseerd in vissen.'

'Dit heb je me nooit verteld,' zei zijn vader.

'Ik dacht er niet meer aan,' zei Ryan. 'Waarom zou ik?'

Als Russell en zijn broer een week eerder naar de lodge

waren gekomen om op verkenning te gaan, hadden ze een tip van iemand gekregen.

Ik vroeg de bedrijfsleider: 'Wie wisten dat we kwamen?'

Hij keek verbaasd, en toen defensief. 'Wie het wisten…? Ik weet niet waar je op doelt.'

'Die kerels wisten dat de top van de Hammond Aero-space Corporation hier kwam logeren. Dit alles is gepland. Dat betekent dat ze een bron hadden. Een informant. Misschien zelfs iemand van je personeel. Dat vraag ik me af.'

Hij trok een kwaad gezicht. 'Kom nou. Denk je dat een van mijn mensen erbij betrokken was? Dat is… krankzinnig.'

'Misschien niet erbij betrokken. Iemand kan gewoon ge-praat hebben. Misschien zelfs zonder te weten met wie hij praatte.'

Hij was verontwaardigd. 'De enigen die de boekingenlijst van tevoren kunnen inzien, zijn ik en mijn zoon.'

'Mensen moeten bestellingen doen.'

'Ik doe de bestellingen. Verder niemand. Waarom weet je zo zeker dat dit gepland is?'

'Door een aantal dingen,' zei ik. 'Hoe word je hier be-voorraad met eten en zo?'

'We hebben een contract met een firma in Vancouver. El-ke drie dagen komt er een vliegtuig.'

'Wanneer gebeurt dat weer?'

'Pas zaterdag.'

Ik knikte. Ik vroeg me af of Russell dat wist, of het een rol speelde in zijn timing. 'Hoe zijn ze hier gekomen, denk je? Door de bossen?'

Hij schudde zijn hoofd. 'Nee, dat kan niet. De bossen zijn veel te dicht. Ze moeten een boot hebben gehad.'

'Er zijn vast wel oude jachtpaden.'

'Die zijn allemaal overwoekerd. Er wordt hier niet meer gejaagd. Al in geen jaren meer.'

'Omdat het een wildreservaat is geworden?'

'Daarvoor ook al niet. Er valt hier niets te jagen. Er zijn

natuurlijk altijd mensen die de wet overtreden als er genoeg te halen valt. Maar de herten zijn veel te klein. Lang geleden zetten mensen hier vallen voor bevers. En vroeger werd er ook wel eens op grizzlyberen gejaagd. Maar al heel lang niet meer. Jaren geleden maakten de Owekeeno-indianen paden door de bossen, maar die zijn ook allang overwoekerd.'

'Hoe ver is het naar de dichtstbijzijnde andere hut of lodge?'

Hij dacht even na en zei: 'Kibella Bay, maar dat is een eind weg.'

'Kun je daar over land komen?'

'Nee, je moet over de baai.'

'Dus die kerels moeten een boot of een watervliegtuig hebben gehad.'

'Dat moet wel. Maar...'

'Maar wat?'

'Ik heb niets gehoord. Ik hoor altijd boten die door de baai varen, of die binnenkomen, en ik heb geen motoren gehoord. En een vliegtuig zou ik zeker hebben gehoord.'

'Je had het druk in de keuken.'

'Geloof me, ik zou het hebben gehoord. Ik hoor het altijd.'

'Misschien hadden ze een roeiboot.'

'Misschien wel. Of ze hadden een motorboot, maar zetten de motor af en gingen roeiend verder.'

'Dan zou hun boot nog ergens op de oever moeten liggen, nietwaar?'

Hij haalde zijn schouders op. Even later zei hij: 'Ik heb wel een schot gehoord.'

'Wij ook.'

'Nu ik erover nadenk, heb ik José niet gezien.'

'Wie is José?'

'Een van de Mexicaanse jongens. Ik zei eerder vanavond tegen hem dat hij een paar van de boten moest schoonspuiten, maar...'

'Ongeveer in de tijd dat die kerels opdoken?'

'Ja, ongeveer.'

'Hij zal het bos in zijn gerend,' zei ik.

Paul keek me even aan en wendde toen zijn ogen af. 'Ja,' zei hij. 'Dat zou kunnen.'

Ik schoof van hem weg, maar hij hield me tegen. 'Deze lodge is mijn hele leven, weet je.'

Ik knikte en luisterde. Hij wilde praten en ik liet hem begaan.

'Toen de lodge een eeuw geleden werd gebouwd, was het een absurd project van een gek. Een gekke rijke kerel kwam hierheen toen hier verder nog niets was, behalve een paar conservenfabrieken van de zalmvisserij. Hij bouwde deze kolossale, prachtige visserslodge.' Paul schudde zijn hoofd en glimlachte bedroefd. 'Ik ben niet eens de belangrijkste eigenaar. Het meerderheidsbelang is in handen van iemand die in Australië woont, in Canberra. Hij komt hier alleen als we beroemdheden te logeren hebben, filmsterren en grootindustriëlen. Hij mag graag met ze aanpappen. Ik investeer de factor arbeid. Zelfs buiten het seizoen ben ik altijd aan het werk. Ik neem mensen aan, repareer dingen.' Hij deed zijn ogen dicht. 'Mijn vrouw is bij me weggegaan. Ze kon niet tegen de afzondering. Dus nu ben ik hier alleen met mijn zoon, en die wil ook weg.'

'Dat is niet waar, pa,' zei Ryan.

'Dit is een tijd voor volledige eerlijkheid,' zei Paul tegen zijn zoon. Tegen mij zei hij: 'Weet je, niets maakt me zo gelukkig als gasten die tevreden vertrekken. Dat zul je wel niet geloven, hè?'

'Toch wel.'

'Of als ze me schrijven of mailen dat ze zich hier zo geweldig hebben geamuseerd. Dan voel ik me de gastheer van een groot feest. En nu... dit.'

'Het is me het feest wel.'

'Ik weet niet wat ik anders had moeten doen.'

'Je had niets kunnen doen,' zei ik.

Hij dacht daar blijkbaar even over na en leek niet overtuigd. 'Als hij het losgeld krijgt... We komen hier niet levend uit, hè?'

Ik zei niets.

Hij deed zijn ogen dicht. 'Lieve god.'

'Dat wil niet zeggen dat we niets hoeven te proberen.'

Hij knikte een hele tijd. 'Weet je iets van hindoemythologie, Jake?'

'Ik ben bang van niet.'

'Er is een verhaal. Een hindoemythe. Er is een koning over wie een vloek is uitgesproken. Hij zal over zes dagen aan een slangenbeet sterven. En weet je, als hij die vloek hoort, voelt hij zich... sereen. Opgewekt.'

'O, ja?'

'Hij weet dat hij zeven dagen te leven heeft. Zeven dagen om zich op zijn dood voor te bereiden. Om zich aan de contemplatie van Krisjna te wijden. Om zich voor te bereiden op zijn vertrek naar de spirituele wereld. Hij voelt zich gelukkig, Jake, en weet je waarom? Omdat we allemaal een doodvonnis hebben en niemand van ons weet wanneer de dood ons komt halen. Maar hij weet het wel. Hij wéét het. Hij weet dat hij gaat sterven en daar legt hij zich bij neer.'

Ik zweeg net lang genoeg om de indruk te wekken dat ik erover nadacht. 'Met alle respect,' zei ik, 'maar ik ben geen hindoe.'

Ik wachtte tot Travis weer voorbij was gekomen.

Ik had een idee gekregen, en ik schoof weer naar Danziger toe.

'Als we een losgeldverzekering hebben,' zei ik, 'wil dat dan ook zeggen dat we een regeling hebben met een firma die zich specialiseert in het redden van gijzelaars?'

Danziger glimlachte: spijtig, niet neerbuigend. 'Dat doen ze alleen in films. In de echte wereld doen dat soort firma's bijna nooit aan bevrijdingen. Ze onderhandelen met de kidnappers en treffen regelingen voor de betaling. Maar dit is geen losgeldsituatie. Daar is Russell te slim voor. Hij weet wat hij doet.' Danziger zweeg even. 'Blijkbaar weet hij verschrikkelijk goed hoe dit alles in elkaar zit.'

'Jij ook.'

'Het hoort bij mijn werk. Bij Hammond is de controller ook wat ze de "risicomanager" noemen. Dat betekent dat ik in samenwerking met Ron Slattery en Geoff Latimer regelingen tref voor alle bijzondere verzekeringen. Ik zei al dat je in slaap zou vallen als ik je te veel vertelde over wat ik doe.' Hij zweeg even en keek Grogan aan. 'Hoe zou het komen dat hij zo veel over die losgeldverzekering weet?'

'Dat vroeg ik me ook af,' zei Grogan. 'Weet je nog dat Latimer ons vertelde over die beveiligingsfirma in Californië? Opgericht en geleid door een vroegere studiegenoot van hem?'

'Ja!' zei Danziger. 'Die firma onderhandelde niet alleen met de gijzelnemers, maar deed ook aan opsporing en bevrijding. Veel gevallen van kinderontvoering, herinner ik me, echtscheidingen en zo. Een van hun werknemers werd in Zuid-Amerika gearresteerd toen hij daar een kind wilde terughalen. Op grond van internationale verdragen werd hij van kidnapping beschuldigd. Hij zat een paar jaar achter de tralies in de Verenigde Staten. Toen ik dat hoorde, voelde ik wat minder voor die lui.'

De twee mannen keken elkaar aan.

'Denk je dat het Russell was?' zei ik. 'Die man?'

Danziger haalde zijn schouders op. 'Hoe zou Russell anders zo veel kunnen weten?'

'Waar weet ik zo veel van?'

Een stem zo scherp als fijn schuurpapier.

Russell.

Ik draaide me om, keek naar de wand van houtblokken. Ik wilde hem niet aankijken. Wilde niet dat hij merkte dat ik van plaats was veranderd.

Mijn hart bonkte.

'Ik weet een heleboel dingen,' zei hij. 'Bijvoorbeeld dat jij daarstraks aan de andere kant zat.'

Ik keek Russell aan en haalde nonchalant mijn schouders op.

'Ik denk dat jij en ik eens moeten praten, Jake,' zei hij. 'Nu meteen. Waar is de kok?'

Een kleine vrouw met een grote bos wanordelijk krulhaar, die tegen de stenen zijkant van de haard in slaap was gevallen, keek op en zei: 'Ik ben de kok.'

'Ik heb nooit veel vertrouwen in een magere kok,' zei hij. 'Hoe is je koffie?'

'Mijn koffie? We hebben Sumatra en Kona…'

'En Java? Heb je Java? Ik wil graag een grote pot koffie. Lekker sterk.'

Ze keek angstig de bedrijfsleider aan. Hij knikte.

'Hij is de baas niet meer, schat,' zei Russell. 'Ik ben de baas. Nou, mijn vriend Verne gaat met je mee naar de keuken en je gaat koffie voor ons zetten.'

'Hoe wilt u de koffie?' zei ze. 'Melk? Suiker? Zoetjes?'

'Nu heb je de juiste houding. Graag zwart. Die kunstmatige zoetstoffen zijn dodelijk.'

44

Toen ik een paar maanden in Glenview zat, mocht mijn moeder bij me op bezoek komen.

Ze zag eruit alsof ze twintig jaar ouder was geworden. Ik zei tegen haar dat ze er goed uitzag. Ze zei dat ze niet kon geloven hoe ik in die paar maanden was veranderd. Ik was zo gespierd geworden. Ik was een man geworden. Ik zag eruit alsof ik me zelfs moest scheren, was dat mogelijk?

Het grootste deel van haar bezoek zaten we in de plastic kuipstoeltjes in de bezoekersruimte en keken we naar de tv die hoog aan de muur hing. Ze huilde veel. Ik was stil.

'Mam,' zei ik toen ze wegging. 'Ik wil niet dat je hier opnieuw komt.'

Ze keek diep getroffen. 'Waarom niet?'

'Ik wil niet dat je me hier ziet. Op deze manier. En ik wil vergeten waarom ik hier ben. Over een jaar of zo ben ik vrij. Dan kom ik thuis.'

Ze zei dat ze het begreep, al zal ik nooit weten of dat echt zo was. Een maand later stierf ze aan een beroerte.

45

De dichte veranda, omgeven door schermen van gaas, was koel en winderig. Er hing een aparte, aangename geur: schimmelend meubilair, zilte zeelucht, oliezeep om de vloer te boenen. Blijkbaar werd deze ruimte niet veel gebruikt.

'Kom in mijn kantoor,' zei Russell. Hij had zijn militaire vest uitgetrokken en een vuile witte pet opgezet met DAYTONA 500 CHAMPION 2004 op de voorkant en een groot cijfer 8 op de zijkant.

De maan, bol en helder, wierp een zilverig licht door het gaas. Aan de hemel glinsterden duizend sterren.

Hij wees me een comfortabele, beklede stoel aan. Een schommelstoel, merkte ik toen ik erin ging zitten. Hij ging in de stoel naast me zitten. We leken net twee oude vrienden die herinneringen ophaalden bij een biertje.

Afgezien dan van zijn tingrijze ogen, dof en koud: die

hadden iets vreselijk afstandelijks, iets verontrustends, iets wat los stond van alles. De ogen van een psychopaat misschien, iemand die niet voelde wat anderen voelden. Ik had zulke ogen al eerder gezien, in Glenview. Deze man was tot alles in staat, want hij werd door niets weerhouden.

Er vormde zich een koude, harde brok in mijn maag.

'Wil je me vertellen wat je daar aan de andere kant deed?' zei hij.

'Ik wilde helpen.'

'Wie helpen?'

'Ik gaf een boodschap van de bestuursvoorzitster door.'

'Boodschap?'

'Dat ze moesten meewerken. Ik zei tegen de jongens dat ze niet moeilijk moesten doen. Ze moesten doen wat jij zei, dan kwamen we hier levend uit.'

'Ze zei tegen jou dat je daarheen moest lopen om dat tegen hen te zeggen?'

'Ze geeft de voorkeur aan e-mail, maar dat werkt hier niet zo goed.'

Hij zweeg. Ik hoorde de golven tegen de oever slaan, en het ritmisch getsjirp van krekels.

'Waarom vroeg ze dat aan jou?'

'Niemand anders was gek genoeg.'

'Nou, je hebt ballen, dat moet ik je nageven. Ik denk dat je de enige van het hele stel bent die ballen heeft.'

'Meer ballen dan hersenen, denk ik.'

'Dus als ik Danziger en Grogan vraag waar je over praatte, vertellen ze me hetzelfde.'

Mijn nekhaartjes gingen overeind staan. 'Jij bent goed in namen, hè?'

'Ik bereid me graag goed voor.'

Ik knikte. 'Indrukwekkend. Hoe lang heb je dit gepland?'

Ik bespeurde een verandering in zijn lichaamstaal, alsof de temperatuur opeens een beetje omlaagging. Ik had een verkeerde inschatting gemaakt.

'Ga jij me moeilijkheden bezorgen?' zei hij.

'Ik wil alleen maar naar huis.'

'Hang dan niet de held uit.'

'Voor die kerels?' zei ik. 'Ik mag ze niet eens.'

Hij lachte, strekte zijn benen uit en gaapte.

Ik wees naar zijn pet en zei: 'Ik heb die wedstrijd gezien.'

Hij keek me nietszeggend aan.

'Dat is Junior, hè?'

'Huh?' Het duurde even voor hij zich herinnerde dat hij een NASCAR-pet op had.

'Dale Earnhardt junior,' zei ik.

Hij knikte, wendde zich af, keek recht voor zich uit.

'Junior ging een fractie van een seconde eerder dan Tony Stewart over de finish,' zei ik. 'Ja, dat weet ik nog wel. Zeven of acht auto's die helemaal de vernieling in gingen. Michael Waltrips auto moet wel drie keer over de kop zijn geslagen.'

Hij wierp me een snelle zijdelingse blik toe. 'Ik was erbij, man.'

'Dat meen je niet.'

'Ik heb ook zijn vader daar drie jaar geleden zien verongelukken.'

Ik schudde mijn hoofd. 'Idiote sport. Ik denk dat veel mensen er alleen naar kijken vanwege de crashes. Misschien hebben ze geluk en zien ze iemand doodgaan.'

Hij keek me deze keer wat langer aan. Blijkbaar wist hij niet wat hij van mij moest denken. Zo'n arrogante rijke topmanager die de NASCAR-races volgde? Hij kon me niet plaatsen. Ik geloof dat ik vrij goed toneelspeelde.

'Er gaat niets boven de goeie ouwe tijd,' zei hij. 'Toen was NASCAR net zoiets als de botsauto's op de kermis. Coureurs reden hard. Een slooppartij. Botsen en doorrijden.'

'Doet me denken aan die regel uit een film,' zei ik. '"Wrijven is racen."'

'*Days of Thunder*, man!' Hij was plotseling enthousiast, met de lach van een kind. 'Mijn favoriete film aller tijden.

Hoe ging het ook weer? "Hij dreunde niet tegen je aan, hij botste niet tegen je op, hij stootte je niet aan – hij wrééf over je. En wrijven, jongen, is racen." Zo is het precies, man.'

'Zo is het precies.' Ik knikte verstandig. *Schep een band met die man. Leg contact.* 'Soms moet een coureur een andere auto gewoon opzij duwen. De tegenstander aan de kant werken. Zijn auto vernielen. Een beetje lak uitwisselen. Maar dat is nu allemaal veranderd.'

'Precies. Als je tegenwoordig te hard rijdt, krijg je straf. Iedereen moet in het gareel blijven.'

'NASCAR is tegenwoordig voor watjes.'

'Ze hebben er een bedrijf van gemaakt.'

'Zo is het maar net.'

Hij keek me weer vragend aan. 'Waarom ben jij zo veel jonger dan de rest van die kerels?'

'Ik zie er alleen maar jonger uit. Ik eet goed. Zaagtandpalmetto.'

Er verspreidde zich langzaam een glimlach over zijn gezicht. 'Zaagtandpalmetto. Ben jij iemands assistent of zoiets?'

'Nee, ik ben maar een invaller.'

'Sta je daarom niet op de oorspronkelijke gastenlijst?'

Dus hij heeft inderdaad een gastenlijst. Heeft hij die van iemand van Hammond gekregen? Het kan net zo goed van iemand uit de lodge zijn geweest. Iemand die niet over de laatste informatie beschikt.

Nee, het moest een bron binnen Hammond zijn geweest. Hoe kon hij anders zo veel over Ron Slattery's privéleven weten?

Hij heeft een bron binnen Hammond. Maar wie?

'Ik moest op het laatste moment invallen.'

'Voor Michael Zorn?'

Interessant, dacht ik. *Hij houdt het bij.* 'Ja.'

'Wat is er met Zorn gebeurd?'

Dus zijn informatie was minstens een dag of twee oud. Ook interessant: hij wist veel van geld witwassen en buitenlandse banken, over losgeldverzekeringen, maar hij wist niet alles van Hammonds financiën. Tenminste niet alles wat hij moest weten.

'Mike moest naar besprekingen met een cliënt in India,' zei ik.

'Waarom hebben ze jou dan uitgekozen?'

'Ik heb geen idee.'

Hij knikte langzaam. 'Ik denk dat je uit je nek lult.'

'Hé, dat stond toevallig ook in mijn laatste prestatiebeoordeling.'

Hij glimlachte en wendde zijn indringende blik af.

'Maar als ik moest raden, zou ik zeggen: omdat ik veel over ons nieuwste vliegtuig weet.'

'De H-880. Ben je ingenieur?'

'Nee, maar ik heb er eens een ontmoet, geloof ik.'

Hij grinnikte.

'Ik ben de assistent van de man die de leiding heeft van de bouw van de SkyCruiser. Ik ben een soort veredelde verkeersagent. Nou ja, laat dat "veredeld" maar zitten.'

'Zitten er in dat verkeer ook geldzaken? Wat weet jij van het systeem van betalingen: hoe geld in en uit de onderneming gaat?'

'Ik weet dat mijn salarischeque elke veertien dagen op mijn bankrekening wordt gestort. Maar dat is het wel zo'n beetje. Zo veel als ik moet weten. Ik ben hier de laagste man op de totempaal.'

Hij dacht een tijdje na. 'Dat betekent niet wat jij denkt.'

'Wat niet?'

'"Laagste man op de totempaal." Het laagste deel van een totempaal is juist het belangrijkste, want daar kijken de meeste mensen naar. Dat wordt dus meestal gedaan door de beste houtsnijder. Hij laat zijn leerlingen het bovenste deel doen.'

'Dank je,' zei ik. 'Nu heb ik daar een beter gevoel bij.'

'Natuurlijk weten die andere kerels niets van totempalen.

En dus behandelen ze je als een stuk stront.'

'Valt wel mee.'

'Ik zie dingen.'

'Ik misschien niet. Al mogen ze je wel graag steeds weer inpeperen hoeveel geld ze hebben. Dure restaurants en golfclubs waar ze lid van zijn, dat soort dingen.'

'Dat doen ze omdat ze geen mannen zijn. Ze zijn zacht.'

'Of misschien weten ze dat ik gewoon niet uit hun wereld kom.'

'Nou, het is wel duidelijk dat jij anders bent dan zij. Het is een stelletje watjes, mietjes en lafaards.'

Hij bespeelde mij ook, maar waarom?

'Valt wel mee. Sommigen zijn serieuze kerels. Erg competitief ingesteld – alfamannetjes. En ze verdienen allemaal veel meer dan ik.'

Hij boog zich op zijn stoel naar voren en richtte streng zijn wijsvinger op mij. Hij sprak in nauwkeurige bewoordingen, alsof hij iets opzei wat hij uit zijn hoofd had geleerd. 'Iemand heeft eens gezegd dat het de grote tragedie van deze eeuw is dat een man zijn hele leven kan leiden zonder ooit zeker te weten of hij een lafaard is of niet.'

'Hé. Zo heb ik het nooit gezien.'

Hij keek me even aan en kwam tot de conclusie dat ik niet sarcastisch was.

'Weet je wat er mis is met de wereld van tegenwoordig? De computers. Die verwoesten het menselijk ras.'

'Computers?'

'Heb je ooit elanden zien paren?' zei Russell.

'Nooit het genoegen gehad.'

'Elk najaar laat het elandwijfje muskus in haar urine vrijkomen. Dan weet de elandstier dat ze eraan toe is om te paren. De stieren ruiken de muskus en vechten tegen elkaar om het wijfje. Ze stormen op elkaar af, stoten met de koppen tegen elkaar, haken hun geweien in elkaar en maken een ongelooflijke herrie, ze brullen het uit, totdat eentje het opgeeft. De winnaar krijgt het meisje.'

'Ik heb zulke kroegruzies gezien.'

'Zo kunnen de wijfjes nagaan welke stieren het fitst zijn. Ze paren met de winnaars. Anders worden de zwakke genen doorgegeven en sterven de elanden uit. Zo werkt het in de natuur.'

'En in het bedrijfsleven.'

'Nee. Daar vergis je je in.' Weer die vinger van de strenge leraar. 'Dat bedoel ik nou juist. Zo werkt het niet meer bij mensen. Vroeger wel. Een mens die te langzaam was, werd opgegeten door een sabeltandtijger. Natuurlijke selectie, nietwaar?'

'Is de sabeltandtijger niet uitgestorven?'

Een snelle geërgerde blik. 'Tegenwoordig is alles op zijn kop gezet. Vrouwen paren niet meer met de betere jagers. Ze trouwen met de rijke mannen.'

'Misschien zijn de rijke mannen tegenwoordig de betere jagers.'

Hij trok een kwaad gezicht, maar ik had het gevoel dat hij een beetje woordenstrijd niet erg vond. Misschien hield hij er zelfs van. 'Het is net of de wet van Darwin is ingetrokken. Je zou kunnen zeggen dat de zwakken regeren.'

'Oké.'

'Denk je dat vrouwen nog kunnen zien welke mannen het fitst zijn? Dat kunnen ze niet. Je ziet een man die perfect gespierd is en een strak shirt draagt om dat te laten zien, iemand dus van wie je mag aannemen dat hij al zijn vrije tijd in de sportschool doorbrengt, maar weet je wat? De kans is groot dat het een flikker is.'

'Of een WrestleMania-kampioen.'

Weer die geërgerde blik; ik was te ver gegaan. 'Ik bedoel, kijk toch eens naar die kerels.' Hij maakte een gebaar naar de wand, naar de gijzelaars die aan de andere kant zaten. 'Dit land is gemaakt door kerels als Kit Carson, die met messen en revolvers tegen de indianen vochten. Dappere kerels. Maar dat is nu allemaal voorbij. Tegenwoordig kan een slappeling met een schriele nek die achter een computer zit duizend raketten lanceren en een miljoen mensen doden. De wereld wordt geleid door een stelletje slappe dikzakken die macht opbouwen door met hun muis te dubbelklikken. Ze vinden dat ze een Purple Heart moeten krijgen als ze zich aan een vel papier snijden.'

'Dat is een goeie.'

'Bij power, macht, denken ze aan PowerPoint. Ze hebben een headset op hun hoofd en hun vingers op een toetsenbord en ze denken dat ze macho's zijn, maar in werkelijkheid zijn ze half slapjanus en half machine. Ze zijn niets meer dan sportdrankjes slikkende, sms'ende, op een muis klikkende, iPod-luisterende, websurfende mietjes, en God heeft nooit gewild dat types als zij het ten koste van echte mannen op deze planeet voor het zeggen hebben.'

Er werd op de deur geklopt. Verne kwam binnen met een mok, die hij aan Russell gaf.

'Eindelijk. Dank je, Verne,' zei Russell.

'En nu klagen en zeuren ze dat ze niet op de vloer kunnen slapen,' zei Verne, die zijn schouders ophaalde. Hij trilde een beetje.

'Zeg maar tegen ze dat dit niet het Mandarin Oriental is. Wie klaagt er – de bazin?'

'Ja, die. En sommige kerels ook.'

'Mietjes. Oké, luister. Er is geen reden om ze daar op die harde vloer te laten liggen. Ik wíl dat ze gaan slapen. Er is een kamer met een groot kleed, naast de grote kamer. Die kamer met al die opgezette hertenkoppen aan de muur. De wildkamer.'

'Ik weet welke je bedoelt.'

'Breng ze daar allemaal heen. Zeg dat ze moeten gaan slapen. Dan zijn ze gemakkelijker te bewaken.'

'Oké.'

'Doe de ramen op slot.'

'Begrepen,' zei Verne, en hij ging weg.

Hij sloeg zijn benen over elkaar en leunde in zijn stoel achterover. 'Was jij niet degene die tegen Verne zei dat je zijn goede oog zou uitsteken als hij je vriendin aanraakte?'

'Ze is niet mijn vriendin.'

Hij verraste me met een vaag glimlachje. 'Jij hebt inderdaad ballen.'

'Ik wilde gewoon niet dat hij zo tegen haar praatte.'

'Hoe weet je van de Glock 18?'

'Na de middelbare school heb ik een jaar bij de Nationale Garde gezeten.' Toen geen enkele universiteit of hogeschool me wilde hebben.

'Ben je een wapengek?'

'Nee. Maar mijn vader in zekere zin wel, en dat is op mij overgeslagen.'

Pa had overal handgranaten in huis liggen, een waar arsenaal van ongeregistreerde wapens. 'Wapengek' was nog heel zacht uitgedrukt.

'Kun je goed schieten?'

'Niet slecht.'

'Ik denk dat jij vrij goed kunt schieten. De goeden pochen er nooit over. Nou, je kunt kiezen. Je wordt mijn vriend en helper, of ik moet je doden.'

'Laat me daar eens over nadenken.'

'Iemand als jij kan beide kanten op.' Hij schudde zijn hoofd. 'Ik heb nog steeds het gevoel dat je misschien de held wilt uithangen.'

'Je kent me niet.'

'Weet je, ik hoor geen angst in je stem. Alsof er iets in jou ontbreekt. Of er iets in jou anders is.'

'O, ja?'

'Ik ben er nog niet achter.'

'Laat het me weten als het zo ver is.'

'Ik denk dat jij iets roekeloos gaat proberen. Dat moet je niet doen.'

'Ik doe het niet.'

'Wat ik hier doe, is te belangrijk om het te laten verknoei-en door een jongen met meer testosteron dan hersenen. Dus denk maar niet dat je mij in de maling neemt. Denk maar niet dat ik je niet doorheb. Vannacht moet iemand als eerste worden doodgeschoten, gewoon om iedereen een lesje te le-ren. Zorg dat iedereen dat weet. En ik denk dat jij het wel eens zou kunnen zijn.'

46

Als het zijn bedoeling was me bang te maken, was het ge-lukt. Maar dat zou ik niet laten blijken. Ik wachtte een se-conde of twee en ging toen op luchtige toon verder.

'Dat is jouw beslissing,' zei ik, 'maar ik denk dat je er niet verstandig aan doet.'

'Waarom niet?'

'Denk je dat ik de laatste ben die je kunt vertrouwen? Misschien ben ik juist de énige die je kunt vertrouwen.'

Hij leunde met zijn armen over elkaar achterover en kneep zijn ogen halfdicht. 'Hoe zit dat dan?'

'Je hebt het zelf gezegd, Russell. Van al die kerels hier ben ik de loopjongen. Ik krijg geen bonus. Ik krijg geen aande-lenopties. Het kan me eigenlijk niet schélen hoeveel geld jij uit de onderneming haalt. Een miljoen, een miljard, het is mij allemaal om het even. Het raakt mijzelf helemaal niet. Het kan me niet schelen hoeveel geld Hammond verdient of verliest. Ik had hier niet eens naartoe gewild. De meesten van hén wilden me hier niet hebben.'

'Bedoel je dat het je niet kan schelen of er iets met die ke-rels gebeurt? Sorry, maar ik geloof je niet.'

'Begrijp me niet verkeerd. Ik wil niet dat iemand iets overkomt. Maar het zijn ook niet bepaald vrienden van me. Misschien zijn ze rijker dan ik, maar hun leven is niet meer waard dan het mijne.'

'Het zou je iets kunnen schelen als je vriendin iets overkwam.'

'Ze is een goede kennis. Geen vriendin.' Ik aarzelde. 'Ja, ik zou het erg vinden als haar iets overkwam. Dat geef ik toe. Maar ik werk mee. Ik wil dat dit voorbijgaat. Ik wil alleen maar naar huis.'

'Nou, een man moet doen wat een man moet doen. Er kan van alles gebeuren.'

'Zoals ik al zei: ik werk mee.'

Zijn grijze ogen waren dof en troebel geworden, alsof iemand een licht had uitgedaan. 'Het lijkt erop dat we misschien aan dezelfde kant staan.'

Dat meende hij niet, en ik wist wel beter dan ermee in te stemmen. 'Zo zou ik het niet willen stellen,' zei ik. 'Maar ik begrijp dat het jou menens is. En dus zal ik eraan meewerken dat je krijgt wat je wilt.'

'Zo mag ik het horen.'

'Nou, wat ga je doen?'

'Wat ík ga doen?'

'Een half miljard dollar, hè? Dat is een smak geld. Wat ga je ermee doen?'

Hij keek dwars door me heen, alsof hij röntgenogen had en mijn ingewanden had bestudeerd om te zien hoe ik in elkaar zat. 'Maak je geen zorgen. Ik bedenk wel wat.'

'Een half miljard,' zei ik. 'Man. Weet je wat ik zou doen? Als ik het was?'

Een lange stilte. 'Laat maar eens horen.'

'Ik zou naar een land gaan dat geen uitleveringsverdrag met de Verenigde Staten heeft.'

'Wat, Namibië? Noord-Cyprus? Jemen? Nee, dank je.'

Dus hij had zich erin verdiept. De meeste mensen zouden

de juiste landen niet kunnen noemen, tenzij ze er onderzoek naar hadden gedaan.

'Er zijn andere plaatsen,' zei ik.

'Zoals?'

Stelde hij me op de proef of wilde hij het echt weten? 'Costa Rica, denk ik,' zei ik.

'Vergeet het maar. Dat is zoiets als proberen te verdwijnen in Beverly Hills.'

'Er is een plek in Midden-Amerika, ik geloof tussen Panama en Colombia, waar geen regering is. Vijfentwintigduizend vierkante kilometer echt vogelvrij land. Als het wilde westen van vroeger. De tijd van Kit Carson.'

'Je hebt het over de Darién Gap.' Hij knikte; je hoefde hem niets te vertellen. 'Geen wegen. Voornamelijk jungle. Vol extreem agressieve bijen. Ik heb de pest aan bijen.'

'Er moeten toch fatsoenlijke landen op de wereld zijn die geen uitleveringsverdrag hebben…'

'Het tekenen van een uitleveringsverdrag is één ding. De naleving daarvan is iets anders. En er is ook nog verschil tussen uitlevering en deportatie, jongen. Zeker, er zijn een heleboel fatsoenlijke plaatsen. Je kunt verdwijnen in Belize of Panama. De Cubanen leveren je niet aan de Verenigde Staten uit, tenminste niet als je weet wie je moet omkopen. Cartagena is ook niet slecht.'

'Je hebt je huiswerk gedaan.'

'Altijd. Ik hoop dat je dat vroeg genoeg leert.'

'Zo te horen heb je dit een hele tijd gepland.'

Een langzame, dodelijke grijns. Hij zei niets.

'Ik hoop dat je ook maatregelen hebt genomen om het geldspoor uit te wissen,' zei ik. 'Als je een half miljard dollar van een van de grootste ondernemingen ter wereld steelt, krijg je een heleboel mensen achter je aan die dat geld willen opsporen. Die jóú willen opsporen.'

'Ze doen hun best maar. Als dat geld eenmaal in het buitenland is, verdwijnt het.'

'Weet je, onze bank geeft geen toestemming voor een overboeking van vijfhonderd miljoen dollar naar de Caymaneilanden of zoiets. Dan gaan er een heleboel rode vlaggen omhoog.'

'Eigenlijk dacht ik aan Kazachstan.'

'*Kazachstan?* Dat klinkt nog verdachter.'

'Zeker. Tenzij je weet hoe vaak Hammond geld overboekt naar een bedrijf in Kazachstan.'

'Huh?'

'Het is allemaal op internet te vinden. Op een – hoe heet dat? – Formulier 8-K, ingediend bij de SEC, de commissie die toezicht houdt op de effectenhandel. Het schijnt dat de jongens van Boeing hun titanium van Rusland kopen, en dus kopen jullie het van Kazachstan. Een van de grootste titaniumproducenten ter wereld.'

'O, ja?' Dat had ik nooit gehoord. Ik vroeg me af of hij het verzon, maar dat zou wel niet.

'Omdat de titaniumprijzen maar stijgen en stijgen, mogen jullie graag een voorraadje aanleggen. Hammond heeft een contract voor tien jaar met een bedrijf in Kazachstan, de naam weet ik niet meer. Het gaat om meer dan een miljard dollar. Elk jaar maken jullie honderden miljoenen dollars naar de National Bank of Kazachstan over.'

'Maken wij geld over naar Kazachstan?'

'Niet rechtstreeks. Naar hun corresponderende bank in New York. Deutsche Bank.'

'Hoe weet je dat alles?'

'Zoals je al zei, Jake: ik doe mijn huiswerk. Laten we zeggen dat ik een lege vennootschap heb opgericht op Bermuda of de Britse Virgineilanden of de Seychellen en dat ik die vennootschap de naam heb gegeven van een verzonnen bedrijf in Kazachstan, een bedrijf dat zogenaamd titanium exporteert. Jullie bank stuurt het geld naar dat nepbedrijf, dat een rekening heeft bij Deutsche Bank in New York – ze zullen niet beter weten.'

'Ik dacht dat de Duitsers met de Verenigde Staten samen-
werkten als het op het witwassen van geld aankomt.'

'O, zeker. Maar Deutsche Bank heeft dat geld niet meer
dan een seconde of twee in huis, want dan gaat het naar de
Bank for International Settlements in Bazel. En vandaar...
Nou, neem maar van mij aan dat ik het allemaal goed geregeld heb.'

Dat had hij inderdaad. Hij verzon het niet, daarvoor wist
hij te veel bijzonderheden. 'Ik ben onder de indruk.'

'Je moet me nooit onderschatten, jongen. Zo, nu heb ik
een paar vragen voor jou.'

Ik knikte.

'Die voorzitster van de raad van bestuur,' zei Russell.
'Cheryl Tobin. De meesten van die kerels mogen haar niet
graag, hè?'

'Ik mag haar wel.' Wat kon het hem schelen?

'Nou, jij staat laag op de totempaal.' Een sluw lachje. 'Ik
heb het over de grote jongens.'

'De meesten niet,' gaf ik toe.

'Waarom niet? Omdat ze een kreng is?'

Ik zweeg even. Sommige mannen gebruiken aan de lopende band het woord 'kreng' in plaats van 'vrouw'. Mannen als Russell, nam ik aan. Ik ging hem geen manieren leren. 'Ja, ze vinden het waarschijnlijk niet prettig dat een
vrouw de leiding heeft. Maar of ze het nu leuk vinden of
niet: zij is de baas.'

'De baas heeft misschien niet altijd gelijk, maar ze is toch
de baas – op die manier?'

'Op die manier.'

Hij schudde zijn hoofd. 'Ik denk dat ze vooral niet willen
dat ze onderzoek naar hen doet. Ze zijn bang dat ze iets
vindt. Bijvoorbeeld bewijzen van omkoping.'

'Dat is nieuw voor mij.' Had Slattery hem over het interne bedrijfsonderzoek verteld? Of iemand anders – zijn bron
binnen Hammond? 'Maar het zou mij niet verbazen. Ze

houdt zich strikt aan de regels.'

'Ze zouden haar graag dumpen.'

'Sommigen van hen misschien wel. Maar ze is aangenomen door de raad van commissarissen. Niet door hen.'

'En ze heeft niet de macht om een van hen te ontslaan, hè?'

'Dat heb ik nooit eerder gehoord.'

'Ik weet een heleboel over jouw onderneming.'

'Dat merk ik.' En ik vroeg me af hoe.

'Ze wil niet met me meewerken.'

'Dat is haar baan. Iemand moet z'n poot stijf houden, en zij heeft de leiding van de onderneming. Maar ze draait wel bij.'

'Misschien heb ik haar niet nodig.'

'Misschien toch wel. Dat is het nou juist, Russell. Je moet je opties openhouden. Iedereen die tekenbevoegdheid heeft, kan nog van pas komen. Voor jou gaat het erom dat je je geld krijgt. Niet dat je het dode hout snoeit.'

'Maar ze heeft toch geen tekenbevoegdheid?'

'Dat gaat ver boven mijn salarisschaal, Russell.'

'Interessant, hè?'

'Als het waar is. Heb je dat allemaal van Ron Slattery gehoord?'

'Ik heb mijn bronnen.' Hij knipoogde. 'Ik moet weten wie ik in leven moet houden.'

'Je weet nooit wie je nog nodig zult hebben.'

'Ik heb er maar één nodig.'

Ik schudde mijn hoofd. 'Ga daar niet van uit. Als het om zo'n groot bedrag gaat, wil de bank waarschijnlijk de toestemming van twee bevoegde functionarissen. Dat betekent gebruikersnamen en wachtwoorden en wie weet wat nog meer.'

'Als ik die gebruikersnamen en wachtwoorden heb, heb ik ze niet meer nodig.'

'Russell,' zei ik, 'laten we eerlijk zijn: je hebt het erover dat je iemand gaat doodschieten om de rest van ons doodsbang te maken, ja? Maar het punt is: je weet niet welke namen de bank op de lijst heeft staan. Als ze nu eens om een *callback* vragen?'

'Een callback?'

'Een telefoontje om de transactie te verifiëren.'

'Zo gaat het niet. Het gaat helemaal via internet.'

'Ja, maar je kunt het ook zo bekijken. Een opdracht om een half miljárd dollar over te boeken, ge-e-maild vanuit een computer in een ander land? Reken maar dat ze zich bij de bank dan achter het oor krabben.'

'Niet als we de juiste autoriseringscodes gebruiken.'

'Misschien wel,' zei ik. 'Of misschien niet. Stel dat de opdracht naar een zeikerige bureaucraat op de bank gaat. Een laaggeplaatste werkneemster van de afdeling Telegrafische Overboekingen die te veel televisieseries over Oekraïense bankfraude heeft gezien en haar baan niet wil verliezen. Ze belt naar het nummer van de Hammond-treasury dat ze in hun dossier hebben, maar niemand op het Hammond-hoofdkantoor weet iets van een overboeking.'

'De topmanagers zijn allemaal hier,' zei hij. Inmiddels klonk hij al heel wat minder zeker van zichzelf.

'Dus iemand op het hoofdkantoor zegt: goh, daar weet ik helemaal niks van, maar hier heb ik het telefoonnummer van de visserslodge in Canada waar alle hoge pieten zitten. Die mevrouw van de bank denkt dat ze het heel goed doet, dit levert haar vast promotie op, misschien wordt ze wel adjunct-chef van de afdeling Telegrafische Overboekingen – en ze belt naar het nummer hier. Dat is dan de enige telefoon die we hier hebben, de satelliettelefoon van de bedrijfsleider. Misschien neem jij zelf de telefoon op. Bijvoorbeeld. Maar ze wil iemand aan de lijn hebben wiens naam op haar lijst voorkomt.'

'Ze praten met haar. Neem dat maar van mij aan.'

'En misschien houdt het protocol in dat ze met twéé hoge managers moet praten. Zo'n groot bedrag.'

'Dat zou best kunnen.'

'Dus dan moet je er minstens twee hebben die aan de telefoon kunnen komen en "ja, het is goed" kunnen zeggen.'

'Ze zal niet weten met wie ze praat. Shit, desnoods kan Buck doen alsof hij Ronald Slattery is.'

Ik haalde mijn schouders op. 'En als ze stemafdrukken hebben? Een half miljard dollar – je weet nooit wat voor voorzorgsmaatregelen ze nemen.'

'Toch heb ik er maar twee nodig.'

'Maar je weet niet zeker welke namen er op de lijst van de bank staan, Russell.'

'Huh?'

'Zeg, ik weet niet hoe dit werkt. Maar als de bank nu eens een lijst van twee of drie namen heeft van mensen die gebeld moeten worden als er een opdracht binnenkomt voor overboeking van, weet ik veel, meer dan vijftig of honderd miljoen dollar. Jij weet niet wie er op die lijst staan.'

Hij zweeg vijf of tien seconden. Keek naar de veranda. Buiten fladderden nachtvlinders. Een groot insect – misschien een junikever – botste steeds weer tegen het fijne gaas van de schermen op. De krekels leken harder en sneller te tsjirpen, maar dat kon ook verbeelding van mij zijn. Buiten was het lichter dan hier: ik zag de glinstering van de maan op de golven, de zilverige houten steiger, de rotsen en keien van de kust.

'Je zit dit allemaal te verzinnen, hè?' zei hij.

'Reken maar.'

Hij knikte en glimlachte. Toen vervaagde zijn glimlach. 'Maar dat betekent nog niet dat je het fout hebt.'

'En dan nog iets. Een van de gijzelaars heeft zijn insuline nodig.'

'Die Latimer.'

'Hij kan in een coma raken. Hij kan sterven. Dat zou je niet willen.'

'O nee?'

'Hij is de juridisch adviseur. De kans is groot dat hij ook te-kenbevoegdheid heeft. Je moet geen bruggen opblazen waar je later misschien nog overheen moet.'

Hij knikte. 'Waarom ben je zo behulpzaam?'

'Misschien wil ik mijn hachje redden.'

'Als je iets probeert te flikken, merk ik het.'

'Dat heb ik je gezegd. Ik wil alleen maar naar huis.'

We keken elkaar enkele seconden aan. Het leek wel een uur. Het bulderen van de oceaan, de golven die tegen de rotsen op het strand sloegen.

'Werk me niet tegen,' zei hij, 'en je komt hier levend uit. Maar als je iets probeert...'

'Ik weet het.'

'Nee,' zei Russell. 'Je weet het niet. Je denkt dat je weet wat hier gebeurt, jongen, maar je hebt echt geen idee.'

47

Russell woorden galmden nog door mijn hoofd toen Travis me door de grote kamer leidde.

Je denkt dat je weet wat hier gebeurt, jongen, maar je hebt echt geen idee.

Hij bracht me naar een andere kamer die ik nog niet had gezien, een soort salon of leeskamer met geweien en elan-denkoppen op de wanden. Er lag een groot oosters kleed op de vloer. Sommige gijzelaars lagen uitgestrekt of ineengedo-ken op dat kleed, anderen zaten zachtjes te praten. Even moest ik aan een kleuterschool denken, als alle kinderen op kleedjes gaan liggen om een dutje te doen.

Een gaslamp op een schraagtafel bij de deur wierp een kring van groenig licht. Dichtbij zaten twee bewakers naast elkaar op stoelen met rechte rug tegen elkaar te mompelen: Buck, de man met het zwarte haar en het sikje, en Verne, de ex-gedetineerde met de getatoeëerde tranen.

Er was maar één deur, zag ik. Er waren ramen, maar die waren dicht en zaten vermoedelijk ook op slot.

Ik vroeg me af hoe lang ze ons daar zouden houden. Het was inmiddels al donderdag geworden. Ik nam aan dat Russell de hele nacht bezig zou zijn mensen te ondervragen: de grote pot zwarte koffie.

Travis duwde me op de vloer. Toen riep hij Geoff Latimers naam. Latimer lag bleek en uitgeput op zijn zij.

'Je hebt geluk,' zei Travis, en hij hielp Latimer overeind met een zachtmoedigheid die ik niet van hem had verwacht.

'Goddank,' zei Latimer.

Travis en Latimer verlieten de kamer, en de twee bewakers fluisterden met elkaar. Verne was onrustig en bewoog zijn voet steeds op en neer. Blijkbaar maakten ze zich niet druk om ons: we waren ongewapend en onze handen waren gebonden.

In het grootste deel van de kamer was het stil. Bodine en zijn mannen praatten zachtjes. Een paar gijzelaars fluisterden met elkaar: Bodine, Barlow en Bross, de drie musketiers, als samenzweerders in een hoek. Ik zag dat Ron Slattery bij hen was komen zitten.

Anderen waren al in slaap gevallen, uitgeput van de stress, de lange dag en het late uur. Sommigen snurkten.

'Jezus, Landry.'

Ali zat drie tot vijf meter bij me vandaan met Cheryl, bedrijfsleider Paul Fecher en Fechers zoon. Ik keek naar de twee bewakers aan de andere kant van de kamer. Hun gezichten bevonden zich voor de helft in de schaduw; de andere helft werd half uitgewist door het licht van de gaslamp. Ik kon niet nagaan hoe goed ze ons in de gaten hielden, ja, of ze eigenlijk wel opletten.

Ik schoof langzaam over het kleed.

'We maakten ons zorgen over jou,' zei Ali.

'Het ging goed.'

'Toen hij je aan de andere kant van de haard betrapte…'

'Het was een beetje spannend,' zei ik.

'Wat wilde hij weten?' vroeg Cheryl.

'Nou, hij kwam er algauw achter dat ik niets nuttigs wist. Hij wilde vooral nagaan wat voor iemand ik was. Hij vroeg naar jou en…' Mijn stem stierf weg. De bedrijfsleider en zijn zoon zaten bij Ali en zagen ons praten, maar er was verder niemand van Hammond binnen gehoorsafstand. 'Hij wist van het onderzoek.'

Haar ogen gingen een fractie van een seconde wijd open en knepen zich toen weer samen. 'Hoe kan dat nou? Waarom zou iemand het hem vertellen?'

'Ik ben er vrij zeker van dat hij een bron binnen Hammond heeft.'

Ze knikte. 'Hij weet te veel. Dat is een feit. Danziger denkt ook dat hij misschien een professional is, en dat hij voor een firma heeft gewerkt die kidnapslachtoffers terughaalt.'

Ze keek over haar schouder. Danziger lag op zijn zij bij de muur te slapen. 'Hij heeft ons allemaal over de noodcode verteld.'

'Veel beter dan mijn oorspronkelijke idee,' zei ik.

'Jij had tenminste een plan,' zei ze. 'Ik wil me bij je verontschuldigen.'

'Waarom?'

'Ik schatte die kerels verkeerd in. Jij had het goed gezien. En zoals je voor me opkwam… Ik zal dat niet vergeten.' Ze keek gegeneerd. 'Dit is niet gemakkelijk.'

'Dit is voor niemand van ons gemakkelijk,' zei ik.

De deur ging open. Travis kwam binnen met Latimer en riep Danzigers naam. Latimer kwam bij ons zitten. Nu zijn diabetescrisis voorbij was, zag hij er veel beter uit.

Hij glimlachte en vormde met zijn lippen de woorden *Dank je.*

Ik knikte alleen maar.

Plotseling gingen de lichten in de kamer aan, even abrupt als ze waren uitgegaan. Plafond- en muurlampen kwamen tot leven. Sommigen werden wakker en keken om zich heen.

'De generator doet het blijkbaar weer,' zei Latimer.

Ik knikte.

'Weet je, wat je daar deed... Naar de andere kant gaan om met Grogan en Danziger te praten?'

'Stom, hè?'

'Moedig, Jake. Er liepen daar kerels met pistolen rond. Het had je dood kunnen worden.'

'Dat denk ik niet.'

'Je bent een moedige man, Jake.'

'Ik wil alleen maar overleven.'

'Dat is niet alles.'

'Nou, weet je, een wijs man heeft eens gezegd dat het een van de grote tragedies van onze eeuw is dat een man zijn hele leven kan leiden zonder ooit te weten of hij een lafaard is of niet.' Ik glimlachte en stak mijn wijsvinger op. 'Dat heeft Russell me verteld.'

'Weet je wat de definitie van een lafaard is?' zei hij. 'Een lafaard is een held met een vrouw, kinderen en een hypotheek.'

'Misschien is dat het,' zei ik. 'Geen vrouw, geen kinderen. En ik heb geen hypotheek. Ik huur.'

Er was enig tumult aan de andere kant van de kamer. Wayne, de man met het gemillimeterde haar, kwam binnen met Peter de klusjesman, een dik mannetje met een borstelige grijze snor, grijs haar dat inhammen vertoonde en een bril met een dik vliegeniersmontuur. Hij zweette overdadig.

Wayne fluisterde even tegen de andere bewakers en bracht de klusjesman toen naar de rechterachterhoek van de kamer.

Een minuut of zo later kwamen Russell en zijn broer binnen, met John Danziger voor hen.

Danziger keek doodsbang.

Russell schraapte zijn keel. 'Neem me niet kwalijk, dames en heren,' zei hij. 'We hebben iets af te handelen.' Hij trok de Glock uit de holster.

'Sommigen van jullie denken blijkbaar dat ze slim zijn,' zei Russell. 'Ze proberen een beetje zand in de raderen te gooien. Proberen het voor alle anderen te bederven. Alsof ik daar niet achter kom.' Terwijl hij praatte, haalde hij het magazijn van de Glock uit het wapen en hield het omhoog om te kijken of het vol was. Dat leek me vreemd. Hij moest hebben geweten dat het pistool geladen was. 'Zei iemand niet dat als er geen samenhang tussen ons is we afzonderlijk gaan hangen? Eh, George Washington of een van die types?'

'Ik geloof dat het Benjamin Franklin was,' zei Hugo Lummis.

Russell keek Lummis neutraal aan. 'Dank je, Hugo.' Hij knikte. 'Niet dat velen van jullie het lef hebben om een man met een geladen pistool te corrigeren.'

'Ik corrigeer je niet,' zei Lummis vlug. 'Ik zei alleen...'

'Het is goed, Hugo,' zei Russell. 'Ik mag graag iets leren. Maar dat geldt niet voor iedereen. Sommige mensen halen zich rare ideeën in hun hoofd. Daarom gaan jullie nu allemaal een lesje leren. Zie het als een seminar. Maar het hoeft niet lang te duren.' Hij schoof het magazijn in de kolf van het pistool terug. Het maakte een zacht klikgeluid.

'John,' zei hij zacht. 'Wil je hier even neerknielen? Ja, zo is het goed. Ja, daar. Niet op het kleed. Op het hout. Dat is goed.'

'Alsjeblieft, niet doen,' zei Danziger. Hij knielde neer en zijn blik ging schichtig de kamer door, al was zijn gezicht onbewogen.

'Nou, John,' zei Russell. 'Jij en ik gaan al je collega's hier een lesje leren dat ze nooit zullen vergeten. Weet je, de beste lessen leert de leraar samen met de leerlingen, denk ik. Dus al leer ik jullie deze les, ik leer er zelf ook van. Iedereen leert, behalve jij, John. Voor jou is het waarschijnlijk te laat. Jij zult het demonstratiemateriaal moeten zijn.'

'Alsjeblieft,' zei Danziger. Hij zat op de houten vloer geknield, zijn gezicht naar ons toe, zijn bovenlichaam kaarsrecht, zijn handen voor zijn platte buik gebonden. Het leek wel of hij in de kerk zat. Zijn lichtblauwe alligatorshirt had grote donkere zweetvlekken onder de armen.

Russell liep schuin naar Danziger toe, als een ervaren leraar die naar een schoolbord liep. Zijn Glock had hij in zijn rechterhand.

Aan Danzigers andere kant stond Travis, ook met zijn pistool.

Danzigers ogen bewogen koortsachtig. Heel even keek hij mij in de ogen.

Russells stem was kalm en zacht. 'Nou, John,' zei hij, 'wat is een noodcode?'

48

We keken doodsbang toe.

'Een "noodcode"?' zei Danziger. 'Je bedoelt zoiets als een inbraakalarm, als...'

'Ik geloof niet dat we het over een inbraakalarm hebben, hè, John?'

'Ik heb je gezegd dat ik niet weet waar je het over hebt,' zei Danziger.

'Nee, hè? Nou, dan kun je me blijkbaar niet helpen.' Russell bracht zijn pistool omhoog en drukte het achter Danzigers rechteroor. Hij liet de slede terugklappen.

Ik schreeuwde: 'Russell, niet doen!'

Iemand – Lummis misschien? – schreeuwde: 'Nee!'

Er was plotseling tumult: Alan Grogan kwam moeizaam overeind. 'Alsjeblieft!' riep hij. 'Ik praat met je. Ik vertel je alles wat je wilt weten.'

'Is dat Alan?' zei Russell zonder zich zelfs maar om te draaien.

Ik keek gefascineerd en woedend toe en dacht koortsachtig na. Russell zou niet echt de trekker overhalen. Zeker niet na het gesprek dat we met elkaar hadden gehad.

Maar als hij het echt van plan was, kon ik hem niet tegenhouden. Niet met gebonden handen, niet als ik zo ver bij hem vandaan zat. En niet met nog vier gewapende mannen in de buurt.

Grogan zigzagde over het kleed, tussen de andere gijzelaars door. Hij struikelde over iets maar kwam vliegensvlug weer overeind. Zijn gezicht was vuurrood geworden.

'Je hoeft dit niet te doen,' zei Grogan.

Travis bracht zijn pistool omhoog en richtte het op Grogan. De twee anderen deden dat ook.

'Alan,' zei Danziger, 'ga zitten! Je hebt hier niets mee te maken.'

Russell wendde zich met een vage grijns tot Grogan. 'Wil je me iets vertellen? Wil je proberen je vriend te redden?'

'Alles wat je wilt weten,' zei Grogan. 'Als je dat pistool maar wegdoet.'

'Alan, ga zítten,' zei Danziger. 'Je weet hier niets van.'

'Ik denk dat hij je wil helpen, John,' zei Russell. 'Hij wil niet dat ik de hersenen uit je hoofd schiet.'

'John, vertél het hem,' schreeuwde Grogan. 'Alsjeblieft. Het is het niet waard. Alsjeblieft.'

'Het is het niet waard, John,' zei Russell. 'Weet je wat er gaat gebeuren als ik de trekker overhaal?'

'Niet doen,' fluisterde Danziger. 'Alsjeblieft. Ik vertel je alles wat ik over de noodcode weet. Alles wat je wilt…'

'Het is niet mooi om te zien,' ging Russell verder. 'Het is

niet zoals op de tv. Een 9mm-kogel heeft een snelheid van zo'n driehonderd meter per seconde. Eerst slaat hij een rond stuk schedel weg. Hij drijft de botfragmenten je hersenen in. Tegelijk maakt hij een mooie grote holte in je hersenen. Als een grot. Hij bouwt druk op in je hersenen. Je hersenen exploderen, John.'

'Russell,' zei Grogan, die nog steeds dichterbij kwam. 'Je hoeft dit niet te doen. Hij zal je alles vertellen wat je wilt weten, en ik ook. Niemand zal een noodcode gebruiken, dat verzeker ik je. Dat was maar een idee, we praatten erover, maar het zal niet gebeuren!'

Maar Russell wilde niet ophouden met zijn sadistische monoloog. 'Zoals ik het pistool nu richt, gaat de kogel dwars door de hersenstam heen. Je bent op slag dood. Voor jou gaat het licht meteen uit. Maar voor alle anderen is het gruwelijk om te zien, geloof dat maar.'

Danziger praatte, probeerde over hem heen te praten. 'De noodcode bestaat uit alleen maar een paar cijfers,' zei hij. 'Je typt een negen in voor het...'

'Ze zien bloed en weefsel,' ging Russell verder, 'en klodders grijze materie uit de uitgangswond vliegen. Bij een schot op zo'n korte afstand zien ze misschien zelfs iets terugspetteren. De grijze materie komt dan ook uit de ingangswond. Dat is niet leuk. Tenminste, niet voor mij. Ik krijg misschien iets van je hersenweefsel op mijn kleren.'

Danziger beefde, snikte geluidloos. De tranen liepen over zijn gezicht. Het zweet had het grootste deel van zijn lichtblauwe shirt doorweekt.

'Stop!' schreeuwde hij. 'Ik vertél het je! Alsjeblieft!'

'Russell,' riep Cheryl met bevende stem. 'Doe dat níét. Je wilt niet terechtstaan voor moord. Hier is geen enkele reden voor. Niemand probeert de overboeking tegen te houden. Je krijgt alles wat je wilt.'

'Hij vertélt het je!' riep Grogan uit. 'Luister naar hem. Wat wil je nog méér?' Hij huilde nu ook.

'Alan, ik wil dat je blijft waar je bent,' zei Russell. 'Kom niet dichterbij.'

'Russell, alsjeblieft, luister naar me.' Dat was Bo Lampack. Hij wilde opstaan, viel op zijn knieën, kwam toen met een soepele beweging overeind. 'Help me jóú te helpen.' Hij bleef even aarzelend staan en liep toen naar Russell toe. 'Ik ben Bo,' zei hij.

'Ga zitten, Bo,' zei Russell.

Toch bleef Bo dichterbij komen. 'Ik wil je laten weten dat we allemaal op één lijn zitten. Wij allemaal. We willen dit allemaal oplossen. We willen je allemaal geven wat je wilt.'

'Kom niet dichterbij, Bo,' zei Russell, die hem strak aankeek.

'Ik zeg alleen maar,' ging Bo verder, en hij kwam nog steeds dichterbij, 'dat je moet begrijpen dat je hier volledig de leiding hebt. En wij, wij allemaal, hebben het grootste respect voor je. We begrijpen volkomen dat je een mens bent met behoeften net als wij allemaal...'

Bliksemsnel sloeg Russell met zijn pistool tegen Bo's gezicht. Bo gaf een schreeuw en viel achterover, zijn gezicht onder het bloed.

Toen drukte Russell de Glock weer achter Danzigers rechteroor. 'Wil je me vertellen wat er gebeurt als je die noodcode hebt ingetypt?' zei Russell heel zachtjes.

Danziger deed zijn ogen dicht. 'Dan gaat er een stil alarm,' zei hij met bevende stem. 'Dan weet de bank dat ik die opdracht onder dwang heb gegeven.'

'Oké, goed,' zei Russell. 'Nou, John, vertel me eens iets. Is er nog een andere, hoe noem je het? – noodcode? Afgezien van die negen, bedoel ik.'

Danziger vormde met zijn lippen het woord *Nee*, maar er kwam geen geluid uit.

'Ik kan je niet horen,' zei Russell.

'Nee,' fluisterde Danziger.

'Geen andere manier waarop iemand stiekem een noodcode kan gebruiken?'

'Nee. Verder niets.'

'Is dat alles? Weet je verder geen trucjes? Niets wat je vriendjes kunnen uithalen om dit te verknoeien?' Russell draaide de loop van de Glock heen en weer op diezelfde plek achter Danzigers rechteroor.

Danzigers hele gezicht was samengeknepen en donkerrood. 'Ik... kan niets anders bedenken,' fluisterde hij.

'Jij zou degene zijn die het weet, hè?'

'Ja,' zei Danziger. 'Er is niemand anders die...' Zijn stem werd gesmoord door snikken.

'Die wat?'

'Die de... de systemen kent.'

'Dus dat is alles?' zei Russell. 'Geen andere trucjes?'

'Nee. Dat zweer ik je.'

'Dank je, John,' zei Russell. 'Je hebt goed meegewerkt.'

Danziger haalde diep adem en knikte. Hij deed zijn ogen dicht, volkomen uitgeput.

'Dank je,' fluisterde hij.

Je kon bijna voelen dat iedereen tegelijk een zucht van verlichting slaakte. Russell was een sadist, maar geen moordenaar. Nu hij op die gruwelijke manier de gewenste informatie uit Danziger had gekregen, hoefde hij hem niet te doden.

'O, goddank,' verzuchtte Grogan. De tranen liepen ook over zijn gezicht.

'Nee,' zei Russell zachtjes. 'Niet God bedanken, maar jóú. Vaarwel, John.'

Hij haalde de trekker over. Het pistool maakte een sprongetje in zijn hand en vulde de hele kamer met een oorverdovende explosie.

Danziger zakte opzij.

Het pistoolschot leek een echo te hebben, al was dat niet meer dan een auditieve illusie: in mijn oren galmde een holle, trillende toon. Ik staarde voor me uit, niet in staat volledig te begrijpen wat ik zojuist had gezien.

Toen werd de stilte verbroken: iemand liet zijn adem ont-snappen.

Mensen schreeuwden, anderen huilden.

Iemand gaf over.

Een groot stuk van de rechterkant van Danzigers hoofd was verdwenen.

Russell streek met zijn linkerhand over zijn gezicht om de rode spatten weg te vegen. Verne liet een juichkreet ont-snappen en pompte zijn vuist in de lucht.

Yes! schreeuwde hij.

Een aantal mensen wierp zich op de vloer. Sommigen be-dekten hun ogen met hun onderarmen, doken met hun hoofd weg. Ali begroef haar hoofd tussen haar benen.

Ik wilde schreeuwen, maar dat kon ik niet. Mijn keel was dichtgesnoerd.

Russell stond op, liet de Glock naar zijn zij zakken en ging een paar stappen achteruit. Travis keek woedend naar zijn broer.

Boven de kakofonie, het geschreeuw en gejammer uit hoorde ik Russell tegen zijn broer zeggen: 'Een man moet doen wat hij moet doen.'

'Vervloekte kerel!' brulde Hank Bodine.

In al die chaos keek ik naar Grogan. Hij stond nog en strompelde naar Danzigers lichaam toe. Zijn gezicht was rood en verkreukeld, en hij huilde en schudde zijn hoofd. Hij knielde bij Danzigers lichaam neer en stak zijn bevende, geboeide handen uit om het verwoeste hoofd van zijn vriend op te tillen en het te wiegen.

Zijn mond bewoog alsof hij sprak, maar er kwamen geen woorden uit, alleen een soort hikgeluiden. Het bloed sijpel-de tussen zijn vingers door.

Naast Danziger had zich op de vloer een plas bloed en iets stroperigs gevormd.

Toen boog Grogan zich voorover en kuste de dode man op zijn lippen, en plotseling begreep iedereen het.

Ik kon Grogans gezicht niet zien. Ik zag alleen zijn schouders op en neer gaan.

Hij liet Danzigers hoofd zachtjes op de vloer zakken en bleef enkele seconden geknield zitten alsof hij bad. Langzaam kwam hij overeind en tegelijk wrong zich een vreselijke, ijzingwekkende kreet uit zijn keel. Hij wankelde naar Russell toe, zijn hele gezicht verwrongen van verdriet en razernij.

'Jij vervloekte schóft!' schreeuwde hij. Het speeksel vloog in het rond.

Hij deed een uitval naar Russell, stak met zijn geboeide handen naar Russells gezicht alsof hij hem wilde wurgen. *'Ga naar de hel, jij vervloekte schoft!'*

'Alan?' zei Russell op nuchtere toon. Hij ging een stap opzij, uit de weg.

'Waaróm?' riep Grogan. 'Waarom in godsnaam...'

'Jij ook,' zei Russell, en hij schoot nog een keer.

DEEL DRIE

49

Pee Wee Farrentino's delicate, vrouwelijke gezicht was monsterlijk geworden: een landkaart van kriskras lopende rode littekens. Lelijk, zoals hij wilde.

Maar het had geen eind gemaakt aan Glovers middernachtelijke bezoeken. En mijn gesprek met dokter Jerome Marcus, de medisch adjunct-directeur van Glenview, had ook niets opgeleverd, want Marcus hield zich aan de bureaucratische regel dat je nooit deining moet veroorzaken. Hij stopte zijn rapport diep weg. Hij wilde een groter kantoor.

Pee Wee's ogen waren dood geworden. Hij had het opgegeven.

Op een morgen ontbrak hij op het appel. De ochtendbewaarder, Caffrey, ging naar zijn kamer en vond hem.

Hij had repen van zijn lakens gescheurd en er een strop van gemaakt, die hij aan de oude ijzeren radiator had vastgemaakt, waarna hij kans had gezien zijn lichaam in de juiste positie te draaien en zichzelf te wurgen. Alleen Pee Wee had zoiets slims kunnen doen.

De diep geschokte Caffrey beschreef het ons. We mochten zelf niet kijken.

De slechte wolf in mij kreeg de overhand. Het was of ik door een donkere tunnel werd voortgestuwd, zonder uitweg, alleen naar voren.

In een luchtpauze ondernam ik mijn eerste actie. Ik vloog Glover aan en trok de wapenstok uit zijn handen. Mijn razernij gaf me een bovenmenselijke kracht.

Toen hij hem terug wilde pakken, sloeg ik ermee tegen de

achterkant van zijn knieën. Zoals hij zo vaak bij mij had gedaan.

Hij wankelde, viel languit op de grond en brulde dat ik regelrecht naar de isoleer ging. Hij schreeuwde om Caffrey.

Maar Caffrey stond toe te kijken.

Glover – ineengedoken, zijn lip gespleten, bloedend uit zijn ogen – brulde om Estevez.

Ik pompte mijn vuisten in zijn gezicht, *één twee één twee*, tot ik voelde dat hard bot zacht werd.

Ik had me tot Raymond Farrentino's beschermer gemaakt, en ik had gefaald, en nu was dit het enige wat ik kon doen.

Hij brulde als een woedend beest, haalde blindelings met zijn vuisten naar me uit, probeerde mijn stompen af te weren. Hij trof me zo hard met een rechtse hoekstoot tegen mijn gezicht dat ik had moeten omvallen. Maar dat gebeurde niet. Ik was in trance. Mijn razernij was tegelijk zowel een krachtenveld als een verdovend middel. Zijn hoofd ging met rukken heen en weer om de stompen te ontwijken. Hij snauwde tussen zijn bloederige tanden door.

Zelfs in mijn waanzin, mijn tijdelijke krankzinnigheid, wist ik dat het niets zou oplossen als ik Glover tot bloederige pulp sloeg. Dat zou me alleen maar in grote moeilijkheden brengen. Maar het voelde te goed aan om ermee op te houden.

Ik gaf hem een kniestoot in zijn maag, en zijn ogen rolden even omhoog in hun kassen. Hij zakte in elkaar, en ik pompte mijn vuist tegen de onderkant van zijn keel. Ik hoorde iets knappen. Hij wankelde achteruit, viel om en dreunde met zijn hoofd tegen de grond.

Toen gebeurde er iets opmerkelijks. Estevez, en toen Alvaro en een paar van de grotere jongens, gingen om Glover en mij heen staan. Sommigen hadden zelfgemaakte koperen boksbeugels of scherp geslepen springveren uit matrassen: een eerbewijs aan Pee Wee.

We zagen allemaal de angst in zijn fletse doffe ogen. Er was een betovering verbroken. Pas later vroeg ik me af hoevelen van hen ook het slachtoffer van Glover waren geweest.

Terwijl de anderen hem met hun vuisten bewerkten en met hun springveren in hem kerfden, nadat ze mij opzij hadden geduwd, kwamen er bewaarders uit Eenheid D en de naburige gebouwen, met wapenstokken en traangas in de aanslag.

Ze trokken de jongens van Glover af, voorkwamen dat ze over de streep gingen, dat ze één stap te ver gingen.

De hele eenheid ging op slot. Iedereen die niet onmiddellijk naar zijn kamer terugging, zou in de Bijzondere Afdeling worden geplaatst. Al snel werd bekend dat de bestraffing streng zou zijn: overplaatsing naar wat ze de gladiatorschool noemden, een maximaal beveiligde strafinrichting voor gewelddadige delinquenten, nog erger dan Glenview.

Ik ging naar de isoleercel en kreeg te horen dat ik voor ernstige mishandeling zou moeten terechtstaan. Ik zou als volwassene worden berecht. In plaats van vrij te komen op mijn zeventiende zou ik de buitenwereld pas lang na mijn eenentwintigste verjaardag te zien krijgen – dat wil zeggen, als ik het zelfs maar overleefde.

En toen gebeurde er opnieuw iets opmerkelijks: een postuum geschenk van Pee Wee, zijn laatste slimme zet.

De afsluiting was nog geen uur oud of iemand vond het briefje dat hij voor me had achtergelaten.

Een paar nachten had hij, tegen de muur van zijn kamer gedrukt, in het rode lichtje van de bewakingscamera gekeken. Soms was Glover vergeten hem uit te zetten.

Voor Pee Wee was het geen probleem om in te breken in het commandocentrum van Eenheid D, waar de bandopnamen werden gemaakt en opgeslagen. Er was daar ook apparatuur om kopieën te maken. Hij had banden naar de dienst Jeugdinrichtingen, de plaatselijke kranten en het plaatselijke televisiestation gestuurd. Het was voor hem nog gemakkelijker geweest om iets naar buiten te smokkelen dan om iets de gevangenis binnen te krijgen.

Die avond stond ik op mijn bed en keek ik door het kleine vierkantje van draadglas naar twee politiewagens en een camerawagen die over de lange oprijlaan kwamen. Twintig minuten later doken er een paar figuren met handboeien in het felle licht van de cameralampen op. Een van hen was een grijsharige man met een bijna montuurloze bril en een perfect gestreken overhemd. De ander was Glover, bijna onherkenbaar, niet in staat om te lopen. Drie politiemannen moesten hem dragen.

50

Wayne kwam met een zwabber en een emmer zeepsop terug. De twee doodsbange schoonmaaksters – Bulgaarsen die hier een zomerbaantje hadden – dweilden plichtsgetrouw het bloed op. Russell had hen naar voren laten komen en Travis had hun boeien losgemaakt. Eerst stonden ze daar alleen maar te beven en te huilen, waarschijnlijk in de veronderstelling dat zij de volgenden zouden zijn. Russell wees naar een donkerrode bloedvlek op het kleed en zei dat ze die ook moesten verwijderen. Alsof hij alles netjes wilde achterlaten.

Inmiddels waren alle gijzelaars in een staat van verdoving geraakt, bijna in trance. Niemand zei iets. Er fluisterde zelfs niemand. Ali huilde zachtjes en Cheryl keek grimmig voor zich uit.

'Wat wil je dat we met de lijken doen?' vroeg Wayne met een onverwacht zachte stem. Hij en Travis hadden Grogan opgepakt.

'Breng ze het bos in,' zei Russell. 'Misschien vreten de grizzly's ze op.'

Travis keek woedend naar zijn broer, maar zei niets.

Russell reikte omlaag, pakte Danzigers armen vast, wilde het lichaam optillen – ik denk dat hij een soort brandweergreep probeerde – maar liet het plotseling los. Danzigers lichaam gleed naar de vloer terug, terwijl Russell zijn handen afveegde aan zijn broekspijp: er was overal bloed.

Toen pakte hij Danzigers enkels vast en sleepte hem over de vloer.

Er bleef een lange rode veeg achter.

In de deuropening van de kamer bleef hij staan. 'Was mijn les duidelijk genoeg?' zei hij.

Niemand gaf antwoord.

Er was nu nog maar één van de kidnappers in de kamer: Buck, de man met het zwarte haar en het sikje. Hij zat onderuitgezakt in zijn stoel en keek peinzend voor zich uit. Zijn .44 Magnum lag op zijn rechterdij, onder zijn rechterhand.

De bedrijfsleider huilde zacht. Hij was overmand door verdriet en verbijstering, net als zo veel anderen in de kamer.

Cheryl was de eerste die iets zei. 'Iemand heeft het hem verteld,' fluisterde ze.

Stilte.

'Was jij het, Kevin?' vroeg ze zachtjes.

'Hoe dúrf je...' barstte Bross uit. Het speeksel vloog in het rond.

'Misschien heeft hij het uit Danziger zelf gekregen,' zei ik. 'Dat is de bedoeling van al die afzonderlijke gesprekken: ons tegen elkaar uitspelen.'

Lummis had moeite met ademhalen. Zijn gezicht liep donkerrood aan.

'Hugo, wat is er?' vroeg Barlow.

'Ik... red me wel,' hijgde Lummis. 'Moet... alleen... proberen kalm te worden.'

Buck keek op, keek enkele seconden naar hem, maar had toen blijkbaar geen belangstelling meer. Uit de aangrenzende kamer kwamen gedempte, woedende stemmen: Russell en zijn broer, nam ik aan, ruziemakend op de achterveranda.

Ik legde mijn hand op de schouder van de bedrijfsleider. Hij keek met roodomrande ogen naar me op.

'We moeten hulp halen,' zei ik.

Hij knipperde tranen weg, maar zei niets.

Het was duidelijk, voor mij tenminste wel, dat als we met Russell en zijn mannen meewerkten we uiteindelijk allemaal om het leven zouden komen. We moesten contact opnemen met iemand in de buitenwereld. Als niemand anders iets wilde doen, zou ik het doen.

'Waar heb je je satelliettelefoon?'

Het duurde enkele seconden voor hij antwoord gaf. Stuntelig veegde hij met de rug van zijn hand de tranen uit zijn ogen. Zijn gezicht was helemaal ingevallen. 'Mijn kantoor,' fluisterde hij. 'Maar die gek – Verne? – vroeg me ernaar en dwong me hem de sleutel van mijn kantoor te geven.'

'Dat was niet de telefoon die Russell gebruikte, hè?'

Hij schudde zijn hoofd. 'Die van mij is een ouder model. Hij moet die van mij alleen hebben gepakt om te voorkomen dat anderen hem gebruikten.'

'Zit je kantoor op slot?'

Hij knikte. 'Maar ze hebben de sleutel, dat zei ik al...'

'Ik begrijp het. Wat doe je als je je sleutel kwijt bent?'

'Je bedoelt, of ik ergens een reservesleutel heb liggen?' Hij knikte. 'Onder de voet van de lamp op de boekenkast naast mijn kantoordeur. Een oude loper. Daarmee krijg je elke deur in het hele huis open – echt hightechbeveiliging, hè? Maar ik zei al dat hij de satelliettelefoon heeft weggehaald.'

'Dat geeft niet. Er zijn andere manieren.'

Ali, die ons zag praten, zei: 'Internet.'

'Precies. Ze hebben de satellietverbinding vast niet verbroken, want ze zijn van plan hem te gebruiken om het geld over te boeken.'

'Landry, zie je die man voor in de kamer? Er zijn hier vijf kerels met vuurwapens. Je bent niet goed wijs.'

Ik wees naar het raam.

In het zilverige maanlicht zagen we twee silhouetten met een lichaam sjouwen. Ze bewogen zich in de richting van het bos.

'Maar Russell...'

'Ik denk dat Russell tegen zijn broer had gezegd dat hij Danziger en Grogan alleen maar de stuipen op het lijf wilde jagen. Geen kogels in hun hoofd. Zolang we ze horen ruziemaken, kunnen we erop rekenen dat ze zijn afgeleid.'

'En hij daar?' Ze keek naar Buck.

Ik legde het uit.

'Ben je gek geworden?' zei ze.

51

'Ben je gek geworden?' zei pa.

'Ik weet niet waar je het over hebt.'

'Wou je me bestelen? Dacht je nou echt dat je dat kon flikken?'

Plotseling had hij zijn arm om mijn nek en kneep hard. Ik rook zijn Old Spice en zijn dranklucht.

'Hé!' Ik voelde dat het bloed naar mijn hoofd werd gestuwd en zag vlekken voor mijn ogen. 'Hou op!'

'We kunnen dit op de moeilijke manier of de makkelijke manier doen. Wat wordt het?'

Ik probeerde mijn arm los te krijgen, maar hij was veel sterker. Ik was dertien, lang en mager. Alles vervaagde.

Op de opbollende spier van zijn bovenarm zag ik de tatoeage van het korps mariniers: een adelaar, een globe, een anker, een kring van sterren, 'USMC' in Old English-letters. Ik zag de onvolmaaktheden, de vage lijnen, de vlekken zwartgroene inkt.

'Weet je hoe gemakkelijk ik je nek kan breken?'

'Laat me los!'

'Of je geeft me die vijftig dollar terug, of ik breek je nek. Wat wordt het?'

Ik had het geld uit het sigarenkistje in zijn dressoir gehaald om een buskaartje te kopen en uit huis weg te komen. Een neef van me studeerde in Bellingham in de staat Washington. Ik dacht dat ik met die vijftig dollar minstens halverwege door het land kon komen, en dan kon ik de rest bij elkaar bedelen of stelen. Als ik bij Rick voor de deur stond, zou hij me niet wegsturen. Ik vond het wel erg dat ik ma onbeschermd bij pa achterliet, maar ik geloofde eigenlijk niet meer dat ik haar nog kon redden. Ik smeekte haar om weg te gaan, maar dat wilde ze niet. Ze wilde niet dat ik iets tegen pa zei. 'Hou je er nou maar buiten, lieverd,' had ze gezegd. 'Alsjeblieft, hou je erbuiten.'

Ten slotte piepte ik: 'Goed!'

Pa verslapte zijn greep en ik zakte op de vloer.

Hij stak zijn hand uit en ik viste de verkreukelde bankbiljetten uit de achterzak van mijn spijkerbroek. Gooide het geld op de vloerbedekking.

Hij grijnsde triomfantelijk. 'Heb ik je dan niets geleerd? Wat voor een mietje ben jij? Kun je niet eens jezelf verdedigen?'

'Ik zeg het tegen ma.'

Hij snoof alleen maar.

'Ik zeg tegen mijn schooldecaan wat je hebt gedaan.'

'Als je dat doet, zeg ik tegen de politie dat je geld van je ouders hebt gestolen, en weet je wat er dan met je gebeurt? Dan sturen ze je meteen naar het tehuis. De tuchtschool. Daar zullen ze je wel mores leren.'

'Dan pak ik een van je pistolen en steel het geld.'

'Ha. Wou je een bank beroven, Jakey? Of de supermarkt?'

Ik zat met een duizelend hoofd op de vloer en hij ging de trap af naar de keuken. Ik hoorde de koelkastdeur opengaan. Het sissen van een lipje: een blikje Genny.

Ma stond in haar Food Fair schort boven aan de trap, met tranen in haar ogen. Ze had het allemaal gezien.

'Ma,' zei ik.

Ze keek me een hele tijd smekend aan, en een ogenblik leek het of ze naar me toe zou komen om troostend haar armen om me heen te slaan.

In plaats daarvan wierp ze me nog een trieste blik toe en liep door de hal naar de slaapkamer om haar werkkleren uit te doen.

52

Ik lag op mijn zij alsof ik sliep en trok mijn linkerknie omhoog om mijn voet dichter bij mijn geboeide handen te brengen.

Mijn vingers waren een beetje verdoofd, niet doordat het touw te strak zat, maar omdat mijn handpalmen zo lang in dezelfde positie tegen elkaar aan waren gedrukt. Ze prikten en voelden dik en onbruikbaar aan.

Toch kon ik mijn handen uitstrekken en ondanks de beperkte bewegingsvrijheid van mijn vingers het lemmet van het vleesmes vastpakken. Frommelend met mijn loodzware vingertoppen kreeg ik toen ook het heft te pakken en trok het langzaam, zorgvuldig, uit mijn schoen.

Intussen praatte Cheryl zacht mompelend met Ali. 'Wat daarnet is gebeurd zet al die andere spelletjes in een bepaald perspectief, hè? Het ene moment neem ik me heilig voor om dit alles aan de raad van commissarissen voor te leggen en Hank eruit te werken, het volgende moment wou ik dat ik mijn kinderen kon bellen om tegen ze te zeggen dat ik van ze houd.'

'Hoe oud zijn ze?' vroeg Ali.

'O, Nicholas is tweedejaars op Duke, en Maddy woont in de West Village. Het zijn geen kinderen meer. Ze zijn volwassen. Ze leven zelfstandig. Ze hebben me niet meer nodig. Maar...'

Nu het ding uit mijn schoen was, besefte ik hoeveel zeurend ongemak het me al die tijd had bezorgd. Ik was er bijna aan gewend geraakt, alsof daar een scherp steentje had gezeten. Nu het eruit was, voelde ik me enorm opgelucht.

'Ik heb het gevoel dat het net wat beter tussen ons gaat,' zei Cheryl. 'We hebben de moeilijkste tijd achter de rug. In beide gevallen was de verstandhouding een tijdlang moeilijk. Maddy stopte met haar studie op Hampshire en heeft daarna toch zeker drie jaar niet met me gepraat. Nicholas neemt het me nog steeds kwalijk dat ik hem zo jong naar kostschool heb gestuurd. Hij denkt dat ik hem het huis uit wilde hebben om me op mijn carrière te kunnen concentreren.'

Ali keek wat onbehaaglijk, nu ze haar baas zo openlijk over zichzelf hoorde vertellen. Ze hield haar blik op het vloerkleed gericht. Toen zei ze: 'Hij is jong. Hij draait wel bij.'

Ik keek opzij om er zeker van te zijn dat Buck me niet kon zien. Zo te zien was hij half ingedommeld.

Met mijn rug naar hem toe – en ook naar Cheryl en Ali toe – bracht ik het lemmet van het mes omhoog en bewoog ik het heen en weer over het touw.

Het mes was vlijmscherp, maar het was het verkeerde gereedschap. Misschien was het een geweldig ding om biefstuk te snijden, maar met synthetische Kernmantle had het meer moeite. Dit was hoogwaardig klimtouw, samengesteld uit polyesterkoorden die om een nylon kern verstrengeld zaten. Het was gemaakt om te abseilen en had dan ook een grote rekkracht. Het was ervoor gemaakt om niet kapot te schuren. Met andere woorden, het was niet de bedoeling dat een mes er gemakkelijk doorheen ging. Een ruwer lemmet had er misschien meer vat op gekregen. Een kartelrand zou het allerbeste zijn geweest.

Maar ik had een vleesmes, en ook nog van de verkeerde soort.

En dus zaagde ik uit alle macht.

'Nee, hij heeft gelijk,' zei Cheryl. 'Ik kon niet tegelijk moeder en topmanager zijn, en dat wist ik.'

'Je had een vrouw nodig,' zei Ali.

'Of een huisman. Maar ze hadden het grootste deel van hun jeugd helemaal geen vader. Nadat Bill er met een sletje vandoor was gegaan.' Ze snoof. 'Dus hiervoor heb ik de opvoeding van mijn kinderen verknoeid. Opdat ik de helft van de tijd bezig ben te voorkomen dat Hank Bodine me een dolkstoot in de rug toedient.'

Toen ik door de buitenste polyesterlaag heen was, begonnen de strengen te rafelen en te splijten. Het werd nu gemakkelijker, totdat ik halverwege door het eerste touw heen was. Ze hadden het touw drie keer om mijn polsen gewonden, maar natuurlijk hoefde ik het maar op één plaats door te snijden om het af te kunnen doen.

'Ik wed dat Hanks kinderen er nog erger aan toe zijn,' fluisterde Ali. 'Alleen merkt hij het waarschijnlijk niet eens.'

Upton Barlow zette grote ogen op toen hij zag wat ik aan het doen was. Maar toen glimlachte en knikte hij. Dat verbaasde me.

'En om dan dood te gaan in deze godvergeten vissers-lodge midden in de…' Cheryls stem werd hoog en ijl, gesmoord, en toen zweeg ze.

Ik ging verder met zagen.

'Nooit gedacht dat je nog eens een voorzitter van een raad van bestuur zou zien huilen, hè?' zei Cheryl.

'Cheryl,' zei Ali zachtjes.

'Je weet wat ze zeggen: als een man hard is, is hij besluitvaardig, en als een vrouw hard is, is ze een autoritair kreng.' Ze snoof weer. 'Dat geeft niet. Dat wist ik toen ik begon. Vroeger. Toen alle vrouwen in het bedrijfsleven wettelijk verplicht waren die stomme slappe vlinderstrikjes op hun blouses te dragen. Die ellende hoef jij tenminste niet mee te maken. Je hoeft niet zulke verschrikkelijke kleren aan.'

Ten slotte kwam ik aan de laatste streng toe en ging het mes erdoorheen.

Mijn handen waren vrij.

Maar Barlow keek met een ander gezicht naar me: schrik. Hij keek steeds opzij. Blijkbaar wilde hij me iets laten weten.

Ik hoorde de vloerplanken kraken.

Anderen keken nu ook op en zagen hetzelfde wat Barlow had gezien.

Ik verstijfde. Het moest Buck zijn, en als ik op het geluid mocht afgaan, stond hij maar een meter of zo bij me vandaan.

Langzaam, heel langzaam, liet ik mijn handen naar mijn borst zakken.

Met kleine, onwaarneembare bewegingen probeerde ik het touw weer om mijn polsen te winden.

Buck draaide zich om.

Ik liet me op de vloer zakken, sloot mijn ogen en deed alsof ik sliep. Het vloerkleed had de boerderijgeur van natte wol.

Ik wachtte.

Buck schraapte zijn keel. 'Willen jullie dames niet zo hard praten?' zei hij.

Toen hoorde ik dat zijn voetstappen zich verwijderden. Ik wachtte twintig seconden, een minuut, en deed toen mijn ogen open.

Barlow knikte.

Ik ging langzaam rechtop zitten. Ali zag het, en toen Cheryl ook, en hun ogen gingen wijd open.

'O, mijn god,' zei Cheryl.

53

Ik knikte Ali snel toe.

'Pardon,' riep ze.

Buck keek om. Ik hield mijn adem in.

'Pardon,' zei ze opnieuw.

Buck kwam met een kwaad gezicht naar ons toe. Zijn ravenzwarte haar leek draderig en ongewassen.

'Wat wil je?'

'Ik moet naar het toilet.'

'Je kunt wachten,' zei hij, en hij draaide zich om.

'Nee, dat kan niet,' zei Ali. 'Het is… Hé, het is een vrouwenprobleem. Moet ik het uitleggen?'

Buck keek haar aan en schudde langzaam zijn hoofd. Hij wilde geen bijzonderheden horen. Dat willen mannen nooit.

'Het moet wel vlug,' zei hij ten slotte.

Ze hield haar handen omhoog en hij trok haar overeind. 'Schiet op,' zei hij.

Ze liep, en hij volgde. Voordat ze de kamer uitgingen, keek hij langzaam in het rond. 'Als iemand zich ook maar een centimeter verroert...' zei hij, en hij trok zijn revolver. 'Jullie hebben gezien wat er gebeurd is.'

Ik wachtte een paar seconden, trok mijn handen uit het touw en stond op.

Toen liep ik vlug over het vloerkleed. Achter me hoorde ik een zwak geritsel, een zacht gefluister. Ik draaide me om en stak mijn hand op.

Een diepe stem: 'Je bent een idioot, Landry.'

Ik hoefde niet eens te kijken om te weten dat het Bross was.

'Ik hoop dat ze je betrappen.'

'Kevin,' zei Bodine. 'Geen woord meer.'

'Hou je kop, Bross,' fluisterde Cheryl.

'Vergeet het maar,' zei Bross, die niet de moeite deed zijn stem te dempen. 'Ik ga hier niet zitten wachten tot die jongen ons allemaal de dood in jaagt.'

Ik wilde net de deur uitgaan toen ik vloerplanken hoorde kraken.

'Ik dacht al dat ik iets hoorde,' bulderde een stem op de gang.

Buck richtte zijn gigantische Ruger .44 op mij. Zijn andere hand had hij om Ali's hals.

Ze keek me neutraal aan, haar gezicht een masker van kalmte.

Buck schudde zijn hoofd en spande de haan van de revolver. 'Russell waarschuwde me al dat jij lastig kon worden.'

54

Ik gaf me over, stak mijn handen omhoog.

'Jezus, Landry,' zei Ali. 'Ik dacht dat Russell het hem had verteld.'

Ze klonk buitengewoon kalm, zelfs geërgerd.

'Niet waar de anderen bij zijn,' zei ik. Haar kalmte bracht mij ook tot bedaren.

'Geen beweging,' zei Buck.

Ik boog mijn hoofd. 'Bedoel je dat Russell je niets over de deal heeft verteld?' zei ik met gedempte stem.

'Ik zei: geen beweging.'

Ik kwam een stap naar voren. We waren nu een meter of twee bij elkaar vandaan. 'Kunnen we dit op de gang bespreken?'

'Misschien wilde Russell hem erbuiten houden,' zei Ali. Ze kromp onwillekeurig ineen toen hij in haar keel kneep.

Ik was nu zo dichtbij dat ik zijn vuile uiengeur kon ruiken, de lucht van houtrook op zijn kleren. 'Ik wil er echt niet over praten waar de anderen bij zijn.'

'Waar heb jij het over, mij erbuiten houden?' zei Buck.

'Waarom denk je dat ze me hierheen hebben gehaald?' zei ik.

Weer een stap. Ik keek op. 'Omdat ik de treasurer ben. De man die over de operaties gaat. Hammond Aerospace is een onderneming met miljarden aan liquide middelen, en ik ben de enige die daarbij kan. Daarom zei Russell tegen zijn broer dat hij me moest losmaken. Heeft hij jou niet ingelicht? Ongelooflijk.'

'Russell...?' Dat reusachtige stalen kanon van een revolver was nog op het midden van mijn borst gericht. Buck luisterde nu, maar hij was ook bereid om te schieten.

Ik ging een stap dichterbij.

'Ik weet niet hoeveel ze je betalen, Buck, maar dat is wisselgeld in vergelijking met wat Russell en zijn broer krijgen.'

Hij keek achterdochtig, maar ik zag ook een glinstering van belangstelling, van hebzucht.

'Je trekt niet alleen aan het kortste eind,' zei ik heel rustig, 'maar je weet niet eens hoe lang het andere eind is.'

'Wat krijgen zij?' vroeg hij.

Weer een stap. We stonden nu tegenover elkaar, zo dichtbij dat ik de pruimtabak in zijn adem kon ruiken. 'Dit moet tussen jou en mij blijven,' zei ik met een nauwelijks hoorbare stem. 'Ik meen het.' Ik had mijn hoofd gebogen, mijn kin op mijn borst. Ik zag de opgedroogde modder op de veters en zolen van zijn schoenen.

'Over hoeveel geld hebben we het?' vroeg Buck. 'Ik wil het weten.'

Ik liet me enigszins door mijn knieën zakken, maar niet zo veel dat hij het zou merken. Mijn rug was gekromd, mijn maagspieren trokken zich samen.

'Vertel jij het míj maar,' fluisterde ik.

Het kon me niet schelen wat hij zei, zolang hij zijn mond maar opendeed, zijn kaken van elkaar haalde.

'Moet ik jou ver....' begon hij, en toen strekte ik me. Ik kwam bliksemsnel omhoog en de kruin van mijn hoofd dreunde met enorme kracht tegen zijn kin.

Zijn tanden klapten zo hard op elkaar dat het klonk of er bot gebroken was. Hij maakte een vreemd *uhhh*-geluid toen hij achteroverviel en met een harde klap tegen de vloer sloeg. Zijn Ruger dreunde naast hem op de vloer.

De klap had een pijnscheut door mijn schedel gejaagd, maar dat was niets in vergelijking met wat Buck moest hebben gevoeld op het moment dat zijn tanden tegen elkaar klapten.

Ali trok zich met een zucht uit zijn greep los. Iemand achter me gaf een schreeuw, en toen deden een paar anderen dat ook. Buck was bewusteloos. Dat had ik niet verwacht:

ik had gedacht dat ik hem lang genoeg uit balans zou stoten om zijn revolver te pakken. Misschien had mijn schedel een zenuwbundel onder zijn kin of in zijn keel geraakt.

'Allemachtig, Jake,' zei Ali. 'Waar kwam dat vandaan?' Ze keek me aan met een merkwaardige combinatie van dankbaarheid, respect en, geloof ik, ook angst.

'Ik wilde net hetzelfde aan jou vragen.'

'Maar wat je daarnet deed… Hoe kon je…?'

'Ik weet het niet,' zei ik.

Maar natuurlijk wist ik het wel.

55

Een paar weken nadat ik mijn straf in Glenview had uitgezeten, verscheen ik op aanraden van mijn pro-Deoadvocaat voor de familierechter om te verzoeken mijn dossier te verzegelen. Anders zou het misdrijf me de rest van mijn leven achtervolgen.

De edelachtbare Florence Alton-Williams keek me over haar halve brillenglazen met schildpadmontuur aan. 'Zo, jongeman,' zei ze met haar strenge altstem. 'Je gedrag in Glenview was onberispelijk. Het rapport van de directeur is bijzonder lovend.'

Natuurlijk was het dat. Noch hij noch de adjunct-directeur wilde dat er meer bijzonderheden over Pee Wee's dood in de openbaarheid kwamen.

'Zo te zien heeft de goede wolf gewonnen,' zei ze.

Ik zei daar niets op.

Ik bukte me vlug om Bucks roestvrijstalen Ruger op te pakken en stak hem achter mijn broeksband. Toen draaide ik me om naar de kamer met mijn medegijzelaars. Iedereen was nu wakker.

'Jij idióót,' zei Kevin Bross, nog voordat ik iets kon zeggen. 'Als Russell dit ziet, schiet hij ons een voor een dood…'

'Daarom heb ik hulp nodig om deze kerel weg te halen,' onderbrak ik hem.

Sommigen keken me nietszeggend aan; anderen wendden hun ogen af.

'Kom op. Iemand. Upton, jij bent een sterke kerel, Ik snij je los.'

'Sorry, Jake. Die kerels kunnen elk moment terug zijn,' zei Barlow.

'Kom op, Landry, laten we gaan,' zei Ali. Ze stond aan de kant van de kamer en stak me haar handen toe. 'Snij dat touw los.'

'Nee. Ze zien meteen dat jij weg bent. Iemand anders. Paul, jij kent dit gebouw beter dan ieder ander. Jij weet waar we die kerel kunnen verbergen.'

'Ik ben niet fit,' zei de bedrijfsleider.

'En je zoon? Ryan?'

Ryan wierp me een angstige blik toe, maar zijn vader sprak namens hem: 'Het is een zelfmoordmissie.'

'Door die klootzak gaan we er allemaal aan,' zei Bross.

'En jij, Clive?' zei ik.

Rylance schudde zijn hoofd. 'Het is waanzin, Jake.'

'Kom op,' zei ik tegen de rest van de anderen. 'Iemand? Iemand? Moet ik dit alleen doen? Een van jullie?'

Stilte.

'Verdómme,' zei ik. Ik boog me over Bucks lichaam om het in mijn eentje te doen.

'Je hebt je dit zelf op de hals gehaald,' hoorde ik Bross zeggen. 'Los het nu ook zelf maar op. Wat was je van plan? Hier wegsluipen? Je eigen hachje redden?'

Ik draaide me langzaam om. 'Ons aller hachje redden, Kevin,' zei ik. 'Want als je denkt dat we het wel redden als we rustig blijven zitten en braaf zijn, heb je het mis. We moeten hulp halen.'

'Juist daarom zijn Danziger en Grogan gedood.'

'Mis. Russell heeft ze gedood omdat ze erachter waren gekomen wie hij is. Op de een of andere manier is hij dat te weten gekomen: ze konden hem identificeren. En ik zal je nog wat vertellen: Grogan was de enige die onze bankrekeningnummers wist. Dat betekent dat Russell zijn geld niet krijgt. En wil je raden wat Russell gaat doen als hij zijn geld niet krijgt, Kevin?'

Bross' scheve mond hing open van walging. 'Waarom luistert er nog iemand naar die imbeciel? Hij is stapelgek.'

'Nee,' zei Cheryl rustig. 'Hij heeft lef. In tegenstelling tot sommigen van ons hier.'

'Jake,' zei Barlow. 'We zijn hier van alles afgesneden. We kunnen niemand bereiken.'

Ik schudde mijn hoofd. 'Er zijn een paar mogelijkheden. Maar ik heb geen tijd om het uit te leggen. Ik moet die kerel hier weghalen. Nu wil ik alleen nog dat jullie me dekken. Als ze vragen wat er met Buck is gebeurd, weten jullie alleen dat hij zei dat hij niet over die moorden heen kon komen en niet de rest van zijn leven naar de gevangenis wilde. Verder weten jullie niets. En als ze merken dat ik ook weg ben, heb ik gezegd dat ik moest pissen en niet kon wachten. Dat is álles wat jullie zeggen, ja? Verder niets.'

Ik keek de kamer rond. 'Er hoeft maar één van ons iets anders te zeggen, en we betalen daar allemaal de prijs voor.' Ik keek Bross recht aan. 'Al denk je dat ik gek ben, verknoei het nou niet voor alle anderen, inclusief jezelf, Kevin.'

Bodine knikte. Dat deed zo ongeveer iedereen, behalve Bross, die een kwaad gezicht trok.

'Niemand gaat dit verknoeien,' zei Hank Bodine. 'Niet als ik het kan verhinderen.'

'Dank je.'

'Nee, Jake,' zei hij. 'Jíj bedankt.'

'Goed. Gaat niemand me helpen dit lichaam te verplaatsen?'

Stilte.

'Ik,' zei een stem uit de verste hoek. Het was een van de Mexicaanse obers. Degene met wie ik onder het diner had gepraat.

Pablo, heette hij.

'Ik help u,' zei hij.

56

Pablo was klein en mager, met kort donker haar en bruine ogen die ver uit elkaar stonden; een ogenblik dacht ik aan Pee Wee.

Maar ze leken helemaal niet op elkaar. Deze jongen was tenger gebouwd, maar fel, niet kwetsbaar. En onder het diner, toen hij zich verontschuldigde voor de wijn die hij niet had gemorst, had ik nog iets anders gezien: achter die onschuldige ogen ging een herrieschopper schuil. Een verwante geest.

Het was verrassend hoeveel gemakkelijker het was om iemand anders los te snijden dan om mezelf te bevrijden. Een paar snelle halen met de onderkant van het lemmet was genoeg om de vezels te laten openspringen.

'Er is geen kast in deze kamer, hè?' Ik sneed door het touw en trok het los, waarna ik de twee stukken touw bij de mijne in mijn achterzak stopte.

'Geen kast.'

'En daar?' Terwijl hij overeind krabbelde, wees ik met mijn hoofd naar de deur.

'Voor de tafellakens,' zei hij. 'Maar kelder is dichterbij.'

Geen beweging in de ramen, geen silhouetten. Geen hordeuren die dichtklapten, geen voetstappen in de hal; nog niet.

De ingang van de fitnessruimte in de kelder bevond zich naast de achterveranda. Te dicht bij Russell en zijn broer.

'Hoe komen we daar beneden?'

'Ik laat zien.'

Hij knielde aan het ene eind van Bucks bewusteloze lichaam neer, pakte het onder de oksels vast en drukte zijn borst tegen Bucks nek.

De ogen gingen een beetje open, zodat er kleine witte halvemanen te zien waren, en heel even dacht ik dat hij weer bijkwam.

Ik draaide me om, hurkte tussen Bucks benen neer, pakte zijn knieën vast en liep voorop de kamer uit.

Minstens honderdtien kilo bewusteloze man woog meer dan ik had verwacht. De opgedroogde modder kruimelde van de profielzolen van zijn soldatenschoenen.

In de grote kamer was het donker en rook het nog naar het diner.

Hoeveel uur geleden was dat? Vijf, misschien zes? Niet meer, en toch de andere kant van een kloof.

We liepen voorzichtig tussen het lukraak neergegooide en opgestapelde meubilair door.

'Waar keuken is,' zei hij, wijzend met zijn ogen. We balanceerden het lichaam met grote moeite tussen ons in, voorkwamen dat het inzakte.

'Als ze binnenkomen,' zei ik, 'laten we hem vallen en rennen we weg, begrepen?'

Hij knikte, zijn gezicht verwrongen van spanning.

'Daar,' fluisterde hij.

Ik stuurde Bucks knieën naar de keukendeur. Het ronde ruitje in de deur was zwart en ondoorzichtig. Dat betekende, nam ik aan, dat er niemand in de keuken was.

De vloerplanken kraakten.

Ik duwde tegen de deur, zwaaide hem open, het donkere gangetje in. De kelderdeur, links, was van stevig eikenhout.

'Daar,' zei Pablo opnieuw. 'Schakelaar is op muur.'

Ik liet Bucks rechterknie los om de grote zwarte ijzeren knop vast te pakken. Zijn rechterbeen viel omlaag en zijn schoen bonkte hard op de vloer.

Ergens klapte een hordeur.

Ik keek Pablo aan, maar hij begreep het al. We liepen zo snel als we durfden met onze onhandelbare last.

De kelderdeur ging kreukend open, roestige scharnieren die protesteerden. Ik vond de lichtschakelaar op de wand, haalde hem over en er sprong een kale gloeilamp aan die een smalle, steile trap verlichtte. Het plafond was laag en sterk hellend.

'Voorzichtig,' fluisterde Pablo. 'De treden – geen rug.'

Ik zag meteen wat hij bedoelde: de houten trap was open, zonder stootborden. We konden gemakkelijk struikelen, vooral omdat we niet goed naar beneden konden kijken.

Over krakende treden daalden we af naar muffe koude lucht met de vage geur van schimmel.

De kelder was donker en leek een eeuwigheid door te gaan. Vermoedelijk had hij dezelfde indeling als de lodge. De vrij nieuwe betonvloer was waarschijnlijk over de oorspronkelijke aangestampte aarde gestort.

Aan de ene kant van ons stond een nieuwe muur van gasbetonblokken. Die muur scheidde de fitnessruimte, een kortgeleden aangelegde voorziening, van de rest van de kelder. Tegen de muur stond een rij oude zwarte hutkoffers, houten kisten en keurige stapels kartonnen dozen. Daartegenover stond een metalen magazijnkast met allerlei spullen: oude lampen, dozen met gloeilampen, een antieke Waring-mixer. In een open bijkeuken tegen de andere muur zag ik blikken bonen, gigantische blikken bakolie en jutezakken met rijst.

'We moeten hem vastbinden aan iets wat niet kan bewegen,' zei ik. 'Waar is de stookketel?'

'Misschien iets anders,' zei Pablo. Hij wees met zijn kin naar links.

We droegen Bucks lichaam door een smal gangpad tussen hoge stalen magazijnkasten met was- en bleekmiddelen en boenwas. Ik veronderstelde dat we ons nu recht onder de grote kamer en de voorveranda bevonden. Vreemd genoeg liepen de betonnen muren schuin naar binnen toe naar wat op het eerste gezicht de tralies van een gevangeniscel leken, van vloer tot plafond. Het licht van de trap was te ver weg; ik kon niet zien wat het was.

Pablo liet voorzichtig Bucks hoofd zakken, ik zijn benen. Toen vond hij een lichtschakelaar op een stalen zuil en haalde hem over, zodat een rij gloeilampen aan het plafond ging branden.

Achter de stalen tralies zag ik een kamer waarvan de muren en het lage plafond, een tongewelf, van verweerde rode baksteen waren. De vloer was van grind. Op eenvoudige houten rekken stonden honderden stoffige wijnflessen.

De wijnkelder.

'Ja,' zei ik. Ik pakte een tralie vast en trok eraan. 'Goed.'

Ik haalde de vier einden touw uit mijn zakken en hield ze omhoog. 'We hebben meer touw nodig.'

'Touw? Ik geloof niet dat hier beneden...'

'Of iets anders. Draad. Ketting.'

'Ah, misschien...' Hij draaide zich langzaam om en liep terug.

Het hek van de wijnkelder was van stevige ijzeren tralies, een constructie die in een gevangenis niet zou misstaan. De Château Lafitte ging nergens heen, en Buck ook niet.

Een schor kreungeluid.

Ik draaide me meteen om en zag dat Buck overeind kwam.

57

Zijn grote handen zetten zich af tegen de vloer van beton-platen. Ik ging achter hem staan, dook naar voren en haak-te mijn rechterelleboog onder zijn kin. De stoppels op zijn harige hals drukten als staalwol tegen de kromming van mijn arm. Toen ik zijn keel in de houdgreep had, greep ik met mijn linkerhand mijn rechterhand vast, vouwde ze sa-men, en kneep.

De adrenaline kolkte door mijn aderen.

Hij deed verwoede pogingen om zich uit de cipiersgreep te bevrijden, zwaaide met zijn handen omhoog, draaide en wrong met zijn benen.

Mijn armspieren trilden van inspanning. Na een seconde of tien werd hij slap. De halsslagaders aan weerskanten van de hals voeren bloed naar de hersenen. Als ze worden inge-drukt, doen ze dat niet meer.

Pa had me de bloedgreep geleerd. Hij had hem zelfs een keer op me gedemonstreerd tot ik het bewustzijn verloor.

Pablo rende op me af om te helpen en zag dat ik Bucks hoofd op de vloer liet zakken. Toen hield hij een verwarde massa bruin elektriciteitssnoer omhoog.

'Perfect.' Ik gaf hem het vleesmes en vroeg hem stukken van een halve meter af te snijden.

In Bucks militaire vest vond ik een schede van zwart ny-lon. Ik trok er een mes uit. Dit was bepaald geen vleesmes. Het was net zo'n mes als ik Verne eerder tevoorschijn had zien halen: een Microtech Halo stiletto. Dat zag ik meteen aan het logo, een witte klauw in een kring op het heft van matzwart geanodiseerd aluminium. Op Glenview was zo'n mes een jongen op zes maanden isoleer komen te staan.

Ik drukte op de titanium knop en een dodelijk uitziend lemmet schoot naar voren. Een lemmet van tien centimeter, voor een deel gekarteld. Ik hoefde de speerpunt niet aan te raken om te weten dat het ding je een vingertop kon kosten.

Ik gaf het mes behoedzaam aan Pablo.

'*¡Dios mío!*' fluisterde hij. Hij had één gouden tand: de Mexicaanse tandheelkundige zorg liet te wensen over.

'Voorzichtig.'

Terwijl hij het elektriciteitssnoer in stukken sneed, haalde ik de Ruger tevoorschijn, liet de cilinder uitklappen en zag dat hij geladen was. Een aantal zakken van het vest zat vol met .44 Magnum patronen; ik pakte een handvol. In een van de zakken zat een zaklantaarn, en die pakte ik ook. Het was een duur uitziend militair ding, het soort zaklantaarn dat je SWAT-teams ziet gebruiken als ze verdachten in het donker willen verblinden.

Toen Pablo klaar was, gaf hij het mes onhandig aan me terug, met het lemmet er nog uit. Hij wist niet hoe hij het moest gebruiken. Hij zag me het palletje overhalen om het lemmet terug te laten schieten.

Ik sloeg wat elektriciteitssnoer om Bucks polsen en we gebruikten het om hem overeind te trekken. Toen duwden we hem tegen de ijzeren tralies en zetten hem in staande positie vast, zijn armen en benen wijd. Pablo sloeg snoer om zijn enkels, terwijl ik op de stoffige vloer zocht en ten slotte een met olie bevlekte lap in een hoek zag liggen, stijf van het vuil. Ik propte hem in Bucks mond voor het geval hij gauw weer bij zou komen.

'Ik moet naar boven terug,' zei ik. 'Naar het kantoor van de bedrijfsleider.'

'Maar is niet veilig naar boven te gaan.'

'Ik heb niet veel keus. Kan ik op een andere manier naar boven?'

'Nee.'

'Geen kelderluik?'

Pablo wist niet wat dat woord betekende en ik wist niet wat het in het Spaans was. 'Een ingang voor leveranciers?'

Hij keek me nietszeggend aan.

'*La entrada de servicio*,' zei ik. '*Ya sabes, el area dondese carga y descarga, por donde se meten las cosas al hotel.*'

'Ah.' Hij knikte en dacht even na. 'Ja, maar niet naar boven.'

'Dus er ís een andere uitgang?'

'Alleen naar het water.'

Ik begreep het niet.

Hij liep naar de ijzeren tralies en wees naar het hek in het midden. Op het hek, links van Bucks bungelende hoofd, zat een oud mechanisch combinatieslot met drukknoppen. Pablo toetste drie cijfers in en draaide aan een knop. Toen trok hij langzaam het hek open. Het leek zwaar, al was het natuurlijk veel zwaarder omdat Buck eraan vastgesjord zat.

'Hier,' zei hij.

Ik liep achter hem aan de wijnkelder in. Hij wees naar een gewelfd deel van de bakstenen muur waar geen wijnrek voor stond. 'De oude leveranciersingang.'

De overwelfde ingang was blijkbaar lang geleden dichtgemetseld. 'Daar hebben we niet veel aan,' zei ik.

'Nee, nee, kijk. Is waar meneer Paul de heel dure wijnen en zo verbergt.'

Hij greep achter een wijnrek en haalde een lange metalen staaf tevoorschijn, die hij vervolgens in een spleet tussen twee bakstenen stak.

Een metalen geluid, en de hele overwelfde muur kwam naar voren.

Geen muur: een deur van gemetselde bakstenen.

'Wat…?'

Achter de bakstenen deur bevond zich een kleine ruimte. In een paar houten wijnrekken, lukraak neergezet, lagen enkele tientallen stoffige flessen. Verder was er een stapeltje plastic archiefdozen, waarschijnlijk Pauls privégegevens.

En er was een tweede ijzeren hek. In feite was deze kamer het begin van een lange tunnel, zag ik nu.

'Dit gaat helemaal naar de steiger, hè?' zei ik. 'Of eigenlijk onder de steiger.'

Pablo knikte. 'Toen ze lang geleden lodge bouwden, kwam alle bevoorrading over zee. Ze brachten dingen naar binnen door deze tunnel. Maar niet lang: de vorige eigenaren, voor meneer Paul, die sloten hem af.'

En ze hadden de renovatie gebruikt om een verborgen wijnkelder voor het goede spul te bouwen. Of een geheime opslagruimte. 'Zit dat hek op slot?'

'Niet meer.'

'Weet iedereen die hier werkt ervan?'

'Nee, alleen...' Hij keek plotseling onbehaaglijk. 'José en ik... Soms roken we, u weet wel, de *mota*.'

'Wiet.'

Hij knikte. 'Meneer Paul, hij ontslaat ons als hij weet. Dus José vond die plaats onder steiger.'

'Ik ga naar boven en probeer in het kantoor te komen. En ik wil dat jij naar het water gaat,' zei ik. 'En dat je op zoek gaat naar een boot.'

'Welke?'

'Elke boot met een sleutel in het contact. Of een roeiboot, als het moet. Je kunt met een boot varen?'

'Ja, natuurlijk.'

'Als je er een hebt, ga dan voorzichtig en geluidloos te werk, en start de motor pas op het allerlaatste moment. Ga met de boot naar de dichtstbijzijnde hut of lodge en maak ze wakker. Haal hulp. De politie of wie dan ook. Vertel ze wat er aan de hand is. Oké?'

'Oké.' Blijkbaar aarzelde hij.

'Je maakt je zorgen over het geluid dat de motor van de boot maakt, hè?'

'Ze hebben pistolen. Ze schieten.'

'Maar je bent dan ver bij de lodge vandaan.'

Plotseling kwam er geknetter uit Bucks walkietalkie. 'Buck, meld je.'

De stem galmde door de kamer met het lage plafond. Ik kon niet horen wie het was.

Ik ging naar het buitenste hek en pakte de walkietalkie van Bucks riem. Het was een Motorola.

'Buck, met Verne,' zei de stem nu. 'Waar zit je?'

'Misschien zoeken ze u nu,' zei Pablo. 'Is boven niet veilig voor u.'

Dat hing er natuurlijk vanaf wat Ali en de andere gijzelaars tegen hen hadden gezegd. Ik zette de walkietalkie uit.

'Ga nu. Hulp halen. Maak je over mij maar geen zorgen.'

58

Boven aan de trap deed ik het licht uit. Ik stond nu in volslagen duisternis.

Stilte.

Nu was de kelderdeur vijf centimeter dik en was er ook nog de keukendeur: veel hout tussen mij en iemand die op zoek naar me ging. Ik draaide aan de knop en duwde de kelderdeur langzaam open. De scharnieren piepten, hoe langzaam ik de deur ook openmaakte.

Een paar stappen de donkere gang in. Ik bleef weer staan luisteren.

Nu hoorde ik stemmen.

Uit de grote kamer. Ik zakte op mijn knieën om uit het zicht te zijn, en luisterde.

Twee stemmen, gedempt en gejaagd. De stem van Verne, omhoog en omlaag, snel en nu ook hard. En dan Waynes merkwaardige hoge altstem. De getatoeëerde ex-gedetineerde praatte met de blonde lomperik met het gemillimeterde haar.

Flarden van een woordenwisseling, woorden en frasen die beter verstaanbaar waren dan andere.

'... hoorde hem zeggen dat hij ervandoor ging.' Dat was Verne.

'Tegen wie?' Dat was Wayne.

'... zei dat hij niet meer wilde. Hij zag het niet meer zitten toen Russell die kerels doodschoot. Wilde niet voor de rest van zijn leven naar de gevangenis.'

'Dat zei hij tegen jou?'

'... zei die meid.'

'Welke meid?'

'Weet ik niet, hoe ze ook heet. Misschien wel Paris Hilton, weet ik veel? Het stuk.'

Iets wat ik niet kon horen, en toen Verne: 'Ik neem zijn deel.' Een grinniklachje.

Iets anders, en toen Wayne: 'Waar zou hij nou heen zijn?'

'Ergens buiten. Russell wil dat je meteen naar buiten gaat om hem te zoeken.'

'Waar kan hij heen? Niet de zodiac...'

'Ze hebben boten daar beneden.'

'... We hebben de bougiekabels doorgeknipt, dus wat gaat hij doen? Zwemmen naar Vancouver?'

Wayne zei weer iets wat ik niet goed kon verstaan, en toen zei Verne: 'In godsnaam, ga dan in het bos kijken.'

'Je komt niet verder dan twintig meter dat bos in zonder dat je vast komt te zitten. Dat heb je gezien.'

'Je hebt hem in de jungle van Panama gezien – hij is een dier.'

'En als ik hem vind?'

'Maak hem koud, zegt Russell. We kunnen hem niet meer vertrouwen.'

'Ik ga Bucky niet koud maken omdat hij ervandoor ging. Dat is krankzinnig, man.'

'Als je het niet doet, jongen, maakt Russell jóú koud. Dat weet je. Hij neemt geen risico's. Niet als we zo dicht bij de grote klapper zijn.'

Special Forces dus. In elk geval militairen. Tenminste de-
ze jongens en Buck, en Russell waarschijnlijk ook.

Ik was nog een paar andere dingen aan de weet gekomen.
Het verhaal over Buck had succes gehad. Ze zochten niet
naar een bewusteloze kameraad, maar naar een deserteur.
Ze zochten ook niet naar mij; ze hadden nog niet gemerkt
dat ik weg was. Er was nog geen alarm geslagen.

Dat betekende dat ze niet binnen maar buiten zouden
zoeken. Ik kon me hier verbergen tot ze weg waren en dan
ongezien naar het kantoor van de bedrijfsleider sluipen.

Er kwamen nog andere, gekkere ideeën bij me op. Een
paar kogels op die twee afvuren, dwars door de deur heen.
De .44 Magnum kogels zouden moeiteloos door het hard-
hout heen gaan, maar ik zou niet accuraat kunnen schieten,
want ik wist niet precies waar ze stonden. Niet zonder dat
ik door het ronde raampje keek – en dan zouden ze weten
waar ik was.

Natuurlijk, ik kon ook geluk hebben. Maar de kans was
groot dat ik geen van beiden zou raken. Misschien zou ik er
eentje verwonden. Ze zouden hun wapens grijpen, en dan
was het twee tegen een. En zodra Russell en zijn broer de
schoten hoorden, was het vier tegen een.

Het zou waanzin zijn om te proberen die twee neer te
schieten. Daar stond tegenover dat ik niet in het kantoor
van de bedrijfsleider kon komen zolang zij daar stonden.

Inmiddels was Pablo op weg naar het water. Misschien
was hij, afhankelijk van het gemak waarmee hij door de oude tunnel kon lopen, al buiten, onder de steiger. Misschien
zelfs al bij de zodiac van de kidnappers.

Toen zwegen de stemmen. Voetstappen die zich verwijderden, een hordeur die open- en dichtging. Een van hen –
was het Wayne? – was naar buiten gegaan om Buck te zoeken.

Ik liep geruisloos door en bleef weer staan luisteren.
Er was daar nu niemand.

Ik duwde de achterdeur van de keuken aan de onderkant open, een paar centimeter maar.

En toen nog een paar centimeter.

Ik had de Ruger nu achter mijn broeksband, want ik had mijn beide handen nodig.

Ik richtte me langzaam op, glipte door de deuropening en deed de deur zachtjes achter me dicht.

59

Ik keek naar links, naar rechts, de hele keuken door, tot ik de zekerheid had dat daar niemand te zien was.

Langzaam, behoedzaam, liep ik door de spelonkachtige, halfduistere ruimte, met geluidloze stappen. Ik was bang dat ik over iets zou struikelen, maar toen mijn ogen aan het donker waren gewend, kon ik zigzaggen zonder een vaas of wijnglas om te gooien.

Ik kwam langs het trappenhuis en in de gang die naar de zijdeur, de badkamer en het kantoor van de bedrijfsleider leidde. Er kwamen drie identieke houten deuren op de gang uit: donker gebeitst, vijf horizontale panelen die dikker waren dan de rest van de deur. Zwarte ijzeren knoppen en sloten die met dezelfde loper open te maken waren, had Paul gezegd. De eerste deur was van de badkamer, aan de volgende twee was niet te zien waar ze van waren, en op de vierde was een koperen plaatje bevestigd met daarop BE-DRIJFSLEIDER.

Zoals Paul had gezegd, stond er een boekenkast naast die deur. Stevig, donker gebeitst, kwartiergezaagd eikenhout met een glazen deur. Het soort sombere halfantieke meubilair dat je in het rechtbankkantoor van een pro-Deoadvocaat in een klein stadje in de staat New York kunt verwachten.

Boven op de boekenkast stond een bruine aardewerken lamp. Ik tilde hem op en zag de loper.

De deur van het kantoor zat op slot, maar de oude sleutel paste precies. Het slot maakte een bevredigend klikgeluid.

Ik trok de revolver achter mijn broeksband vandaan en hield hem in mijn rechterhand terwijl ik de knop omdraaide en met mijn linkerhand de deur openmaakte.

Het was een kleine, raamloze kamer waar helemaal geen licht was. Het rook er naar oud hout en vochtig papier. Ik stopte de loper in mijn zak en deed de deur achter me dicht.

Ik dacht er even over om de deur op slot te doen. Was het belangrijker dat ik de schurken buiten hield of dat ik snel kon ontsnappen? Dat was niet te zeggen.

Ik besloot de deur niet op slot te doen.

Toen nam ik Bucks militaire zaklantaarn en drukte op de knop aan het eind om hem een seconde lang licht te laten geven. In die ene seconde zag ik een klein cilinderbureau en sloeg ik de positie daarvan in mijn geheugen op. Op het bureau stond een Apple iMac computer, het model uit één stuk met het platte beeldscherm en bolvormige onderkant dat een paar jaar geleden populair was.

Ik had thuis ook een Apple-computer. Als je hem aanzette, maakte hij een geluid als het eerste akkoord van een Beethoven-symfonie. Tenzij het volume laag was gezet. Maar dat wist je pas als het te laat was.

Zelfs het aanzetten van de computer was een risico, maar dat gold zo langzamerhand toch voor alles? Op de tast vond ik de knop aan de achterkant en drukte erop.

Na een paar seconden liet de computer zijn muziekje horen. Hard.

Ik zat in een oude bureaustoel op wielen en zag het scherm oplichten en tot leven komen. Intussen luisterde ik of ik voetstappen op de gang hoorde.

En plotseling veranderde ik van gedachten. Ik stond op en deed de deur op slot. Als er nu iemand op onderzoek uitging, zou ik tenminste de deurknop horen en nog net tijd genoeg hebben om te richten.

Op het scherm verscheen het Apple-logo. De harde schijf knarste en knarste, en ik wachtte. Het leek een eeuwigheid te duren. Als Paul een wachtwoord had ingevoerd om ongeoorloofd gebruik te voorkomen, had hij me dat niet verteld.

Maar nee, er verscheen een wervelende blauwe achtergrond. Rechts een rij iconen: Internet Explorer en de Safari-browser. Ik dubbelklikte op Safari en wachtte tot het programma was opgestart.

En wachtte.

Jezus, dacht ik, *wat traag.*

In godsnaam, schiet op. Onwillekeurig praatte ik tegen de computer, en al die tijd luisterde ik of ik voetstappen hoorde. Ik wist dat ik elk moment ontdekt kon worden.

Maar ik kreeg alleen een grote witte rechthoek, een leeg scherm.

Toen een paar tekstregels, en niet wat ik wilde zien:

U bent niet verbonden met het internet.
Safari kan de pagina http://www.google.com niet openen omdat uw computer niet verbonden is met het internet.

Ik verliet Safari, startte het programma opnieuw op en kreeg dezelfde foutmelding. Ik klikte op 'Network Diagnostics' en kreeg een schermpje met een rij rode stippen en nog meer verontrustend nieuws:

Built-in Ethernet – failed
Internet – failed

De modem stond uit of de satellietverbinding met internet werkte niet.

Shit.

Ik deed de zaklantaarn aan en volgde de modemkabel naar een kast. De deur zat niet op slot en de modem was in die kast aan de wand bevestigd.

Het lichtje van de stroom brandde, maar het ontvangerlichtje was uit. Dat betekende dat hij geen satellietsignaal kreeg. En dus deed ik wat we in deze tijd van weerbarstige elektronische apparatuur allemaal hebben geleerd: ik zette de modem uit, wachtte een paar seconden en zette hem weer aan.

Geen verandering. Geen verschil.

Het probleem zat niet in de modem of de computer. Iemand had de internettoegang afgesneden. Je kon geen e-mail naar buiten sturen.

En je kon ook geen geld overmaken.

60

Dat was het vreemde.

Het kon geen toeval zijn dat de internetverbinding verbroken was. Russells mannen moesten iets hebben gedaan. Ze hadden de satelliettelefoon in beslag genomen, maar wilden natuurlijk ook absoluut voorkomen dat de gijzelaars via internet een noodsignaal uitzonden.

Aan de andere kant konden ze zonder internet geen losgeld van een half miljard in handen krijgen. Dat betekende dat ze, tenzij er iets mis was gegaan toen ze de kidnapping pleegden, de toegang tot internet tijdelijk hadden ontmanteld. Maar niet hier, want dan zou ik het hebben gezien. Ergens buiten.

Ik moest naar buiten gaan en proberen de verbinding te herstellen.

In de zomer nadat ik uit Glenview was vrijgekomen en voordat ik bij de Nationale Garde ging, had ik een baantje als tv-kabellegger. Voor het eind van de zomer nam ik ontslag, maar in die tijd had ik wel een paar nutteloze vaardigheden geleerd, bijvoorbeeld hoe je coaxkabels met elkaar moet verbinden.

Misschien toch niet zo nutteloos.

Maar als de kabel was doorgesneden, zou ik er een hele tijd over doen om hem te repareren, want het ontbrak me aan het juiste gereedschap: een tang en verbindingsklemmetjes en andere dingen waarvan ik mocht aannemen dat Peter de klusjesman ze niet ergens had liggen. Als de satellietverbinding uitviel, belden ze waarschijnlijk het satellietbedrijf. De kans was groot dat Peter zulke reparaties niet zelf deed. Het was nogal specialistisch werk.

Ik wachtte bij de deur en hoorde niemand door de gang lopen. Met de Ruger in mijn rechter- en de loper in mijn linkerhand haalde ik de deur van het slot. Ik duwde hem een paar centimeter open en keek de gang op.

Voor zover ik kon zien, was er niemand in de gang.

Toen ik door de donkere gang sloop, keek ik uit een raam. Buiten zag ik niemand. Misschien strompelde Wayne nog door het bos, op zoek naar Buck. Misschien was hij in de struiken blijven steken.

Ik bleef kijken, zocht naar de schotelantenne. Ik herinnerde me vaag dat ik hem ergens achter de lodge had gezien, ergens op een bijgebouw. Dat zou ook logisch zijn: zo'n schotel paste niet bij het rustieke decor.

Inderdaad zag ik hem daar: op een schuur, zo'n vijftig meter bij de lodge vandaan. De kabel van de lodge naar de schotelantenne zou natuurlijk in de grond zitten. Als hij was doorgeknipt, kon dat op maar twee plaatsen gebeurd zijn: bij de schuur of aan de buitenkant van de lodge.

Ik maakte de hordeur voorzichtig open, stapte op de zachte aarde en duwde de deur zachtjes achter me dicht. De pneumatische sluiter siste geërgerd. Dennennaalden ritselden onder mijn voeten. Ik ademde de heerlijke koele lucht in. Het rook naar zout water en dennenbossen. Het was een hele opluchting.

Een ogenblik genoot ik van de illusie dat ik vrij was.

Maar natuurlijk was ik niet vrij. Niet zolang Ali en de anderen nog binnen gevangenzaten.

Gewoon doorgaan, zei ik tegen mezelf. *Niet te veel nadenken.*

Twijfel kon verlammend zijn.

Langzaam liep ik langs de wand van houtblokken, op zoek naar een kabel die aan de betonnen fundering was bevestigd. De buitenkant van Pauls kantoor was de meest logische plaats. Ik kon de zaklantaarn niet gebruiken; dat was te riskant. Gelukkig was de maan verrassend helder.

Na een paar minuten vond ik hem: een kabellus die uit het beton omhoogkwam, een paar centimeter boven de grond.

Eén uiteinde van de kabel hing los.

De kabel was losgeschroefd van de connector. Zo hadden ze de internettoegang verbroken. Snel en gemakkelijk. Vooral gemakkelijk, want als ze op internet wilden, hoefden ze de kabel alleen maar weer vast te schroeven.

Al was er één klein probleem.

De connector ontbrak.

Het was een klein stukje precisiewerk van vernikkeld koper. Een F-81-cilinderconnector, om precies te zijn. Die werd gebruikt om twee stukken coaxkabel met elkaar te verbinden. Een groot deel van die zomer had ik aan die verrekte dingen geprutst, en ik was ze kwijtgeraakt in kelders van mensen en op hun gazons.

Voor alle zekerheid keek ik vlug op de grond om me heen, maar dat hoefde ik niet te doen. Ik wist wat Russell had gedaan. Simpel en slim. Hij had dat kleine, maar cruciale dingetje verwijderd. Op die manier was hij ervan ver-

zekerd dat niemand op internet kon komen om een noodsignaal uit te zenden.

Ik was onder de indruk van Russells grondigheid.

Ik kwam ook op een idee.

Ik rende naar de generatorschuur met de schotelantenne
op het dak. Aan de achterkant van die kleine schuur, die
van planken was opgetrokken, vond ik de plaats waar de
kabel uit de grond kwam en over de buitenwand omhoog-
ging naar de antenne.

Ik knielde neer, haalde Bucks mes tevoorschijn en drukte
op de knop om het lemmet te laten uitschieten.

Met één snelle beweging sneed ik de kabel door.

Ik kon niet op internet komen, maar Russell kon dat nu
ook niet meer. Ik betwijfelde of hij en zijn mannen iets over
dat soort verbindingen wisten. Coaxkabels zijn heel iets anders dan elektriciteitskabels.

Maar ik wist er wel iets van. Die saaie zomerweken leken
me opeens minder zinloos.

Ik had nu iets wat hij nodig had.

Maar toen ik me omdraaide om terug te lopen, hoorde ik
een stem.

61

Het kwam van de voorkant van de lodge.

Een schreeuw, kort en scherp: 'Staan blijven.'

Ze hadden Pablo ontdekt; het kon niets anders zijn.

Ik liep met grote, geluidloze passen langs de zijkant van
het gebouw in de richting van de zee.

Een meter of honderd lager ging een breed silhouet de houten trap van de steiger af. Een uitgestoken arm: een wapen.

'Ik zeg het geen tweede keer.'

Pablo stond met zijn handen langs zijn zij op het strand. Hij draaide heen en weer; blijkbaar vroeg hij zich af waar hij heen moest rennen. Achter hem dreef in het water de zwarte massa van een opblaasboot die aan de steiger was vastgelegd.

Hulpeloos en wanhopig keek ik toe. Pablo had zelf aangeboden om te helpen, en dat betekende impliciet dat ik zijn beschermer zou worden.

Mooie beschermer.

Wayne zou de jongen niet doodschieten, daar was ik zeker van – in elk geval niet zonder Russells toestemming. Ze zouden hem naar binnen halen, hem ondervragen, hem dwingen te vertellen hoe hij had kunnen ontsnappen. En waar ik was.

Intussen zou ik een boot moeten bemachtigen om hulp te halen, maar ik zou nog minder tijd hebben en nauwelijks kans maken de andere gijzelaars te redden.

Zou Russell besluiten de gijzelaars een 'lesje' te leren door een onbeduidend personeelslid dood te schieten? Hij had geen enkele reden om dat te doen, niet na Grogan en Danziger. Maar bij Russell wist je het nooit.

Wayne ging nog een paar treden af, bleef toen staan en bracht zijn andere hand omhoog om het pistool steviger vast te hebben. Van hieruit leek zijn pistool groter en langer dan tevoren. Misschien was dat gezichtsbedrog.

Pablo slaakte een hoge, gesmoorde kreet. Zijn woorden gingen verloren in het bulderen van de branding.

Wayne was nu veel dichter bij het water dan bij mij.

In mijn besluiteloosheid bracht ik mijn wapen omhoog en mikte. Zijn lichaam was een vlekje in de verte.

Nee. Ik kon het niet opbrengen om op Wayne te schieten. Trouwens, op deze afstand maakte ik weinig kans hem te raken. En als ik eenmaal de trekker had overgehaald, of ik hem nu raakte of niet, zou alles meteen veranderen. Ze zouden het schot horen en weten dat ik daar was.

Als ik schoot, zou ik bijna zeker missen, en dan was ik een voortvluchtige.

Ik had Pablo helpen ontsnappen. Meer kon ik op dit moment echt niet doen.

En dus deed ik het enige wat ik kon bedenken om Wayne af te leiden. Ik wilde hem afleiden, zodat Pablo de kans kreeg om weg te rennen. Ik pakte een steen op.

Op deze afstand zou ik hem nooit kunnen raken. Zelfs de allerbeste honkbalwerper kon op deze afstand niet zo goed mikken. Maar als de steen op de grond plofte, zou dat zijn concentratie verbreken en zou hij zich omdraaien. Dat was al iets.

Pablo stak zijn handen omhoog en liep langzaam naar Wayne, die iets zei wat ik niet kon verstaan. Toen deed Pablo iets vreemds: hij klapte in zijn handen, bracht zijn handen achter zijn rug en klapte opnieuw.

Wat deed hij toch?

Ik gooide de steen zo hard als ik kon, en net op dat moment schoot Wayne.

Drie schoten snel achter elkaar.

Waarschijnlijk heeft hij het holle *pok*-geluid waarmee de steen op de houten trap neerkwam helemaal niet gehoord.

Ik zag de loop flitsen, maar de schoten waren verre, gedempte plofjes, gemaskeerd door het geluid van de oceaan.

Pablo viel met een ruk naar voren en zakte in elkaar, een donker figuurtje op het strand. Hij bleef stil liggen, blijkbaar dood. Hij leek een rots, een kei, een bergje puin.

62

Ik werd wakker van ma's stem, hoog en schel: 'Alsjeblieft! Hou op! Hou op!'

Een harde dreun. Ik keek op mijn digitale klokje: het was twee uur 's nachts.

Pa, bulderend: 'Vervloekt kreng.'

Ik lag roerloos in bed, met bonkend hart.

Ma's stem, hysterisch: 'Ga weg! Ga het huis uit! Laat ons met rust!'

'Ik ga mijn huis niet uit, kreng!'

Hij was weer eens ontslagen. Hoe angstaanjagend en slechtgehumeurd hij altijd ook al was, hij dronk nog meer als hij ontslagen was. Dan sloeg hij ma ook meer.

Weer een dreun. Er bonsde iets. Het hele huis leek te schudden.

Stilte.

Hevig verschrikt sprong ik uit bed en rende de trap af naar de keuken. Ma lag bewusteloos op de vloer. Haar ogen dicht, twee stroompjes bloed uit haar neusgaten.

Mooie beschermer was ik.

'Sta op, kreng!' schreeuwde mijn vader. 'Opstaan, verdomme!'

Mijn bloed verkilde. Hij was buiten zichzelf.

'Wat heb je met haar gedaan?' schreeuwde ik.

Hij zag me en snauwde: 'Maak dat je wegkomt.'

'Wat heb je met haar gedaan?' Ik vloog hem met gespreide handen aan, duwde hem tegen het fornuis.

Ik was vijftien, net zo lang als mijn vader en ook al een beetje gespierd, al was mijn vader nog vleziger en sterker.

Gedurende een ogenblik verslapte zijn gezicht van verbazing: ik had het ondenkbare gedaan.

Toen liep zijn gezicht donkerrood aan. Hij draaide zich om, pakte een gietijzeren koekenpan van het stel en sloeg daarmee tegen de zijkant van mijn hoofd. Ik was teruggedeinsd, maar niet op tijd. De pan kwam tegen mijn oor. Het deed ongelooflijk veel pijn.

Ik gaf een schreeuw en klapte voorover. Mijn hele oor galmde.

'Gaan we dit op de moeilijke manier doen?' schreeuwde hij, en hij haalde weer uit met de koekenpan.

Ditmaal deinsde ik niet terug maar vloog ik naar voren en gaf hem een harde duw. Alles werd een waas. Zijn zurige zweetlucht, zijn bieradem, het grijswit van zijn t-shirt, dat bespat was met ma's bloed.

Een zwarte flits, de koekenpan waarmee hij weer uithaalde. Ma's kreet: ze was bijgekomen.

Alles gebeurde tegelijk, en niets was logisch, niets dan de woede in mij die eindelijk was overgekookt, de adrenaline die me de kracht gaf om dat monster te overmeesteren, hem ruggelings tegen een keukenkastje te gooien, dat bovenkastje met een glazen deur, met daarachter de stapels borden. Om te voorkomen dat hij me weer sloeg, dat hij ma weer sloeg.

Om een beschermer te zijn.

Zijn achterhoofd sloeg tegen de scherpe hoek, waar het houtfineer was afgebladderd. Hij was er nooit aan toe gekomen het te repareren.

Hij brulde: 'Vuile schoft, ik vermoord je!'

Maar de woede, de adrenaline en al die jaren waarin ik mijn emoties had opgekropt, maakten me sterker dan hij, tenminste op dat moment. En misschien verwachtte hij het niet van me, of misschien was hij gewoon te dronken.

Ik greep zijn hoofd aan beide kanten vast, zoals je iemand vastpakt die je wilt kussen, alleen duwde ik zijn hoofd weer tegen de hoek van dat kastje, en nog een keer, en nog een keer.

Hij brulde laag en diep, als een dier. Het bloed gonsde in mijn oren. Het snot liep uit mijn neus. Zijn ogen puilden uit, keken geschokt en ongelovig en – was dat mogelijk? – bang.

Ik hield niet op. Ik was nu in die donkere tunnel en moest doorgaan. Steeds weer liet ik zijn hoofd tegen de scherpe hoek dreunen. Ik voelde dat iets in zijn schedel zacht werd. In het rode waas van mijn waanzin had ik de vluchtige gedachte dat het net zoiets was als een harde eikel die plotseling in een overrijpe courgette was veranderd. Aan dat afschuwelijke gebrul kwam nu een eind, maar zijn ogen puilden nog uit.

Eindelijk hoorde ik de schelle stem van mijn moeder: 'Jakey, Jakey, Jakey, hou op!'

Ik hield op. Liet hem los. Pa viel om en zakte op de vloer in elkaar.

Ik keek naar hem.

'Jakey, o mijn god, wat heb je gedaan?'

Mijn benen konden me niet meer dragen. IJzige kou in mijn maag, ijzige vingers die mijn ingewanden, mijn borst omklemden. En tegelijk iets anders.

Opluchting.

63

Het leek wel of ik een hele minuut in de koele wind en het schemerige maanlicht stond, maar in werkelijkheid zullen het maar enkele seconden zijn geweest: de tijd was vertraagd.

Pablo was ongewapend en vormde geen bedreiging; hij had bevelen opgevolgd, had gedaan wat hem gezegd was dat hij moest doen.

Pablo had zijn handen omhooggestoken. Hij had zich overgegeven. Er was geen reden geweest om hem te doden.

Waynes pistool had langer geleken omdat het langer wás: hij had er een geluiddemper op gezet. Waarschijnlijk om zijn aanwezigheid niet aan Buck te verraden, die hij ergens buiten vermoedde.

Het verdriet holde me uit, en die holte werd opgevuld door een heel bekende emotie. De slechte wolf loslaten, toegeven aan de razernij: daar ging een vreemd soort troost vanuit.

Het gaf me energie, stuwde me voort, spitste mijn geest toe, verscherpte mijn zintuigen.

Ik wist nu wat me te doen stond.

Wayne ging de steigertrap naar het strand af. Misschien wilde hij zich ervan vergewissen dat Pablo dood was. Misschien wilde hij het lijk verplaatsen, het verbergen of zich ervan ontdoen. Of misschien wilde hij alleen maar kijken of er niets met de zodiac aan de hand was.

Het sissen van een pneumatische deursluiter.

Ik gluurde om de hoek van het gebouw en zag Verne uit de zijdeur komen. Hij haalde iets uit zijn zak wat glinsterde. Het klikken van een aansteker, een wolkje rook. Hij hield de vlam bij het bolle eind van een glazen cocaïnepijp, zoog de rook in, hield hem in zijn longen en hoestte hem uit.

Ik liet me op mijn knieën zakken en kroop langs de voorkant van de lodge. De veranda strekte zich langs de hele voorgevel van het gebouw uit, zo'n anderhalve meter boven de grond. Ik bewoog me geruisloos, bleef dicht langs de houten onderkant.

Ik deed mijn best om in evenwicht te blijven, al viel dat niet mee, want de helling tussen de lodge en het water was steil. Toen ik het houten looppad bereikte dat de veranda met de trap naar de steiger verbond, hield ik halt.

Wayne keek niet op naar de lodge, al geloofde ik niet dat iemand binnen de gedempte schoten had gehoord. In de grote kamer was het nog steeds donker. Het enige licht kwam van de achterveranda op de noordwestelijke hoek.

Ik kroop verder, onder het looppad door, dat zich een kleine meter boven de steile helling bevond, wurmde me door een smalle opening tussen met creosoot bewerkte palen en ging langs de onderkant van de veranda terug tot ik onder de achterveranda was.

Nu ik aan de westkant van de lodge was, dacht ik ongezien over het korte stuk naar het bos te kunnen kruipen. Dat was de enige manier om bij het water en de boot te komen, maar als ik door dat dichte bos moest lopen...

Stemmen.

Ik liet me zo plat mogelijk op de grond zakken.

Russell zei met zijn kalme stem iets wat ik niet kon verstaan. Toen kwam er antwoord, en ik herkende de stem van Travis: '... zijn we niet voor ingehuurd.'

Hun stemmen werden zachter, redelijker, maar hoe ik mijn oren ook spitste, ik kon niets verstaan.

Ik vroeg me af hoe lang het zou duren voordat Wayne bij de lodge terug was en vertelde dat hij zojuist een jonge Mexicaan had doodgeschoten, iemand van het hotelpersoneel – en een gijzelaar. Ze zouden zich meteen afvragen hoe een van de gijzelaars had kunnen ontsnappen. Ze zouden de koppen tellen. En dan merkten ze algauw dat ik ook verdwenen was.

Reken maar dat ze dan tot represailles zouden overgaan. Nog meer 'lesjes'.

De grond was van zachte aarde, maar hier en daar lagen verrassingen begraven, stenen en takjes waaraan ik mijn knieën schaafde. De smalle strook gras lag recht voor me, en daarachter was het bos. De enige manier om bij het water en de boten te komen.

En toen hoorde ik Travis' stem, jengelend, bijna smekend: '... honderd miljoen. Niet vijfhonderd miljoen, man, kom nou, wat doen we hier? Jezus, Russell, dat gaat veel verder dan... dan...'

Russell mompelde iets geruststellends.

Travis sprak, maar er zweefde niet meer dan een fragment door de lucht naar me toe: '... je celmaat uit Lompoc.'

Lompoc, dacht ik. Dat was een gevangenis. Een federale gevangenis. Hij moest het over Russells celgenoot in de Lompoc-gevangenis hebben.

John Danziger: *Een van hun werknemers werd in Zuid-Amerika gearresteerd toen hij daar een kind wilde terughalen. Op grond van internationale verdragen werd hij van kidnapping beschuldigd. Hij zat een paar jaar achter de tralies in de Verenigde Staten.*

Nu verhief Russell zijn stem: 'Nee, Travis, nu moet je heel goed naar me luisteren. Hij interesseert zich maar voor één ding, en dat is dat hij vandaag voor sluitingstijd zijn zevenennegentig komma vijf miljoen dollar op die bankrekening in Liechtenstein krijgt. Als hij dat heeft, is hij uit de problemen.'

Wie was 'hij' – Russells celgenoot?

Travis onderbrak hem, maar ik kon hem niet verstaan.

Mijn hoofdhuid prikte.

Zevenennegentig komma vijf miljoen.

Uit de problemen.

Liechtenstein.

Vandaag voor sluitingstijd.

Dus dit was niet zomaar een slimme overval door een bende van ex-militairen. Ze waren ingehuurd.

Ik ging rechtop zitten, hield mijn hoofd net onder de vloer van de veranda. Ik wachtte, spitste nog meer mijn oren, maar gaf het ten slotte op. Toen kwam ik met bonzend hart overeind en rende naar de rand van het bos.

64

Een ogenblik keek ik vanuit het dichte dennenwoud naar de lodge terug.

Een lange, slanke figuur keek uit het verandaraam: Russell.

Misschien was hij alleen maar ongeduldig en vroeg hij zich af waar Wayne bleef. Per slot van rekening had hij een tijdschema waaraan hij zich moest houden.

Ik klauterde de steile helling af naar de kust. Naaldwouden, vooral maagdelijke, primitieve bossen als dit, waren te vergelijken met de jungle in het Amazonegebied. Ik klom door helse, stekelige struiken, bosjes eeuwenoude, met mos bedekte dennen, gigantische douglassparren en opzij stekende boomwortels. Verwrongen dennen met takken zo dicht op elkaar dat ik amper een meter voor me uit kon kijken. Takken sloegen tegen mijn gezicht. Boven mij was het baldakijn van het woud zo dicht dat ik de sterren niet kon zien.

Toen ik over een berg bladeren en dennennaalden stapte, kwam mijn voet tegen iets hards.

Ik klapte voorover en greep mijn scheen vast, en toen ik zag wat het was, scheelde het niet veel of ik schreeuwde het uit.

Een gemanicuurde hand. Dwars door de laag bladeren die over Danzigers lichaam was gestrooid zag ik de lichtblauwe mouw van het alligatorshirt.

Daarnaast lag nog een berg bladeren: Alan Grogan.

En er lag een derde lichaam, bedekt met bladeren en takjes. Met de punt van mijn schoen haalde ik daar genoeg van weg om een jongeman met een donkere huid in een spijkerbroek en een sweatshirt te kunnen zien. José, wist ik meteen. Pablo's vriend. De eerste die ze hadden gedood, toen ze net waren aangekomen: het schot dat we onder het diner allemaal hadden gehoord. Waarschijnlijk had hij hen aan land zien komen toen hij de boten aan het schoonmaken was.

Geschokt door wat ik had gezien, trok ik mijn voet weg, liep vlug door en struikelde over een boomwortel. Ik viel voorover en sloeg met mijn voorhoofd tegen een ruwe rots.

Enkele seconden haalde ik diep adem en liet ik de pijn tot mijn hele lichaam doordringen. Toen dat niet lukte, beet ik op mijn lip en probeerde ik de pijn met pure wilskracht te verdrijven.

Toen ik overeind krabbelde, bonkte er iets in mijn hoofd. Mijn gezicht was geschramd en geschaafd door de takken. Het schrijnde.

Aan het bulderen van de golven hoorde ik dat ik nu dichtbij was.

Het terrein was zo steil geworden dat ik alleen maar glijdend naar beneden kon gaan. Door me vast te grijpen aan de tak van een omgevallen boom kon ik voorkomen dat ik over de rand viel en in zee terechtkwam.

Er was hier geen strand, alleen een smalle richel. Maar het water was ondiep en het was de enige manier om bij de steiger te komen. Langzaam liet ik mijn voeten in de branding zakken. Ik bereidde me mentaal voor op schokkende kou, maar het viel mee.

Ik waadde langs de oever en lette er daarbij op dat het water niet tot mijn middel kwam. Bucks revolver zat in mijn zak, en die had ik misschien nog nodig.

De oever slingerde zich langs de bomen naar het smalle strand. Het water werd steeds kouder, of misschien had ik me in het begin alleen maar verbeeld dat het warm was. Mijn benen raakten verdoofd. Mijn broekspijpen schuurden over mijn kruis.

Als ik het bos voorbij was, zouden ze me vanuit de lodge kunnen zien. Ik keek omhoog en zag niemand.

Wayne was weg. Ik nam aan dat hij naar de lodge terug was gegaan toen ik door het bos klom.

De zodiac dreef in het water, vastgelegd aan de steiger. Dicht bij de boot lag Pablo's lijk in het zand.

De zodiac was een klassieke militaire opblaasboot, een commandoboot met een huid van leerachtig, zwart synthetisch rubber. Het leger schenkt ze aan brandweer- en politiekorpsen, en soms komen ze op de zwarte markt terecht.

Zo'n zeven meter lang, waarschijnlijk bestemd voor vijftien personen. Op het zwarte multiplex aan de achtersteven zat een 25pk Yamaha-buitenboordmotor. Een goede, lichte motor, krachtig genoeg maar niet te luidruchtig. Twee aluminium roeispanen lagen in dollen: nog veel stiller.

Toen ik dichterbij kwam, zag ik dat de boot niet alleen was vastgelegd. Er zat een slot op. Een kabel verbond de zodiac met een stalen klamp die aan de steiger vastzat. Het was ook een sterke kabel van strengen staal, met een coating van doorzichtig plastic. De lus aan het eind ging door een zwaar koperen hangslot.

Ik deed mijn best om de wanhoop die in me opkwam terug te dringen.

Was er een manier om de kabel los te krijgen? Ik hees me uit het water, klom op de steiger en ging meteen plat op de splinterige planken liggen om niet te gemakkelijk zichtbaar te zijn vanuit de lodge. Ik boog me voorover en trok aan de klamp om te kijken of ik hem los kon wrikken.

Een zwavellucht kwam als moerasgas omhoog en belaagde mijn neusgaten.

Toen ik met de klamp bezig was, het metaal koud en glad in mijn handen, hoorde ik het water dat onstuimig tegen de donkere, onheilspellende palen van de steiger klotste.

De stalen klamp zat te goed vast en de kabel was te sterk. Deze boot ging nergens heen. Ik zou door het bos naar boven moeten klimmen om een draadschaar te zoeken. Misschien lag er een in de onderhoudsschuur.

Dat betekende dat ik tijd verloor en misschien gezien zou worden. Kon ik het riskeren? Als het moest...

Moedeloos stond ik op.

En voelde een hand op mijn schouder.

65

Al voordat ik me omdraaide, wist ik wiens hand het was. Ik had Wayne niet horen aankomen: ik was afgeleid en het geluid van zijn voetstappen was verloren gegaan in het bulderen van de branding.

Nu keek ik in het kleine zwarte gaatje aan het eind van de geluiddemper die hij op zijn zwarte SIG-Sauer had geschroefd.

Je zet geen geluiddemper op een pistool als je niet van plan bent het te gebruiken.

'Goh, jij zit vol verrassingen, hè?' zei hij. 'Je kunt niet ontsnappen, weet je.'

Ik had Bucks revolver in mijn zak, als ik daar op tijd bij kon komen. Maar een ongedempt schot zou aandacht uit de lodge trekken, aandacht die ik niet wilde. Ik kon beter het mes gebruiken.

Als ik het kon pakken zonder dat hij het zag en me eerst doodde.

Ik haalde lang en langzaam adem. 'Wie zegt dat ik wil ontsnappen?'

'Doe je handen omhoog, Jake,' zei hij, 'en kom weer binnen. Ik wil je geen kwaad doen. Echt niet.'

Hij wist niet dat ik hem de trekker had zien overhalen.

Ik keek automatisch naar Pablo's lichaam in het zand achter hem.

Zijn ogen bleven strak op de mijne gericht; hij wist wat ik had gezien.

'Kom, laten we gaan,' zei hij. 'Handen omhoog, Jake, en er gebeurt je niets. Dat beloof ik.'

Ik had hem bijna nooit eerder horen praten. De man die zojuist Pablo had vermoord, had een verrassend zachtmoedige manier van doen. Zijn hoge stem klonk bijna melodieus.

En hij wist mijn naam. Dat was interessant.

Ik had al eens eerder gedood en had gedacht dat ik het nooit meer zou hoeven te doen.

Ik wilde het niet.

Dwing me niet je te doden.

'Jake. Weet je, je hebt eigenlijk geen keus.'

'Nee, eigenlijk niet.'

'Oké,' zei hij. 'Nu ben je verstandig.'

Ik boog mijn hoofd alsof ik nadacht over wat ik allemaal kon doen, en mijn rechterhand tastte onzichtbaar naar mijn achterzak en haalde heel langzaam het mes tevoorschijn.

Pablo was gestorven omdat ik het niet had kunnen opbrengen om voor de tweede keer in mijn leven iemand te doden.

Eigenlijk lag het zo simpel. Ik had niet alleen Wayne verkeerd beoordeeld, al speelde dat ook mee. Maar ik had het ook niet kúnnen doen.

Nu wel.

Ik knikte, drukte met mijn duim op de knop van het mes en voelde een schokje in mijn hand toen het lemmet naar buiten schoot.

En toen viel ik hem aan.

De man die zojuist Pablo had doodgeschoten. Ik zag hem als door dichte mist.

Mijn hart ging tekeer. Een snelle opwaartse uithaal naar zijn keel, en zijn mond ging verschrikt wijd open, zodat ik de kleine puntige tandjes van een woest wezen uit de wildernis kon zien.

Zijn knieën begaven het en hij viel achterover. De steiger

schudde ervan. Zijn pistool kletterde op de planken en gleed bijna naar de rand.

Nu had ik het mes tegen zijn keel en zat ik met mijn knieën op zijn borst. Het maanlicht glansde op het lemmet. Het glinsterde en fonkelde. Het bloed stroomde uit een snee vlak onder zijn hals.

'Je weet wat dit mes kan doen,' zei ik. 'Als je een paar vragen beantwoordt, laat ik je gaan.'

Hij knipperde een paar keer met zijn ogen en ik zag vanuit mijn ooghoek dat zijn rechterhand in beweging kwam. Ik drukte het lemmet tegen zijn huid. 'Geen beweging.'

'Wat wil je weten?'

'Wat gebeurt er als jullie het geld hebben?'

Hij knipperde snel met zijn ogen: nerveus. Zijn blik ging naar boven, naar rechts, en terug. 'Ik krijg bijna geen lucht. Je knie...'

'Wat gebeurt er met ons?'

'Maak je geen zorgen, Jake,' zei hij. 'We laten niemand achter.'

Ik keek naar zijn gezicht, zag de eerste vage aanduiding van een glimlach, niet meer dan dat.

'Wat bedoel je daar nou weer mee?' zei ik, al wist ik het.

Hij gaf geen antwoord. Ik trok het lemmet licht over zijn keel. Er verscheen een nieuw streepje bloed.

'Hé!'

'Wie heeft jullie ingehuurd?'

'Jullie.'

Ik trok weer met het mes door zijn huid, nu een beetje dieper.

'Jij snapt het niet, hè? Wij zijn alleen maar personeel, net als jullie. We doen gewoon ons werk. Kom op, Jake. Even serieus. Je hoeft geen geweld te gebruiken.'

Ik zette mijn tanden op elkaar; mijn hand beefde. Hij dacht waarschijnlijk dat ik bang was.

Dat was ik niet, niet meer. 'Zeg dat maar tegen die jongen op het strand daar.'

'Dat heb ik gezien. Het is jammer.'

'Ik heb het ook gezien. Ik zag je drie kogels in hem pompen. Nog één vraag, Wayne. Wat zei je helemaal aan het eind tegen hem?'

Nu kon hij zijn glimlach niet meer inhouden. 'Ik zei tegen hem dat hij de *cucaracha* moest dansen.'

De tranen trokken een waas voor mijn ogen.

Wayne haalde diep en moeizaam adem. 'Hij leek net een marionet, vond je niet?'

Het bloed bulderde in mijn oren, en ik was in de donkere tunnel, vloog daar in volle vaart doorheen, zonder uitgang.

Ditmaal sneed ik zonder me in te houden, en er spoot een geiser van bloed uit zijn hals. Zijn camouflageshirt en vest kwamen eronder te zitten. Hij maakte een stikkend, kokhalzend geluid. Zijn rechterhand graaide in de lucht, met stuiptrekkende vingers.

Met beide handen gaf ik zijn lichaam een harde duw. Het maakte een grote plons.

66

De adrenaline trok uit mijn bloedsomloop weg. Ik voelde me helemaal uitgeput. Het was of mijn armen en benen van rubber waren.

Ik stond op, al konden mijn knieën me nauwelijks dragen. Veegde het bloed van mijn mes, liet het lemmet naar binnen schieten en stopte het mes in mijn achterzak. Ik vocht tegen een golf van misselijkheid. Toen dacht ik aan Waynes SIG-Sauer. Ik pakte het pistool van de rand van de steiger en stopte het achter mijn broeksband.

Ik verzamelde kracht om de helling weer op te gaan,

dwars door het dichte kreupelhout heen, naar de gereedschapsschuur, waar ik misschien een draadschaar zou vinden.

Toen hoorde ik ergens boven me een schelle kreet.

De kreet van een vrouw, snel gesmoord.

Van de oostelijke kant van de lodge, de kant waar Verne
zijn rookpauzes nam, kwamen de silhouetten van twee
mensen. De een duwde de ander.

Het was Verne, en hij had een vrouw bij zich.

Ik rende de houten trap op. Het kon me niet meer schelen of
Russell of iemand anders me zag.

Toen ik dichterbij kwam, hoorde ik geluiden van een
worsteling. Enkele ogenblikken begreep ik niet wat er gebeurde, waarom Verne boven op Ali zat, haar tegen de
grond drukte, waarom er iets in haar mond was gedrukt en
haar rok omhoog was getrokken en haar zachte kwetsbare
huid was blootgelegd, maar op het moment dat ik het begreep, hielden mijn hersenen op met werken.

67

Ik was op die vreemde en tegelijk vertrouwde plaats waar
mijn hart gestaag bonkte en de woede als hormonale
brandstof met een hoog octaangehalte door mijn aderen
joeg. Ik had nog maar één doel. Ik was in trance, in een tunnel. De hele wereld was verkleind tot alleen hem en mij.

Verne keek geschrokken op toen ik naar hem toe rende,
maar hij kon zich niet goed bewegen. Niet met zijn broek
omlaag, met zijn verkleurde witte shorts om zijn knieën.
Niet met zijn opgezwollen fallus die zich als een bietenrode

opgestoken duim uit een bos vaalbruin schaamhaar verhief. Niet zolang hij met beide handen en voeten grote moeite moest doen om Ali tegen de grond te drukken.

Ze kronkelde en verzette zich tegen hem, deed verwoede pogingen om zich te bevrijden, maar haar handen waren aan elkaar vastgebonden en bovendien was hij veel sterker dan zij. Haar gezicht was rood van inspanning. Haar kreten werden gesmoord door het slipje dat hij in haar mond had gestopt.

Toen bracht hij – kwaad naar mij opkijkend, nog steeds op Ali's dijen geknield – zijn rechterarm omhoog. Hij greep naar zijn holster, die achter hem ergens in zijn broek zat.

Ik had Bucks revolver in mijn zak en Waynes pistool achter mijn broeksband, maar in mijn razernij was ik beide wapens vergeten. Ik haalde uit en schopte hem hard in zijn keel. Daarbinnen kraakte en bezweek er iets.

Verne maakte een *oefff*-geluid en stootte toen een razende, dierlijke kreet uit. Hij wankelde, verloor zijn evenwicht, maar had zich snel weer onder controle. Hij ging op zijn knieën zitten en wilde gaan staan. Tegelijk pakte hij zijn broek en probeerde hem op te hijsen.

Ali draaide zich weg. Haar gezicht was geschramd, haar lipstick was grotesk uitgesmeerd en uit haar ogen lekten tranen. Haar blouse was gescheurd, zodat je een deel van haar beha kon zien.

Hij greep niet meteen naar zijn wapen. In plaats daarvan stuwde hij zichzelf vanuit hurkpositie omhoog, greep mijn voet vast, draaide hem en pompte zijn andere vuist in het midden van mijn borst. Ik klapte voorover en wankelde achteruit. Alle lucht was uit mijn longen verdreven.

Mijn hele wereld had nu nog maar één doel: dat monster grof geweld aandoen.

Hij zat weer op zijn knieën en had inmiddels zijn revolver gepakt. Hij hield het op me gericht. Hij huiverde en beefde en de hand met het wapen trilde. Zijn ogen dansten. De speed had zijn reactievermogen misschien versneld, maar tastte ook zijn zenuwstelsel aan; hij kon het wapen niet rustig vasthouden.

Met mijn ene hand greep ik de pols van zijn hand met het wapen vast, en met mijn andere hand het wapen zelf, dat ik omkeerde. Zijn vinger was in de trekkerbeugel blijven steken, zoals ik had verwacht, en toen ik het wapen uit zijn greep trok, hing zijn trekkervinger er heel vreemd bij. Blijkbaar was hij gebroken.

Toen gooide ik zijn revolver weg en pompte mijn elleboog in zijn gezicht. Hij maakte een gesmoord geluid en viel achterover. Hij kreunde en ging met enige moeite rechtop zitten, snakkend naar adem.

Ik concentreerde me op dat beeld van Ali, tegen de grond gedrukt door zijn knieën en armen, haar naaktheid, haar schoonheid en kwetsbaarheid, en het beetje terughoudendheid dat ik nog had, was weg.

Ik greep zijn mouwen van achteren vast en dreunde met het volle gewicht van mijn lichaam tegen zijn achterhoofd. Mijn voeten kwamen van de grond en ik drukte zijn hoofd met mijn hele gewicht omlaag. Zijn keel gorgelde. Zijn hals boog helemaal naar voren, tot zijn kin tegen zijn borst kwam, en ik voelde dat zijn hoofd een schokje maakte. Hij ademde nog één keer snel in en toen knapte zijn nek.

Enkele seconden bleef ik op hem liggen. Toen rolde ik van hem af, hijgend, mijn hart bonkend.

Ik stond op, liep naar Ali toe, die uitgeput in het gras lag, knielde bij haar neer en trok de prop uit haar mond. Ik sloeg mijn armen om haar heen en drukte haar tegen me aan. Haar gezicht lag nat en verhit tegen mijn shirt.

Ik hield haar bijna een minuut vast. Ze snikte. Ik hield haar stevig vast en wachtte. Toen ze langzamer snikte, liet ik haar los. Ik haalde het mes tevoorschijn en sneed het touw door om haar handen los te maken.

68

'We moeten hem hier weghalen,' zei ik. Ik pakte het touw op dat ze om haar polsen had gehad en stopte het in mijn achterzak. 'En we moeten hier zélf ook weg. Voordat iemand naar hem op zoek gaat.'

'Landry,' zei ze. Ze kwam langzaam overeind. Haar stem beefde. 'Wat je deed...'

'Later,' zei ik. 'Kom, help me.' Vernes kleine roestvrijstalen revolver lag in het gras. Ik raapte hem op en stak hem achter mijn riem. Ik pakte Vernes benen vast en zij zijn armen. Ze leek verdoofd maar ging door. Hij was lichter dan Buck was geweest, maar toch had Ali er moeite mee. Ze had bijna geen kracht meer.

Het bos begon vlak achter de schuur. We hadden maar een meter of zo door het dichte kreupelhout afgelegd, of ze liet zijn armen vallen. 'Ik kan niet meer,' zei ze hijgend.

'Dit is ver genoeg,' zei ik. Het lijk was vanuit de lodge niet te zien, want de schuur stond ervoor.

Ik zocht in zijn vest en pakte alle extra munitie die ik kon vinden. Hij had een extra paar magazijnen in een van de zakken; die waren al geladen.

We stonden achter de schuur, zij met haar gezicht in de schaduw.

Haar lipstick was uitgelopen en haar gezicht zat onder de schrammen en tranen. Het brak mijn hart. Voorzichtig bracht ik mijn hand naar haar gezicht en veegde haar tranen en de uitgelopen make-up weg. Ik wilde de satijnzachte huid van haar gezicht voelen. Ze deed haar ogen dicht, voelde zich blijkbaar getroost door mijn aanraking.

'Gaat het?'

Ze knikte, begon weer te snikken.

'Ali.' Ik streelde haar haar.

'Wie ben jij, Landry?' fluisterde ze.

69

'Er is geen tijd,' zei ik. 'Russell kan elk moment merken dat wij er niet meer zijn. Misschien heeft hij het al gemerkt. We praten later. Nu heb ik je hulp nodig.'

Ze stelde allerlei vragen. Haar hersenen draaiden op volle toeren.

'"Vandaag voor sluitingstijd" moet betrekking hebben op Europa,' zei ze. 'Liechtenstein. Als ik het me goed herinner, ligt dat naast Zwitserland. Negen uur later. Als hun banken dezelfde uren aanhouden als de onze, wil dat zeggen dat Russell geen geld kan overmaken na zeven uur morgenvroeg.'

'Heb je een klok in de wildkamer gezien?' vroeg ik.

'Nee. Maar om deze tijd van het jaar komt de zon hier om vijf uur 's morgens op – ik weet nog dat ik het tijdschema doornam. Het zal dus nu om en nabij halfvijf zijn. Verder moet hij wachten tot onze bank in New York opengaat. Om een uur of negen denk ik – zes uur hier. Hij heeft dus één uur de tijd om het allemaal te laten gebeuren.'

'En wij hebben ongeveer anderhalf uur.'

'Weet je wat zo vreemd is aan dit alles?' zei ze ten slotte.

'Wat?'

'Dat Russell blijkbaar zo goed op de hoogte is. Dat hij zo goed voorbereid is. Dat hij zo veel over de onderneming weet.'

'Hij heeft een informant binnen de onderneming,' zei ik. 'Dat moet wel.'

'Maar zou het mogelijk zijn dat hij voor iemand binnen Hammond wérkt?'

Ik zweeg een ogenblik. 'Dat zei die Wayne, al begreep ik niet precies wat hij bedoelde. Ik vroeg hem wie hen had ingehuurd, en hij zei: "Jullie." Daarmee bedoelde hij Hammond, neem ik aan.'

'Maar waarvoor?'

'Verduistering misschien.'

'Dat is tegenwoordig niet zo makkelijk,' zei Ali. 'In elk geval niet sinds Enron. Er kijken te veel mensen in de boeken.'

'Dus als je een lading geld wilt stelen, moet je creatief zijn, hè?'

'Ik denk het. Ik weet daar niet zo veel van. Maar waarom zou je zoiets doen – een kidnapping? Waarom zou je Russell en zijn mannen inhuren om zoiets groots en smerigs en buitengewoon riskants te doen?'

Ik knikte. 'Daar kan maar één reden voor zijn, denk ik: je wilt mensen laten denken dat het iets anders is dan het is.'

'Ik kan je niet volgen.'

'Dat zit me zo dwars aan die hele kidnapping. Het ligt er allemaal zo dik op. Het... ik weet het niet, het lijkt allemaal wel in scène gezet.'

'In scène gezet?'

'Heb je ooit gehoord van iets wat ze een *autosecuestro* noemen?'

Ze schudde haar hoofd.

'Dat gebeurt van tijd tot tijd in Latijns-Amerika. Het is een in scène gezette kidnapping. Een zélfkidnapping. Mensen doen alsof ze worden gekidnapt om geld van hun werkgever of een verzekeringsmaatschappij te krijgen. Of zelfs van hun eigen familie.'

'Een truc dus.'

'Min of meer.'

'Maar... wat voor gigantische hebzucht zet iemand ertoe aan om zoiets krankzinnigs te doen? Al dat bloedvergieten!'

'Misschien was het niet de bedoeling dat er mensen werden vermoord. Misschien doet Russell dat op eigen houtje. En misschien zit er geen hebzucht achter.'

'Wat dan?'

'Misschien wanhoop.'

'Huh?'

'Kijk eens naar al die kerels van ons managementteam – dat zijn toch geen roekeloze types? Zeker, sommigen zijn hebzuchtig. Geen twijfel mogelijk. Maar uit hebzucht zouden ze niet zo ver gaan.'

'Wat kan hen dan wel tot zoiets aanzetten?'

'Twee dingen, denk ik. De angst te worden gedood – of de angst om naar de gevangenis te gaan.'

'Maar wíé?'

Ik schudde mijn hoofd.

'Misschien moeten we kijken wie de kans heeft gehad Russell privé te ontmoeten,' zei ze.

'Wij allemaal toch? Toen hij zijn gesprekken met ieder van ons afzonderlijk hield.'

'Maar toen er problemen kwamen, toen er beslissingen genomen moesten worden, moest degene die Russell had ingehuurd onder vier ogen met hem praten. Hij moest dus een manier vinden om dat te doen zonder dat de rest van ons het merkte. Hij had een excuus nodig.'

'Iedereen die naar het toilet wilde, kan in het geheim met Russell hebben gepraat zonder dat we het ooit zouden weten.'

'En Upton Barlow moest nogal vaak naar de wc,' zei ik. 'Vanwege zijn prostaatprobleem. En Geoff Latimer, met zijn diabetes.'

'Wist je dat hij diabetes had?' zei ze.

'Ik had hem voor vandaag nog nooit ontmoet. Al had hij wel injectiespuiten in zijn koffer.'

'Het is vreemd, maar toen ik op Personeelszaken werkte, heb ik nooit medische declaraties van Latimer gezien die iets met diabetes te maken hadden.'

'Geoff Latimer? Kom nou. Van alle kerels hier zou ik het minst van Latimer verwachten dat hij zoiets doet. En bovendien, wie is er trouwer aan Cheryl?'

'En zij is hem ook trouw. Neem nou dat onzinnige dreigement van Bodine om aan de raad van commissarissen voor te leggen dat Slattery de computerbeveiliging wilde versterken en dat zij dat heeft afgewezen.'

Slattery had gezegd dat hij met een laptop vanuit een Starbucks net zo veel geld kon overmaken als hij wilde. 'Wat is daarmee?'

'Je zag dat zij de klappen opving.'

'De klappen opving? Ik dacht dat het haar schuld was.'

'Dat is nou typisch Cheryl. Ze neemt altijd zelf de verantwoordelijkheid. Maar ze is overgehaald om Slattery's plan níét uit te voeren – door een van haar naaste adviseurs.'

'Geoff Latimer,' zei ik, en ik bleef staan.

70

De nachtelijke hemel was nog blauwzwart en helder en bezaaid met sterren, maar aan de horizon kwam een vaag schijnsel opzetten.

We renden diep voorovergebogen om de achterkant van de lodge heen. Ali nam Vernes stompe kleine Smith & Wesson-revolver over omdat die klein was en in haar hand paste en omdat ze bang was voor semiautomatische wapens. Ik hield de Ruger.

Ik verborg de SIG-Sauer om hem achter de hand te hebben als we hem nodig hadden.

Tussen de bomen achter de lodge stond de onderhoudsschuur. Het was een rustiek oud bouwsel, verweerd en opgetrokken van planken. De verf op de deur bladderde af. Op de deur zat een oeroud koperen hangslot met een roestige stalen beugel. Het slot zat trouwens niet dicht, maar ging meteen open, zoals de bedrijfsleider ook had gezegd.

Binnen hing een sterke geur van olieverf, insecticide en benzine.

De vloer was van oud multiplex. Ik sloot de deur achter haar, deed de zaklantaarn aan en legde hem op een werkbank. Hij verlichtte een deel van de wand en wierp een zwak lichtbruin schijnsel door de kleine ruimte.

Ik maakte Bucks walkietalkie van mijn riem los, deed hem aan en zette hem harder. Hij stond nog op kanaal 5, dat Russells mannen hadden gebruikt.

Maar op kanaal 5 was alleen vage ruis te horen.

'Ze kunnen van kanaal zijn veranderd,' zei Ali.

'Of ze gebruiken die dingen niet meer. Ik wil dat je alle eventuele gesprekken volgt. Luister naar alles waaruit we kunnen afleiden wat ze doen. En hou die revolver in je hand.'

'Waar ga je heen?' Ze klonk geschrokken.

'Ik wil zien waar Russell en zijn broer zijn.'

'Waarom?'

Ik keek haar rustig aan. 'Als ze op de achterveranda zitten, kan ik ze misschien verrassen.'

'Verrassen...?'

'Neerschieten, Ali. Uitschakelen. Eén of allebei.'

'Jezus, Landry!'

'Red je je hier wel?'

'Maak je je zorgen om míj?'

'Kun je met die revolver schieten, als het moet?'

'Ik kan een vuurwapen gebruiken.'

'Dat weet ik. Ik bedoel of je jezelf zo ver kunt krijgen.'

Ze haalde diep adem. 'Als het moet,' zei ze. 'Ik denk van wel.'

De eerste verrassing was de achterveranda: daar was niemand. Hij was donker en leeg.

De tweede verrassing was de wildkamer, waarvan de houten zonwering dicht was. Die was de hele nacht open geweest, al waren de ramen dicht geweest. Nu de zonwering dicht was, kon ik niet naar binnen schieten; dat was te riskant.

Dat betekende dat ze wisten dat wij buiten waren. Ze hadden voorzorgsmaatregelen genomen.

Ik liet me op de grond zakken en wachtte ongeveer een minuut. Ik luisterde of ik een beweging hoorde, wachtte of ik iemand naar buiten zou zien kijken. Toen ik er vrij zeker van was dat er niemand naar me keek, stond ik op en rende ik naar het schuurtje terug.

Ik ging voor de dichte deur staan en zei zachtjes: 'Ik ben het.'

De deur ging langzaam open. Ali stond met de revolver in haar hand alsof ze dat elke dag deed. Ze keek me vragend aan, maar zei niets.

Ik ging naar binnen en deed de deur achter me dicht. 'Ze weten het,' zei ik.

'Wat weten ze?'

'Dat ik hier buiten ben. Misschien inmiddels ook dat jij buiten bent.'

'Hoe kun je daar zo zeker van zijn?'

Ik legde het uit.

'Wat betekent dat?' zei Ali. 'Wat gaan we doen?'

'We gaan over op plan B. Ik ga de generator uitzetten. Dat heeft twee gevolgen.'

'Ze kunnen het geld niet overmaken als ze geen stroom hebben,' zei ze.

'Precies. En bovendien kan alleen ik de kabel weer vastmaken.·Dat betekent dat ze moeten samenwerken als ze het geld willen. Ze zullen er ook door gedesoriënteerd raken. In de verwarring probeer ik weer naar binnen te gaan zonder dat ze het zien.'

'Naar binnen? Waarvoor?'

'Om de anderen eruit te halen. Intussen wil ik dat jij hier blijft en kijkt of je een zware draadschaar kunt vinden.'

'Voor de zodiac,' zei ze.

Ik knikte.

'Als er hier een draadschaar was, zou jij hem al hebben gepakt, Landry. Ik weet wat je bedoeling is. Je wilt dat ik hier blijf.'

Ik aarzelde maar even. 'Ja,' gaf ik toe. 'Ik wil dat je er niet bij bent als het op schieten uitdraait.'

'Ja, nou, ik blijf hier niet binnen. Ik wil doen wat ik kan.'

'Het beste wat je kunt doen, is in leven blijven. Als mij iets overkomt, kun jij misschien hulp halen. Misschien ligt er daar een roeiboot die je kunt gebruiken.'

'Lieg niet tegen me, Landry. Als daar een roeiboot was, zou je dat al hebben gezegd.'

Ze wist natuurlijk hoe mijn geest werkte. 'Goed,' zei ik ten slotte. 'Maar ik wil dat je hier in ieder geval blijft tot de stroom uitvalt. Hou het huis in de gaten.' Ik duwde de deur een klein beetje open en keek naar buiten. In het keuken-raam was een zwak licht te zien. 'Als je ziet dat de generator uit is, ren je naar de keukeningang.'

Toen bedacht ik iets. Ik scheen met de zaklantaarn over de wanden. Gereedschap hing in rechte rijen aan het gaat-jesbord of aan haken. Op de smalle houten planken zag ik blikken verf en verfverdunner en plastic flessen met tuin-chemicaliën en tuinslangsproeiers. Op een andere plank motorolie, benzine en bougies. Stapels spullen op de vloer, het enige rommelige aan de schuur.

Naast de verfblikken op de plank vond ik iets wat zou kunnen werken: een keurig opgevouwen stoflaken van can-vas. Ik schudde het open, nam Bucks mes en sneed er een lange rechthoek uit.

'Kun je je rok optillen?' zei ik.

Ze keek me nieuwsgierig aan en begreep toen wat ik wil-de doen. Ze trok haar rok omhoog. Ik hield de kleine Smith & Wesson-revolver tegen haar dij en sloeg toen de reep can-vas om zowel de revolver als haar dij, net strak genoeg om het wapen op zijn plaats te houden: een geïmproviseerde holster.

'Je mag het me wel uitleggen,' zei ze.

Ik trok de rok weer omlaag. Omdat de revolver nog door de stof heen te zien was, veranderde ik een paar dingen. Ik verschoof de revolver dichter naar de binnenkant van haar dij, waar hij niet meer zo naar buiten stak.

'Verrassingselement,' zei ik. Ze knikte.

'Probeer het. Zorg dat je het snel kunt, als het moet.'

Terwijl ze oefende, scheen ik met de zaklantaarn over de wanden van het schuurtje. Ik richtte de lichtbundel ook op de stapels die op de vloer lagen.

En zag de kisten die hier niet thuishoorden.

Zo te zien was het extra munitie. Russells mannen hadden de kisten meegebracht en hier weggestopt. Maar voor zover ik kon zien, waren er geen vuurwapens bij.

Toen viel mijn blik op een aantal rode cilinders die ongeveer de grootte en vorm van colablikjes hadden.

Ze hadden een opdruk in het zwart: AN-M 14 INCEN TH

'Is dit van hen?' vroeg ze.

'Ja.'

'Wat zijn het?'

'Brandhandgranaten.'

'Handgranaten.'

'Ja. Om brand te stichten.'

'Waarvoor?'

'Het leger gebruikt ze om dingen snel te laten afbranden. Het gaat veel sneller dan wanneer je benzine gebruikt en het wordt ook veel heter.'

'Allemachtig. Denk je dat ze dat willen doen voordat ze weggaan? Een van die dingen naar binnen gooien? De lodge verbranden met iedereen erin?'

'Ja, dat vermoed ik. Maar pas wanneer het geld is overgemaakt.'

'En dat kan hij niet zolang er geen stroom is. En voordat

jij de satellietkabel hebt gerepareerd.'

'Precies.'

'Landry,' zei ze. 'Die granaten. Is dat iets… wat wij kunnen gebruiken?'

'Misschien wel.' Ik dacht daar even over na. En toen vertelde ik haar hoe.

'Ik ga nu,' zei ik. 'Weet je zeker dat je dit wilt doen? Als je ook maar enigszins…'

'Natuurlijk ben ik bang,' onderbrak ze me. Ze deed haar best om dapper te glimlachen. 'Maar maak je geen zorgen om mij. Ik red me wel.'

'Jij redt je altijd,' zei ik, en ik draaide me om. 'Ik zie je aan de achterkant van de lodge. Zodra je de lichten ziet uitgaan.'

'Landry,' zei ze. 'Zorg dat je terugkomt.'

71

De deur van het generatorschuurtje zat natuurlijk niet op slot. Binnen was het heet en rook het naar machineolie; de vloer was van beton.

Ik scheen met de zaklantaarn over de akoestische mantel van grijs plaatmetaal die om de generator heen zat: een Kubota van achttien kilowatt. Hij maakte weinig geluid, alleen een gedempt gerommel.

Ik klapte het bedieningspaneel van de generator open en keek naar de knoppen. Ik zag een aan/uitknop, een brandstofknop, allerlei metertjes en digitale indicatoren.

De walkietalkie aan mijn riem tsjilpte.

Ik verstijfde, luisterde. Hoorde niets.

Zette hem harder.

Ik hoorde het geluid van iemand die op de zendknop drukte. Maar er kwam geen stem. Alsof iemand wilde zenden maar van gedachten veranderde. Of misschien had iemand per ongeluk op de knop gedrukt.

Ik keek weer naar het bedieningspaneel. Als ik alleen de stroom afsloot, schoot ik daar niet veel mee op. Russell en zijn broer zouden korte tijd in verwarring verkeren en misschien zelfs uit hun dekking komen.

Maar de kans was even groot dat hun paranoia alleen maar erger werd. Russell zou Peter de klusjesman bij zich laten komen, en die zou de afstandsbediening met startknop in de lodge proberen, en dan zou het mislukt zijn.

De brandstofknop daarentegen: dat was een idee. Ik kon de stroom afzetten, de motor laten uitgaan en dan de brandstofknop dichtdraaien en een paar minuten wachten. Als ik dan weer op de aan/uitknop drukte, en ook op de brandstofknop, zou alles er normaal uitzien. Maar de generator zou nog steeds niet werken.

Ze zouden de afstandsbediening gebruiken om de generator aan te zetten, en de startmotor zou keer op keer ronddraaien als een oude auto op een winterochtend. Misschien zou Russell de klusjesman naar de generator sturen om het probleem op te lossen. Waarschijnlijk zou hij Travis mee sturen om er zeker van te zijn dat de klusjesman de boel niet saboteerde. Travis zou natuurlijk gewapend zijn – ze wisten dat ik daar ook ergens was.

De klusjesman zou er een hele tijd over doen om te ontdekken wat ik had gedaan. Hij zou het bedieningspaneel controleren, constateren dat alle knoppen op 'aan' stonden en alles was zoals het moest zijn. Verbazing. En intussen zou Russell wanhopig zijn: zonder stroom kon hij niet datgene krijgen waarvoor hij was gekomen.

De walkietalkie tsjilpte weer. Ik bleef staan.

'Jake.'

Russells stem, blikkerig en dof.

'Tijd om weer naar binnen te komen,' zei hij.

Ik verroerde me niet. *Geef geen antwoord, laat hem niet weten dat je hem kunt horen.*

Op de achtergrond hoorde ik wilde kreten.

Maar Russells stem bleef kalm. 'Ik weet dat je daar bent, Jake. Je moet echt terugkomen. Je vriendin maakt zich zorgen.'

72

Ik deed de zaklantaarn uit. Zette de walkietalkie zachter, maar niet uit. De generator bleef aan.

Ik duwde de deur van het schuurtje langzaam open en keek naar weerskanten.

Nergens enige beweging te zien.

Ik sloop in de schaduw langs de rand van het terrein, langs de achterkant naar de onderhoudsschuur, waar ik haar had achtergelaten.

Zelfs in het halfduister, in de verte, kon ik zien dat de schuurdeur openstond en dat binnen het licht aan was.

Ze zou de deur niet open hebben laten staan, en het licht niet aan. Zo slordig was ze niet.

Ik deed nog een paar stappen en keek naar weerskanten, bedacht op elke beweging.

De walkietalkie tsjilpte. 'Het is uit, Jake. Ze is hier. Hé, weet je nog, die Glock 18 waar jij zo veel van weet? Nou, ze gaat er nu nog meer over ontdekken. Persoonlijk. Op de enige manier.'

Een seconde of twee van stilte, en toen een vrouwenstem, een stroom van woorden, hard en koortsachtig en vervormd.

'DOE NIET WAT HIJ ZEGT BLIJF DAAR BUITEN BLIJF
IN VEILIGHEID DOE NIET WAT HIJ ZEGT...'

Ik kon Ali's stem bijna niet herkennen. Dat soort angst
had ik nooit eerder in haar stem gehoord.

Ik pakte de Motorola, maar dwong me op het allerlaatste
moment om hem niet te gebruiken.

Geef geen antwoord.

*Hij doet niets tot hij weet dat je hem kunt horen. Nu weet
hij niet of iemand hem hoort of dat hij in de leegte praat.*

Geef geen antwoord.

Russells stem onderbrak haar kreten. 'Je moet me niet op
de proef stellen, Jake. Je weet wat ik ga doen. Ik wil alleen
maar dat je weer binnenkomt.'

Hij zweeg. Ik bleef zwijgen.

'Als het geld is overgeboekt, kunnen jij, je vriendin en al
je collega's naar huis,' zei hij. 'Maar als je niet binnenkomt... Nou, je moet het zelf weten. Zoals ik al zei: je hebt
altijd een keuze.'

73

De hordeur siste toen ik hem dicht trok.

Het was donker in de hal, maar er kwam licht uit de deuropening van het kantoor van de bedrijfsleider.

Ik sloop erheen. Al voordat ik zag wie er aan het bureau
zat, ving ik een zweem van zijn Old Spice op.

Geoff Latimer keek geschrokken op, maar toen ging de
schrik over in niet meer dan verbazing.

'Slapie,' zei ik.

'Jake!' zei hij. 'Je... Kon je contact met iemand opnemen?'

Ik ging dichter naar het bureau toe. Zag een lijst met

nummers op een vel papier naast het toetsenbord: de bank-rekeningnummers van Hammond. 'Ik kon niet op internet komen,' zei ik. 'Heb jij meer geluk?'

Hij schudde zijn hoofd en keek me behoedzaam aan.

'Het moet vreemd voor je zijn geweest,' zei ik zachtjes, 'toen Cheryl je vroeg dat interne onderzoek te doen.'

'Vreemd?' Hij zag nog bleker dan anders.

'"Wie bewaakt de bewakers?" Nietwaar?'

'Wat bedoel je?'

'Sta op, Geoff,' zei ik.

'Je zou hier niet moeten zijn. Russell zei dat ik het geld moest overmaken, en hij komt terug...'

'Waar geef je jezelf de injecties?'

'Waar doe ik wát?'

'De insuline. Voor je diabetes. Waar spuit je dat in?'

'Jake, ik kan je niet volgen.'

'Er zijn maar drie plaatsen waar een diabeet zich normaal gesproken een injectie geeft,' zei ik. 'Waar doe jij het?'

'Mijn... mijn maag... maar we hebben hier geen tijd voor, Jake.'

Ik greep zijn shirt vast en trok het omhoog.

Zijn gladde, bleke buik. Geen spoor te zien.

Hij keek me scherp aan.

Ik liet het shirt zakken. 'Jij hebt tegen Russell gezegd dat hij Danziger moest doodschieten, hè?'

Hij slikte. 'Waar heb je het over?'

'John wíst het. Hij was erachter gekomen dat je contact met Russell had opgenomen via een oude vriend van je die een beveiligingsbedrijf had waar Russell vroeger voor werkte. En dus moest Danziger sterven, nietwaar, schoft? En Grogan ook.'

Hij keek naar de deur. Misschien verwachtte hij dat Russell of Russells broer hem zou redden. Toen keek hij mij weer aan. 'Jake, dit is krankzinnig. Ik probeer ons te hélpen. Je verspilt tijd die we niet hebben.'

'Dat is waar,' zei ik, en ik haalde de revolver tevoorschijn en zette hem tegen zijn voorhoofd.

'Jézus,' riep hij uit. 'Wat is dat nou? Doe dat ding meteen weg!'

'En allemaal om rijk te worden, hè?'

'Jake, hoe kom je aan dat wapen? Haal dat verrekte ding van me wég!'

Ik drukte harder met de loop van de revolver tegen de deegwitte huid van zijn voorhoofd. Ik zag het rode spoor dat het wapen maakte. De tranen stonden in zijn ogen.

'Maar ik denk dat het ingewikkelder in elkaar zit. Jij hebt geld van de onderneming "geleend" en via een rekening in het buitenland belegd. Maar toen ging het mis met die beleggingen, hè? En je moest snel het verlies dekken. Was het zoiets?'

'Wil je alsjeblieft dat wapen wegdoen?' fluisterde hij. 'Als je niet uitkijkt, gaat dat ding áf! Ben je gek? Ik probeer ons te hélpen, Jake.'

'Je moest ergens honderd miljoen dollar vandaan halen. Je was wanhopig.'

'Wie heeft die idiote ideeën in je hoofd gestopt? Was het Bodine? Slattery?'

'Het zal wel niet je bedoeling zijn geweest dat de dingen zouden gaan zoals ze vandaag zijn gegaan,' zei ik. 'Je hebt Russell niet ingehuurd om de onderneming een half miljard dollar afhandig te maken, hè? Dat was zijn eigen idee. Jouw instructies waren vast wel duidelijk genoeg. Honderd miljoen, nietwaar? Hij moest het laten lijken alsof hij en zijn mannen lompe jagers waren die op het idee kwamen een stel managers te gijzelen en losgeld te vragen.'

Hij keek me met grote ogen aan. Die ogen waren bruin, vertrouwend, de ogen van een kind.

Ik duwde het eind van de loop nog harder tegen zijn slaap, en hij hield zijn adem in. 'Je wist dat Russell veel ervaring met dit soort situaties had, maar je hebt geen research naar hem gedaan, hè?' Toen zei ik nog zachter: 'Je wilde niet dat er mensen doodgingen, hè, Geoff? Dat hoorde niet bij het plan. Zeg het tegen me!'

De tranen riepen over zijn rode wangen.

'Nee,' fluisterde hij. Het leek wel of zijn hele gezicht in elkaar zakte. 'Het had niet zo moeten gaan.'

'Wat had er dan moeten gebeuren?'

Maar Latimer gaf geen antwoord. Hij deed zijn ogen dicht. Zijn onderlip trilde.

'Wat mag jij ook weer graag zeggen: varkens worden geslacht?'

'Nee!' riep hij uit. 'Het was niet voor mij! Ik heb nooit een cént gekregen!'

'Dus wat had er dan moeten gebeuren?' fluisterde ik. 'Was het de bedoeling dat Russells mannen de firma honderd miljoen dollar afhandig maakten en dat ze ons dan allemaal vrijlieten? Ze kregen hun deel en jij maakte je verlies goed? En niemand zou ooit te weten komen dat jij geld van Hammond had verduisterd? Had het op die manier moeten gaan?' Ik pakte zijn knokige schouder vast en duwde hem naar de deur.

'Alsjeblieft, Jake, denk je dat ik enig idéé had van wat er zou gebeuren?'

'Weet je, Geoff, dat weet je nog steeds niet,' zei ik terwijl ik hem door de gang duwde.

Ik duwde Latimer de grote kamer in, met de revolver tegen zijn rug.

Russell stond achter Ali, zijn arm om haar hals, zijn Glock tegen haar slaap. Hij hoefde niets te zeggen: hij had een pistool op Ali's hoofd gericht en zou haar meteen doden als dat hem goed uitkwam.

Ik had Latimer, de man die Russell had ingehuurd, maar ik had alleen iets aan hem als Russell hem nog nodig had. En ik wist niet of dat zo was.

Ik zag Travis een meter of drie bij zijn broer vandaan staan. Zijn pistool was op mij gericht. De kamer was felverlicht, met alle lampen aan. Ik wou dat ik de tijd had genomen om de generator uit te zetten, zoals ik van plan was geweest voordat Ali in handen van Russell was gevallen. De duisternis zou me nu goed van pas zijn gekomen.

Ik probeerde een inschatting van de situatie te maken, maar er waren gewoon te veel onbekende factoren. Een paar dingen wist ik zeker: zij waren met zijn tweeën en Russell hoefde maar een kleine beweging met zijn vinger te maken en Ali was dood. Er kwam iets tegen de onderkant van mijn rug, een enorme pijn die explodeerde en uitstraalde en me voorover liet klappen. Ik viel languit op de vloer. Een ogenblik was alles wit. Ik hield mijn adem in, rolde me op mijn zij en zag wie me een keiharde schop had gegeven.

Dat ravenzwarte haar en dat sikje, dat gigantische lichaam, dat roze gezicht dat geschaafd en lelijk gekneusd was. Maar verder zag de man er nog fit uit.

'Kijk eens aan,' zei Buck. 'Ik had al het gevoel dat ik je zou terugzien.'

74

'Laat haar gaan, Russell,' zei ik terwijl ik overeind krabbelde, de Ruger nog in mijn hand.

'Was dat je bedoeling: Latimer in ruil voor je vriendinnetje?' zei Russell minachtend. 'Kom nou, jongen. Op dit moment kan het me niet schelen wat er met hem gebeurt.'

Latimer had zich losgerukt. Hij stond nu tussen Travis en Buck, zijn lijfwachten. Zijn gezicht was vuurrood, zijn ogen schoten vonken.

'Weet je, eigenlijk had ik jou als eerste moeten doodschieten,' ging Russell verder.

'Zo is het,' zei Buck. 'Ik doe het voor je. Graag zelfs.'

Ali keek me aan. Blijkbaar wilde ze me in stilte iets vertellen, maar wat dan? Ik zag de felle vastbeslotenheid in haar ogen. Misschien wilde ze me alleen maar duidelijk maken dat ik me geen zorgen over haar hoefde te maken, dat ze zich wel zou redden, ze was sterk. Maar dat wist ik al.

Of misschien wachtte ze tot ik haar een teken gaf, tot ik haar duidelijk maakte wat ze moest doen.

Ik wist niet wat ik moest doen.

Ik bracht het wapen omhoog, bewoog het van de een naar de ander, mikte op de mannen, een voor een. Maar Russell wist dat ik het te riskant zou vinden om op hem te schieten. Niet zolang hij zijn pistool op Ali, zijn menselijke schild, gericht hield. Zelfs als ik perfect kon mikken, hoefde hij op het moment van zijn dood alleen maar de trekker over te halen en zij zou ook doodgaan.

'Jullie moeten hem uitschakelen,' zei Latimer met een galmende stem. 'Hij is nu de enige die iets weet.'

'Ik werk niet meer voor jou, Geoff,' zei Russell.

Zijn broer en Buck hadden allebei hun pistool op mij gericht. Ik vroeg me af of Travis de trekker zou overhalen als Russell hem dat opdroeg. Buck daarentegen zou zo'n bevel meteen opvolgen.

'Weet je, Russell, ik geloof dat Geoff dit niet helemaal begrijpt,' zei ik. 'Want je moet mij in leven houden.'

'O, ja?' Russell klonk bijna nieuwsgierig.

'Ja, als je wilt dat er weer verbinding met internet komt,' zei ik. 'Je wilt toch je geld?'

'Aha.' Russell knikte. 'Ik begrijp het. Nou, die verbinding is er.'

'Nee, Russell, die is er niet. Een van je jongens moet een fout hebben gemaakt en de lijn hebben doorgesneden.'

Russell glimlachte.

'Hij bluft, Russell,' zei Buck.

'Je hoeft me niet op mijn woord te geloven,' zei ik. 'Vraag het Geoffrey maar.'

'Hoe doet de satelliet het, Geoff?' vroeg Russell.

Latimer aarzelde even. 'Er is iets mis. Ik kon geen verbinding krijgen. Hij moet iets hebben gedaan.'

'Je had je beste team moeten meenemen voor deze klus,' zei ik. 'Prutswerk. Weet je, Russell, ik heb een paar maanden als kabellegger gewerkt. Niet een van mijn favoriete baantjes, maar je leert overal iets en je weet nooit wanneer het van pas komt.'

Ik wachtte even, maar Russell zei niets. 'Misschien heb ik het mis, maar ik heb het gevoel dat jij geen expert bent in het verbinden van doorgesneden R G-6-coaxkabels.'

Stilte.

'En jij, Buck?' zei ik. 'Of jij, Travis?'

Stilte.

'Ik denk het niet. De klusjesman kan het ook niet. Vraag het hem maar. Waarschijnlijk kan hij alles met een boot of een generator of een kapotte vaatwasmachine, maar als de satellietverbinding van de computer uitvalt, pakt de bedrijfsleider zijn satelliettelefoon en belt hij het satellietbedrijf. Was je van plan dat bedrijf te bellen, Russell? En om een monteur te vragen? Wil je een paar dagen wachten tot die hier is?'

'We hebben hem daar niet voor nodig, Russell,' zei Latimer. 'Ook als hij de waarheid spreekt, hebben we hem niet nodig om de kabel te repareren. De klusjesman vindt vast wel een oplossing. Waar het om gaat, is dat er maar één persoon is die alles weet. Je moet hem nu meteen uitschakelen.'

Russell keek Latimer even aan. Glimlachte weer. 'Weet je, Geoff,' zei hij. 'Ik denk dat je gelijk hebt.' Met een snelle, soepele beweging haalde hij de Glock bij Ali's hoofd vandaan. Ik zwaaide de Ruger opzij om op het midden van zijn borst te mikken, hield het wapen met beide handen vast, en op het moment voordat ik de trekker kon overhalen om hem neer te schieten, galmde er een explosie in mijn oren.

Latimer zakte op de vloer. Ali gaf een schreeuw en maakte een sprongetje, maar Russell hield haar stevig met zijn arm tegen zich aan.

Ik keek tegelijk opgelucht en verschrikt.

'Nou, Jake,' zei Russell, terwijl hij het pistool weer tegen Ali's slaap drukte. 'Mijn broer gaat met je mee naar buiten en kijkt toe terwijl jij de kabel repareert. Ik weet dat het belangrijk voor je is of je vriendin blijft leven of doodgaat, dus je zult vast niet iets stoms proberen.'

'Ik ga met hem mee naar buiten,' zei Buck.

'Dank je, Buck,' zei Russell, 'maar dat lijkt me niet nodig. Jake geeft je revolver aan je terug. Dan is hij ongewapend. Jake, leg de Ruger op de vloer. Langzaam.'

Ik wachtte even. Ademde langzaam uit.

Russell drukte de Glock hard tegen Ali's slaap en ze slaakte een kreet.

'Goed,' zei ik. 'Maar we spreken dit af: zodra ik de kabel heb gerepareerd, laat je haar gaan. Ik geef je een teken als ik klaar ben, en dan kun je het controleren. Je kunt nagaan of de internetverbinding werkt. Als ik me aan de afspraak houd, doe jij dat ook. Oké?'

Russell knikte en glimlachte. 'Jij geeft het niet op, hè?'

'Nooit,' zei ik.

75

Travis bleef op een afstand en hield zijn wapen op me gericht.

Ik knielde bij de zijkant van de generatorschuur neer, waar ik de kabel had doorgesneden, en hield het ene eind voor hem omhoog. Glinsterend koper in het maanlicht.

'Kan ik hier een beetje licht krijgen?' zei ik.

Met zijn linkerhand haalde hij zijn zaklantaarn tevoorschijn en zette hem aan. Ik werd meteen verblind.

'Niet in mijn ogen, alsjeblieft.'

Hij richtte de straal op de grond, op de kabellussen die langs de betonnen fundering van de schuur uit de grond kwamen, en toen op de losse uiteinden.

'Heb jij dit gedaan, Travis?' zei ik.

'Wat?'

'Een van jullie moet hem hebben doorgesneden.'

Travis klonk verrast, zelfs kwaad. 'Nee.'

'Ik heb wat dingen nodig. Een *crimp*-tang, twee connectors type F en een F-81-connector. En een kabeltang en een buigtang. Een *togglestrip*-tang, als ze er een hebben.'

Travis schuifelde met één voet over het gruizige zand. 'Ik heb geen flauw idee waar je het over hebt.'

'Als ze die dingen hebben, liggen ze in deze gereedschapsschuur. Anders moet ik improviseren. We moeten er snel achter komen.'

'Hoe weet ik nou wat ze hebben?'

'Dat weet je niet. Ik moet kijken.'

Hij scheen weer met zijn zaklantaarn in mijn ogen. Ik schermde ze met mijn hand af.

'Ik moet het aan Russell vragen.'

'Vraag je ook altijd aan je broer of je je reet mag afvegen? Als ze iets hebben, ligt het hier, in deze schuur.' Ik legde mijn hand op het hout van de schuurwand. 'Laten we gaan kijken. Jullie hebben geen tijd te verspillen.'

Hij aarzelde. 'Goed.'

De dieselmotor ronkte door. Vroeg hij zich niet af waarom er een generator in de gereedschapsschuur stond? Blijkbaar wist hij niet waar de schuren voor bestemd waren, en waarschijnlijk dacht hij ook niet erg helder na. Hij wilde alleen maar voorkomen dat ik ergens heen ging of iets deed.

Ik ging niet naar de voorkant van de schuur, maar naar de achterkant.

'Hé! De deur is hier.'

'Ja, en de sleutel hangt daar achter aan een haak,' zei ik, en ik liep door. Ik mompelde: 'Of wil je je grote broer eerst vragen of je de sleutel mag halen?'

Hij volgde me. Hij bleef nog steeds op een afstand, zijn pistool op mij gericht, de straal in mijn ogen.

'Wil je hier even schijnen?' zei ik, zonder naar iets te wijzen. 'En niet in mijn ogen?'

'Waar?'

'Shit,' zei ik. Ik bleef bij een knoestige oude den staan waarvan de takken tegen het lage dak van de schuur kwamen. 'Hij is er niet. Zie jij hem ergens?'

De lichtbundel bewoog zich op en neer over de houten wand: snelle, rukkerige bewegingen, ongeduldig.

'Shit,' zei ik. 'Dan moeten we de klusjesman hierheen halen om de schuur open te maken.'

Hij bewoog de lichtbundel van de grond naar het lage dak van de schuur en toen weer naar beneden. Ik zag dat hij aarzelde. Hij vroeg zich af hoe hij zijn walkietalkie tevoorschijn kon halen terwijl hij het pistool op mij gericht hield en de zaklantaarn wegstopte. Intussen ging ik dichter naar hem toe, zogenaamd om naar de sleutel te zoeken. Hij deed de zaklantaarn uit, stak hem in de zak van zijn vest en tastte naar zijn walkietalkie.

'Wacht,' zei ik. 'Ik geloof dat ik hem heb gevonden. Sorry.'

Waynes SIG-Sauer, weggestopt in de boomstam van de oude den. Ik pakte hem, draaide hem om en drukte hem tegen Travis' oor.

'Eén woord,' zei ik, 'en ik knal de hersens uit je kop.'

Hij aarzelde lang genoeg om mij de kans te geven de hand waarmee hij het pistool vasthield bij de pols vast te grijpen en hard te verdraaien. Hij was verrassend sterk: al die gevangenisspieren. Ten slotte kon ik het wapen uit zijn hand wringen.

Zijn linkervuist dreunde tegen mijn wang. Hij had geen manoeuvreerruimte om goed naar me uit te halen, maar toch kwam de stomp ongelooflijk hard aan. Een bliksemschicht van pijn explodeerde in mijn ogen, in mijn hersenen. Ik proefde bloed.

Dat weerhield me er niet van om mijn knie in zijn kruis te pompen. Hij blies lucht uit tussen mijn vingers door. Het wit van zijn ogen flikkerde even op, en hij kreunde en keek alsof hij doodziek was.

Ik drukte het pistool in zijn oor, maar voordat ik iets kon zeggen, dreunde zijn vuist tegen mijn slaap, zo hard dat er speldenknopjes van licht voor mijn ogen dansten.

Geef er niet aan toe.

Ik gaf hem weer een kniestoot in zijn kruis, smakte zijn hoofd tegen de boomstam en sloeg het pistool toen met alle kracht die ik had tegen de zijkant van zijn hoofd.

Hij zakte meteen in elkaar.

Gleed langs de boom omlaag naar de grond. Zijn ogen waren nog niet zo ver open dat ik het wit kon zien.

Maar hij was buiten westen.

76

Ik bond hem vast met het touw dat ik bij Ali had doorgesneden en liet het magazijn van zijn Colt Defender naar buiten springen om er zeker van te zijn dat hij geladen was. Dat was hij. Er zaten nog minstens drie patronen in de SIG en ik stak hem als reservewapen in mijn achterzak. Toen ging ik naar de andere schuur.

Mijn vader had wat hij een 'speelgoedkist' noemde, met oorlogstrofeeën en ontmantelde trainingsgranaten die hij uit Vietnam had meegebracht. Toen ik een jaar of zes was, vertelde hij me wat een brandgranaat was. Toen ik diezelfde middag in kringetjes om hem heen liep om hem over te halen verstoppertje met me te spelen, gooide hij er eentje naar me toe.

Om me een lesje te leren.

Pas toen ik ophield met huilen, legde hij me lachend uit dat je eerst de pin eruit moest trekken voordat zo'n ding kon ontploffen. Ik had altijd gedacht dat het een dummy was, maar bij mijn vader wist je het nooit.

De wapens en voorraden lagen nog in de gereedschapsschuur.

Er waren vier brandgranaten, en ik had er maar één nodig.

Toen ik vijf minuten later klaar was met mijn voorbereidende werk, ging ik naar de lodge terug.

77

Russell kneep zijn ogen half dicht. Hij wist dat er iets mis was. Hij kreeg niet eens de kans om te vragen waar zijn broer was.

'We hebben een probleem,' zei ik.

'Welk probleem?'

'Jij,' zei ik. Ik hield de granaat even omhoog, net lang genoeg om tot hem te laten doordringen wat het was.

Ik stak mijn vinger in de ring, trok de pin eruit en gooide de granaat naar hem toe.

'*Idioot!*' riep hij, en hij dook weg.

Ali gilde en sprong van hem weg, en Buck dook ook weg.

In de verwarring had ik genoeg tijd om de Colt Defender uit mijn achterzak te halen en twee schoten te lossen. Russell was een waas. Toen de kogel zijn schouder trof, brulde hij het uit, en hij viel tegen de gecapitonneerde bank. Zijn pistool viel uit zijn hand en gleed zeker drie meter bij hem vandaan.

Buck viel opzij. Op zijn shirt groeide een vuurrode vlek, net boven zijn vest.

Gedempte kreten ergens dichtbij: de wildkamer?

Russell krabbelde overeind en aarzelde even. Blijkbaar vroeg hij zich af of hij moest proberen zijn pistool te pakken te krijgen.

Aan de woede op zijn gezicht te zien begreep hij nu dat ik de ontstekingslading uit de granaat had gehaald; hij was niet iemand die het leuk vond om beetgenomen te worden.

Ik mikte en schoot opnieuw, maar toen bewoog er iets aan de rand van mijn gezichtsveld.

Buck had al zijn kwaadaardige kracht verzameld en kans gezien zijn revolver omhoog te brengen. Hij schoot. Ik zag de tong van vuur aan het eind van de loop en voelde een bal van pijn die in mijn rechterdij explodeerde.

De vloer kwam omhoog en trof me in mijn gezicht.

Mijn voorhoofd en jukbeen voelden aan alsof ze gebroken waren. De pijn was hels. Alles tolde in het rond. Ik probeerde overeind te komen, slaagde daar enigszins in, maar Russell dook op me af en stompte me midden op mijn borst.

Ik zakte in elkaar, viel achterover, kokhalsde en het pistool viel op de vloer. Ik kon niet op adem komen. Hij greep mijn haar vast, trok mijn hoofd omhoog en liet het weer op de vloer dreunen.

Blindelings haalde ik uit naar wat ik dacht dat zijn gezicht was, maar ik trof iets zachters: spierweefsel.

Ik probeerde mijn bovenlijf van de vloer te verheffen, maar op datzelfde moment ramde hij met zijn knie tegen mijn gewonde dij en werd alles wit. De vonken schoten voor mijn ogen langs.

De kamer en iedereen erin danste en schudde voor mijn ogen, werd vloeibaar. Ik zag Russell, zijn gezicht paars aangelopen, reikend om iets ergens vandaan te halen (was het zijn hoge schoen?)…

… en in zijn vuist glinsterde iets: een lemmet, een mes met een lang heft, de punt van een speer…

Hij haalde ermee uit met een beestachtige keelklank en richtte het recht op mijn hart. Verlamd keek ik naar Russell met zijn dierlijke razernij, de zilverige glans van het mes, en ik was te verdoofd om ten volle te beseffen dat hij eindelijk had gewonnen.

Ik dacht: *dit is de slechte wolf.*

Ik wilde smeken, maar er kwam alleen een gromgeluid uit mijn keel, en ik zakte weg, had niet meer de kracht om het pistool uit mijn zak te halen, om iets anders te doen dan…

De bovenkant van Russells hoofd vloog weg.

Rode nevel. De knal verdoofde mijn oren.

Hij viel om. Overal bloed.

Ali had de Smith & Wesson stevig in haar twee handen, haar schouders naar voren: de ideale schiethouding.

Haar handen beefden, maar haar ogen waren fel.

NA AFLOOP

78

De Canadese politie hield ons bijna vier dagen in Vancouver.

Er moesten veel juridische zaken worden afgehandeld en er moest een onderzoek worden ingesteld. De twee kidnappers die nog in leven waren, werden onmiddellijk door de afdeling Ernstige Misdrijven van de Canadese politie gearresteerd. Die politie, de Royal Canadian Mounted Police, bleek trouwens niet op paarden te rijden en droeg ook niet die gekke rode uniformen en belachelijke hoeden met brede rand.

Buford 'Buck' Hogue werd per helikopter naar het Royal Columbian ziekenhuis in New Westminster gebracht, waar hij op de operatietafel stierf. Travis Brumley werd in een cel gezet in Port Hardy en daarna voorgeleid aan de rechter.

Het was vreemd om tegen de rechercheurs te zeggen dat van alle gijzelnemers Travis het minst gewelddadig en dus ook het minst schuldig op me was overgekomen. Voor zover ik wist, had hij niemand gedood. Hij had zelfs geprobeerd het bloedvergieten te voorkomen. Maar zoals ze steeds weer zeiden, had Travis een geweldsmisdrijf gepleegd. Hij zou worden beschuldigd van moord; geen twijfel mogelijk.

Aan de andere kant waren het Canadezen. Ik wist niet wat Canadezen met moordenaars deden. Misschien kregen die een stevige uitbrander.

De lichamen van de slachtoffers en de gijzelnemers werden naar Vancouver gevlogen, waar sectie werd verricht. De rest van ons werd langdurig ondervraagd door het team van Ernstige Misdrijven, ik het langst, nadat mijn wonden in het ziekenhuis verbonden waren.

Toen onze opluchting en uitbundigheid over onze redding was weggezakt, waren we doodmoe. We waren allemaal getraumatiseerd. Tussen de politieondervragingen en de formele verklaringen voor vrederechters door sliepen we veel, en verder praatten we met elkaar en belden we onze familie en vrienden.

Ik merkte dat Clive Rylance, Upton Barlow en zelfs Kevin Bross nu veel vriendelijker met me omgingen. Vermoedelijk deden ze dat niet alleen uit dankbaarheid voor wat ik had gedaan. Dit waren mannen die machtsverschuivingen op kilometers afstand konden ruiken, en ze wisten allemaal dat Cheryl grote plannen met me had: ik was iemand geworden die ze moesten vleien. Ze wilden mijn sympathie winnen.

Aan de andere kant leek er iets mis te zijn met Ali: ze was stil en teruggetrokken. Op de tweede dag kreeg ik eindelijk de kans om onder vier ogen met haar te praten. We zaten in een wachtkamer van het hoofdbureau van politie buiten Vancouver, een deprimerende kamer met linoleum op de vloer en versleten banken en de dennengeur van desinfecterende middelen waar ik zo'n hekel aan had.

'Het vreet me vanbinnen op,' zei ze. Haar ogen waren bloeddoorlopen.

'Wat?'

'Wat ik heb gedaan.'

Ik trok haar dichter naar me toe op de bank en pakte haar handen vast. 'Je hebt mijn leven gered.'

Ze keek strak naar de vloer, wilde me niet aankijken. 'Ik zie het steeds weer voor me. Ik ben niet als jij, Jake. Ik denk niet dat ik het ooit kwijtraak.'

'Dat zul je ook nooit,' zei ik heel zachtjes. 'Geloof me, ik begrijp het. Meer dan ik je ooit wilde vertellen.'

Toen haalde ik diep adem en vertelde haar alles.

Op onze laatste ochtend in Vancouver zat ik in mijn eentje te ontbijten in het restaurant van het Four Seasons hotel toen Upton Barlow naar mijn tafel kwam.

'Mag ik bij je komen zitten?' zei hij.

'Ga je gang.'

Hij keek naar het verband op mijn gezicht. 'Hoe gaat het?'

'Goed.'

'Ik heb je onderschat, mijn vriend,' zei hij.

Ik wist nog steeds niet wat ik moest zeggen en zei dus maar niets.

'Ik kan me nog steeds niet goed voorstellen dat Geoff Latimer geld van de zaak heeft verduisterd. En dan ook nog zo veel. Zo zie je maar: je kent mensen nooit echt.'

Ik keek op van mijn koffie en zag de spanning op zijn gezicht. 'Ik denk dat het ingewikkelder in elkaar zit.'

'O, ongetwijfeld.' Hij probeerde nonchalant te klinken. 'Wat... wat heeft hij je aan het eind verteld?'

Natuurlijk wilde hij vooral dat weten: had Latimer iets onthuld? Voor zover Barlow wist, had Latimer alles aan mij verteld. 'Een heleboel,' zei ik.

Barlow liep rood aan. 'O, ja? Vertel.'

Ik boog me dicht naar hem toe. 'Weet je, Upton, het is als volgt. Zoals je vast wel zult weten, gaat er veel veranderen in de top.'

Hij knikte en schraapte zijn keel. 'Wat weet jij van die... veranderingen?' Hij moet het verschrikkelijk hebben gevonden om mij dat te vragen.

'Ik weet dit: Cheryl zal veel gunstiger denken over mensen die meewerken.'

'Meewerken?'

'Jij hebt iets wat Cheryl wil.'

Hij knikte en schraapte weer zijn keel.

'Er zullen mensen voor de wolven worden gegooid,' zei ik. 'Jij moet beslissen of je een van hen wilt zijn.'

In ruil voor Cheryls garantie dat hij niet aan justitie werd uitgeleverd, was Upton Barlow maar al te graag bereid haar alles te vertellen.

Hij vertelde haar dat haar voorganger, James Rawlings, zijn vertrouwde juridisch adviseur, Geoff Latimer, had gevraagd een partnerschap op de Britse Virgin Islands op te zetten.

Eigenlijk was het Hank Bodines idee geweest, maar Rawlings – een slimme maar agressieve belegger – wilde de pot binnen een jaar verdrievoudigen en het geld naar de onderneming terugsluizen voordat iemand had gemerkt dat het weg was. Vijftig miljoen in honderdvijftig miljoen veranderen. De altijd voorzichtige Geoff Latimer had zijn baas gewaarschuwd dat het vreselijk riskant was om op die manier in de termijnhandel te gaan zitten.

Jim Rawlings was bereid het risico te nemen. Hij wilde genoeg onnaspeurbaar geld bijeenbrengen voor wat hij 'compensaties' noemde: bemiddelingsvergoedingen, bijzondere honoraria en dergelijke. Barlow noemde het liever bij zijn ware naam: een geheim fonds voor omkoping.

Nu moet van Jim Rawlings gezegd worden dat er een reden was waarom de buitenlandse omzet van Hammond zo hoog was in de tijd dat hij aan het roer stond.

Het ging niet alleen om die luttele vierhonderdduizend dollar die Geoff Latimer in opdracht van Hank Bodine moest overboeken naar een rekening in het buitenland die hij voor het hoofd inkoop van het Pentagon had geopend. Nee, het ging om de miljoenen en miljoenen die Bodine aan ministers van Buitenlandse Zaken en dictators in derdewereldlanden had verstrekt. Die kerels waren niet zo goedkoop als Amerikaanse ambtenaren.

Jim Rawlings had natuurlijk niet verwacht dat het mis zou gaan met de beleggingen. Hij had ook niet verwacht dat Latimer in de wanhopige positie zou verkeren dat hij met honderd miljoen dollar op de proppen moest komen om een termijncontract na te komen toen de belegging instortte. Als hij was blijven leven, zou Rawlings wel iets hebben geregeld.

Aan de andere kant had hij nooit verwacht dat er van buitenaf een onderzoek zou worden ingesteld, zo grondig dat Latimer het geld niet meer ergens uit de Hammondfondsen tevoorschijn kon toveren.

'Als Rawlings niet dood neergevallen was op de golfbaan van Pebble Beach, zou dit alles niet gebeurd zijn,' zei Upton Barlow later tegen Cheryl. 'Ik heb altijd al een hekel aan golf gehad.'

79

Het scheelde niet veel of ik miste het vliegtuig naar huis.

Ik genoot de twijfelachtige eer om persoonlijk ondervraagd te worden door het hoofd van de afdeling Ernstige Delicten van de Canadese politie, een norse en vermoeid uit zijn ogen kijkende moordzakenrechercheur die Roland Broussard heette. Broussard had een zwarte snor en doorlopende wenkbrauwen en ze zeiden dat hij hun beste ondervrager was.

Halverwege die ondervraging haalde hij een kopie van het strafdossier van mij als jeugddelinquent tevoorschijn – ja, ze beloven je dat je gegevens worden 'verzegeld', maar dat gebeurt niet echt – en aan de manier waarop hij zijn pepermuntjes stukkauwde kon ik horen dat hij opgewonden was. Blijkbaar was hij tot de conclusie gekomen dat ik een rekensom was die niet twee keer op hetzelfde resultaat uitkwam.

Ten slotte liet hij me gaan, toen alle anderen al in de

Hammond-jet waren gestapt. Ze hadden de vlucht trouwens voor me uitgesteld.

Ik strompelde de metalen trap op en kwam in de hoofdsalon. Toen ik binnenkwam en mijn ogen aan het zwakke licht gewend waren, keek ik of er een plaats vrij was.

Er waren verscheidene lege stoelen.

Ik was vergeten hoe belachelijk luxueus het bedrijfsvliegtuig was, met al die lambriseringen, oosterse kleden, marmeren tafels en leren leunstoelen.

Iemand applaudisseerde, en enkele mensen volgden zijn voorbeeld, en algauw ging er een daverend applaus op, een vreemd geluid in die cabine met geluidsisolatie. Ik glimlachte, schudde bescheiden mijn hoofd en plofte in de dichtstbijzijnde stoel neer, toevallig die naast Hank Bodine.

Hij praatte in zijn mobieltje, en zodra hij me zag, stond hij op en ging hij ergens in zijn eentje zitten. Het eerste halfuur van de vlucht voerde hij het ene na het andere telefoongesprek. Ik kon zien dat hij steeds meer gefrustreerd raakte.

Toen liet Cheryl me in haar privésalon komen.

Ali liet me binnen, maar excuseerde zich meteen. Ze liep naar een duur mahoniehouten bureau in de hoek en ging daar op een laptop zitten typen. Cheryl zat in een van de gecapitonneerde beige stoelen, haar voeten op een ottomane. Ook zij sprak in een mobiele telefoon.

Ik ging op een bank tegenover haar zitten, pakte een *Wall Street Journal* op, keek in het filmoverzicht en deed of ik niet naar Cheryls gesprek luisterde.

'Jerry,' zei ze bijna koket. 'Je weet dat ik al jaren achter je aan zit.' Ze liet een zangerig lachje horen. 'O, je zult het in Los Angeles geweldig vinden. Dat weet ik zeker. Krijg je niet genoeg van al die régen? Ik wel. Oké, dan. Goed om weer contact met je te hebben, en ik ben blij dat we het eens konden worden. Ik vind het fantástisch.'

Ze klapte haar mobieltje dicht en keek naar me op. Blijkbaar was ze in een uitbundige stemming. 'Jij...' begon ze, maar toen vloog de deur van de salon open en stormde Hank Bodine binnen.

'Wat is er aan de hand?' schreeuwde hij.

'Pardon, Hank?' zei Cheryl.

'Elke keer dat ik naar mijn kantoor bel, krijg ik verdomme een bandje met de mededeling dat ik een "niet-werkend toestel bij Hammond Aerospace" heb gebeld. Ik kan niet eens mijn eigen secretaresse bereiken.'

'Gloria Morales heeft een andere functie gekregen, Hank.'

'Wát? Je hebt niet het recht om dat zonder mijn toestemming te doen!'

Ali ging naar Cheryl toe en gaf haar een bordeauxrood leren blad met een enkel vel papier erop. 'Dank je, Alison,' zei Cheryl. Ze pakte een grote zwarte vulpen van het marmeren bijzettafeltje, schroefde de pen op haar gemak los en zette een forse handtekening op de onderkant van het papier. Ze hield het papier omhoog en blies erop om de inkt te laten drogen. Toen gaf ze het aan Ali terug, die het zwijgend naar Bodine bracht.

'Wat is dit?' zei hij argwanend. Hij griste het papier uit Ali's hand en keek er met steeds grotere ogen naar. '"Misbruik van vertrouwenspositie"... Wat denk je dat je doet?' Hij schudde zijn hoofd. 'Leuk geprobeerd, Cheryl, maar jij hebt niet de bevoegdheid om iemand te ontslaan.'

'O nee?' Cheryl keek naar haar nagels. 'Vraag Kevin Bross daar maar naar. Het is je vast wel opgevallen dat hij niet aan boord is. Probeer zijn mobieltje maar te bellen – hij is nog in Vancouver. Ik vond niet dat hij het verdiende om met het bedrijfsvliegtuig mee te gaan.'

Bodine liet een harde schampere lach horen. 'Je krijgt dit nooit langs de raad van commissarissen. Die hebben je uitdrukkelijk de bevoegdheid ontnomen om mensen aan te nemen en te ontslaan. Je kunt zo veel brieven schrijven als je wilt, maar die zijn niks waard.'

Ze zuchtte. 'Het bestuur van de raad van commissarissen is vanmorgen in spoedzitting bijeengekomen, Hank,' zei ze geduldig. 'Zodra ze de e-mails hadden gelezen die Upton zo behulpzaam heeft opgesteld, beseften ze dat ze geen keuze hadden.'

'Upton!' zei Bodine.

'Ze beseften algauw welke enorme juridische consequenties dit zal hebben. En natuurlijk wil niemand van hen persóónlijk een proces aan zijn broek hebben. Ze wilden alleen maar dat ik de rommel opruimde die jij hebt gemaakt. En dat wilde ik met het grootste genoegen doen. Zodra ze mij de daarvoor benodigde bevoegdheden hadden gegeven. Voor wat hoort wat.'

Bodines gezicht was zo rood als een biet geworden.

'Vanuit hun standpunt gezien, was het natuurlijk gemakkelijk.' Cheryl zweeg even en drukte haar lippen op elkaar alsof ze heerlijke chocolade proefde, en glimlachte toen. 'Dat snapt een imbeciel.'

80

Toen de metalen trap naar het vliegtuig gereden kwam, keek ik uit het raam en zag een menigte fotografen, verslaggevers en cameraploegen.

Zodra de deur van het vliegtuig open was, ging er een gebulder op in de menigte. De journalisten drongen naar voren en schreeuwden vragen. Cheryl was de eerste die uitstapte, toen Ali, daarna ik, en ten slotte de rest van ons.

Het was een heldere, zonnige, volmaakte Californische dag. Plotseling vloog er iets uit de menigte, zo snel als een raket. Het rende in wilde kringen over de landingsbaan.

'Gerty,' riep ik. 'Kom!'

Ze rende op me af, haar riem achter haar aan, en sprong de lucht in. Haar tong veegde over mijn gezicht. Toen sprong ze weg en duwde de bijzonder duur uitziende camera van een fotograaf uit zijn handen. De arme hond was gek van blijdschap en opluchting.

Zoë schreeuwde een verontschuldiging naar de fotograaf. Ze probeerde de hond te pakken te krijgen, maar gaf het op.

Ali nodigde me met een gebaar uit om naar Cheryls limousine te komen.

'Jake,' zei Cheryl. 'Rij met ons mee.'

'Dank je, maar ik kan niet,' zei ik. 'Mijn auto staat hier geparkeerd.'

'Nou, we hebben veel werk te doen als we op kantoor terug zijn. We hebben nogal wat hoge posities te vervullen. Er komen vacatures op de drieëndertigste verdieping, en ik wil dat jij daar een van inneemt. Als een van mijn bijzondere assistenten.'

'Dank je,' zei ik. 'Dat stel ik op prijs. Maar ik ben niet geschikt voor de drieëndertigste verdieping. Ik zou de saladevork en de visvork met elkaar verwisselen. Ik zou uit mijn vingerkommetje drinken. Je weet nooit wat ik eruit flap. Je zult me nu wel kennen, denk ik. Dat is gewoon niet mijn wereld.'

Ze keek me een tijdje aan met ogen als grijs ijs. Toen werd haar gezicht milder. 'Eigenlijk kan ik op de drieëndertigste verdieping wel wat meer openhartigheid gebruiken.'

'Weet je, ik kan Mike Zorn niet laten vallen.' Ik glimlachte schaapachtig. 'We moeten iets aan die angsthaasklinknagels doen.'

Even later zei ze: 'Ik begrijp het. Toch vind ik het jammer.'

'Zeg,' zei ik, 'ik heb een paar ingenieurs van het vliegtuig gebeld. Ze hebben een mogelijke oplossing die ze willen onderzoeken. Ik hou je op de hoogte.'

Toen ik naar het parkeerterrein liep, waarbij Gerty hard aan haar riem trok, riep Ali me na.

Ik bleef staan en draaide me om.

'Hoorde ik daarnet dat je Cheryl afwees?'

'Het is niets persoonlijks,' zei ik.

Gerty jengelde en krabbelde en probeerde tegen Ali op te springen, en ik moest hard aan de riem trekken.

'Eigenlijk hoeft dat me niet te verbazen,' zei ze. 'Je houdt niet van verandering, hè?'

Ik haalde mijn schouders op. 'Ik vind het gewoon prettig om goed te zijn in wat ik doe.'

Ze schudde haar hoofd en glimlachte. 'Misschien zal ik je op een dag begrijpen.' Ze aaide Gerty over haar kop.

'Als het zo ver is,' zei ik, 'laat het me dan weten.'

Ze bukte zich, masseerde de nek van de hond, streek met haar vingers door de zijdezachte haren en zei 'mooi' en 'wat een lieve hond'. Gerty kwispelstaartte aan een stuk door. Ze kronkelde en danste om Ali heen en probeerde met haar grote tong over Ali's gezicht te strijken.

'Dus dit is het hondse vriendinnetje?'

Ik knikte.

'Ze is mooi. Ik denk dat ze me aardig vindt.'

'Ze vindt iedereen aardig.'

Ali keek achterom naar de limousine. 'Je woont nog steeds op hetzelfde adres, hè?'

'Natuurlijk.'

'Kun je me een lift naar huis geven?'

'Natuurlijk,' zei ik. 'Maar ik moet je waarschuwen: de hele auto zit onder de hondenharen.'

'Dat geeft niet,' zei ze. 'Daar kan ik wel tegen.'

DANKWOORD

Zou het kunnen gebeuren?

Dit is een verzonnen verhaal, maar het uitgangspunt – de kidnapping van de hele leiding van een onderneming om losgeld te eisen – is een van die angstaanjagende mogelijkheden die beveiligingsdirecteuren uit de slaap houden. Of zouden moeten houden. Er hebben zich enkele op zichzelf staande gevallen voorgedaan van topmanagers die werden gegijzeld. Het bekendste geval is waarschijnlijk dat van Thomas Hargrove, wiens langdurige kidnapping door guerrillero's in Colombia de inspiratie vormde voor de films *Proof of Life* met Russell Crowe en Meg Ryan. Maar iets als dit is gelukkig nooit geprobeerd.

Tenminste, nog niet...

Zoals gewoonlijk streefde ik ernaar de details zo goed mogelijk weer te geven, en zoals gewoonlijk had ik dat niet kunnen doen zonder mijn deskundige bronnen. Laat ik beginnen met de man die meer dan ieder ander heeft gedaan om de zaak realistisch te houden: Richard M. Rogers, de bijna legendarische voormalige commandant van het Hostage Rescue Team van de FBI. Dicks bereidheid het ene na het andere scenario met me door te nemen heeft me enorm geholpen; ik kan hem niet genoeg bedanken. Ik dank ook mijn vriend Harry 'Skip' Brandon – vroeger werkzaam voor de FBI en nu internationaal veiligheidsconsultant in

Washington – omdat hij ons met elkaar in contact heeft gebracht.

Over de geheimzinnige branche van onderhandelaars en bevrijders in kidnappingszaken werd ik geadviseerd door Gary Noesner van Control Risks Group, Tom Clayton van Clayton Consulting, Frederick J. Lanceley van Crisis Negotiation Associates, Sean McWeeney van Corporate Risk International en Dominick Misino, een vroegere gijzelingsonderhandelaar bij de politie van New York. Gary Bangs, die de leiding heeft van de afdeling Kidnap/Losgeld en Afpersing bij de Chubb Group, legde me uit hoe losgeldverzekeringen in elkaar zitten. Tot mijn team van veiligheidsadviseurs behoorden Roland Cloutier van de EMC Corporation, Jeff Dingle van LSI Security Services en Mark Spencer van Evident Data Inc. Zij waren voor mij van onschatbare waarde.

Wat het witwassen van geld betreft, waren mijn deskundigen onder anderen Matthew Fleming van Detica Inc., Thomas Erdin van EW Asset Management in Männedorf, Zwitserland, David Caruso van de Dominion Advisory Group, Barry Koch, die wereldwijd de leiding heeft van maatregelen tegen witwassen van geld bij American Express, en vooral een schrikbarend deskundige vriend in Londen die niet met naam genoemd wil worden. Gary Sefcik van Mellon Global Cash Management, de financieel journalist Danny Bradbury en Tom Cimeno van de Boston Private Bank hebben me allemaal op de hoogte gesteld van de finesses van bankbeveiliging en elektronische overboekingen. Ernie Ten Eyck, forensisch accountant, heeft me geholpen Geoff Latimers truc uit te denken (en legde me ook uit waarom die truc aan het licht zou kunnen komen). Mijn oude vriend en medeplichtige, Gilles McNamee van McNamee Lawrence in Boston, bedacht weer allerlei slimme complotten.

Een waarlijk eersteklas juridisch team legde me alles uit

over interne bedrijfsonderzoeken en allerlei foefjes in het zakenleven: Paul Dacier, juridisch adviseur van de EMC Corporation, Jamie Gorelick van Wilmer Hale, Nell Minow van de Corporate Library, Craig Stewart van Arnold & Porter, en rechter Stanley Sporkin. Maar vooral Eric Klein van Katten Muchin Rosenman in Los Angeles, die zijn brede deskundigheid bijzonder bereidwillig met me deelde. Peter Reinharz, het vroegere hoofd van de Juvenile Prosecution Unit van de stad New York, vertelde me hoe het systeem van jeugdgevangenissen in de staat New York werkt (en niet werkt). Ik werd bijzonder ontroerd, en geïnspireerd, door Dwight Edgar Abbotts aangrijpende verhaal over zijn jaren in de jeugdgevangenissen van Californië: *I Cried, You Didn't Listen.*

Wat de wereld van vliegtuigbouwers betreft, kreeg ik voortreffelijke informatie van de CFO van de Lockheed Martin Corporation, Chris Kubasik. (Boeing weigerde mee te werken – waarschijnlijk om hun handelsgeheimen tegen de bedreiging van een verzonnen verhaal te beschermen – met uitzondering van één woordvoerster, Loretta Gunter, die me maar weinig mocht vertellen.) Overigens kreeg ik wel veel gedetailleerde informatie van vroegere Boeing-functionarissen die niet met naam genoemd willen worden, en ook van de ervaren luchtvaartjournalist Jim Wallace van de *Seattle Post-Intelligencer*, Ralph D. Heath, executive vice president for Aeronautics van Lockheed, en Greg Phillips, een vroegere veiligheidsonderzoeker bij de National Transportation Safety Board. Over de gang van zaken in het bedrijfsleven in het algemeen kreeg ik goede adviezen van mijn vriend Scott Schoen van Thomas H. Lee Partners, Joanna Jacobson (die me ook vertelde hoe het was om een vrouwelijke CEO te zijn) en opnieuw mijn vriend Bill Teuber, de vice *chairman* van EMC.

Professor James H. Williams van het M.I.T. gaf me een uiteenzetting over de toepassing van composietmaterialen in vliegtuigen (en hoe moeilijk het is om na te gaan wanneer ze beschadigd zijn). Les Cohen van Hitco Carbon Composites vertelde hoe een landingsklep van composiet wordt gemaakt, en Michael Bacal van de Hexcel Corporation en Bill Webb van Cytec Engineered Materials vertelden me over kleefstoftechnologie. Ik dank ook Sara Black, technisch redactrice van *High Performance Composites* (een geweldige naam voor een rockband, zoals Dave Barry zou zeggen). Maar niemand was royaler met zijn tijd en deskundigheid dan dr. Seth Kessler, president-directeur en medeoprichter van Metis Design in Cambridge, die me voor het eerst over 'angsthaasklinknagels' vertelde. Alleen al daarom sta ik enorm bij de man in het krijt.

Rivers Inlet bestaat echt. Het is een afgelegen zalmvissersparadijs aan de kust van British Columbia (Canada). Ik dank Pat Ardley van Rivers Lodge en vooral John Beath van Rivers Inlet Resort, die mij hebben geholpen de details, meestal, goed weer te geven. Mijn dank gaat ook naar Maciek Jaworski, vliegvissengids in de King Pacific Lodge, Princess Royal Island, B.C., en professor Henry Louis Gates jr. van Harvard, die mij een aantal geweldige bijzonderheden hebben verstrekt. Ron MacKay, van Forensic Behavioural Analysis in Ottawa, vertelde me over de Canadese RCMP. Mijn dank gaat ook uit naar Brick Ranson van Ocean Marketing in Guilford, Connecticut, John Harris van Harris Digital Networks, de forensisch patholoog dr. Stan Kessler, mijn medehorlogeliefhebber en schrijver Paul Guyot, mijn vuurwapenexpert dr. Edward Nawotka, mijn Special Forces bron Kevin O'Brien, en mijn adviseur op het gebied van wapens en tactiek sinds mijn eerste roman: Jack McGeorge. Jack Hoban, expert in de *Bujinkan*-methode en voormalig instructeur in het Marine Corps Martial Arts Program, was Jakes trainer. Mijn broer, dr. Jonathan Finder, gaf nuttig medisch advies, evenals dr. Tom Workman.

Voor hulp met het Spaans dank ik Marguitte Suarez en Carlos Ramos van mijn Spaanse uitgever Roca Editorial.

Voor alle teambuildingspelletjes waar mijn personages niet aan toe kwamen kreeg ik geweldige ideeën van John Sargent, CEO van Holtzbrinck USA, zijn vriend Tom Zierk, Richard Vass van Offsite Adventures en David Goldstein van TeamBonding. Ed Hurley-Wales van Workscape hielp met Ali's carrière bij Personeelszaken.

Enkele mensen deden royale schenkingen aan goede doelen in ruil voor vernoeming van een personage: Pamela Daut, die een schenking aan de California State University in Fullerton deed namens haar zoon Peter Daut, en Deborah Yen Fecher, die een bijdrage aan het Center for Women and Enterprise leverde namens haar zoon Ryan Fecher.

Zo langzamerhand beschouw ik mijn uitgever, St. Martin's Press, als mijn uitgeeffamilie, en ik ben iedereen daar dankbaar voor de voortdurende ondersteuning, vanaf *Paranoia*. Sally Richardson, president en uitgeefster, was een geweldige cheerleader en pleitbezorger, evenals John Sargent, de CEO van Holtzbrinck, Matthew Shear, vicepresident en uitgever van de pocketdivisie, Matt Baldacci, vicepresident en marketingdirecteur, hoofdredacteur George Witte en executive editor Jen Enderlin. En publiciteitsdirecteur John Murphy, Alison Lazarus, Steve Kleckner, Merrill Bergenfeld, Jeff Capshew, Dori Weintraub, Andy LeCount, Brian Heller. Ken Holland, Tom Siino, Rob Renzler, Christina Harcar, Nancy Trypuc, Bob Williams, Anne Marie Tallberg, Sofrina Hinton, Ronni Stolzenberg, Esther Robinson, Steve Troha, Harriet Seltzer, Chris Holder, Craig Libman en Gregory Gestner. Bij Audio Renaissance uitgever Mary Beth Roche en Laura Wilson. En de kunstenaars die zulke geweldige omslagen maken: Michael Storrings, Jerry Todd en creative director Steve Snider.

Ik heb het geluk twee geweldige assistentes te hebben: Sarah Blodgett, die mijn kantoor beheert en me mijn boeken laat schrijven, en mijn webgodin Ellen Clair Lamb.

Mijn vrouw, Michele Souda, verdroeg tijdens het schrijven van dit boek met veel geduld mijn lange perioden van afwezigheid en moedigde me steeds weer aan. Onze dochter Emma weet altijd hoe ze me moet opvrolijken en laat me de dingen in het juiste perspectief zien. Mijn bijzondere dank gaat uit naar mijn broer Henry Finder, een briljante redacteur, die veel van zijn beperkte tijd (per slot van rekening heeft hij een volledige baan) royaal ter beschikking stelde en wiens redactionele adviezen ik altijd op prijs stel. Molly Friedrich is niet alleen een geweldig goede agente maar ook een redacteur in wie ik veel vertrouwen heb. Haar inbreng op een cruciaal punt van dit boek zette me op het rechte spoor.

En wat kan ik zeggen over mijn redacteur, Keith Kahla, wat ik nog niet eerder heb gezegd? Het is een groot geluk dat ik een redacteur als Keith trof. Hij maakte overuren om een vroege versie van dit boek grondig te herzien. Er is geen aspect van mijn auteurscarrière dat hem koud laat. Voor zover ik succes met mijn boeken heb gehad, dank ik dat grotendeels aan hem – en daar zal ik hem altijd dankbaar voor blijven.